KB152736

윤이수 장편소설

해시의 신루

4

윤이수
장편소설

해시의 신루

4

비밀 회합

해냄

차례

해시의 신루 4

비밀 회합

잘못……하였다 7
하늘 별길 26
도둑고양이 48
괴로움과 즐거움을 함께한 사람[同苦同樂] 63
감히 저하의 사람에게 손을 대다니 80
네가 아니라 바로 나다 97

어겨서는 안 될 세 가지 잘못 111
다녀오마 128
궁으로 갈 겁니다 147
글로 익히겠습니다 161
웃음 속에 감춘 칼 186
곧 서찰 보내겠네 204
유백색 달빛 아래 228

좋은 약재의 효과 251
달집태우기 271
받은 만큼 돌려드리겠습니다 291
제가 바로 저하의 북극성입니다 309
헛것이 보이는 모양이오 328
내 탓이외다 345
빈궁이오? 359
거짓! 372

비밀 회합 389
눈물로 칼을 삼킨 사내 404
역경의 학자들 425
암운(暗雲) 440
향의 세 가지 미래 456
운명에 맞선 동행 471
노숙의 달인 489
미치겠구나 507
달빛 시린 북방의 밤 526

잘못……하였다

낙엽 되어 떨어진 단풍이 발치를 요란스럽게 물들였다.

"소식 들었습니다."

"조정 대신들의 코를 납작하게 만들었다더군요."

"해루가 실은 권 대감의 숨겨놓은 딸이라면서요?"

향이 신루로 들어서자마자 학사들의 질문이 쏟아졌다.

"어허, 사람을 봤으면 인사부터 해야지. 이 무슨 예의 없는 짓인가?"

향을 따라 신루로 들어서던 비연, 아니…… 비연이라는 이름으로 활동하던 이순지가 혀를 끌끌 찼다.

"우리가 지금 흥분하지 않게 생겼나? 역도로 몰린 해루가 알고 봤더니, 권 대감의 딸이라는 사실이 밝혀졌는데."

"그뿐인가? 저하의 명으로 남장을 한 채 관상감에서 활동했다는 소식에 궁 안팎이 떠들썩하다네. 국본의 밀명을 받은 최초의 여인 세작이라는 소식에 특히 궁녀들은 하나같이 흥분을 감추지 못하는 기색이었네."

"어떻게 된 일이옵니까? 설마, 그동안 저희도 속이고 계셨습니까?"

신루 학사들은 눈을 반짝이며 향을 보았다.

워낙에 속내를 비치지 않으시는 분인지라, 이번 일의 어디까지가 소문이고 어디까지가 왕세자의 수완인지 구별할 수 없었다.

흥분한 학사들의 질문에도 향은 태연하였다. 뒷짐을 지고 자리에 가 앉으며 평소처럼 업무에 대한 일을 물을 뿐이다.

하지만 신루 학사들은 호기심을 꺾지 않았다.

다른 사람도 아닌 해루에 관한 일이 아니던가.

"뭐라고 대답 좀 해주십시오. 답답해 미칠 지경입니다."

"궁금하고 또 궁금하여 손에 일이 잡히지 않을 지경입니다."

"말씀해 주지 않으시면 아무래도 오늘 큰 병이 생겨 당분간 앓아누울지도 모르겠습니다."

김담과 심운기, 양여섭이 한목소리로 대답을 종용했다.

향은 하는 수 없다는 표정으로 막 펼친 서책을 접었다.

"무엇이 그리 궁금한가?"

기다렸다는 듯 동시에 질문이 쏟아졌다.

"해루가 정말 세자 저하의 명으로 관상감에서 세작 일을 한 것입니까?"

"권 대감의 딸이라는 말이 사실이옵니까?"

"앞으로 해루를 어찌하실 생각이십니까? 정말로 후궁으로 들이실 생각이십니까?"

향이 미간을 찌푸리며 말했다.

"한 가지씩."

신루의 세 학사들은 서로를 돌아보았다.

짧은 순간 무언의 합의가 이루어진 듯 심운기가 먼저 입을 열었다.

"세자 저하의 명으로 해루가 여인의 몸임에도 관상감에 세작으로 들어갔다는 소문이 파다합니다. 정말입니까?"

향이 그를 바라보며 되물었다.

"해루가 관상감에 들어간 것은 나와 무관한 일이었다. 오히려 불과 얼마 전에 그대들과 이후의 일에 대해 대책을 논의했던 것으로 아는데?"

"그건 알고 있습니다만……."

심운기가 이순지를 흘끔 보았다.

해루가 관상감에 있었던 것은 향과 상관없는 일이라 알고 있었다. 하지만 마냥 순진하게 생각하기엔 몇 가지 묘한 구석이 있었다. 같은 시기에 이순지가 관상감에 숨어 있다는 사실도 마음에 걸렸다.

"나에 대한 그대들의 불신이 하늘을 찌르는군. 해루가 관상감에 있었던 일은 나완 정말로 상관이 없다."

향이 단호한 음성으로 말했다.

심운기는 얼른 고개를 돌려 향의 시선을 피하며 변명처럼 중얼거렸다.

"저하께서 워낙에 주변 모르게 일을 벌이기 좋아하시니, 그런 것 아니겠습니까."

"이번 일은 정말로 아니다. 다음."

김담이 앞으로 나섰다.

"해루를 후궁으로 들이실 생각이란 소식을 들었습니다."

"반은 맞고 반은 틀리다."

"무엇이 맞고 무엇이 틀리옵니까?"

김담은 고개를 갸웃했다.

해루를 후궁으로 들이면 들이는 것이고, 아니면 아닌 거지. 반은 맞고 반은 틀렸다는 건 무슨 뜻일까?

그러나 향에게서는 더 이상의 대답은 들려오지 않았다.

하는 수 없이 김담은 다음 질문으로 넘어갔다.

"대전에서의 일은 일단 정리가 된 듯하옵니다만, 신료들의 불만을 완전히 가라앉히지는 못할 것입니다. 승복하지 않은 자가 대다수이겠지요."

대전에서 한바탕 설전이 있었음에도 해루를 향한 조정 대신들의 불신은 여전했다. 권 대감이 해루의 신분을 보장하고 나섰음에도 그들의 불만을 완전히 잠재울 수는 없었다.

"그렇겠지. 하지만 상관없다. 불만이 있어도 함부로 표출하지 못할 것이니."

의심은 가는데, 정확한 물증이 없다.

해루의 출신이 두문동이라는 점은 오히려 유리하게 작용했다.

두문동은 고려의 충신들이 모여 살던 곳.

드러내놓고 조선에 반기를 든 사람들인지라, 마을의 규모와 구성원에 대해 자세히 알려진 바가 없었다. 더구나 두문비사로 일컬어지는 사건으로 인해 마을이 완전히 불타버려 이젠 그 당시의 상황을 확인할 방법도 없었다.

말인즉, 해루의 정체를 확실하게 캐낼 방법이 없어진 것이다.

혹여 두문동 출신이 나타나 해루를 안다 말해도 권 대감의 희생으로 말미암아 이젠 해루와 세자 저하를 음해하려는 수작으로 치부되게 되었다.

상황이 이러하니 불만과 의심은 있어도 분명하게 소리 내어 반대하기 어렵게 되었다.

"일이 이렇게 되리라 미리 알고 계셨습니까?"

해루가 실은 세작이었다는 이야기에서부터 그 거짓을 그럴듯하게 포장하기 위해 순지의 정체까지 밝힌 것은 절대 즉흥적으로 할 수 있는 대응이 아니었다.

"해루를 들이기 위한 준비는 나름 하고 있었다. 다만, 생각보다 일이 수월했던 면이 없지 않아 있구나."

김담의 질문이 끝났다.

마지막으로 양여섭이 뱃살을 출렁이며 앞으로 나섰다.

"권 대감의 발언이 화제가 되고 있습니다. 해루가 실은 권 대감의 딸이었다니, 다들 크게 놀란 눈치입니다. 저하께서는 언제부터 이 사실을 알고 계셨는지요?"

이번 질문에 향은 대답 대신 묘한 표정을 지었다.

양여섭이 눈을 끔뻑이다 뒤늦게 놀란 표정으로 물었다.

"서, 설마!"

이순지가 슬며시 대화에 끼어들었다.

"권 대감은 내가 아는 사람 중 가장 애처가인 분이시지. 또한, 젊은 시절엔 숫기가 없어 여인에게 제대로 말도 못 붙여보았다더군. 그런 분께서 아무리 혈기 왕성한 시절이라지만, 그런 일을 벌였을 리가 있겠나?"

"허, 허면 해루가 사실 친자식이라 한 것은……."

"당연히 거짓말이지."

"허어."

"그런 일이……."

사람들의 입에서 놀란 신음이 새어 나왔다.

설마하니 그 중요한 자리에서 목이 달아날 수도 있는 거짓말을 태연하게 하다니.

권 대감의 배포에 다들 혀를 내둘렀다.

"대체 어떤 조화를 부리신 겁니까?"

"어떻게 겁박을 하면 그 꼿꼿한 권 대감에게 그런 거짓말을 하게 만들 수 있는 것입니까?"

양여섭과 심운기가 동시에 물었다.

권 대감의 거짓 증언보다 그에게 그런 행동을 하게 만든 향의 수완에 더 놀라는 눈치였다.

향은 고개를 저었다.

"해루를 위해 증언해 달라 한 적은 있지만, 그녀를 위해 목숨을 걸어달라 강요한 적은 없다."

"네?"

신루 학사들의 얼굴 위로 경악이 떠올랐다.

"그, 그럼…… 권 대감을 겁박하여 거짓으로 증언하게 한 게 아니란 말씀이십니까?"

"내 아무리 사람 부리기를 좋아한다 해도 적당한 수준이라는 게 있다. 이번 일은 그 한계를 넘는 일이야."

권 대감은 왕과 신료들 앞에서 해루의 신분을 장담하며 호언했다. 이 일이 거짓이라는 사실이 밝혀진다면 권 대감은 막대한 타격을 면치 못할 것이다. 지금까지 공들여 쌓아온 명성은 물론, 어쩌면 가문의 몰락마저도 각오해야 한다.

"그럼, 그 놀라운 결정을…… 스스로 한 것이란 말입니까?"
향이 고개를 끄덕였다.
"그렇다."
"해루를 위해서 말입니까?"
"아마도 그렇겠지."
양여섭이 물었다.
"어째서요?"
그는 권 대감과 해루가 어찌 만났는지 알고 있었다. 한마디로 말해 정상적인 인연이 아니었다. 향이 권 대감을 협박해서 억지로 해루의 후견인이 되었기 때문이다.
생각해 보면 악연도 이런 악연이 없었다.
헌데, 그런 악연을 위해 자신의 정치생명을 걸다니.
해루를 감싸기 위해 가문의 모든 걸 내던지다니.
정녕 이해할 수 없는 일이었다.
"혹, 해루가 후궁이 될 것을 염두에 두고 그런 건 아닐까?"
심운기가 조심스럽게 의견을 내놓았다.
"그건 아닐 것 같네."
이순지가 고개를 저었다.
"무엇 때문인가?"
"모험의 대가로 얻을 수 있는 이득은 모호한데, 잘못될 경우 발생할 위험은 심각하기 때문이지."
"그래도 해루가 후궁이 된다면 권 대감에게도 좋은 일이 아니겠나?"
"글쎄, 해루가 후궁이 된다고 해서 이미 자신의 자리를 견고히 한 권 대감에게 얼마나 도움이 될지 모르겠군. 아마 이득이 그리

크지 않을 게야. 그에 반해 거짓 증언이 발각됨으로써 입게 될 타격은 실로 막대하지. 권 대감이 이 정도 셈도 못할 정도로 무능한 사람은 아닐 거라 생각하네."

"권 대감이 권력을 얻고 싶어 해루를 감싼 건 아니란 소리로군."

"허어, 그럼 어째서 큰 부담을 안고 그런 거짓말을 하신 거지?"

학사들의 대화를 듣던 향이 미소를 지었다.

"사람의 마음이라는 것이 그런 것이다. 이성적으로는 손해이고, 또한 잘못된 판단이라는 사실을 알면서도 그 사람을 위해 모든 걸 내던지곤 하지. 권 대감의 속마음을 내가 모두 짐작할 수 있는 것은 아니지만, 아마도 해루를 향한 그의 마음은 친부모 못지않을 것이다."

집으로 돌아온 권전은 곧장 안채로 걸음을 옮겼다.

"대감!"

내내 동창 밖을 내다보고 있던 최씨가 한달음에 대청마루로 나왔다.

"어찌 되었습니까?"

온화한 그녀의 얼굴에 초조한 기색이 한껏 맺혀 있었다.

이런 최씨의 모습은 지금껏 살아오면서 단 한 번도 본 적 없었다. 그만큼 간절하다는 뜻이리라.

권전은 고개를 끄덕거렸다.

"내…… 오늘 조상께 큰 죄를 지었소."

"대감."

권전의 말이 끝나기 무섭게 최씨의 안색이 만개한 꽃처럼 활짝 피었다. 그 모습에 안도하면서도 차마 내색할 수 없었던 권전은 애써 표정을 굳혔다.

"어찌 그리 기뻐하시오. 일이 잘못되면 나는 물론이고 당신도 큰 손해를 보게 될 터인데 말이오."

"기쁩니다. 어찌 기쁘지 않겠습니까. 대감의 희생으로 그 아이의 부담을 조금이라도 덜게 되었는데 말입니다."

"쯧쯧. 그 아이가 그리 좋소?"

"좋습니다. 정말 좋습니다."

최씨는 아이처럼 즐거워하였다.

오랜만에 화색이 도는 부인의 모습에 권전도 모처럼 표정이 밝아졌다.

지난 일 년 동안 최씨는 크게 앓았다.

궁에서 일어난 겁화 이후부터 줄곧 그러했다. 덤이가 죽고 해루가 실종되었다는 소식을 들은 날엔 혼절하기까지 하였다. 그 이후로도 시름시름 앓았다. 최씨가 그리 힘들어하는 것을 일찍이 본 적이 없었다.

좋은 약이란 약은 다 써보고 용하다는 의원도 죄 불러보았지만, 백약이 무효였다.

마음의 병이었다.

스스로 털어버리는 방법밖에 없다는 의원의 말에 권전은 최씨와 함께 시골로 요양을 떠났다. 번잡한 곳을 떠나 자연과 함께하면 조금은 좋아지지 않을까 하는 기대에서였다.

하지만 상실의 고독은 그 어떤 것으로도 채워지지 않았다.

최씨의 병은 하루가 다르게 깊어졌다.

그러던 얼마 전.

갑작스럽게 세자 저하의 방문을 받았다. 그리고 뜻밖의 소식이 전해졌다.

죽은 줄로만 알았던 해루가 살아 있다는 것, 그러나 권전이 도와주지 않으면 그녀는 영원히 죽은 사람으로 살 수밖에 없다는 이야기를 하며 도움을 청했다.

그러나 그 도움이라는 것이 권전의 입장에서 보면 난감하기 짝이 없는 이야기였다. 해루를 먼 친척의 딸이라는 증언을 해달라는 것이었다.

자칫 잘못되었다간 큰 봉변을 면치 못할 일이라 처음에는 정중히 거절했었다.

그러나 예기치 못한 복병이 있었다.

최씨였다. 그녀가 울며 매달렸다. 그 아이를 도와달라 사정사정하였다. 눈물까지 흘리는 간곡한 부탁에 권전은 놀람과 더불어 처연함까지 느꼈다.

그 아이가 뭐라고 저리 사정하는가. 고작 스쳐 가는 인연일 뿐인데. 대체 그 아이의 무엇이 아내의 마음을 이리 흔들어놓았단 말인가.

여러 날을 고민한 끝에 권전은 결단을 내렸다.

죽어서나 뵙게 될 조상 때문에 일평생 곁자리를 지켰던 아내를 죽게 둘 수는 없었다. 그리고 해루를 위해서도 결단이 필요했다. 잠시일망정 아비와 딸의 인연을 맺었던 아이가 아니던가. 적어도 역도로 몰려 아무 잘못도 아니 하고 허무하게 죽게 할 수 없다는 생각이 들었다.

"어쨌든 내, 부인 원하는 대로 하였으니 이제 툴툴 털고 일어나는 거요."

"네. 네. 그래야지요."

"허허, 얼마 전까지만 해도 눈물만 달고 살던 사람이 이젠 입가에 웃음이 떠나지 않는구려."

"기쁘니 그렇지 않습니까?"

내내 최씨의 얼굴에 드리웠던 슬픈 기색이 감쪽같이 사라지고 없었다.

"그나저나 그 엉뚱한 아이 때문에 내 이 무슨 꼴이란 말인가."

권전은 깊게 한숨을 내쉬며 말을 이었다.

"아이는 어떻소?"

"집에 돌아온 이후 내내 틈만 나면 자네요. 의원의 말로는 맥이 아주 약하다고 하더이다."

"참으로 가지가지 하는군."

못마땅한 기색으로 해루가 있는 별채를 돌아보던 권전이 들고 왔던 것을 최씨에게 내밀었다.

"이거 무엇입니까?"

"열어보면 알 것 아니오."

불퉁한 남편의 말에 최씨는 주섬주섬 비단 보자기를 풀었다.

"어머나! 이건…… 산삼이 아닙니까?"

"그럼 도라지일까?"

"이 귀한 걸 어찌?"

"기가 허할 때 먹으면 좋다 하니, 먹고 원기 회복하시오."

"……저는 되었습니다. 이건 우리 해루 먹여야겠습니다."

좋은 것을 보면 자식부터 챙기는 것이 어미의 마음이었다.

그러나 권전은 눈을 부라렸다.

"어찌 당신 몫도 제대로 안 챙기려는 것이오?"
"저는 정말 괜찮다니까요."
"그 안색이나 어쩌고 그런 소릴 하오."
"……."
아무 대답도 않는 최씨를 영 마땅찮은 눈길로 건너보며 권전이 말했다.
"안쪽에 한 뿌리 더 있으니, 부인이 하나 드시고, 나머지는 그 아일 먹이든가, 말든가."
"정말이십니까?"
최씨는 다시 비단 보자기를 풀어 나무 목곽 안을 살폈다. 푸른 이끼 위로 향긋한 향내를 풍기는 산삼이 보였다. 그 아래를 살짝 들추니 또 한 뿌리가 자리 잡고 있었다.
최씨는 권전을 보며 빙그레 미소 지었다.
아닌 척하면서도 권전 역시 해루가 신경 쓰인 모양이다. 하긴, 아무리 부인의 병세가 걱정된다 해도 가문과 스스로의 이름에 먹칠을 할 수도 있는 일을 그리 과감하게 할 수는 없었을 것이다.
솔직하지 못하시기는.
정이 담뿍 담긴 시선으로 권전을 바라보던 최씨가 몸을 일으켰다.
막 방을 나서는 그녀의 등 뒤로 권전의 목소리가 달라붙었다.
"곧 궁에서 사람이 올 것이오."
"궁에서는 왜요?"
"그 아이, 곧 궁으로 들어갈 것이외다."
"벌써요?"
별채를 돌아보는 최씨의 얼굴에 아쉬움이 가득했다.

❁

"아가씨. 아가씨."

조용한 부름이 해루의 귓전을 파고들었다.

얕게 잠이 들었던 해루가 감고 있던 눈을 떴다.

"아주머니."

눈동자에 안산댁의 얼굴이 들어왔다.

"에구, 이제 정신이 드셔요?"

"제가 너무 많이 잤죠?"

"에유, 그게 뭐 대수겠어요? 그런데 배는 안 고프셔요? 벌써 저녁때를 훌쩍 넘기셨는데."

"괜찮아요."

"사람이 다 먹고살자고 하는 것인데. 끼니 놓치고 어떻게 괜찮아요? 뭐, 잡숫고 싶은 거 없으셔요?"

해루는 조용히 고개만 저었다.

안산댁은 그런 해루의 손을 잡고 말했다.

"그러면 안 돼요. 잘 먹어야지요. 이렇게 앓고 있는 걸 보면 먼 곳에 간 그 아이도 슬퍼할 게 아니겠어요."

"……아주머니."

해루의 눈에 눈물이 맺혔다.

그녀의 손을 잡고 마음을 다독여주는 중년의 여종은 다름 아닌 덤이의 어미였다.

일 년 전, 해루를 감싸며 대신 죽은 가여운 아이.

마지막 순간에도 해루가 세자빈이 되는 걸 보고 싶다며 말갛게 웃던 순진한 아이.

안산댁을 본 순간 억울하게 죽어간 덤이가 떠올라 해루는 울음을 멈추지 못했다.

어린 여식을 그렇게 허무하게 잃어버린 그녀에게 무슨 말을 해야 할지 알 수 없었다. 어떻게 사죄를 하고 어떻게 용서를 빌어야 할지 몰라 그저 두 손을 잡고 울고 또 울 수밖에 없었다.

잘못했다며 다 제 탓이었다는 말밖에 더는 할 수 없었다.

안산댁은 해루를 탓하지 않았다. 오히려 등을 토닥이며 위로했다. 아가씨라도 무사히 돌아와서 다행이라며 기뻐해주었다. 분명, 먼 곳에 간 덤이도 좋아할 것이라며 마치 모든 일을 알고 있기라도 한 것처럼 그렇게 웃어주었다.

그 웃음이 해루의 가슴을 아프게 찔러왔다.

덤이는 죽었건만, 저는 행복에 겨워했던 것이다.

죄책감이 해루를 짓눌렀다. 거대한 바윗덩이에 깔린 듯했다.

해루는 권 대감의 집으로 온 이후 줄곧 앓아누웠다. 보다 못한 안산댁이 오늘은 제법 강하게 나왔다.

“그만 일어나세요. 덤이 고게 있었다면 아마 이부자리부터 걷어버렸을 것입니다. 그러니 그만 게으름 피우고 일어나세요.”

“아주머니.”

“괜찮아요, 아가씨.”

토닥이는 손길.

“이젠 아무렇지도 않아요. 그러니 훌훌 털고 일어나셔요. 네?”

“네. 그럴게요.”

안산댁의 마음이 한없이 고마웠다.

해루는 말없이 고개를 숙였다. 그런 그녀를 바라보는 안산댁의 눈에도 눈물이 고였다.

행여 해루가 볼세라 눈가를 훔치며 안산댁은 자리에서 일어섰다.

"식은땀을 많이도 흘리셨네. 안 되겠어요. 몸에 좋은 약재 넣고 죽이라도 끓여야겠네요. 아가씨 좋아하는 누룽지도 해놓을 테니 음식 되기 전에 일어나 계세요. 알았죠?"

안산댁은 해루가 뭐라고 대답하기도 전에 서둘러 밖으로 나갔다.

그러나 얼마 지나지 않아 제 머리를 쥐어박으며 다시 방으로 돌아왔다.

"에구구, 이놈의 정신머리. 그 얘길 하려고 온 게 아닌데. 이놈의 정신머리는 돌아서면 잊어버리니. 아가씨, 손님이 찾아왔어요."

급히 눈물을 닦은 해루가 눈을 깜빡이며 물었다.

"손님요?"

"뒤뜰에 훤칠한 사내가 왔네요. 오늘은 아가씨 몸이 편찮으시니 그만 돌아가시라고 했는데도 통 말을 듣지 않아요."

소식을 전한 안산댁은 해루의 눈치를 살폈다.

"그냥 돌아가시라 할까요?"

해루는 고개를 저었다.

"절 찾아온 사람인데, 누군지는 몰라도 봬야지요."

자신을 위해 애쓰는 안산댁을 위해서도 더는 자리에 누워 있을 수 없었다.

그나저나 날 찾아온 사내라니.

대체 누구지?

발치를 뒹구는 낙엽을 밟으며 해루는 뒤뜰로 향했다. 밟을 때마

다 바스락거리는 낙엽의 감촉이 좋았다.

이른 눈이라도 내릴 듯 하늘이 낮게 내려앉았다.

회색빛 하늘을 올려다보며 해루는 길게 숨을 내쉬었다. 하얀 입김이 사방으로 흩어졌다.

안산댁이 입혀준 겉옷의 옷깃을 단단히 여미며 해루는 주위를 두리번거렸다. 뒤뜰에 손님이 기다리고 있다고 했는데…….

정작 나와 보니 아무도 없었다.

"어디 있는 거지?"

휘휘, 에둘러 보던 해루는 금세 빨개진 코끝을 찡긋했다.

다시 방으로 돌아오려 걸음을 옮기려는 찰나.

"아프다더니. 괜찮으냐?"

등 뒤로 인기척이 들려왔다.

무심코 고개를 돌린 해루의 얼굴에 놀란 기색이 들어찼다. 뜻밖의 손님이 그녀를 기다리고 있었다.

"태군?"

해루를 기다리고 있던 손님은 다름 아닌 위창이었다.

위창을 본 해루는 저도 모르게 주춤 뒷걸음질을 쳤다. 화월루에서 강압적으로 못된 짓을 하려던 그의 모습이 떠올랐다.

"놀라지 마라."

해루를 향해 위창이 소리쳤다.

"……."

해루는 경계를 풀지 않은 채 위창을 노려보았다.

"그리 노려보지 마라. 안 잡아먹는다."

말과 함께 위창은 천천히 뒤뜰 한쪽에 있는 아름드리나무에 기대섰다.

두 사람 사이에 어느 정도 간격이 생겼다.

그제야 조금 안심한 듯 해루가 입을 열었다.

"여긴 어찌 오신 겁니까?"

"……."

"하실 말씀이라도 있으신 겁니까?"

어쩐 일인지 위창은 입을 다문 채 해루를 바라볼 뿐이었다.

답을 기다리던 해루는 휙 등을 돌렸다.

"아직은 편히 태군을 볼 마음이 아닙니다. 하실 말씀이 없으시다면 이만 들어가보겠습니다."

매정하게 돌아선 해루가 몇 발짝 떼었을까.

"잘못……하였다."

뜻밖의 말이 위창의 입에서 흘러나왔다.

"네?"

잘못 들었나, 의심스러운 눈으로 해루는 위창을 돌아보았다.

세상 무서울 것 없는 사내였다.

지금껏 위창과 지내면서 저 입으로 무얼 잘못하였다, 하는 소리는 한 번도 들어본 적 없었다.

그런 사내가 용서를 빌고 있었다.

해루는 도무지 믿기지 않는다는 얼굴로 위창을 응시했다.

나무에 기대서 있던 위창이 해루에게 고개를 숙였다.

"잘못했다."

"……!"

"그때는 내가 제정신이 아니었다."

"……."

"미쳤었던 거야. 그러니 용서해라."

"진심이십니까?"

"진심이다."

해루는 말없이 위창을 바라보았다.

침묵 속에 시간이 흘렀다.

얼마나 지났을까?

그녀는 고개를 끄덕였다.

"알겠습니다. 용서하겠습니다."

"다행이구나."

위창의 표정이 밝아졌다. 그는 해루를 향해 걸음을 옮겼다.

그러나 해루는 그가 다가온 만큼 물러섰다.

"용서한다 하지 않았더냐?"

"용서했습니다."

"그런데 왜 내게서 물러서는 게냐?"

"태군께서 하신 실수는 용서했습니다. 하지만 위창이라는 사내는 믿지 않기로 했습니다."

"다시는 그런 일 없을 게다. 그러니 그렇게 경계하지 마라."

"그런 일이 있었는데, 어찌 경계를 안 하겠습니까?"

질문을 던진 사람은 해루가 아니었다.

해루와 위창의 시선이 목소리가 들려온 곳으로 향했다.

언제부터 있었던 것일까?

뒤뜰엔 한 사람이 더 있었다.

"공갈 저하."

놀란 해루가 두 손으로 입을 가린 채 중얼거렸다.

그녀의 얼굴을 빤히 응시한 채 향은 성큼성큼 너른 걸음으로 다가왔다.

두 사람 곁으로 다가온 향이 서늘한 눈으로 위창을 바라보았다.
“오랜만입니다. 태군.”
“그렇군요. 지난번 저하께서 제게 화살을 날린 이후로…… 처음 뵙는군요.”
서로를 바라보는 향과 위창 사이로 보이지 않는 벼락이 내리쳤다.
금방이라도 끊어질 듯한 팽팽한 기운이 뒤뜰을 가득 채웠다.

위창을 바라보는 향의 얼굴에 한겨울 차가운 빙설이 덮여 있었다.

향을 바라보는 위창의 시선 또한 날 선 창과 같았다. 무섭게 벼린 시선들이 서로를 찔렀다.

먼저 기세를 낮춘 사람은 위창이었다.

"저하."

위창은 향을 향해 가볍게 머리를 조아렸다.

"나랏일로 주무실 틈도 없을 만큼 바쁘신 저하께서 여긴 어쩐 일이십니까?"

향은 위창을 지나쳐 그대로 해루의 곁으로 가 섰다.

"아무리 바쁘다 한들 내 여인에게 걸음 하는 것을 뒤로 미룰 수는 없지. 그보다 태군이야말로 이곳엔 어쩐 일입니까?"

"해루에게 용서를 청하는 중입니다."

"용서를?"
"지난번에 큰 실례를 해서 말이지요."
해루에게 그만 몹쓸 짓을 하고 말았다.
지금도 눈을 감으면 자신을 바라보던 해루를 잊을 수 없었다.
슬픔과 분노, 허망함이 담겨 있던 그녀의 커다란 눈동자.
왜 그런 어처구니없는 짓을 하였던가.
아니, 돌이켜보면 아주 이해되지 않는 건 아니었다.
해루를 잃고 싶지 않았다.
그대로 두면 그녀를 빼앗길 것만 같았다.
하여, 그렇게라도 곁에 두고 싶었다.
그만큼 간절히 원했던 것이다.
강제로 취하고 싶을 만큼…….
하지만 그 일이 그녀를 슬프게 할 줄은 몰랐다.
순박한 눈으로 따르던 해루가 자신을 피하게 될 줄은 꿈에도 생각하지 못했다.
위창은 시선을 돌려 해루를 바라보았다.
향이 슬며시 한 걸음을 옮겼다.
의도한 것인지, 아니면 우연인지 해루의 앞을 가로막은 모양이 되었다.
위창의 눈매가 가늘어졌다.
또 저하십니까? 어째서 해루에게 갈 때마다 항상 당신이 앞을 가로막는 겁니까.
위창의 눈썹이 사납게 곤두서려는 순간이었다.
"두 분 또 싸우시는 겁니까?"
향의 등 뒤에서 해루가 비스듬히 고개를 내밀며 물어왔다.

두 사람은 마치 약조라도 한 듯 고개를 저었다.

향은 웃는 낯으로 해루를 향해 돌아섰다.

"아니다. 우리가 왜 싸우겠느냐?"

그의 말에 동조한다는 듯 위창이 말을 덧붙였다.

"그러게나 말입니다."

두 사내의 얼굴 위로 굳은 미소가 감돌았다.

"그런데 듣자니 해루에게 용서를 구하는 중이라 하셨습니까?"

"그렇습니다."

"잘못이 있으면 마땅히 용서를 구하는 게 사내대장부의 도리겠지요."

잠시 생각하던 향이 한 걸음 옆으로 비켜섰다.

해루의 모습이 위창의 앞에 다시 나타났다.

위창의 입가에 비로소 올곧은 미소가 돌아왔다.

"해루야, 용서해 주겠느냐?"

잘못했다.

좀 더 네 마음을 생각했어야 했던 것을.

내가 너무 조급했다. 염치없지만 용서해 주려무나.

"아까 말씀드리지 않았습니까? 그 일은 이미 용서하였습니다."

"죄를 용서하라는 것이 아니다. 나를 용서해 달라는 것이다."

"……용서하겠습니다."

위창의 미소가 밝아졌다.

"그럼 예전처럼 대해 주겠느냐?"

"그건……."

해루 대신 차가운 표정의 향이 입을 열었다.

"그러긴 힘들 겁니다."

"무슨…… 소립니까?"

향이 얼떨떨한 표정의 위창을 직시하며 또박또박 말했다.

"아직 소식 듣지 못하셨습니까? 곧 교지가 내려질 겁니다."

"교지?"

"해루는 곧 내 사람이 될 겁니다."

"……!"

뒤통수로 불벼락이 내리친 것 같았다.

머릿속이 텅 비어버리고, 전신의 솜털이 곤두섰다.

위창은 저도 모르게 가슴을 잡쥐었다. 날카로운 화살이라도 박힌 듯 심장이 욱신거렸다.

이것이었던가?

지난 며칠간 불안해서 도통 잠을 이룰 수 없었던 이유가…….

가슴 위에 거대한 돌덩이라도 올라간 듯, 갑갑하고 답답하였던 이유, 바로 이것이었나.

교지라니? 일이 벌써 그렇게 진행되었던가?

위창은 조금은 서글픈 눈길로 하늘을 올려다보았다.

아무래도 당신은 절 미워하시나 봅니다. 모든 것을 주셨지만 정작 절실히 원하는 한 가지는 주지 않으시는군요. 어찌 이리 미워하십니까?

충격에 위창의 몸이 가볍게 흔들렸다.

그때, 쐐기를 박는 듯 향의 목소리가 들려왔다.

"해루는 내 사람이 될 겁니다. 그러니 두 사람의 관계가 예전과 같을 수는 없을 겁니다."

"그렇군요."

지그시 눈을 감고 있던 위창은 찬물이라도 뒤집어쓴 듯 정신이 돌아왔다.

그녀는 이제 왕세자의 여인이 되었구나.

텅 비어 있던 눈동자에 흐릿하게 생기가 떠올랐다.

"그런 것이군요."

작게 읊조리는 위창의 목소리가 한결 차분해졌다.

지켜보던 향의 눈에 이채가 떠올랐다.

지금 위창의 모습, 당연히 보여야 할 반응이 아니었다.

향의 생각보다 그는 차분했다.

"이해한 듯하니, 앞으로 어찌해야 할지도 알 것으로 생각합니다."

"물론입니다."

위창은 고개를 끄덕였다. 그는 착 가라앉은 눈으로 해루를 보았다.

"우선 축하한다는 말을 해야겠구나."

"아, 아직 그건, 그러니까……."

해루는 발그레 달아오른 얼굴로 어쩔 줄 몰라 했다.

잘되었다, 해루야.

저 사내를 연모했던 네가 아니더냐.

절실히 원하였던 사내와 함께하게 되었다니, 네게는 참으로 잘된 일이겠지.

하지만 난…….

널 보는 것만으로도 이리 가슴이 찢어지는 것만 같은데, 이제 난 어찌한단 말이냐.

"용서를 빌면 예전처럼 돌아갈 수 있을 줄 알았는데, 상황이 여의치 않게 되었구나. 하지만 한 가지 사실은 아직 변하지 않았다. 그 사실을 네가 기억해 주었으면 좋겠구나."

"변하지 않은 사실이라니요?"

해루의 물음에 위창은 쾌활한 웃음을 터트렸다.

마치 아무 일도 없었던 것처럼…….

아무 상처도 받지 않은 사람처럼…….

"잊었느냐? 내가 네 호위 무사가 되기로 한 것을."

"하지만 그건……."

"안다. 과거의 일이지. 하지만 난 분명 그날 너에게, 그리고 내게 맹세하였다. 이곳, 이 거리에서만큼은 적어도 너의 호위 무사가 될 거라고. 하늘이 끝나는 날까지 그 사실은 절대 변하지 않을 것이다."

"부담스럽습니다. 그러니 그 약조는 거두어주십시오. 제가 호위 무사라뇨? 그것도 다른 사람도 아닌 태군을 어찌 호위 무사로 둔단 말입니까? 말도 안 됩니다."

울상을 짓는 해루를 보며 위창은 싱긋 미소를 지었다.

"그리 부담스러우냐?"

"부담스럽습니다."

"그럼 이건 어떠냐? 나를 호위 무사로 생각하기 어렵다면 앞으로는 나를 오라비로 생각하려무나. 어떠냐? 내가 네 오라비가 되면 더는 날 두려워할 필요도 없지 않겠느냐?"

망설이던 해루는 그제야 작게 고개를 끄덕였다.

"알겠습니다."

"좋다. 앞으로 난 네 오라비다."

위창은 시원하게 웃었다.

내내 해루를 향해 있던 시선을 돌려 향을 바라보았다.

"그럼 볼일이 끝났으니, 저는 이만 물러가보겠습니다."

향과 해루를 뒤로한 채 위창은 걸음을 옮겼다.

서둘러 이곳을 벗어나고 싶었다.

그러나 그는 얼마 가지 못해 걸음을 멈출 수밖에 없었다.

"태군."

위창을 불러 세운 향이 그의 곁으로 다가왔다.

"할 말이 남으셨습니까?"

조금 떨어진 곳에 있는 해루를 건너다보며 향은 작은 목소리로 속삭였다.

"예전부터 태군께 묻고 싶은 말이 있었습니다."

"무엇입니까?"

"일 년 전 궁에 일어난 겁화. 그때 그대는 해루를 구하고도 내게 보지 못하였다 하였습니다. 어찌 그리하였습니까?"

향의 눈빛이 차갑다 못해 서늘하게 변했다.

태군의 거짓 때문에 자신은 지난 일 년을 지옥 속에서 살아내야 했다.

"……그때는 그것이 최선이었습니다."

"어찌 그것이 최선일 수 있습니까?"

"그때 해루에겐 사방이 적이었습니다. 두문동의 역도들도 그녀를 죽이려 하였고, 그녀의 정체를 알게 된 관인들도 어찌 나올지 알 수 없는 상황이었습니다. 그러니 그녀를 보호하기 위해선 어쩔 수 없었습니다."

"내가 해루를 지키지 못할 거라 생각한 겁니까?"

향의 매서운 질문에 위창은 부드러운 미소로 답했다.

"해루의 남은 생을 다 가지신 분께서 고작, 일 년을 어찌 그리 질투하십니까?"

"……!"

"적어도 제게도 한 번쯤은 기회를 주어도 괜찮다고 생각했습니다."

"기회?"

"네. 저 아이의 마음을 가로챌 기회 말입니다."

"오라비로 살겠다는 사내의 입에서 나온 말치곤 참으로 맹랑한 말이군요."

정곡을 찌르는 말에 힐끗 해루를 돌아보던 위창이 향의 가까이로 얼굴을 가져갔다.

"설마, 그 말을 믿으십니까?"

속삭이는 목소리.

"무슨 뜻입니까?"

잠시 느슨했던 향의 눈빛이 다시 사나워졌다.

그러나 아랑곳하지 않은 채 위창은 말을 이었다.

"저하, 한시도 긴장을 늦추지 마십시오. 그리고 잊지 마십시오. 해루의 지난 일 년은 저와 함께였습니다. 앞으로 한동안은 저하와 함께하겠지요. 허나, 앞으로 또 어찌 될지 누가 알겠습니까? 행여 조금의 틈이라도 보인다면 제가 파고들 겁니다. 잠시라도 방심하시면 저하의 소중한 것을 제가 가져갈지도 모르니, 다른 곳엔 눈길 돌리지 마십시오."

은근한 도발.

그러나 향은 이내 여유로운 미소를 입가에 머금었다.

"이미 늦었습니다. 해루의 마음이 내게로 향해 있으니, 그런 일은 절대 없을 겁니다."

승자의 표정이 향의 얼굴에 떠올랐다.

위창은 상관없다는 듯 느긋하게 대응했다.

"본디 세상 만물에 모두 임자가 있다고 하나, 사람의 마음에 임자 있다는 소린 못 들어봤습니다."

미소를 비스듬히 흘리며 위창은 중문을 나섰다. 그 모습을 보며 향은 주먹을 불끈 쥐었다.

"내가 보여주지요. 사람의 마음에도 영원한 임자가 있다는 것을."

"저하, 어찌 그러고 계십니까?"

얼마나 시간이 지났을까?

중문을 바라보는 향의 곁으로 해루가 다가왔다.

두 사내의 대화를 듣지 못한 터라, 그녀는 어리둥절한 표정이었다.

"그런데 태군께서는 그대로 가신 겁니까?"

해루는 이번에는 위창이 사라진 중문 밖으로 시선을 돌렸다.

"왜? 아쉬운 것이냐?"

"그런 건 아니지만……. 갑자기 찾아와 용서를 빌고, 게다가 오라비가 되어주겠다고 하시니 조금 놀랐습니다."

지난번의 일로 위창을 경계한 것은 사실이었다. 그러나 그 사건으로 모든 것을 진저리 칠 만큼 마음이 완연히 돌아선 것은 아니었다.

그러기엔 위창에게 받은 은혜가 컸다.

위창은 목숨의 은인이었으며, 지난 일 년간 기억을 잃은 해루의 아비이자, 오라비였다.

한 번의 잘못으로 그 모든 은혜가 없어질 수는 없었다.

그래, 태군의 말대로 그땐 그분께서 무에 정신이 나간 것이 틀림없어. 그래, 그런 것일 거야. 그러니 세상 그 누구에게도 고개 숙인 적 없었던 사람이 용서를 빈 것이겠지.

다행이다.

안도하는 그녀의 눈을 향이 가렸다.

해루는 묵향이 가득 밴 향의 손을 더듬었다.

"저하, 왜 이러십니까?"

"내가 여기 있는데, 어딜 보고 있는 것이냐?"

그의 목소리에 투정이 묻어 있었다.

해루의 입가가 길게 늘어졌다.

"뭡니까? 질투라도 하시는 겁니까?"

"그렇다."

향은 순순히 수긍했다.

해루가 놀란 표정으로 그를 돌아보았다.

좀처럼 속마음을 드러내지 않던 공갈 저하께서 설마 질투한다는 말씀을 하실 줄이야.

"진심이십니까? 거짓이라면 그리 진지하게 말씀하지 마십시오. 괜히 기분이 이상해질 뻔하지 않았습니까."

"해루야."

향은 자신을 향해 해루를 돌려세웠다. 그러고는 그녀의 커다란 눈 속에 오롯이 자신의 모습을 담았다.

"네가 내가 아닌 다른 사람을 보았을 때, 진심으로 불안하였다. 그러니 앞으로는 나만 보아라."

"진심이십니까?"

"진심이다."

향은 동그랗게 놀란 표정을 띠우는 해루의 눈을 보며 다짐했다.

누구도 감히 끼어들지 못하게 하리라.

누구도 감히…….

향은 해루의 손을 단단히 맞잡은 채 걸음을 옮겼다.

걷는 내내 그는 조금의 틈도 해루에게 허락하지 않았다.

마치 한 사람인 듯 걸음을 옮기는 두 사람의 발치로 차가운 바람이 불었다. 낮게 내려앉은 하늘에서 첫눈이 내리기 시작했다.

따라랑, 땅땅, 땅.

거문고 현이 들려주는 묵직한 가락이 방 안을 가득 뒤덮었다. 듣는 이의 마음을 아련하게 울리는 소리는 위창의 손끝을 타고 흘러나왔다. 화월루로 돌아온 그의 얼굴엔 쓸쓸한 바람이 가득했다.

"그 아인 만나셨습니까?"

연주가 끝나자 빈 술잔에 술을 따르며 음 선생이 물었다.

위창은 말없이 술잔을 들었다.

그러다 문득 빼끔히 열린 동창 너머를 바라보았다.

"눈이 내리는군."

"어머낫."

음 선생이 몸을 일으켜 방문을 활짝 열었다.

어느 사이, 마당엔 소복하게 눈이 쌓여 있었다.

"첫눈치고는 많이 내리는군요."

위창은 쌓여 있는 눈밭에서 시선을 떼지 않았다.

음 선생이 말을 이었다.

"해루, 그 아이의 일로 조정 대신들이 말이 많습니다."

"그자들이야 언제나 시끄러운 자들이니."

"저하께서는 기어이 해루를 궁으로 들이시려는 모양입니다."

"……."

"괜찮으십니까?"

음 선생의 물음에 위창은 소리 없이 웃었다.

"오늘 내가 무얼 하였는지 아느냐? 그 아이에게 가서 잘못하였다 용서를 빌었다."

"네?"

음 선생이 놀란 얼굴을 했다.

"왜? 놀랐느냐? 허긴, 나 역시도 놀랐느니. 그런 말까지 하게 될 줄은 나도 몰랐구나. 내가 그 아이에게 또 뭐라 한 줄 아느냐?"

"……."

"오라비가 되어주마, 약조하였지."

"태군."

"그렇게라도 해서 그 아일 잃고 싶지 않으니, 참으로 미련한 사내가 아니더냐."

"정녕 괜찮으십니까?"

"괜찮지 않으면 또 어쩔 것이냐."

위창은 빈 술잔을 음 선생에게 내밀었다.

조용히 바라보던 음 선생이 그의 술잔을 채웠다.

가득 찬 술을 입에 털어 넣은 위창은 낮게 혼잣말을 중얼거렸다.

"이건 이미 묻어버린 여인을 위한 벌주다."

그녀의 마지막을 함께하지 못한 죄.

멀리 떠나보내고 나서야 비로소 내 마음을 알게 되었지.

이런 사람과 함께 있었으니, 얼마나 괴로웠을까.

미안하다.

다시 빈 잔에 술이 찼다. 맑은 술잔에 비친 것은 무표정한 사내의 얼굴이었다.

그 무심한 얼굴을 지워내듯 그는 다시 술을 마셨다.

입가에 묻은 술을 닦으며 위창은 다시 낮게 속삭인다.

"이건 내 어리석음으로 상처 받은 여인을 위한 벌주다."

여인들과 함께 있으면서도 정작 사랑하는 여인을 어찌 대해야 하는지 알지 못했다.

지난 일 년간, 내 억지와 강요로 무척 괴로웠겠구나.

미안하다, 해루야.

마지막 술잔을 채웠다.

"그리고 이건……. 좋은 곳으로 가려는 그녀를 위한 축배이니라."

석 잔의 술을 마신 위창은 눈이 내리는 창밖으로 머리를 내밀었다.

"잘 살아라, 해루야."

왕세자에게 방심하지 말라 하였다.

그래, 방심해선 아니 되겠지.

조금만 틈을 보여도, 해루의 눈에 희미한 눈물 자국만 보여도 내가 그녀를 빼앗아갈 것입니다. 그러니 방심하지 마십시오. 그녀를 향한 마음에 조금의 틈도 보이지 마십시오.

오늘 밤, 저 하얀 눈밭에 붉디붉은 사내의 마음을 묻어버리리라.

훌훌 마음 털어버리는 것만이 해루를 위해 그가 할 수 있는 전부였다.

화석처럼 굳어버린 쓸쓸한 미소가 위창의 입가에 떠올랐다. 눈을 감은 그의 눈두덩으로 차가운 눈송이가 떨어졌다.

❀

"아유, 올해는 어째 이래 눈이 많이 내리는지 모르겠네요."

안산댁은 어깨에 쌓인 눈을 털어내며 부산을 떨었다. 그러다 활짝 열린 동창을 보고 눈을 휘둥그렇게 떴다.

"아이고, 우리 아가씨. 개가 맨발로 다닌다고 오뉴월인 줄 아시네. 바람이 차단 말예요. 이리 찬 기운 쐬었다가 고뿔이라도 걸리시면 어쩐대요. 곧 궁으로 들어가실 분이……."

서둘러 해루를 따뜻한 아랫목으로 밀어 넣은 안산댁은 열어놓은 동창을 닫았다.

밤의 길이가 가장 길다는 동짓날 밤.

해루는 동창에 턱을 기댄 채 하염없이 내리는 눈을 내다보고 있었다.

"어째 요즘은 도통 잡숫는 것도 시원치 않으시네요."

안산댁은 해루가 먹다 남긴 붉은 팥죽을 보며 걱정 섞인 말을 흘렸다.

"그나마도 엄한 입에 들어가는 걸 빼앗아 겨우 챙겨온 것인데."

"엄한 입요?"

"얼마 전부터 객방에 손님이 들었는데, 변죽이 얼마나 좋은지 벌씬벌씬 웃는 낯으로 계집종들과 친해지더니 이제는 반빗간을 제 집처럼 드나들지 뭡니까요. 아까도 아가씨 드릴 팥죽일랑 죄다 퍼먹는 걸 겨우 빼앗았다니까요."

"그런 객이 있습니까?"

"아주 골치입니다. 겁도 없이 대감마님 아끼시는 술에 손을 대질 않나. 그 손님 오신 이후로는 집안에 술이 남질 않는다고 반빗아치

들이 울상이라니까요."

"별난 손님이네요."

"저도 살면서 그런 손님은 처음 봤네요. 마음 같아서는 당장에라도 내쫓고 싶지만, 함부로 대하지 말라는 안방마님의 엄명이 있으신지라……."

안산댁은 못마땅한 듯 연신 구시렁거리며 걸레질을 시작했다.

물끄러미 그 모습을 바라보던 해루는 흐리게 미소를 지었다.

권 대감의 집으로 들어온 이후, 해루를 궁으로 들이는 일은 일사천리로 진행되었다.

궁에서 후궁 교지가 내려왔고, 얼마 지나지 않아 혼인의 징표인 교명문(敎命文)과 기러기가 전해졌다. 그리고 며칠 후 예물을 보내는 납징례(納徵禮)가, 그다음엔 혼인 날짜를 알리는 고기례(告期禮)가 행해졌다.

번거로운 간택의 절차는 생략되었지만, 귀한 사람을 맞이하는 여섯 가지 의례는 빠짐없이 치러졌다.

그러나…….

세자 저하는 지난번 걸음 하신 이후론 도통 모습을 보이지 않고 있었다. 듣자니 명국에서 동지사가 왔고, 다음 해를 준비하는 여러 가지 일로 바쁘다고 하였다.

하지만 그마저도 권 대감에게서 전해 들은 것이라, 조금은 섭섭하였다.

아니, 섭섭함보다 더 큰 것은 그리운 마음이었다.

얼마나 못 보았다고 이리 그리울까 싶었지만, 날이 지나고 밤이 깊어질수록 그리운 마음은 커져만 갔다.

"휴우."

그리움의 깊이만큼 한숨도 깊어져갔다.

걸레질하던 안산댁이 힐끗 해루를 돌아보았다.

"어째 그러신대요?"

"아무것도 아닙니다."

안산댁은 곁눈질로 해루의 안색을 살폈다.

저를 향한 눈길을 알지 못한 듯 해루는 닫힌 창문을 물끄러미 응시했다. 당장에라도 향이 찾아올 것만 같았다.

"누굴 그리 기다리신대요?"

"아니, 아닙니다. 기다리긴 누굴 기다려요."

"세자 저하 기다리시는 건 아니죠?"

"아니요. 절대 안 기다립니다."

해루는 정색을 하며 고개를 저었다.

그러나 얼굴 가득 속내가 빤히 드러났다.

말없이 바라보던 안산댁의 입가가 문득 실룩거렸다. 웃음을 참는 중이었다.

"그래요? 그럼 이건 소용없겠네요."

안산댁은 품에 있던 서찰을 꺼내다 도로 갈무리했다.

"그게 뭔데요?"

"아니, 아까 저하께서 보내셨다며 누가 서찰을 주더라고요."

"누가요? 아니, 그보다 저하께서 서찰을 보내셨다고요?"

"네. 그런데 아가씨가 아니 기다리신다니, 이건 아무짝에도 소용없겠……."

말을 하던 안산댁은 풋, 웃음을 터트리고 말았다.

어느 사이, 안산댁의 무릎 앞으로 바싹 다가온 해루가 한데로 모은 양손을 안산댁에게 내밀고 있었다.

주세요, 하는 눈빛이 꼭 어린 강아지 같았다.

더는 참을 수 없게 된 안산댁은 품에 있던 서찰을 해루에게 건넸다.

내내 추운 겨울을 맞은 사람처럼 얼어 있던 해루의 얼굴이 봄눈처럼 풀어졌다.

커다란 눈동자가 쉬지 않고 서찰을 읽어 내려갔다.

그리고 잠시 후.

“어딜 가시려고요?”

방을 나서려는 해루를 안산댁이 붙들었다.

“저하께서 저를 기다린대요.”

“이 밤에요?”

해가 저문 지 오래였다. 사위는 캄캄하기 이를 데 없었다.

“지난밤에 내린 눈이 아직 녹지 않아 길이 무척 미끄러울 텐데.”

“꼭 하실 말씀이 있나 봐요.”

“그래도…….”

말리고 싶은 마음 굴뚝이었지만, 해루의 얼굴을 보니 차마 입 밖으로 말이 나오지 않았다. 못 가게 말린다면 금방이라도 눈물이 뚝뚝 떨어질 것 같았다.

앞을 막아섰던 안산댁이 물러서자, 해루는 그대로 밖을 향해 치달렸다.

“아가씨, 고뿔 걸려요. 입성을 좀 더 따뜻하게 하셔야지요.”

안달이 난 안산댁의 목소리가 들려왔지만 해루는 걸음을 멈추지 않았다.

향이 기다리고 있었다.

그가 그녀를 기다리고 있었다.

❀

해루는 입김으로 손을 녹이며 걸음을 재촉했다.

다행히 서찰이 가리킨 곳은 권 대감의 집에서 그리 멀지 않은 곳이었다.

대로를 지나 좁을 골목을 한걸음에 내달렸다.

어느새 다가온 숲의 초입.

서찰에서 향이 만나자 한 장소였다.

해루는 동그랗게 모은 양손을 입가에 대고 소리쳤다.

"저하!"

그녀의 목소리는 어둠 속에 파장을 그리며 흩어졌다.

"대체 어디 계시는 거지?"

아무리 둘러보아도 어둠밖엔 보이지 않았다.

대체 이 적막한 곳에서 왜 만나자 하신 걸까? 누군가 장난이라도 친 걸까?

하지만 서찰에 쓰인 글은 분명 저하의 것이었다. 조선 팔도를 다 뒤져도 그와 같은 명필은 저하 외에는 없을 것이다.

"대체 어디 계십니까?"

해루는 더듬더듬 눈길을 따라 걸으며 세자를 찾았다.

바로 그때였다.

길가에 선 나무 뒤에서 여인이 나타났다.

초록 저고리에 자줏빛 치마, 그리고 새앙머리를 한 궁녀였다.

놀란 해루는 주춤 걸음을 멈추었다.

해루를 향해 빙그레 미소를 그리던 궁녀는 손에 든 등에 불을 켰다. 동그란 등에 불을 밝힌 여인은 나뭇가지에 등불을 걸어두고 어딘가로 사라졌다.

그것이 시작이었다.

등불이 걸린 맞은편으로 다시 사람의 모습이 나타났다.

"앗! 양 학사님."

양여섭을 발견하고 해루가 손을 흔들었다.

그러나 양여섭은 가벼운 눈웃음과 함께 아까 나타난 여인처럼 불을 밝힌 동그란 등을 나뭇가지에 걸어두고선 사라졌다.

도무지 갈피를 잡을 수 없는 일에 해루는 고개를 갸웃거렸다.

찰나, 또다시 길 양옆에서 사람들이 나타나 불 올린 등을 나무에 걸었다.

김담, 심운기, 눈에 익은 궁녀와 환관들…….

해루가 걸음을 옮길 때마다 그렇게 숲에서 나온 사람들이 등으로 앞길을 밝혀주었다.

어느새 숲의 초입부터 저 먼 곳까지 긴 등불 길이 만들어졌다. 눈이 내린 숲 속에 만들어진 등불 길은 아득하고도 아련하였다.

마치 하늘의 별들이 지상 위에 내려앉은 듯 몽혼한 별길.

그 별길의 끝에 한 사람이 서 있었다.

유난히 긴 그림자.

하얀 얼굴 가득 웃음을 매단 채 그녀를 기다리고 있는 한 사내.

향이었다.

내가 꿈을 꾸나?

해루는 손등으로 눈가를 비볐다.

눈[雪]에 홀린 듯하였다.

별에 넋이라도 빼앗긴 듯하였다.

마음으로는 꿈일지도 모른다 생각하면서도 향을 향해 걸어가는 것을 멈추지 않았다.

"저하……."

향이 양팔을 벌려 해루를 맞이하였다.

꿈이 아니었다.

온몸을 감싸는 그의 힘센 포옹과 따스한 온기는 결코 꿈일 수 없었다.

설야(雪夜)가 그려낸 환상은 더더욱 아니었다.

맞잡은 그의 손에서 따뜻한 체온이 전해졌다. 그녀를 끌어안는 그에겐 청량한 숲의 향기가 가득했다.

"마음에 드느냐?"

귓전에 닿는 향의 물음에 해루는 고개를 끄덕였다.

"대체 이것이 다 무업니까?"

"내 마음이다."

"네?"

"고운 길로 너를 이끌고 싶은 나의 마음이다."

"저하……."

"궁은 네 생각보다 험한 곳이다. 가시덤불이 기다리고 있을지도 모르고, 깎아지르는 절벽이 앞을 가로막을지도 모른다. 마냥 고운 길만 있다 말할 수는 없구나. 그래도 해루야……."

향은 고개를 내려 해루의 눈동자를 들여다보았다.

"저 많은 사람들이 네가 나아갈 길을 밝혀주었듯 너는 혼자가 아니라는 걸 기억하거라. 다른 것은 모두 잊어도 상관없다. 그러나 내게 오는 길만은 기억해라. 언제 어느 때라도, 힘들면 내게 오너라. 날 찾거라. 널 위한 길은 언제나 이리 환히 밝혀둘 것이다."

가슴 벅찬 사랑에 해루는 가슴이 뛰었다.

"잊지 않을 겁니다. 기억하고 또 기억하겠습니다."

차가운 바람이 불었지만 춥지 않았다.

쌓이는 흰 눈 속에서도 해루는 마냥 가슴 든든하였다.

향이 만든 안락한 울타리 안에서 그녀는 행복하고 또 행복하였다. 행여 그 행복을 잃어버리더라도 다시 찾을 수 있으리라.

단단한 약조에 향의 입술이 길게 늘어졌다.

해루의 입술 위로 향의 입술이 눈송이처럼 떨어졌다.

약조의 징표.

입술을 비집고 들어온 따뜻한 기운이 혈관을 타고 전신으로 번져 나갔다. 해루를 향한 향의 마음이, 아릿한 사내의 연모가 담긴 입맞춤이 겨울밤을 수놓았다.

바람이려니

너는 시린 바람이려니

하 많은 들판, 푸른 솔가지, 너른 바위 두고서 내 품 파고든

너는 가둘 수 없는 바람이려니

꽃잎이려니

너는 여린 꽃잎이려니

초록의 대지, 온기 가득한 숲을 두고서 내 품에 피어난

너는 꺾을 수 없는 꽃잎이려니

꽃길 드리우네

하늘 별길 네 발아래 드리우네

너는 바람이려니

너는 꽃잎이려니

너는 나만의 여인이려니

너는 나만의 임이려니

도둑고양이

칠기로 치장한 고귀한 빛깔의 서탁이 바닥을 나뒹굴었다.

"빈궁마마, 어찌 이러십니까?"

창졸간에 일어난 일이라, 소은에게 『열녀전』을 가르치던 여사의 얼굴이 하얗게 탈색되었다.

그녀는 서탁과 함께 바닥을 나뒹구는 『열녀전』을 서둘러 집어 들었다. 주상 전하께서 친히 내리신 서책이었다. 이 책이 바닥을 구른 사실이 알려지면 좋지 않은 풍문 정도로 끝나지 않으리라.

그러나 여사의 말에도 소은은 여전히 분기를 감추지 못했다.

"지금 내게 뭐라 했더냐?"

"마음을 가라앉히시옵소서. 한나라 여인 양씨의 남편에겐 열 명이 넘는 첩이 있었지요. 그러나 단 한 번도 얼굴을 붉히지 않았사옵니다. 그 마음에 감복한 남편은 양씨를 평생 귀이 여겼다고 합니다."

『열녀전』을 소은의 앞에 다시 내려놓으며 여사가 충언을 올렸다.

그러나 여사의 충언은 소은의 분노에 기름을 끼얹었다.

"네가 나를 지금 능멸하는 것이냐?"

"네?"

"나더러 이걸 공부하라 명하신 이유가 그것이란 말이냐? 이 책에 쓰인 글귀를 따라 투기하지 말고, 지아비가 첩을 열 넘게 들인다 해도 웃기만 하란 말이냐? 그런 의미로 이 책을 공부하란 것이더냐? 이런 의미로 이 책을 공부하라 내린 것이냔 말이다."

감정이 극에 이른 소은은 『열녀전』을 발기발기 찢었다.

부욱, 북, 북!

거친 파공음과 함께 왕께서 며느리에게 하사하신 『열녀전』이 조각나 바닥을 뒹굴었다.

그 행패에 공부를 가르치던 여사는 물론이고 지켜보던 궁인들은 반쯤 넋이 나갔다.

빈궁마마께서 이따금 거친 성정을 보이는 경우가 있었지만, 설마 전하께서 내리신 서책마저 함부로 할 정도로 사나울 줄은 몰랐다.

"마마, 이러시면 아니 됩니다. 전하께서 이 일을 아시는 날엔 크게 진노하실 것이옵니다."

한 상궁이 소은을 말렸다.

높은 곳에서 떨어진 불벼락이 비단 소은에게만 국한되지는 않을 것이다.

감히 왕께 불경한 죄를 저지르는 소은에게 애원하며 매달렸다. 그러나 소은의 화는 좀처럼 가라앉지 않았다.

"나는 그리하지 못하겠다. 지아비가 계집을 집에 들이는데도 멍충이처럼 웃고 있지 못하겠다. 내가 어찌 그리해야 하느냐? 어찌 참아야 한단 말이냐?"

"마마."

"무얼 어찌하든 상관없어. 그 계집이 궁에 들어오는 것만은 막아야 한다. 어떻게든 막아야 해. 어떻게든……."

감히 내가 있음에도 새로 계집을 들이는 것을 참을 수 없었다.

곁에 서 있는 내게 그 흔한 미소 한번 보이지 않고서, 새 여인을 곁에 두시는 건 정말 견딜 수 없다. 그리고 무엇보다 견딜 수 없는 것은, 곁에 두려는 여인이 해루라는 점이었다.

다른 사람도 아닌 해루가 그분 곁에 있어선 아니 된다.

절대 그리되어서는 아니 된다.

소은의 눈동자 속엔 분노를 넘어 조급함마저 서려 있었다.

정말 해루 그 아이가 궁에 들어온다면 어찌하지?

하여, 지난날의 내 행적을 저하께서 아신다면?

등줄기로 섬뜩한 한기가 훑고 지나갔다. 불안이 그녀를 잠식했다.

소은은 앙칼지게 아랫입술을 물었다.

"소쌍아! 소쌍아!"

소은은 버릇처럼 소쌍을 외쳐 불렀다.

이내 찻상을 든 소쌍이 잰걸음으로 들어섰다.

"너희는 모두 나가보아라."

서둘러 주위를 물린 소은의 곁으로 소쌍이 바싹 다가갔다.

"마마, 따뜻한 차이옵니다. 이걸 드시면 마음이 가라앉을 것이옵니다."

"전에 말한 그 일은 어찌 되었느냐?"

"연락을 넣었으니 곧 소식이 있을 것입니다."

"늦어선 곤란해. 한시가 급하단 말이다."

"늦지 않을 것이옵니다. 염려 마십시오."

"그래, 그래. 당연히 그래야지."

말과 달리 찻잔을 든 소은의 손은 연신 바르르 떨렸다.

그 손을 소쌍이 가만히 감싸 쥐었다.

"모두 잘될 것이옵니다. 행여 무슨 일이 생긴다면 이 소쌍이 마마를 위해 목숨을 걸 것이옵니다."

그 다독거림이 통한 것일까?

소은의 떨림이 조금씩 멎었다.

소쌍을 바라보는 소은의 얼굴에 희미하게 안도의 빛이 떠올랐다.

"단주 어르신, 궁에서 연락이 왔습니다."

민안선은 최 마름이 건네는 서찰을 읽었다.

"어린 빈궁께서 제법 독심을 품으셨구나."

"어찌하시렵니까?"

"글쎄……."

민안선은 장부에서 시선을 떼지 않았다.

최 마름이 조심스럽게 다시 물었다.

"어찌할까요?"

민안선은 대답 대신 엉뚱한 소리를 내놓았다.

"장사란 말일세, 무릇 흥정도 중요하지만 상대할 사람을 고르는 것도 중요한 법일세. 시와 때를 골라 때로는 강하고, 때로는 유약하고, 때로는 비열한 사람을 상대로 내놓아야 한다네. 그래야 한 푼이라도 더 이문을 남기고, 또 손해를 줄이게 되거든."

"어떤 사람을 보낼까요?"

"지금 사정이 급한 사람은 우리가 아닌 세자빈일세. 허면, 일을 조금 더 몰아붙여도 되겠지?"

"이 진사를 보낼까요?"

"천 서방에게 연통을 넣으시게."

"천 서방이라면……."

최 마름의 안색이 하얗게 변했다.

좋지 않은 수다. 다른 사람도 아닌 세자빈을 상대할 패로서는 더더욱 좋지 않았다.

그러나 정작 최악의 수를 선택한 민안선은 태연하기만 했다.

"앞으로 우리가 할 일은 이보다 더 더러운 일이 될 것이야. 그러니 거래를 틀 때부터 그에 맞는 사람을 보내야지 않겠는가?"

"……알겠습니다."

최 마름이 뒷걸음질로 방을 나섰다.

다시 장부로 고개를 돌리는 민안선은 작게 혼잣말을 중얼거렸다.

"어린 빈궁께선 세상의 이치를 조금이라도 알고 계실지 모르겠군. 본디 거래란 받은 만큼 돌려주어야 한다는 걸 말이야."

그의 입가에 비정한 미소가 떠올랐다 사라졌다.

"흉한 기운이 사방에 있으니. 매 순간 조심, 또 조심해야 한다."

점괘를 읽는 훈도 유익보의 얼굴에 어두운 그림자가 드리웠다.

그는 매일 자신의 운세를 보는 것으로 하루를 시작하곤 하였다. 지금껏 헉 소리가 날 정도로 운이 좋았던 적도 별로 없었지만, 요즘처럼 사방에 악운이 드리웠던 시절도 없었다.

"에이, 그래도 무슨 큰일이 있으려고."

유익보는 애써 좋은 쪽으로 생각을 돌렸다.

그러나 천문학 장 훈도의 등장으로 그의 노력은 물거품이 되었다.

"유 훈도! 유 훈도!"

"그렇지 않아도 심란한데, 어찌 이리 소란인가?"

숨을 헐떡이는 장 훈도에게 유익보가 지청구를 날렸다.

그러나 그게 문제가 아니라는 듯 장 훈도가 팔을 내저었다.

"그 얘기 들었는가?"

"얘기라니? 무슨 얘기?"

"그 왜 있잖은가? 해랑……. 생도 해랑 말일세."

"그놈 이야기는 왜 해?"

"그 해랑이 말이야……."

"아, 그 재수 없는 놈의 얘길 왜 자꾸 입에 담는가?"

"해랑, 그자가 사실은 세자 저하의 사람이었다는구먼."

장만돌의 이야기에 유익보는 눈을 끔뻑거렸다.

"자네 자다 꿈꿨는가? 무슨 헛소리야?"

"나도 헛소리였으면 좋겠네. 게다가 그 해랑을 세자 저하의 후궁으로 들이겠다는 교지를 진즉 내리셨다는구먼."

"자네 꿈을 꾼 것이 틀림없네. 해랑이 그놈이 어찌 세자 저하의 후궁이 된단 말인가? 말이 되는 소릴 하게."

"해랑이 그자가 사실은 여인이었다네. 그것도 지난 세자빈 간택에서 삼간택까지 오른 권전 대감의 여식이라는군."

"말도 안 되는 소리."

"믿기지 않지. 나도 믿기지 않는다네. 그런데 그게 사실이라는구먼."

"대체 그 헛소리를 어디서 들었는가?"

"나와 친한 대전 내관에게서 들은 얘기라네. 그 일로 조정에 한바탕 난리가 났었다고 하더라고."

"아니야. 그럴 리 없어."

유익보는 자리를 박차고 벌떡 일어섰다.

이런 일은 있을 수도, 있어서는 안 되는 일이었다.

해랑이 여인이라니. 게다가 세자 저하의 사람이라니.

만약 이 모든 이야기가 사실이라면 어쩌지?

그리되면…….

유익보의 뇌리로 지난날의 일들이 주마등처럼 스쳐 지나갔다.

해랑에게 온갖 잡일을 시키는 것으로 모자라 은근히 따돌리고, 게다가 버릇을 고쳐준다며 수강궁에 감금했던 일들이 빠짐없이 떠올랐다.

"아, 나는 이제 죽었구나."

비탄에 잠긴 음성이 유익보의 입에서 흘러나왔다.

"자네만 죽은 게 아니라네. 우리 모두 죽은 목숨일세."

장 훈도는 급기야 유익보의 앞에 털썩 주저앉아 머리를 감싸 쥐었다.

그런 장만돌에겐 눈도 돌리지 않은 채 유익보는 책장 한쪽에 고이 모셔둔 항아리를 쓰다듬었다.

"아이고, 저를 좀 살려주십시오. 저를 좀……."

유익보는 항아리를 끌어안고 매달렸다.

"아니, 이럴 것이 아니지. 내 이래서는 살 수가 없을 것이야."

무언가 결심을 한 듯 유익보는 급한 걸음으로 관상감을 빠져나갔다.

"어딜 가는가?"

"그분을 뵈어야겠네."

"그분? 그분이라니?"

장만돌의 물음은 허공에 허무하게 흩어졌다.

어느새 유익보는 자취를 감춘 뒤였다.

얼마 후.

유익보가 다시 모습을 드러낸 곳은 피맛골 구석에 위치한 허름한 움막이었다.

"선생님, 선생님."

다급한 음성으로 누군가를 부르며 유익보는 움막 안으로 들어섰다.

갈대를 얼기설기 엮어 만든 움막은 바람이라도 불면 훅 날아갈 듯 형편없었다. 그러나 그런 형편없는 움막에도 사람은 살고 있었다.

낯선 불청객의 침입에 움막 안에 잠들어 있던 사람이 부스스 몸을 일으켰다.

"뉘시오?"

"관상감의 유 훈도라는 사람입니다."

"유 훈도?"

염소수염을 실룩이던 사내는 생각에 잠긴 채 뒷머리를 긁적거렸다.

하지만 아무리 머리를 쥐어짜봐도 유 훈도에 대해 기억나지 않았다. 저리 친근한 미소를 짓는 걸로 보아 인연도 보통 인연이 아닌 모양인데, 어찌 기억나지 않는 것일까?

간밤에 술이 과했던 모양이다.

"기억나지 않으시는 게 당연한 일입니다. 선생님께서 관상감에 계실 때 먼발치에서 인사 몇 번 드린 게 전부이니까요."

"아하! 관상감 사람이었군."

사내는 고개를 크게 끄덕이며 알은척을 했다.

그리 반기면서도 한편으로는 유익보를 세심하게 살폈다.

사내가 관상감을 나온 것은 골치 아픈 일에 연루되었던 까닭이었다. 지금도 관군이 지나갈 때면 가슴이 뜨끔하곤 했다. 만약, 유익보 이 사람이 나쁜 의도를 품고 접근해 온 것이라면 정든 움막을 버리고 당장 도망 길에 올라야 한다.

"그렇게 경계하실 필요 없습니다. 다른 분도 아닌 선생님을 밀고하는 일은 결코 없을 것입니다."

"그런가?"

사내가 어깨를 펴며 편안한 표정을 지었다.

"그런데 여긴 어떻게 알고?"

"진즉 수소문을 했었습지요. 간신히 이곳에 계신 걸 알았지만, 행여 선생님께서 불편해하실까 봐 차마 찾아뵈질 못하고 있었습니다."

유익보는 관상감에서 가져온 항아리를 꽉 껴안았다. 이 항아리야말로 그가 보물처럼 아끼는 물건이자, 이 움막의 주인과 관련된 물건이었다.

이 움막의 주인. 겉보기엔 초라해 보이지만, 이쪽 업계에선 전설적인 인물로 통하는 사람이었다. 그는 대단한 학벌도 연고도 없이 실력 하나만으로 세자빈을 정하는 간택에 교수직으로 채용되었으며, 인생의 길흉화복을 손금 보듯 살피는 혜안으로 가장 볼품없는 간택인이 삼간택에까지 오를 것이라는 걸 예견한 바 있었다.

비록 불행한 사건으로 그가 지목한 간택인은 마지막 관문을 넘지 못했지만, 두문회의 역모 사건만 없었으면 그녀가 세자빈이 되었을 거라는 소문이 파다하였다.

관상감에서 그 여인을 지목한 사람은 이 사내가 유일하였다.

그만큼 신묘한 능력의 소유자였다.

유 훈도가 그를 흠모하는 것은 바로 이런 이유였다.

"뭐, 그리 대단한 사람이라고. 그래, 그런데 오늘은 어쩐 일로 날 찾아온 겐가?"

"살려주십시오, 선생님."

유 훈도는 염소수염의 양손을 덥석 잡았다. 부탁하는 목소리가 간절하기 이를 데 없었다.

염소수염 사내는 슬그머니 잡힌 손을 빼며 물었다.

"대체 무슨 일인데, 그리 절박한 표정인 겐가?"

"제가 질투에 눈이 멀어 엄청난 일을 저지르고 말았습니다."

유 훈도는 지금까지 관상감에서 일어난 일들을 죄 숨김없이 털어놓았다. 마지막으로 생도 해랑이 사실은 세자빈 간택에 참여했던 권 대감의 여식이라는 것과 그녀가 곧 후궁이 될 거라는 이야기까지 숨 한 번 쉬지 않고 죄다 입에 올렸다.

유익보의 이야기가 끝나고 난 뒤에도 사내는 입을 열지 않았다.

그렇게 한참의 시간이 지난 후, 사내가 겨우 입을 열어 물었다.

"생도 해랑이 권 대감의 여식이란 말인가?"

"그뿐만이 아닙니다. 벌써 교지가 내려졌다 합니다. 세자 저하의 후궁이 된단 말입니다. 이제 저는 죽은 목숨입니다. 이 일을 어찌하면 좋겠습니까? 어찌해야 이 불운을 피해 갈 수 있겠습니까?"

"허어, 자네의 처지가 참으로 곤란해졌군."

낮게 중얼거리는 사내의 눈동자에 불현듯 이채가 스며들었다.

이내 버릇처럼 염소수염을 만지작거리며 사내, 정 판수가 물었다.

"그런데 해루, 아니 해랑이는 지금 어디에 있는가?"

사방에 검푸른 어둠이 깔렸다.

수틀 앞에 앉은 해루는 뻣뻣해진 뒷목을 손으로 매만졌다.

벌써 몇 시진째 수를 놓고 있는 것인지.

궁으로 들어가기 전에 사대부 여인의 기본을 배워야 한다 하였다.

그깟 양반가 여인의 기본 따위, 무에 힘들까?

아무렴, 산이며 들이며 조선 팔도를 헤매며 산전수전 다 겪은 몸이다. 굶어 죽을 뻔한 적도 여러 번이고, 맞아 죽을 뻔한 적도 적지 않았다. 고생이란 고생은 다 해봤는데, 기껏해야 편안한 아랫목에 앉아 손가락 장난이나 하는 양반네 여인의 일이 대수일까.

처음에는 다소 얕잡아보며 시작한 일이었다.

그러나 사대부의 여인으로 사는 것은 생각보다 고된 일었다.

그저 손끝에 물 한 방울 안 묻히고 아랫것들에게 명만 내리면 되는 줄 알았건만.

사람을 부리는 것도 본인이 그 일을 알고 하는 것과 모르고 하는 것이 천지 차이라고 하였다.

최씨는 그런 조언과 함께 하나에서 열까지 꼼꼼하게 가르쳤다. 여인에게 필요한 일이라면 어느 것 하나도 허술하게 하는 법이 없었다.

그리고 얼마 전부터는 금침(衾枕, 이부자리와 베개)에 들어갈 수를 해루에게 직접 놓으라 하였다. 덕분에 하루에도 몇 번씩 바늘에 찔리곤 하였다.

"아얏!"

잠시 딴 곳에 정신을 파는 사이, 어김없이 바늘 끝이 검지 끝을 파고들었다. 핏방울이 맺힌 손가락을 입에 넣고 피가 멈추길 기다렸다.

"하아, 차라리 신루에서 학사님들께 세자빈 교육 받을 때가 더 편했을 것 같구나."

엉뚱하고 황당했지만, 그만큼 신기하고 재미있었다. 옛 추억을 생각하니 절로 입가에 미소가 떠올랐다.

그때였다.

"야옹……."

난데없는 고양이 소리. 그런데 고양이 울음치고는 기이했다.

"도둑고양인가?"

해루는 고개를 갸웃거렸다. 그러나 이내 관심을 접고 다시 수자에 정신을 쏟았다.

그러나 얼마 지나지 않아 다시 들려오는 고양이 울음소리.

"이야아옹."

어딘가 아픈 듯, 일그러진 울음이었다.

동창 아래에서 들리는 소리에 해루는 기어이 문을 열었다.

창 너머로 고개를 내밀고 밖을 살폈지만, 고양이는 보이지 않았다. 대신 불쑥 눈앞으로 다가오는 얼굴 하나가 있었다.

"저하!"

놀람 반, 기쁨 반 섞인 표정으로 해루는 향을 바라보았다.

"뭐 하시는 겁니까?"

"뭐 하긴? 도둑고양이 노릇 중이지."

"네?"

"이리라도 네 얼굴을 보니, 썩 나쁜 것은 아니라 생각하는 중이다만."

"저하……."

해루가 고개를 설레설레 저었다. 그러다 문득 향의 얼굴에 시선을 고정했다.

"그러다 제가 내다보지 않으면 어쩌시려고요?"

"내다볼 때까지 울어볼 생각이었다. 시끄러우면 한 번쯤은 고개를 내밀어 보겠지."

해루가 웃으며 말했다.

"그러기 전에 하인들이 먼저 달려왔을 겁니다. 그냥 걸음하셨다 하시면 될 것을 이건 또 어인 까닭입니까?"

"교지가 내리면 내 여인이라 만천하에 공개한 것이니 만나기도 쉬울 줄 알았다. 그런데 오히려 더 까다로워졌더구나. 격식이니, 절차니 이런 것들이 어찌나 따라붙는 것인지. 정식으로 찾아오자니 그때마다 권 대감께 일일이 허락을 받아야 하는데, 그 절차가 어디 그리 쉽더냐? 그러니 이리 고양이라도 되어서 널 보는 수밖에."

"저하도 참 못 말리겠습니다."

해루는 밤바람에 얼어붙은 향의 얼굴을 양손으로 감싸 쥐었다.
그리고 촉, 그의 입술에 입맞춤을 하였다.
향의 얼굴이 푸스스 녹아내렸다.
"고양이가 되는 것도 썩 나쁜 것만은 아닌 듯하구나."
"정말 못 말리겠습니다."
그때, 중문 뒤에서 낮은 인기척이 들려왔다.
"어디서 방정맞은 고양이가 초저녁부터 울고 있는겨?"
힐끗 뒤를 돌아보던 향이 아쉬운 얼굴로 말했다.
"나는 그만 돌아가야겠구나."
함께 중문을 건너보며 해루가 물었다.
"두목님이 기다리시는 겁니까?"
"아까부터 영 못마땅한 얼굴이더구나. 더 늦으면 아마 그 녀석의 개 짖는 소리를 들을 수 있을 것이다. 어여쁜 소리가 아닐 테니, 미리 나가봐야겠다."
"네, 그럼 그만 가보십시오."
"가지 마라 하면 아니 갈 것이다."
"조심히 가십시오."
"조금이라도 서운타 하면 아니 갈 것이야."
"살펴 가십시오."
"냉정한 녀석."
투덜대면서 향은 영 떨어지지 않는 걸음을 옮겼다.
해루는 그의 자취가 완전히 사라질 때까지 시선을 떼지 못했다.
그렇게 얼마나 지났을까?
해루가 머무는 별채에 다시 고요가 찾아왔다.
잠시 향이 사라진 곳으로 눈길을 돌리던 해루는 서둘러 동창 문을 닫고 수틀 앞에 앉았다.

바늘을 들고 모란 잎사귀를 수놓으려는 찰나.

"야옹."

다시 들려오는 고양이 소리.

해루의 입매가 길게 늘어졌다.

"저하도 참, 정말 못 말리겠……."

벌컥, 동창을 열던 해루의 표정이 기묘하게 일그러졌다. 향이 있으리라 생각했던 자리엔 엉뚱한 사람이 서 있었다.

"해루야."

넉살 좋은 웃음을 연신 방긋거리는 염소수염의 사내.

정 판수가 해루를 향해 반갑게 손을 흔들었다.

"아저씨?"

아저씨가 여긴 또 어떻게 알고 왔습니까?

괴로움과 즐거움을 함께한 사람[同苦同樂]

"하하하. 해루야."

정 판수는 넉살 좋은 웃음을 터트렸다.

"아저씨?"

해루가 다시 물었다.

"그래, 바로 나다."

정 판수는 더없이 반가운 표정으로 두 팔까지 크게 벌려 보였다. 하지만 해루는 그를 멀뚱히 쳐다보기만 할 뿐이었다. 반갑게 맞이하기엔 그의 등장이 난데없었다.

"무슨 일입니까?"

"무슨 일이긴. 내가 널 찾는 데 이유가 필요하냐?"

"지금처럼 말도 없이 불쑥불쑥 찾아올 땐 항상 이유가 있었습니다만."

그것도 터무니없는 이유가 있었지요.

해루가 오랜만에 만난 정 판수를 반갑게 맞이하지 못하는 것도 그 때문이었다.

"또 무슨 일이라도 벌였습니까? 제가 여기 있는 건 어떻게 아시고요?"

"예끼. 남들이 들으면 내가 눈만 떼면 일만 저지르는 파렴치한 놈인 줄 알겠다."

"……."

"표정이 왜 그러냐?"

"제 표정이 왜 그런지 정말로 몰라서 묻는 건 아니죠?"

"흰소리는 됐고. 듣자니 좋은 소식이 있다더구나?"

정 판수는 두 손을 마주 비비며 히죽히죽 웃었다.

"무슨 좋은 소식 말입니까?"

"무슨 소식은. 그런데 날 언제까지 이곳에 세워둘 테냐? 찬바람이 불어서 그런가, 꽤 춥구나."

정 판수는 팔을 문지르며 요란하게 몸을 떨었다.

해루는 한숨을 쉬며 말했다.

"밖에서 떨지 마시고 들어오세요."

"고맙다, 해루야."

정 판수는 희희낙락하며 단숨에 해루의 방으로 들어섰다.

그런데 해루의 방으로 들어온 이는 정 판수 한 사람만이 아니었다. 정 판수를 따라 젊은 사내 한 명이 함께 들어온 것이다.

"누구……. 유 훈도님?"

"그, 그렇습니다. 잘 계셨습니까?"

어색하게 고개를 숙여 보이는 이는 다름 아닌 유익보. 관상감에서 해루의 선배였던 사내였다.

"유 훈도님께서 이곳엔 어쩐 일로……."

"그것이……."

유익보가 궁색한 변명을 늘어놓으려 하자 정 판수가 나서서 그를 변호했다.

"이 친구는 내가 관상감에 있을 때부터 잘 알던 사람이다. 날 무척 따랐지. 안 그런가?"

"물론입니다. 지금도 선생님의 신물을 신줏단지처럼 모시고 있습니다."

해루의 한숨이 깊어졌다.

말썽꾼 아저씨가 이젠 혹까지 끌어들였다.

"관상감 일은 어쩌고요. 요즘 한창 바쁜 시기일 텐데."

"물론, 그렇긴 합니다만, 어쩔 수 없는 사정이 생겼는지라……."

유익보는 대답을 얼버무렸다.

제아무리 관상감 일이 바빠도 제 목숨보다 중요할 리 없다. 유익보는 은근슬쩍 자리에 앉으며 해루의 눈치를 보는 데 여념이 없었다. 권력에 금세 머리를 조아리는 본성답게 언제 해루를 천대했느냐는 듯 입에서 존대가 꼬박꼬박 잘도 나왔다.

"해루야, 일은 어찌 되고 있느냐?"

따뜻한 아랫목에 자리를 잡고 앉은 정 판수가 느른한 목소리로 물었다.

"일이라니요?"

"우리 사이에 굳이 감출 이유 있겠냐? 다 알고 왔다. 빼앗긴 봄이 다시 돌아왔다면서?"

"겨울은 이제 시작인데, 봄이 어떻게 돌아와요?"

"말이 그렇다는 소리지. 네가 동궁전의 후궁이 된다는 소문이 저기 동구비보까지 파다하게 퍼졌다더라. 해루야, 알지? 내가 정 판수다. 버려진 널 주워다 금이야 옥이야 길러준 고마운 은인이지."

"절 금이야 옥이야 하셨다고요?"

"아무렴. 그렇고말고."

"세상천지 어떤 금덩이가 빚쟁이를 피해 도망 다닌답니까?"

"덕분에 전국 팔도, 풍광 좋다는 곳은 두루두루 유랑하였지."

"어떤 옥이 굶길 밥 먹듯 한답니까?"

"덕분에 쌀 한 톨이 자라기까지 얼마나 많은 이들의 노고와 땀방울이 필요한지 알게 되었지. 이 모든 것이 국모의 마음가짐이니. 후궁이라고 하나 곧 보위를 이어받으실 세자 저하가 아니냐. 그때가 되면 세자 저하의 총애를 받는 너의 지위 또한 훨씬 더 비범해질 터. 그야말로 내가 네게 조기교육을 시킨 셈이구나. 하하하."

"조기 구이는 알아도 조기교육은 처음 들어보는 말입니다."

"녀석, 귀한 몸 되실 거라 그런가, 안 예쁜 곳이 없구나. 툴툴대는 저 입마저 예쁘니."

"뒤통수는 안 예쁠 겁니다. 누구한테 하도 뒤통수를 맞아서 납작 눌렸거든요."

"젊어 고생은 사서도 하는 법이라 하였다. 남들 사서 하는 고생을 너는 내 덕에 원 없이 해보았으니, 당연히 내게 고마워해야 하는 법이다."

"누가 그런 말을 했는지 몰라도 분명 고생다운 고생은 단 한 번도 해본 적이 없는 사람일 겁니다. 젊어 고생하면 늙어 골병만 듭니다. 그보다 오늘은 무슨 일로 행차하신 겁니까? 정말로 절 축하하러 오신 것 같지는 않고."

"왜긴 왜야?"

내내 청산유수처럼 말을 쏟아내던 정 판수가 해루의 눈치를 은근슬쩍 살폈다.

해루의 인상이 와락 일그러졌다.

정 판수가 저렇게 눈동자를 돌리면 필시 곤궁한 일이 생겼다는 의미다.

아니나 다를까.

"저기, 해루야……."

정 판수가 은근히 운을 뗐다.

"돈 없습니다."

해루는 단호한 표정으로 정 판수의 말을 잘랐다.

한두 번도 아니고, 마음 단단히 먹어야지.

"그렇게 매정하게 말하지 말고. 이번 딱 한 번만 도와다오."

"정말 돈 없다니까요. 지난번에 드렸던 돈은 다 어쩌고요?"

"에이, 그건 진즉에 털어먹었지."

"그걸 지금 말이라고 하십니까? 몰라요, 이번엔 정말 없어요. 아니, 있어도 못 드려요."

"해루야, 그러지 말고……."

"……."

"해루야……. 정말로 배가 고파서 그래."

그때 두 사람의 눈치만 보던 유익보가 조심스럽게 대화에 끼어들었다.

"제가 낄 자리는 아닌 듯하지만……."

슬쩍 정 판수를 돌아보던 유익보는 말을 이었다.

"선생님께서는 정말 굶고 계셨습니다."

"정말…… 굶으셨어요?"

정 판수는 대답 대신 손가락 다섯 개를 활짝 폈다.

"닷새밖에 안 굶었는데……. 그래도 배는 좀 고프구나. 허허허."

때마침 정 판수의 배에서 허기진 외침이 울렸다.

해루의 미간이 좁아졌다.

그녀는 서둘러 자리에서 일어나 부엌으로 향했다.

미운 건 미운 거고. 일단 아저씨의 주린 배부터 채워야겠다.

잠시 후.

이것저것 먹거리를 챙겨 든 해루가 돌아왔다.

"어이구. 이게 다 뭐냐. 해루야, 역시 너밖에 없구나."

정 판수는 밥그릇을 끌어안고 허겁지겁 먹었다. 먹는 모습을 보니 닷새 굶었다는 말이 거짓은 아닌 모양이다. 정 판수의 초라한 모습을 보고 있자니 명치가 아려왔다.

정 판수와 오랜 시간을 함께했다. 추운 겨울이 가장 서럽고 어려웠다. 다리 밑에 거적때기를 뒤집어쓰고 앉아 서로의 체온으로 긴긴 밤을 보낸 적도 여러 날이었다.

내가 너무 무심했어.

내 등 따시고 배부르니, 아저씨도 그렇게 지냈으리라 생각했다. 아니, 신경 쓰고 싶지 않았던 것인지도 모른다. 행복에 겨워 고생하는 아저씨를 외면하고 있었던 것이리라.

"대체 아저씨는 왜……."

해루의 말끝이 잦아들었다.

입가에 붙은 밥풀을 떼던 정 판수가 해루를 바라보았다. 그녀의 눈가가 붉게 충혈되더니 이내 눅눅하게 젖어 들었다.

"왜? 왜 우는 게야?"

"속상해서 그럽니다. 꿀은 그게 다 무엽니까? 신발은 또 어디에 팔아먹고 맨발이십니까?"

"어째 날이 갈수록 잔소리가 느는 것 같구나."

"제가 정말 아저씨 때문에 못 살겠습니다. 정말 못 살겠어요."

소맷자락으로 서둘러 눈물을 훔친 해루는 불퉁한 얼굴로 지청구를 날렸다. 정 판수는 입가에 밥풀을 잔뜩 묻힌 채 연신 웃기만 했다.

"사치도 안 부리시는 분이 돈은 대체 어디에 쓰시는 겁니까? 또 투전판을 기웃거리시는 건 아니죠?"

"도박도 밑천이 있어야 하지. 요즘엔 하고 싶어도 못한단다."

"자랑이십니다."

길게 한숨을 내쉬던 해루는 옷장 안에서 붉게 옻칠을 한 작은 나무 함을 가져왔다.

"제가 드릴 수 있는 건 이게 답니다."

"이게 다 무어야?"

나무 함 속에는 호박과 산호, 그리고 진주로 만들어진 노리개 몇 개가 들어 있었다.

정 판수의 입이 함지박만 하게 벌어졌다.

"해루야."

"이게 정말 마지막입니다."

"그래, 그래. 이게 정말 마지막이다."

"정말, 정말입니다."

"암암, 내 약조하마. 내 약조하지."

입가에 묻은 음식 찌꺼기를 쓱쓱 소맷자락으로 문질러 닦은 정 판수는 서둘러 자리를 털고 일어섰다.

"가시려고요? 이거나 마저 드시고 가세요."

"아니다. 내가 이곳에 있는 걸 누가 보기라도 하면 사람들이 널 어떻게 보겠느냐? 누가 보기 전에 얼른 사라져야지."

"상관없어요. 그러니 언 발이나 좀 녹이고 가요."

"괜찮다. 오는 길에 신발 장수 집을 봐놨어."

정 판수는 연신 손을 흔들며 엉금엉금 방을 나갔다.

갑자기 나타날 때는 밉더니, 막상 찬바람 맞으며 나간다 하니 마음이 아팠다.

"그러지 말고 오늘만이라도 이곳에서 주무시고 가세요."

"말만이라도 고맙구나. 그럼, 이만 간다. 다음엔 궁궐에서 보자꾸나."

"그, 그럼 저도 이만……."

해루에게 뭔가 말을 할까 말까 망설이던 유익보가 밖에서 부르는 정 판수의 목소리에 허둥지둥 걸음을 옮겼다.

"우리 아저씨, 언제나 편해지려나. 걱정 마세요. 제가 호강은 못 시켜드려도, 밥 굶지 않게 해드릴게요."

해루는 정 판수의 모습이 사라질 때까지 오래도록 그의 뒷모습을 바라보았다.

"정신 차리고 다시 한 번 찬찬히 살펴보시오. 이게 어딜 봐서 열 냥짜리란 말이오?"

정 판수의 목소리가 높아졌다. 해루가 건넨 노리개를 팔러 시전의 상인을 찾은 참이었다.

그러나 상인은 팔짱을 낀 채 배짱을 부렸다.

"내가 줄 수 있는 건 노리개 하나에 열 냥. 총 세 개니, 서른 냥 주겠소이다."

"예끼! 이보시오. 말이 되는 소릴 하오. 다른 데 가면 못 받아도 하나에 서른 냥은 족히 받을 물건을 두고……."

"그럼 거기로 가보든가."

"가라면 못 갈 줄 알고."

정 판수는 노리개를 주섬주섬 정리했다.

그 모습을 곁눈질로 살피던 상인이 크게 인심 쓴다는 듯 손가락 두 개를 펼쳤다.

"아, 좋아. 내 인심 썼소이다. 하나에 스무 냥, 총 육십 냥 드리리다."

"어림없소."

"그럼 총 여든 냥……."

상인이 다시 말하려는 찰나.

"오백 냥 주지."

느닷없이 들려온 목소리에 정 판수는 물론이고 그와 흥정하던 상인의 고개가 돌아갔다.

정 판수의 머리 위로 검은 그림자가 길게 드리웠다.

이내 정 판수는 검은 갓을 쓴 중년 사내와 시선이 마주쳤다. 가늘게 여민 눈에 날카로운 콧날, 유달리 얇은 입술이 눈에 띄는 사내였다.

정 판수가 떨떠름한 얼굴로 물었다.

"지금 뭐라 하셨소?"

"오백 냥 준다 했네."

"……진심이오?"

사내가 입술 끝을 슬며시 접어 올리며 말했다.

"내가 지금부터 뭘 좀 하려는데, 조금만 도와준다면 그 노리개를 오백 냥에 사겠네."

정 판수는 꿀꺽 마른 침을 삼켰다.

오백 냥? 그 큰돈을 주겠다고?

수상한 자가 틀림없었다. 게다가 복(福) 없는 관상에 신의도 없는 인상이다.

하지만 무려 오백 냥이나 되는 큰돈을 준다 했다. 무슨 일인지는 모르겠지만, 조금만 도와주면 된다지 않는가?

"대체 무슨 일인데 그 큰돈을 준다는 거요? 일단 얘기나 좀 들어봅시다."

"별거 아닐세. 집 안에 처박혀 좀처럼 나오지 않는 누굴 꼭 좀 만나고 싶은데, 도와주겠나?"

"대체 그 사람이 누구요?"

정 판수의 물음에 사내가 얇은 입술을 비틀며 말했다.

"해, 루."

"어찌 이리 곱더냐."

권 대감의 안방에서는 연신 감탄사가 흘러나왔다.

책비례(冊妃禮) 때 입을 원삼을 마지막으로 점검하는 자리였다.

후궁을 들이는 자리이지만, 해루를 맞이하는 왕실의 태도는 세자빈의 그것과 다를 것이 없었다.

중궁전에서 나온 상궁이 꼼꼼한 눈으로 옷매무새를 살폈다.

어느 한 곳 어긋남이 없었다.

흡족한 얼굴로 상궁은 해루를 향해 고개를 조아렸다.

"이제 편한 옷으로 갈아입으셔도 됩니다."

그제야 살았다는 듯 해루는 단숨에 사잇문을 열고 건넌방으로 들어섰다.

옷을 갈아입고 있자니, 문 뒤에서 중궁전 상궁의 목소리가 들려왔다.

"참으로 아름다우십니다."

곁에 있던 최씨가 맞장구쳤다.

"어미인 내 눈에도 참으로 고우니, 남들이 들으면 팔불출이라 흉을 보겠습니다."

상궁은 가만히 고개를 저었다.

"팔불출이라뇨. 그런 말씀 마십시오. 참으로 고운 분이십니다. 단순히 곱기만 한 것이 아니라, 청명한 생기마저 넘칩니다. 그러니 우리 저하께서 이리 귀이 여기시는 거지요."

소리 없이 웃는 상궁을 따라 최씨도 얼굴에 미소를 떠올렸다.

옷을 갈아입은 해루가 다시 방으로 돌아온 이후에도 두 사람의 칭찬은 끊이질 않았다.

"궁으로 들어가야 한다 할 때는 근심 걱정이 많았으나, 저하의 귀한 마음이 이리 전해지니, 어리석은 어미의 마음도 조금은 놓입니다."

최씨를 향해 따뜻한 시선을 보내던 중궁전 상궁은 문득 고개를 돌렸다.

"그렇지 않아도 저하께서 아가씨께 보내신 물건이 있습니다."

말이 끝남과 동시에 문이 열리고 궁녀가 들어왔다.

궁녀는 품 안에 안고 있던 것을 해루의 앞에 내려놓았다.

얇은 면포로 성기게 감싼 물건을 보며 해루는 고개를 갸웃거렸다.

"열어보아라."

최씨의 재촉에 해루는 주섬주섬 면포를 끌렀다.

잠시 후.

방 안에 모여 있던 여인들의 입에서 낮은 탄성이 새어 나왔다.

세상이 꽁꽁 얼어붙은 겨울이건만, 향이 해루에게 보낸 것은 가을 들녘에 피어나는 하얀 들국화였다.

잎이 작고 앙증맞은 꽃을 해루는 말간 얼굴로 들여다보았다.

"이걸 어찌 구하셨을까?"

최씨의 물음에 해루가 짐작이 간다는 듯 대답했다.

"아마도 온실에서 꺾으셨을 겁니다."

양 학사님이 키우시는 걸 몰래 꺾으신 것이 틀림없었다.

차마 속내를 드러내지 못한 채 끙끙 앓고 있을 양여섭을 떠올리니 저도 모르게 웃음이 튀어나왔다.

"참으로 신묘하신 분이시구나. 또한, 너를 생각하시는 마음이 참으로 깊구나."

최씨의 말에 동감하듯 중궁전 상궁 역시 고개를 위아래로 끄덕였다.

이 겨울에 꽃이라니.

진귀한 금은보화를 보냈다면 이처럼 기쁘고 놀라지 않았을 것이다.

"조선 팔도를 다 뒤져도 이 계절에 꽃을 받은 사람은 너 하나뿐

일 것 같구나, 해루야."

그 자리에 더 머물기엔 수줍음이 너무 컸다.

해루는 슬그머니 자리를 털고 일어섰다.

"저는 그만 물러가보겠습니다."

"그래. 곤하겠구나. 이만 물러가 쉬려무나."

자상한 최씨의 눈빛을 뒤로한 채 해루는 별채로 향했다.

궁으로 들어갈 날이 이제 손가락으로 꼽을 수 있을 만큼 가까워졌다. 설렘으로 가득해야 할 시간들이었다.

그러나 행복이 더하면 더할수록 해루는 덜컥 겁이 났다.

일평생 가질 수 없었던 행복이 느닷없이 다가온 탓일까?

무언가 불길한 예감이 자꾸만 그녀를 불안하게 만들었다. 마음 같아서는 미래라도 보고 싶었다. 그러나 지난 겁화로 해루가 볼 수 있는 미래는 오직 향의 앞날뿐이었다.

해루는 가만 고개를 저었다.

괜한 걱정이리라.

자꾸만 서걱대는 마음을 다잡으려 해루는 향이 선물로 보낸 꽃에 얼굴을 묻었다. 진한 향내가 폐 깊숙한 곳으로 스며들었다.

그제야 조금은 마음이 편안해지는 것 같았다.

그러나 안도하는 마음은 잠시에 불과했다.

"아가씨."

별채로 들어서는 해루의 등 뒤로 다급한 음성이 달라붙었다.

뒤를 돌아보던 해루의 눈이 휘둥그레졌다.

"유 훈도님."

유익보가 그녀를 기다리고 있었다.

그런데 그의 모습이 범상치 않았다. 봉두난발에 입고 있던 옷도

넝마로 변했다. 엊저녁까지만 해도 말쑥했던 사람이 하룻밤 사이에 전장에서 가까스로 탈출한 포로와 같은 모양새로 변해버렸다.

해루의 심장이 덜컥 내려앉았다.

"서, 설마……."

아니나 다를까, 한달음에 해루에게 달려온 유익보가 덜덜 떨리는 목소리로 말했다.

"선생님이……. 선생님이 잡혀갔습니다."

툭.

향이 준 들국화가 바닥으로 떨어졌다.

유익보가 전한 이야기는 이러했다.

해루가 준 노리개를 두고 상인과 흥정하던 정 판수는 괴이한 분위기의 사내를 만나게 되었다. 그는 한 사람과 만나게 도와주면 오백 냥이라는 거금을 주겠다 했다. 심상찮은 분위기에 정 판수는 손사래를 치며 그 자리를 떴다. 아니, 뜨려 하였다.

"선생님께서 제안을 거절한 순간, 그자가 본색을 드러냈습니다. 아니, 사람이 변해버린 것 같았습니다."

사내는 포악한 맹수처럼 정 판수에게 달려들었다.

그러고는 알 수 없는 괴성을 지르며 정 판수가 정신을 잃을 때까지 매질을 하였다. 그 기세가 너무나 사나워 선뜻 나서서 말리는 사람이 없을 지경이었다.

"선생님과 전 눈이 가려진 채 헛간 같은 곳으로 끌려갔습니다."

매질은 그곳에서도 이어졌다.

이번엔 유익보도 예외는 아니었다. 그 역시 정 판수와 마찬가지로 온몸에 성한 곳 없이 심한 매질을 당해야 했다.

“이러다간 정말로 죽겠구나 하는 생각이 들었지요. 그런데 그자가……. 얇은 입술을 가진 그 사내가 갑자기 절 풀어주었습니다. 전 살려주려는가 보다 생각했지만, 그게 아니었습니다. 선생님 대신 소식을 전하라는 의미였습니다.”

유익보의 말을 들은 해루는 심한 현기증을 느꼈다.

간신히 몸을 가누며 그녀가 물었다.

“그자는 누굽니까? 왜 우리 아저씨를 데려간 거죠? 혹시, 노름꾼이라던가요?”

“아닙니다. 애초에 그자는 선생님이 목적이 아니었습니다.”

“아저씨가 목적이 아니었다고요?”

유익보가 고개를 끄덕이며 말을 이었다.

“그자가 찾던 사람은 바로…… 해루 아가씨였습니다.”

해루의 눈이 커졌다.

“저……라고요?”

“그렇습니다. 그리고 그자는 선생님의 소식을 아가씨에게 알리길 원했습니다.”

“그러니까 나 때문이라는 거죠? 아저씨가 나 때문에…….”

“그자가 말했습니다. 선생님의 소식을 아가씨에게 전할 것. 그리고 선생님을 살리고 싶으면 지금 즉시 자신이 있는 곳으로 와야 한다고. 반드시 혼자 와야 한다고. 행여 이 사실을 다른 이에게 알리거나, 혼자 오지 않을 시엔…….”

해루의 눈치를 살피며 유익보는 뒷말을 얼버무렸다.

“으음.”

해루의 몸이 휘청거렸다.

"아, 아가씨."

유익보가 부축하려 들자 해루는 고개를 흔들었다.

"괜찮아요."

정신 차려. 나 때문에 아저씨께서 잡혀가셨어.

누굴까? 어린 시절부터 날 쫓던 자들일까? 아니면 다른 일로 앙심을 품은 자?

알 수 없었다. 하지만 상대의 목적은 분명했다.

어떻게든 아저씨를 구해야 해.

"아저씨가 끌려간 곳이 어딥니까?"

"부, 북쪽. 싸리골 어귀에 있는 낡은 헛간인데……. 설마, 정말로 혼자 가실 생각은 아니시겠죠? 그러면 안 됩니다. 무서운 자였습니다. 피도 눈물도 없는 자입니다. 혼자 가셨다간 절대 무사하지 못할 겁니다."

"그래도 가야 해요."

내가 가지 않으면 아저씨가 죽는다.

"하지만 아가씨……."

"부탁이 있어요."

해루는 서찰 한 장을 준비하여 어쩔 줄 몰라 하는 유익보에게 건넸다.

"이걸 전해주세요."

"누, 누구에게 전해주면 됩니까?"

"지금 즉시 그곳으로 가서……."

해루는 작은 목소리로 유익보에게 속삭였다.

"부탁합니다."

"죽을힘까지 다하겠습니다."

유익보가 쩔뚝거리며 뛰어갔다.

많이 다친 사람에게 무리한 부탁을 한 게 마음에 걸리지만, 하인을 보냈다간 서찰이 제대로 전달되지 않으리라.

홀로 남은 해루는 잠시간 생각에 잠겼다.

그리고 얼마 후.

결심을 굳힌 그녀는 사내 복색을 하고 집을 빠져나갔다.

"아저씨, 기다리세요. 제가 갑니다."

해루는 정 판수가 잡혀 있다는 곳을 향해 발길을 재촉했다.

그러나 그녀는 알지 못했다.

자신의 뒤를 은밀한 그림자가 뒤쫓고 있다는 사실을…….

감히 저하의 사람에게 손을 대다니

간밤에 폭설이 내렸다. 걸음을 옮길 때마다 종아리까지 들어찬 눈이 뽀득뽀득, 비명을 질렀다. 새로 길을 내는 느낌이 나쁘지 않았다. 천진복은 한 발 한 발 눈길을 조심스레 걸어 허름한 헛간 앞에 다다랐다.

"오셨습니까?"

헛간 앞을 지키던 건장한 체구의 장한이 천진복을 향해 고개를 숙여 보였다.

"잘 있었는가? 별다른 일은 없고?"

"네."

고개를 끄덕이며 천진복은 헛간 안으로 들어섰다.

한 사내가 의자에 앉아 있었다.

천진복은 그에게 친근한 미소를 지어 보였다.

"밤새 내린 눈이 산처럼 쌓였다네."
천진복은 어깨에 쌓인 눈을 털어내고 신발도 바닥에 비볐다.
"길이 미끄러워 운신하는 것이 여간 어렵지 않아. 그래도 난 눈이 참 좋다네. 사실 눈만 좋아하는 게 아니라, 겨울 그 자체를 좋아한다네. 사계절 중 가장 운치 있는 계절이라 생각하거든."
의자에 앉은 사람은 아무런 대꾸도 하지 않았다.
천진복은 신경 쓰지 않고 혼잣말을 하듯 이야기를 계속했다.
"왜 삭막한 겨울을 보며 운치 있다 여기는지 궁금해할지도 모르겠군. 허나, 내 이야기를 들으면 자네도 생각이 달라질 걸세. 한 번 생각해 보게나. 찬바람이 불면 쓸데없이 무성한 것들이 싹 다 정리되지 않은가? 꼭 필요한 것만 남아 정말 보기 좋아. 흠, 그런데 자넨 언제까지 그리 입을 다물고 있을 텐가?"
흥겹게까지 느껴지던 천진복의 음성이 불현듯 날카로워졌다. 거듭된 말에도 상대가 아무런 반응을 보이지 않자 화가 난 것이었다.
천진복은 무심한 눈으로 의자에 묶여있는 사내를 내려다보더니 픽 조소를 터트렸다.
"이런이런, 내 자네 입에 재갈을 물려놓은 걸 잠시 잊었군."
제 이마를 톡톡 치던 천진복이 정 판수의 입을 막고 있는 재갈을 풀어주었다.
"그래, 어떻게 생각하는가?"
"무, 무얼 말이오?"
정 판수의 음성이 유난히 떨렸다.
"내가 여태 한 말 못 들었나? 내가 겨울을 좋아하는 걸 어찌 생각하느냔 말이지."

"나, 나름의 운치가 있다고 생각하외다."

"하하하."

천진복은 정 판수의 어깨를 친근하게 토닥였다.

"하하하. 자넬 처음 보는 순간 가까이 둘 만한 사람이라고 생각했었지. 과연 내 판단이 틀리지 않았어."

그의 웃음이 헛간 안에 작은 파문을 일으켰다.

그러나 정작 그의 웃음을 듣는 정 판수의 낯빛은 하얗게 질려 있었다.

한동안 배를 잡고 소란스럽게 웃던 천진복이 눈가에 맺힌 눈물을 닦으며 다시 물었다.

"자넨 말이 통해서 정말 다행일세. 내친김에 하나 더 물어봄세. 그건 또 어찌 생각하나?"

"무얼 말이오?"

천진복이 정 판수의 얼굴 앞에 자신을 얼굴을 들이대며 낮은 목소리로 말을 이었다.

"해루, 그 계집 말이야. 올까? 안 올까?"

상체를 뒤로 젖혀 할 수 있는 힘껏 천진복과 간격을 두며 정 판수가 대답했다.

"안 올 것이오. 절대 안 올 것이오."

단정 짓는 정 판수를 향해 천진복이 고개를 흔들었다.

"에이, 그래도 함께 살아온 정이 있는데, 어찌 모른 척할까?"

"그건 나와 그 아이의 관계를 잘못 알고 하는 소리요. 비록 짧지 않은 세월을 함께했지만, 나와 해루의 사이는 그리 좋질 못했소이다."

"그리 오래 함께했으면 미운 정도 들었을 텐데."

“내가 워낙 빌어먹을 놈이라, 해루 그 아이에게 몹쓸 짓을 많이 했소. 그러니 있던 정도 다 떨어지게 되었지요.”

“그래서 안 찾아올 것이다?”

정 판수가 필사적으로 소리쳤다.

“이런다고 그 애가 날 찾아온다고 생각하면 큰 오산이오.”

“그래? 그건 좀 곤란한데.”

친진복은 신경질적으로 뒷머리를 벅벅 긁었다.

“난 그렇게 생각해. 사람이란 건 말이야, 날 때부터 쓸모가 정해져 있다고.”

“그, 그게 무슨 말이오?”

“토끼는 승냥이에게 잡아먹힐 운명으로 태어났고, 승냥이는 토끼를 잡아먹을 운명으로 태어났지. 사람도 그렇거든. 잘 보면 안 되는 놈들은 끝까지 안 되고, 당할 놈들은 끝까지 당하기만 해. 마치 그럴 운명으로 태어난 것처럼 말이야.”

“말도 안 되는 소리. 내가 판수라 하는 말이지만, 사람의 운명은 본디…….”

“쉿, 쉿.”

정 판수가 목에 핏대를 세우자 천진복이 검지를 제 입술 위에 세웠다.

그러다 문득 치미는 화를 주체하지 못하고 손을 치켜들었다.

철썩. 철썩. 철썩.

무표정한 얼굴로 천진복은 정 판수의 뺨을 내리쳤다.

“사람이 말을 하고 있잖아요. 운명인지 신명인지 나는 모르겠고, 사람이 말을 하잖아. 내 차례라고. 네가 지껄일 차례가 아니고.”

“이런, 나쁜…….”

"쓰읍."

천진복은 혀를 차더니 품에서 칼을 꺼내 아무 망설임 없이 정 판수의 허벅지에 꽂았다.

푹!

섬뜩한 소음과 동시에 정 판수의 비명이 헛간 안을 메웠다.

"으아아악!"

"……!"

공기를 찢어발기는 듯한 정 판수의 비명에 해루는 주먹을 불끈 말아 쥐었다.

헛간 뒤쪽.

주위를 지키는 자들의 눈을 피해 헛간 안을 살펴보는 중이었다. 그런데 헛간 안의 상황이 생각보다 급박하게 흘러가고 있었다. 이대로 두었다간 정 판수의 생명을 보장할 수 없었다.

하지만…….

해루는 눈 덮인 언덕으로 고개를 돌렸다. 언덕에는 사람의 그림자조차 보이지 않았다.

어찌해야 좋을까?

잠시 눈을 감고 생각에 빠졌다.

궁으로 유익보를 보냈으나 지원군을 데려오려면 좀 더 시간이 필요할 터. 그럼 누군가 올 때까지 여기서 안을 살피는 것이 더 현명한 일일까? 그렇지 않다면…….

갈등하는 사이, 다시 정 판수의 비명이 들려왔다.

"으아아악! 살려줘! 살려줘!"

해루는 눈을 뜨고 자리에서 일어섰다.

❀

"으아아……. 읍!"

천진복이 정 판수의 입을 손으로 틀어막았다.

그리고 귓가에 속삭였다.

"고작 칼침 몇 방에 죽겠다고 그러는 거 아니야. 애도 아니고 말이야. 살다 보면 이보다 더 아픈 경험도 많이 겪잖아? 자꾸 소리 지르면 나머지 한쪽도 뜨거운 쇠 맛을 볼 거야."

비명을 지르느라 정 판수는 그의 경고를 듣지 못했다.

천진복의 칼이 정 판수의 다른 다리로 향했다.

피가 터지고 비명이 솟구쳤다.

"안타깝게 왜 이리 말을 안 들으세요. 그냥 조용히 입만 다물고 계시면 그쪽은 몸이 편하고, 난 수고로운 일을 안 하니, 쌍방이 서로 좋을 거 아닙니까?"

"……."

소름 끼치는 협박에 정 판수는 입술을 깨물며 비명을 참아야 했다. 그는 겁에 질린 표정으로 천진복을 올려다보았다. 지금까지 숱한 자들을 보았지만, 이처럼 거친 자는 처음이었다.

대뜸 칼부터 쓰다니.

존대하였다, 하대하였다 하는 말투도 여간 이상한 게 아니었다.

아니, 이자는 그냥 거친 자가 아니다.

미친놈!

광인(狂人)이 틀림없었다.

"이제 좀 조용하네. 하여간 애나 어른이나 시끄러울 때는 매가 약이지."

천진복은 정 판수의 침묵이 만족스러운 듯 고개를 끄덕였다.

"우리 어디까지 이야기했더라? 그래, 해루인지 뭔지가 안 오면 곤란하다 말했었지?"

"……."

"사람이 묻잖아요. 왜 대답을 안 해?"

"읍. 읍."

"아! 내가 입을 막고 있었구나."

천진복이 씩 웃으며 정 판수의 입을 가리고 있던 손을 치웠다.

침 묻은 손을 정 판수의 가슴팍에 슬슬 문질러 닦으며 그가 다시 질문했다.

"아무튼 해루란 년이 왜 안 올까? 네가 그년 때문에 이렇게 억울하게 피 흘리며 고통받고 있는데, 사람이라면 당연히 와야 하는 거 아니야?"

"나는 그 아이에겐 떨쳐내고 싶은 짐일 뿐, 그 이상도 그 이하도 아니오. 그런 나를 살리겠다고 그 애가 올 성싶소? 그 애가 오면 내가 정 판수가 아니고 개 판수요, 개 판수."

"그래?"

천진복의 얼굴에 웃음이 걸렸다.

천천히 허리를 펴고 밖을 살피던 그가 정 판수를 내려다보았다.

"어이, 개 판수."

"……?"

정 판수가 의문 가득한 눈길로 천진복을 응시했다.

시선을 마주하며 천진복이 말했다.

“그 계집이 오면 개 판수라며?”

말이 끝나기 무섭게 헛간의 문이 열렸다.

정 판수가 하얗게 질린 얼굴로 빛이 새어 들어오는 곳을 돌아보았다.

해루야, 오지 마라. 오지 마!

활짝 열린 문 사이로 가녀린 인영이 모습을 드러냈다.

“아저씨.”

해루였다.

정 판수의 얼굴이 일그러졌다. 그의 속내를 읽기라도 한 듯 천진복이 느긋한 얼굴로 말을 이었다.

“사람의 정이란 것이 그렇더라고. 아무것도 아닌 듯한데, 끊기가 여간 어려운 게 아니거든.”

쿵!

해루가 안으로 들어오기 무섭게 헛간의 문이 닫혔다.

“그분을 뵈어야 해. 그분을 뵈어야 해. 그분을 뵈어야 해. 그분을…….”

궁으로 들어선 유익보는 미친 듯 달리며 혼잣말을 중얼거렸다.

입궐을 위해 옷을 갈아입긴 했지만, 피가 엉겨 붙은 얼굴은 말이 아니었다. 무릎의 통증도 상당했다. 제대로 뛰지도 못해 절룩이면서도 그는 걸음을 멈추지 않았다.

저 멀리 신루의 현판이 붙은 전각을 향해 걷고 달렸다.

그렇게 얼마나 달렸을까?

쿵.

누군가의 발에 걸린 유익보가 바닥을 나뒹굴었다.

"아쿠쿠쿠. 이게 무슨 길 가다 만난 날벼락인가."

서책을 한가득 안고 나오던 양여섭이 바닥에 찧은 엉덩이를 잡고 앓는 소리를 냈다. 그는 갑자기 튀어나온 유익보를 향해 눈을 치켜떴다.

"어딜 보고 뛰어가는 것인가? 사람의 눈이란 것이 얼굴 가죽이 모자라서 찢어놓은 구멍이 아니란 말이지. 무릇 눈이 달린 사람이라면 앞을 잘 보고 가야지. 에구구구."

두툼한 허리를 두드리며 양여섭이 지청구를 날렸다.

"송구합니다. 급한 일이 있어……."

바닥에 널브러진 채 유익보가 말했다.

"아무리 급한 일이 있어도 앞은 제대로 보고 가야 할 게 아닌가?"

겨우 고개를 든 유익보의 눈에 뱁새눈을 한 양여섭의 모습이 들어왔다.

"신, 신루 학자십니까?"

갑작스레 달려드는 유익보의 모습에 흠칫 놀란 양여섭은 저도 모르게 한 발짝 뒷걸음질 쳤다.

"그렇네만. 나 아는가? 나는 자네를 모르는데, 자네는 날 어찌 아는가?"

유익보가 멱살을 잡듯 양여섭의 앞섶을 와락 붙잡았다.

"잘 만났습니다."

"왜 이러는 건가?"

"어디 계십니까?"

"누구? 혹, 내가 나도 모르게 자네 여인을 채어 가기라도 했나?"
"세자 저하 말입니다. 세자 저하를 뵈어야 합니다."
양여섭이 의심 가득한 눈길로 유익보를 보았다.
"그분이라면 지금 신루에 계시네만. 그분은 왜 찾는 건가?"
"저는 관상감 소속의 유익보라고 합니다. 아니, 지금 그게 중요한 것이 아닙니다. 아가씨, 해루 아가씨가 위험합니다."
"뭐? 누가 어찌 되었다고?"
양여섭이 눈을 휘둥그렇게 떴다.
그때였다.
"방금 누가 위험하다 하였느냐?"
서릿발 같은 음성이 들려왔다.
유익보가 고개를 돌리니 신루의 학자들과 전각에서 걸어 나오는 향의 모습이 보였다.
"세자 저하."
유익보가 고개를 조아렸다.
"방금 뭐라 하였느냐? 해루가 위험하다고?"
"그렇습니다."
유익보는 서둘러 정 판수와 해루에게 벌어진 이야기를 전했다. 더불어 해루의 은밀한 전언도 덧붙였다.
향의 표정이 딱딱하게 굳었다.
"혁아."
"네."
"나 먼저 떠날 터이니, 넌 충위군과 함께 곧바로 쫓아오너라."
"알겠습니다."
평소 같으면 향과 함께 가겠다고 말하였을 무혁이 곧장 승복했다.

아니, 감히 내리는 명에 말을 보태기엔 향의 음성에 담긴 긴장감과 무게감이 여느 때보다 무거웠다.

당장에라도 터져버릴 듯한 분노.

그것을 애써 꾹꾹 내리누른 향은 이번에는 유익보를 돌아보았다.

"그곳이 어디냐?"

위엄 가득한 물음에 유익보는 더듬더듬 정 판수가 있는 헛간의 위치를 설명했다.

"앞장 서라."

향은 유익보와 함께 서둘러 궁을 빠져나갔다.

무혁 역시 왕세자의 명을 이행하기 위해 자취를 감추었다.

잠시 신루 안에 정적이 내려앉았다. 입을 연 것은 멍한 표정으로 서 있던 양여섭이었다.

"해루가 위험하다네."

듣고 있던 심운기가 고개를 끄덕거렸다.

"보아하니 이번은 지난번 겁화와는 비교도 할 수 없을 만큼 험악한 일이 벌어진 듯하이."

"세자 저하께서 가셨지만, 자칫 위험해지실 수도 있어."

시선을 교환하던 신루 학자들이 뭔가를 결심한 듯 고개를 끄덕였다.

"드디어……."

"우리가 나설 차례인가 보군."

"신무기를 실험할 절호의 기회일세."

의미심장한 표정을 짓던 학자들이 신루로 들어갔다.

잠시 후, 다시 모습을 드러낸 그들의 등엔 커다란 봇짐이 들려있었다.

❀

"아저씨."

정 판수를 본 해루는 놀란 표정을 감추지 못했다.

정 판수는 피를 흘리고 있었다.

왼쪽 다리에 칼이 꽂혀 있고, 오른쪽 허벅지 아래 역시 붉게 물들어 있었다. 고통과 절박함으로 일그러진 표정만으로도 그동안 얼마나 험한 고초를 당했는지 충분히 알 수 있었다.

"아저씨 괜찮아요?"

"해루야."

정 판수의 입에서 안타까운 음성이 흘러나왔다.

"이 못난 것아. 여길 왜 와? 네가 여길 왜 와?"

"아저씨……."

"나 같은 게 뭐라고 여길 와? 여길 왜 와?"

정 판수가 악다구니를 쳤다. 묶여 있지만 않았으면 가슴을 치며 통곡이라도 했으리라.

"미안해요, 아저씨. 저 때문이라면서요? 저 때문에 아저씨가 잡혀 왔다고……."

해루는 천진복에게로 매서운 시선을 돌렸다.

"당신……. 누구죠?"

누군데 아저씨에게 이런 험악한 짓을 하는 겁니까? 무슨 권리로 우리 아저씨에게 칼을 꽂고 피를 흘리게 하는 겁니까?

"천 서방이라 불리는 사람일세. 그나저나 그쪽은 해루라는 계집이 분명할 테지?"

천진복은 확인하는 듯한 시선으로 해루를 위아래로 훑어보았다.

"원하는 게 뭡니까? 왜 아저씨에게……. 당신들 두문회인가요?"

'두문회'라는 말에 천진복의 입가에 문득 흥미로운 미소가 떠올랐다.

"어라? 그런 것도 알아?"

"……?"

오랫동안 두문회에 쫓기던 해루였다.

그러기에 사내의 반응은 혼란스러웠다.

이 사람, 두문회를 알고 있다. 아니, 반응으로 보아 두문회 소속임이 분명했다. 그런데 이상하게도 정작 자신에 대해서는 알지 못하는 눈치다.

뭔가 있다. 이 사내는 단순히 두문회라서 자신을 찾은 것이 아니다. 무언가 다른 사정이 있는 게 분명했다.

"왜 이런 일을 한 거죠?"

"최근 중요한 거래를 하나 맡았는데, 그쪽에서 거래를 성사시키고 싶으면 귀찮은 일 하나를 처리해 달라고 하더군. 더러운 일이지만 어쩌겠나. 어떻게든 거래를 뚫으려면 귀찮고 더러운 일이지만 하는 수밖에."

"그 일을 사주한 사람은 누구……."

"내가 이래서 계집을 싫어해. 말이 많거든."

천진복은 귀찮은 기색이 역력한 얼굴로 해루의 말을 끊었다.

"너 말이야, 뭔가 착각하고 있는 것 같은데. 넌 지금 내게 태평하게 질문이나 할 입장이 아니야."

"하지만……."

"아직도 분위기 파악이 안 되는 모양이네."

천진복의 얼굴에 잔인한 표정이 떠올랐다.

이내 그는 정 판수의 허벅지에 박힌 칼을 무심하게 뽑아냈다. 살이 갈라지고, 근육이 찢어지는 극렬한 고통에 정 판수는 잇몸 사이로 비명을 흘려보냈다.

"끄으으으윽."

"아저씨!"

해루가 기겁하며 달려 나갔다.

그러나 채 몇 걸음 옮기지도 못하고 걸음을 멈춰야 했다. 천진복이 정 판수 목에 칼을 겨눴던 까닭이었다.

"해루 아가씨, 누가 오라고 그랬어요? 내가 그랬나? 아니면 곧 죽을 것처럼 빌빌거리는 이 판수 놈이 그랬나?"

"당신이 노리는 사람은 나잖아. 우리 아저씨에게 그럴 필요까지는 없잖아."

천진복이 씨익, 흉물스러운 미소를 입가에 물었다.

"필요? 그거야 내가 정하는 거지, 그쪽이 맘대로 선택할 문제는 아니거든. 보다시피 칼자루는 내가 쥐고 있어서 말이야. 그리고……."

천진복이 정 판수에게 기울이고 있던 상체를 세웠다.

"그쪽이 걱정해야 할 것도 이 다 죽게 된 판수 따위가 아니라고. 이 칼이 다음엔 어디로 향할지 걱정해야 하는 거야."

천진복은 피가 묻은 칼을 정 판수의 앞섶에 대충 문질러 닦았다. 그러고는 번들거리는 눈빛으로 해루를 향해 걸어왔다.

"이제 대충 어떻게 돌아가는 상황인지 알겠지? 내게 일을 사주한 사람이 무얼 요구했는지. 그래, 바로 네년 목숨이야. 당황스럽지? 그래, 당황스러울 거야. 생판 모르는 사람에게 졸지에 죽게 됐으니 말이야. 하지만 어쩌겠어? 세상사 다 그렇더라고."

"무슨 말입니까?"

"행운도 불행도 느닷없이 들이닥치거든. 뜻하지 않은 행운이 있으면 뜻하지 않은 불행도 있는 거지. 그래도 내 적선한다 생각하고 저승길 외롭지 않게 해줄게. 판수 아저씨도 곧 따라갈 테니까, 너무 두려워하지 마. 자랑은 아니지만 내가 이쪽 경험이 많아서 말이야. 아픈 건 잠깐일 거야. 곧 편안해질걸? 영원히 말이야."

그의 위협에도 해루는 눈 하나 깜짝하지 않았다.

"이러고도 무사할 것 같아?"

"내 안위는 내가 걱정할게. 지금은 아가씨 걱정이나 하세요. 그렇게 눈 치켜뜬다고 칼 안 박히는 거 아니거든요."

어느새 해루 앞으로 바싹 다가선 천진복이 칼을 그녀의 목 아래에 겨눴다.

서늘한 예기가 닿자 해루의 턱에서 피가 방울방울 떨어졌다.

숨통을 조이는 듯한 아찔한 긴장의 순간.

똑, 똑, 똑,

느닷없이 문 두드리는 소리가 들려왔다.

천진복의 인상이 왈칵 일그러졌다.

중요한 순간에 문을 두드리다니.

그의 수하들은 절대로 하지 않을 소행이었다.

그렇다면 낯선 방문자가 찾아왔다는 의미.

천진복은 해루를 향해 으르렁거리는 목소리로 말했다.

"유익보라는 그 머저리가 제대로 얘기도 전달 못 하던가? 혼자 오라고 했잖아! 혼자 오라고! 왜 그래? 혼자 저승 가기 무서워서 그래?"

다시 똑, 똑, 똑, 문 두드리는 소리가 들려왔다.

"어찌할까요?"

문 앞을 지키던 수하가 천진복에게 물었다.

천진복의 얼굴에 짜증이 떠올랐다.

"몇 놈이냐?"

"한 놈입니다."

"한 놈?"

천진복이 입가를 실룩거렸다.

"고작 한 놈이란 말이지. 대체 어떤 놈이 겁대가리를 상실했는지 궁금하네. 들여보내봐."

이윽고 끼익, 굳게 닫혀 있던 헛간 문이 열리고 한량 같은 사내가 안으로 들어섰다.

"거참, 사람들도. 안에 있으면서 그리 문을 안 열었소? 아이고, 추워서 죽을 뻔했네. 그래도 다행이오. 꼼짝없이 얼어 죽는 줄 알았거든."

사내는 호들갑스럽게 바짓가랑이에 묻은 눈을 털어냈다.

한참 부산을 떨던 사내는 이상한 분위기를 감지한 듯 주위를 둘러보았다.

"허. 이런 낡은 헛간에 뭔 사람들이 이리 많이 모여 있는지 모르겠군. 무슨 좋은 일이라도 있는 거요? 뭔지는 모르지만 나도 좀 끼워주시오."

천 서방의 미간이 한데로 모였다.

"넌 뭐 하는 놈이냐?"

"뭐 하는 놈이긴. 보면 모르겠소? 우연히 지나가던 놈이지. 그런데 그쪽이야말로 눈초리가 심상치 않구려. 그리 경계할 것 없소. 그냥 길 가던 사람이라니까. 어라? 그런데 어디서 많이 보던 사람이 있네."

정신없이 말하던 사내가 별안간 해루의 곁으로 다가갔다.

"자네 해랑 아닌가? 아니지. 이젠 해루 아가씨라고 해야 하나?"

불쑥 다가온 사내를 알아본 해루가 눈을 휘둥그렇게 떴다.

그녀의 입에서 낯설지 않은 이름이 흘러나왔다.

"비연!"

"하하하, 맞습니다, 해루 아가씨."

비연은 쾌활한 웃음을 터트리며 말을 이었다.

"그런데 여기서 대체 뭐 하시는 겁니까? 이제 곧 궁으로 들어가셔야 할 분이."

"그, 그건……."

"네 이놈! 뭐 하는 놈이냐? 우연히 왔다는 말 거짓말이렷다."

천진복이 비연의 목덜미에 칼을 들이댔다.

비연이 손가락으로 슬며시 그 칼끝을 밀어내며 대답했다.

"보면 모르겠소? 당연히 거짓말이지."

"혼자 죽을 곳을 찾아오다니, 간이 큰 놈이로구나."

"간은 나보다 그쪽이 크지. 감히 다른 사람도 아닌 세자 저하의 사람에게 손을 대다니……."

비연의 얼굴에서 미소가 지워지고 대신 서늘한 살기만이 남았다.

"정녕, 죽고 싶어 환장한 것이 아니고 무엇이겠소?"

네가 아니라 바로 나다

"세자 저하의 사람을 건드리고도 무사할 줄 아느냐?"

헛간의 분위기가 얼음장처럼 차가워졌다.

싸늘한 경고를 날린 비연은 훑는 시선으로 주위를 쓱 둘러보았다.

헛간 안엔 대략 스무 명가량의 사내들이 있었다.

비연은 그자들의 표정을 기억에 새기듯 하나하나 뚫어지게 바라보았다.

국본이신 세자 저하를 언급하였다.

이쯤 되면 겁을 집어먹고 물러서는 자가 하나라도 있어야 했다.

그러나…….

그의 바람과는 달리 두려운 기색을 보이는 자는 단 한 명도 없었다. 심지어 피 묻은 칼을 든 미친놈은 빙그레 웃기까지 했다.

비연의 눈매가 가늘어졌다. 그는 심각한 표정으로 해루를 돌아보았다.

"이놈들, 대체 정체가 뭡니까?"

예전엔 벗을 자청하여 편히 대했지만, 이제 곧 세자 저하의 여인이 되실 분. 예전처럼 허물없이 대할 수는 없었다.

분위기를 읽은 해루가 대답했다.

"이자들, 아무래도 두문회에서 보낸 사람인 것 같습니다."

"아하! 그렇군요. 어쩐지 세자 저하를 들먹여도 두려워하는 기색이 없더라니."

이제야 이해된다는 듯 비연이 고개를 끄덕였다.

두문회라면 궁에 겁화를 일으키고 세자 저하를 암살하려 했던 간 큰 자들이 아니던가.

새로운 나라를 버리고 깊은 산으로 은거한 고려의 충신, 또는 후손을 자처하는 자들이라지?

세자 저하라는 협박이 먹히지 않음은 당연한 일이었다.

"그보다 여긴 어찌 오신 것입니까?"

"모르셨습니까? 줄곧 권 대감 댁 객방에 머물고 있었는데 말입니다."

해루가 눈을 깜빡였다.

"객방이라뇨?"

꿈에도 모르고 있었다.

설마, 비연이 같은 집에 기거하고 있었을 줄이야.

"제법 소란을 떨어서 이젠 하인들도 절 보면 치를 떨 지경이었는데, 용케 그 이야기가 아가씨 귀에 들어가지 않은 모양이군요."

"그럼 시끄러운 객방 손님이 비연이었던 겁니까? 왜요?"

"왜긴 왜겠습니까?"

"절…… 지켜주고 계셨던 겁니까?"

"지켜준다기보단 덕분에 편히 먹고, 놀고, 마시고 있었다 할 수 있지요."

"저하께서 부탁하셨군요."

"당연히……."

그렇습니다, 하고 대답하려던 비연은 말문을 닫았다.

세자 저하로부터 해루의 신변을 부탁받은 건 사실이었다.

하지만……. 정말 그뿐일까?

잠시 고민하던 비연은 언제나처럼 장난기 가득한 얼굴로 대답했다.

"지금은 다소 애매한 관계가 되었지만, 원래 우린 벗이 아닙니까? 곤궁에 처한 벗을 보호하고 지켜주는 건 당연한 일이지요."

"고맙습니다. 이 고마움을 어떻게 표현해야 할지 모르겠습니다."

"우리 사이에 그런 말치레가 다 무어란 말입니까. 그리 고마우시면 훗날 술이나 거하게 사십시오."

"술이야 얼마든지 사겠습니다. 하지만 술도 여기서 살아 나간 뒤의 일이니……. 혹여 여기서 나갈 방도라도 있으십니까?"

"원래는 세자 저하의 이름을 팔면서 대충 빠져나가려 하였습니다만, 분위기로 보아하니 협상이 통하지 않을 것 같군요. 이렇게 되면 어쩔 수 없이……."

"역시 방도가 있었군요!"

해루는 기대하는 눈빛으로 비연을 바라보았다.

그런 그녀에게 비연이 작은 목소리로 속삭였다.

"상황이 불리하니 어쩔 수 없이 삼십육계 중 최고의 한 수를 사용해야 할 것 같습니다."

해루의 인상이 일그러졌다.

"설마, 그 최고의 한 수가 줄행랑이라고 말씀하실 건 아니겠죠?"

비연이 놀란 표정으로 되물었다.

"어찌 아셨습니까? 정말 대단합니다."

해루는 저도 모르게 긴 한숨을 내쉬었다.

이런 상황에서 장난을 치는 비연이 더 대단합니다.

"뒤가 막힌 데다 적의 수가 너무 많아 달아나는 건 어려울 것 같습니다. 더더구나……."

줄행랑을 칠 수 없는 이유를 설명하던 해루가 고개를 돌렸다. 천진복의 칼에 허벅지가 찔린 정 판수의 모습이 보였다.

급한 대로 해루가 지혈을 하긴 했지만, 피가 완전히 멈춘 것은 아니었다. 게다가 하필이면 다친 부위가 다리인지라, 정 판수와 함께 줄행랑을 치는 건 불가능한 일이었다.

덩달아 정 판수를 돌아보는 비연의 얼굴에도 갈등의 빛이 떠올랐다.

해루만이라면 어떻게든 이 자리를 빠져나갈 수 있었다.

숨겨 놓은 마지막 한 수를 사용한다면 불가능하진 않으리라.

하지만 정 판수와 함께라면…….

"이 방법은 어떨까요?"

비연이 운을 떼자 해루가 호기심을 보였다.

"무슨 다른 방도가 있습니까?"

"다친 판수는 우선 여기에 두고 우리 먼저 도망치는 건……."

비연의 말이 채 끝나기도 전에 해루는 단호히 고개를 저었다.

"절대 그럴 순 없어요!"

"아, 저도 그렇게 생각했습니다. 그냥 혹시나 해서 해본 말이니까, 신경 쓰지 마세요."

그럼 그렇지.

어쩔 수 없다는 듯 씨익, 마른 미소를 지으며 비연은 허리를 꼿꼿이 폈다.

"어쩔 수 없군요. 상황이 이리되었으니……."

그는 적들을 노려보며 말을 이었다.

"오랜만에 실력 발휘 한번 해야겠군요."

"헉헉헉."

비연은 턱 끝까지 차오른 숨을 거칠게 내쉬었다.

헛간을 에워싸고 있는 자들과 한바탕 몸싸움을 벌인 후였다.

"괜찮으십니까?"

정 판수를 풀어주던 해루가 걱정이 가득한 눈으로 물었다.

"당연히 괜찮지요. 이런 자들쯤은 스물이 아니라 수백 명이 있어도 끄떡없습니다."

비연이 가슴을 두드리며 씩씩하게 대답했다.

"……코에서 피가 납니다."

"이런."

당황한 비연은 서둘러 소맷자락으로 코밑을 훑었다. 소매에 적지 않은 피가 묻어났다.

제 딴엔 사내답게 멋을 부렸건만 설마, 코피를 줄줄 흘리고 있었을 줄이야.

망신도 이런 망신이 없었다.

"요즘 너무 편하게 산 모양입니다. 이 정도에 피까지 흘리니 말입니다. 하하하, 하지만 걱정하지 마십시오. 이 정도는 아무것도 아닙니다."

"아직도 피가……."

비연은 정신없이 코피를 닦아냈다.

"거참. 모양 빠지게. 이 망할 놈의 코피가 멈추질 않네."

작은 목소리로 투덜대던 비연이 해루를 돌아보았다.

"이젠 정말 괜찮습니다."

싱긋 웃는 비연을 향해 해루도 마주 웃었다.

그러나 얼굴에 떠올랐던 웃음은 찰나에 불과했다.

여전히 앞을 가로막고 있는 십수 명의 사내들을 보는 순간, 그녀의 표정은 다시 딱딱하게 굳어버렸다.

비연을 돌아보는 눈빛에 걱정과 미안함이 뒤섞여 있었다.

괜히 자신 때문에 그가 다치기라도 한다면…….

해루는 머릿속에 떠오르는 불길한 생각을 털어내듯 고개를 세차게 저었다.

'이렇게 맥 놓고 있어서는 안 되겠다.'

해루의 눈동자가 바쁘게 헛간을 살폈다.

무모한 일인지도 모른다.

하지만 이대로 비연에게 의지한 채 손 놓고 있을 수는 없었다. 아니, 그리 멍하니 있고 싶지도 않았다.

해루가 적당히 손에 쥘 만한 물건을 찾을 때였다.

그녀를 지켜보던 비연이 의아한 얼굴로 물었다.

"뭘 하려고요? 설마, 도와줄 생각인 건 아니겠죠?"

"백지장도 맞들면 낫다 하질 않습니까?"

"관둬요."

비연이 굳은 표정으로 머리를 저었다.

"네?"

"사내가 여인의 앞에서 모처럼 멋을 부리고 있지 않습니까. 그러니 방해하시면 안 됩니다. 이럴 때 여인이 할 일은 하나입니다. 설사 위험한 상황이 되더라도 믿고 지켜봐주는 겁니다."

"하지만……."

"이자들, 아무래도 전문적인 훈련을 받은 모양입니다. 그러니 섣불리 나서지 마십시오."

"그래도 조금이라도 도와드리면 더 낫지 않겠습니까?"

"글쎄, 괜찮다니까요. 세자 저하 아시는 날엔, 평생을 두고두고 놀리실 겁니다. 그러니 눈도 깜빡하지 마십시오. 아시겠습니까? 아, 평범한 왈짜패였으면 정말로 백 명이 몰려와도 눈 하나 깜짝하지 않았을 텐데."

비연이 안타까운 듯 중얼거렸다.

해루의 얼굴에 고마움이 떠올랐다. 겉으로는 태연하게 멋을 부리느니, 방해하면 곤란하다느니 말하고 있지만 실은 자신을 걱정하는 것이었다.

그때, 멀찌감치 물러나 있던 천진복이 어슬렁어슬렁 비연의 앞으로 나섰다.

"뭐라? 백 명도 문제없어? 아직 네놈의 입이 살아 있구나."

그의 입꼬리에 비열한 웃음과 간사한 여유가 매달렸다.

"그러는 네놈이야말로 입만 살았구나. 싸움이 벌어지자마자 수하들 등 뒤로 몸을 숨기던 놈이 무슨 낯짝으로 입을 놀리느냐?"

비연이 어깨를 폈다. 그리고 차분하게 구겨진 옷매무시를 정리했다.
"준비 다 됐다."
천진복을 도발하던 비연이 말을 덧붙였다.
"와라. 우리 한판 제대로 붙어보자꾸나."
천진복은 코웃음을 쳤다.
그렇다고 곧장 비연에게 달려들지도 않았다. 대신 그는 바닥에 쓰러진 수하들을 힐끔 내려다보았다. 눈 깜짝할 사이, 무려 다섯이 의식을 잃고 쓰러져 있었다.
'어디서 저런 괴물이 튀어나온 거지?'
스물이나 되는 장정들을 상대하며, 그 와중에 다섯이나 쓰러트리다니, 그야말로 귀신같은 실력이었다.
사람이 맞는지 의심스러울 지경.
'허나…….'
천진복의 얼굴 위로 미소가 돌아왔다.
인정하기 싫지만, 놈은 분명 대단한 실력자였다.
하지만 놈은 지쳤다.
멀쩡한 척 연기하고 있지만, 쉼 없이 들썩이는 어깨가 그 증거.
"나와 싸워보자고? 흥, 다 죽어가는 놈을 쓰러트려봐야 무슨 이득이 있겠느냐?"
"그렇게 자신 있으면 덤벼보시지."
계속된 도발에도 천진복은 코웃음을 쳤다.
"네깟 놈을 상대할 만큼 난 한가하지 않다. 정 싸우고 싶으면 이 녀석들부터 넘어보아라."
비스듬히 웃던 천진복이 다시 수하들 속으로 몸을 숨겼다.
천진복이 뒤로 몸을 숨기기 무섭게 잠시 물러났던 그의 수하들이 슬금슬금 다가왔다.

"비연……."

해루는 불안한 눈길로 주위를 둘러보았다.

헛간 안은 천진복의 수하들로 빼곡하게 들어차 있었다. 어디에도 빠져나갈 구멍은 보이지 않았다.

"제 등 뒤에 꼭 붙어 있으십시오. 제가 누군지 잊었습니까? 제 자랑 같아 말씀은 안 드렸지만, 조선 최고의 세작, 비연입니다. 저런 놈들에게 당할 만큼 그리 호락호락한 사람이 아닙니다."

비연의 눈빛이 깊게 가라앉았다.

주위를 에워싸고 있는 자들의 수는 모두 열다섯.

어이쿠, 뒷문을 열고 새로 여섯 명이 더 들어오네.

헛간 밖을 지키던 자들이었다.

이제 상대할 적은 스물한 명으로 늘었다.

해루에겐 충분히 감당할 수 있다며 호기를 부리긴 했지만, 솔직히 혼자 상대하기엔 벅찬 숫자였다.

어찌한다?

그는 슬그머니 소맷자락 안으로 손을 집어넣었다. 신루에서 가져온 최후의 수단이 그곳에 잠자고 있었다.

이것만은 쓰고 싶지 않았건만.

하지만 정말 최악의 상황이 온다면…….

비연은 해루를 보았다.

그의 시선을 눈치챈 해루가 물었다.

"뭔가 도와드릴 거라도 있습니까?"

비연은 고개를 저었다.

"없습니다."

그때가 온다면 주저 없이 이 물건을 사용할 것이다.

행여 이 물건 때문에 죽거나 다친다 하여도 후회하지 않으리라.

그리고 그런 결단을 내린 이유는 어디까지나 세자 저하의 명 때문이다.

무슨 일이 있어도 해루를 보호하라는 저하의 엄중한 명 때문이지, 사사로운 감정 때문이 아니다, 절대로.

비연은 결연한 표정으로 앞으로 나섰다.

"오늘 한번 신명 나게 놀아보자꾸나."

"뭐 저런 놈이 다 있어?"

간사한 미소를 잃지 않던 천진복의 얼굴에 균열이 생겼다.

그의 신호로 싸움이 시작되었다. 흥분한 수하들이 한 놈을 향해 밀물처럼 몰려갔다.

장담할 수 있었다. 상대가 그 누구라도, 심지어 자신이라 하더라도 일각도 버텨내지 못할 거라고 장담했다.

하지만 놈은 달랐다.

비연이라 했던가.

놈은 제 이름에 걸맞은 실력을 지니고 있었다. 소나기처럼 퍼붓는 공격을 뛰고 구르며 피하더니, 그 와중에 한 명 두 명 수하들을 차례로 쓰러트렸다. 마치 보이지 않는 날개라도 달린 듯 바닥에 두 발을 딛고 있는 시간보다 허공에 떠 있는 시간이 더 많았다. 남의 어깨를 타 넘고, 등을 밟으며, 사람들의 머리 위에서 재간을 뽐내는 모습이 영락없는 새다.

제비? 아니, 저 모습은 창공을 유영하는 매를 닮아 있었다.

머리 위를 날다시피 하는 실력이 워낙 뛰어나다 보니, 경험 많은 수하들도 어찌 상대해야 할지 갈피를 잡지 못한 채 허둥대기만 하였다.

"일이 귀찮게 되는군."

등줄기를 타고 불안함이 스멀스멀 올라왔다.

비연의 실력도 실력이지만, 천진복의 심기를 건드리는 것은 다른 곳에 있었다.

놈의 표정…….

뭔가 있다.

녀석의 눈빛은 구석으로 몰린 생쥐의 공포와는 전혀 달랐다. 오히려 비장의 한 수를 숨겨두고 있는 자의 표정에 가까웠다.

'좋지 않아. 일을 서둘러 마무리 지어야겠군.'

천진복의 눈매가 사납게 번득였다. 그는 돌연 고개를 돌려 헛간 한쪽을 응시했다.

날뛰는 매를 잡으려면…….

'둥지를 털면 된다.'

천진복은 혼란을 틈타 해루에게 접근하였다.

해루는 싸움판에서 조금 떨어진 곳에 서 있었다. 어디서 찾았는지 양손엔 주먹만 한 크기의 자갈을 쥐고 있었다.

어설픈 저항이라도 할 생각인가?

'어차피 죽여야 할 계집이었으니.'

천진복은 입아귀를 비틀며 잔인한 표정을 지었다.

마침 비연이 구석으로 내몰렸다. 바닥에 쓰러진 사내를 밟고 허공으로 뛰어오르려다 미리 기다리던 다른 자의 기습을 받은 것이다. 다행히 급한 대로 재주를 넘으며 공격을 피했지만, 그만 균형을 잃고 바닥으로 떨어지고 말았다.

땅바닥으로 곤두박질친 제비를 향해 승냥이들이 몰려들었다.

비연의 위기를 본 해루는 지체하지 않고 들고 있던 자갈을 집어 던졌다.

해루가 자갈을 들고 있던 이유.

자신을 보호하기 위함이 아니었다. 비연에게 조금이라도 도움이 되기 위함이었다.

그녀의 돌팔매 실력은 예사롭지 않았다.

비연을 찔러 가던 사내의 뒤통수에 뜨거운 불기둥이 내리쳤다. 연달아 비연을 노리는 또 다른 사내의 이마 정중앙에도 자갈이 꽂혔다. 덕분에 비연은 다시 허공으로 뛰어오를 수 있었다.

"다행이다."

해루는 안도의 한숨을 쉬었다.

"머저리 같은 계집. 지금 남 걱정할 때냐?"

갑자기 들려온 목소리에 깜짝 놀란 해루는 고개를 돌렸다.

천진복이 시퍼런 칼을 빼 들고 자신을 덮쳐오고 있었다.

피할 수 없음을 깨달았다.

해루의 안색이 창백해졌다.

어찌한다?

머리 위로 떨어질 차가운 칼날을 떠올리며 그녀는 이를 악물었다.

순간.

"안 된다, 이놈아!"

뜻밖의 사람이 천진복에게 달려들었다.

정 판수였다. 그는 검붉은 핏물로 흥건하게 젖은 몸을 천진복에게 날렸다. 정 판수와 천진복이 한 덩어리가 되어 땅을 굴렀다. 정 판수는 손발로도 모자라 물어뜯기까지 하며 천진복에게 거머리처럼 달라붙었다.

"버러지 같은 놈. 방해하지 마라."

천진복은 정 판수를 힘껏 걷어찼다.

"끅!"

답답한 신음과 함께 정 판수의 몸이 길게 늘어졌다.

"아저씨!"

비명처럼 외치는 해루의 앞을 천진복이 가로막았다.

"어딜 가려고? 잊었어? 우리 사이엔 마무리 지어야 할 이야기가 있었잖아? 더는 시간 끌지 말고 그만 마무리 짓자."

그의 광기 어린 웃음에 해루는 주춤주춤 물러섰다.

그렇게 몇 걸음.

어느새 차가운 벽이 등에 닿았다. 더는 달아날 곳이 없었다.

"아가씨!"

비연의 외침이 해루의 귓가에 묵직한 파문을 그렸다.

그러나 그 역시 적들에게 둘러싸여 있는 터라, 그저 안타깝게 해루를 부르는 것, 그 이외에 할 수 있는 일이 없었다.

어느 사이, 해루의 코앞까지 다가온 천진복이 고개를 숙여 눈을 마주쳤다.

"어딜 보는 거냐? 날 봐야지."

"……."

"적어도 널 죽인 사람의 얼굴이 어찌 생겼는지 기억해 둬야 하잖아. 그래야 저승에 가서 염라대왕의 질문에 제대로 대답할 게 아니냐?"

천진복은 한 손으로 해루의 턱을 잡아 자신을 바라보게 하였다.

그의 얼굴에서 미소가 사라졌다.

그 대신 자리한 것은 농도 짙은 살기(殺氣).

"내 얼굴 절대 잊지 마라."

천진복이 퍼렇게 날을 세운 칼을 휘둘렀다.

그때였다.

"틀렸다."

천진복의 뒤통수로 반박의 말이 날아들었다. 그것도 모자라 해루를 향하던 칼날이 누군가의 맨손에 가로막혔다.

"뭐야?"

모처럼의 유희를 방해받은 천진복이 얼굴을 일그러트렸다.

동시에 놀란 음성이 해루의 입에서 새어 나왔다.

"앗!"

해루의 검은 눈동자에 길고 날렵한 사내의 모습이 맺혔다.

사내는 천진복에겐 시선조차 돌리지 않았다. 그는 오직 한 사람, 해루를 바라보며 한 자 한 자 씹어뱉듯 말했다.

"그녀가 기억해야 할 건 네놈의 못난 얼굴이 아니다. 내 여인이 봐야 할 사람은…… 네가 아니라 바로 나다."

"저하……."

그가 있었다.

마치 밤의 신기루처럼…… 그가 있었다.

해루만의 공갈 저하, 해루만의 향이…… 그녀 앞에 나타났다.

어겨서는 안 될 세 가지 잘못

시간이 멈춘 듯했다.

향이 눈앞에 나타난 그 이후, 해루의 세상은 멈춰버렸다. 험악한 상황도 잊은 채, 오로지 향만을 바라보았다.

흔들림 없는 그의 눈동자와 오뚝한 콧날과 붉은 입술.

입술 사이로 새어 나오는 거친 호흡.

그녀를 찾기 위해 얼마나 뛰어다녔을지, 거친 숨소리만으로도 충분히 짐작할 수 있었다.

불현듯 가슴이 벅차올랐다.

기뻤다. 그리고 고마웠다.

또한, 부끄러웠다.

그의 맑은 동공에 담긴 자신의 얼굴이 얼빠진 것처럼 느껴졌다. 마음 같아서는 쥐구멍에라도 숨고 싶었다.

하지만 그럴 수 없었다. 마치 그의 눈빛에 취해버린 듯, 보이지 않는 올가미에 묶여버린 듯, 꼼짝도 할 수 없었다.

그렇게 해루는 향을 멍하니 바라보고 있었다.

"저하……."

향을 부르는 해루의 목소리에 물기가 스며들었다. 그를 바라보는 눈에 뿌연 습막이 피어올랐다. 코끝이 알싸해지고 눈가가 뜨거워졌다. 이내 눈물 한 방울이 뺨을 타고 흘러내렸다.

왜 갑자기 눈물이 나오는지 모르겠다.

바보같이……. 웃어야 하잖아.

저하께서 오셨는데, 환하게 웃으며 맞아야지.

하지만 마음과 달리 해루의 턱 끝으로 눈물방울이 툭툭 떨어졌다. 참고 참았던 두려움이 향을 본 순간, 봇물 터지듯 터져 나왔다.

"다시는……."

향은 엄지를 뻗어 해루의 눈 밑을 부드럽게 쓸어주었다. 그리고 그 눈물을 하늘 세상의 귀한 샘물인 듯 핥았다. 달고 씁쓸한 맛이 그의 혀끝으로 스며들었다.

향은 그것을 단숨에 삼켰다.

해루의 것이면 그 어느 것이라도 잃어버리고 싶지 않았다.

"다시는 내 앞에서 눈물 흘리지 마라."

네가 울면 내가 아프다.

네가 아프면 나는 가슴이 무너진다.

토닥토닥 달래는 눈빛이 해루를 어루만졌다.

그러나 그의 정성에도 해루의 얼굴은 점점 빛이 바래졌다.

"어찌 되신 겁니까? 저하, 다치셨습니까?"

물기 가득한 해루의 입에서 마른 비명이 새어 나왔다.

향의 손에서 피가 떨어지고 있었다. 천진복의 칼을 맨손으로 잡은 까닭이었다.

해루는 서둘러 소맷자락을 찢어 향의 상처를 감싸려 하였다.

“이것들이 사람을 사이에 두고 뭐 하는 짓이냐?”

멍청하게 서 있던 천진복이 악다구니를 썼다.

“오호라, 이제 보니 서로 연모라도 하는 모양이지? 오냐, 차라리 잘됐다. 이렇게 된 이상 둘 다 죽여주마.”

천진복이 다시 칼을 들었다.

그러나 향의 수노기가 한발 빨랐다.

서로의 숨결을 느낄 수 있을 만큼 가까운 간격.

이렇게 가까운 거리에선 칼이 활보다 빠르다는 게 상식.

그러나 그런 상식을 비웃기라도 하듯 향은 번개같이 수노기를 꺼내 화살을 쏘았다.

퍼퍽!

두 발의 화살이 천진복의 어깨와 왼팔에 박혔다.

“으아악!”

천진복은 혓간이 떠나가라 비명을 질렀다. 그러나 그의 비명은 그리 오래가지 못했다. 향의 차가운 시선이 그의 눈을 향해 날아들었다.

왕세자의 무표정한 눈빛이 말하고 있었다.

방해하지 마.

방해하면 죽여버리겠다.

세상에서 가장 처참하게…… 죽여버리겠다.

그 서늘한 맹세와 경고에 천진복은 감히 저항할 생각도 하지 못했다. 간신히 쥐어짜듯 뱉은 것이 고작 상대의 정체를 묻는 말이었다.

"네, 네놈은 대체 누구냐?"

향은 대답하지 않았다.

대신 등 뒤에서 앓는 소리가 흘러나왔다.

"에구구구구."

백척간두(百尺竿頭).

위태로운 싸움을 이어가던 비연이 갑자기 허리를 두드리며 신음을 흘린 것이다.

사실, 향의 느닷없는 등장에 놀란 사람은 해루, 한 사람만이 아니었다. 치열한 드잡이를 이어가던 비연과 사내들도 싸움을 멈추고 멍하니 향을 바라보고 있었다.

대체 저자가 언제 들어왔단 말인가?

땅에서 불쑥 솟아오르기라도 한 것일까?

그때, 누군가 소리쳤다.

"문이……."

모두의 고개가 한쪽으로 집중되었다. 굳게 닫혀 있어야 할 문이 활짝 열려 있었다. 워낙에 상황이 긴박하게 흘러가는 탓에 엉뚱한 사람이 침입한 것도 까맣게 몰랐던 것이다.

"이제 오시면 어떻게 합니까."

비연은 향을 향해 나직이 푸념하며 제자리에 풀썩 주저앉았다.

아니, 그는 아예 그 자리에 드러누워버렸다.

"너무 늦었습니다. 자칫하였으면 이승과 작별 인사 할 뻔했습니다."

"미안하다. 이곳을 찾는데 생각보다 시간이 걸렸구나."

갑자기 내린 폭설 탓이었다. 강풍과 함께 무섭게 쏟아진 눈에 길을 가늠하기 어려웠다.

설상가상, 앞을 안내하는 유익보의 기억도 온전하지 않아 몇 차례 길을 잃고 헤매는 소동을 겪었다.

"아무튼, 전 최선을 다했습니다. 마무리는 저하께서 지어주십시오."

향은 선선히 고개를 끄덕였다.

"고생했다."

대답을 들은 비연은 고단한 듯 스르륵 눈을 감아버렸다.

"뭐, 뭐야?"

비연을 상대하던 사내들은 큰 혼란에 빠진 듯 우왕좌왕했다.

"미친놈들."

천진복의 입에서 험한 욕지거리가 튀어나왔다.

고작 한 명이 늘어난 것뿐인데, 이 여유는 대체 뭐란 말인가.

변한 것은 아무것도 없었다.

그런데도 한 놈은 드러눕고, 다른 한 놈은 뒷짐을 진 채 고개나 끄덕이고 있었다.

죽고 싶어 환장한 놈들 아닌가?

곧 그 의문에 답하는 발소리가 들려왔다. 요란한 소음과 함께 무혁을 선두로 수십 명의 무관이 헛간 안으로 들이닥쳤다.

"저하!"

무혁이 향의 앞에 무릎을 꿇었다. 향을 부르는 무혁의 목소리는 작고 나직했다. 그러나 그것이 몰고 온 파장은 깊고도 웅장했다.

천진복과 그 수하들의 얼굴에서 핏기가 사라졌다.

왕세자라니!

설마, 비연이라는 자의 말이 사실이었단 말인가?

"일이 정말 더럽게 되었군."

천진복이 굳은 표정으로 중얼거렸다. 떫은 감을 삼킨 듯한 그의 표정은 전염병처럼 수하들에게 번져갔다.

"너희는 절대 어겨서는 안 될 세 가지 큰 잘못을 저질렀다."

향이 앞으로 한 걸음 나섰다.

"첫째, 감히 지엄한 국법을 어기고 사람을 납치하고 고문한 죄."

무혁을 그림자처럼 단 채 향은 천천히 걸음을 옮겼다.

"둘째, 감히 왕세자인 내게 칼을 겨눈 죄."

삼엄한 표정의 무관들이 병풍처럼 향의 좌우로 늘어섰다.

"그리고……."

향이 차가운 눈으로 말을 이었다.

"감히! 감히, 내 여인에게 위해를 가하려 한 죄."

차가운 왕세자의 음성에 천진복과 그의 수하들은 얼음 굴에라도 갇힌 사람들처럼 몸을 떨었다.

전신을 짓누르는 위압감과 숨통을 조이는 듯한 긴장감.

마치 죄를 짓고 죽어 염라대왕 앞에 선 것 같았다.

두려워하는 그들에게 마침내 판결이 떨어졌다.

"이 무도한 자들을 모조리 잡아들여라! 저항하는 자는 죽여도 좋다!"

온화한 세자에게서 좀처럼 볼 수 없는 엄명이 떨어졌다.

그만큼 그의 분노는 깊었다.

감히 자신의 여인을……. 해루를 노린 자들에게 피가 끓을 만큼 분노하고 있었다.

"명, 받들겠나이다."

무혁을 위시한 무관들이 한목소리로 대답하고 무기를 뽑았다. 그리고 별다른 경고도 없이 뚜벅뚜벅 적을 향해 걸었다.

마치 상대는 안중에도 없다는 듯한 태도.

"무, 무엇들 하느냐? 싸워라!"

뒤늦게 정신을 차린 천진복이 목이 터져라, 고함을 질렀다.

그제야 굳어 있던 사내들이 비명처럼 소리를 지르며 무관들을 향해 달려들었다.

"부나방 같은 녀석들."

무혁이 스산한 살기를 흩뿌리며 검을 들었다. 그의 검이 춤을 췄다. 은빛 검광이 너울너울 물결을 일으킬 때마다 어김없이 한 명이 쓰러졌다.

편히 누운 채 그 광경을 구경하던 비연이 나직하게 혀를 찼다.

"불쌍한 녀석들. 저 귀신같은 녀석의 칼에 독이 잔뜩 올랐으니, 오늘 여럿 죽어 나가겠구나."

비연의 말처럼 무혁의 검은 무정하였다.

그렇게 무혁을 시작으로 본격적인 싸움이 시작되었다.

상황은 순식간에 정리되었다.

그동안 악전고투한 것이 허무하게 느껴질 정도로 싸움은 그야말로 일방적으로 흘러갔다.

무혁과 관군들의 실력은 압도적이었다. 특히, 무혁의 실력은 사람의 말로는 표현하기 어려울 정도로 대단하였다. 그가 검을 휘두를 때마다 해루는 저도 모르게 몸을 움찔움찔 떨었다. 실력도, 머릿수도 일방적이니 싸움은 순식간에 정리될 수밖에 없었다.

그러나 그런 상황에서도 천진복은 호락호락 붙잡히지 않았다.

그는 악착같이 포위망을 뚫고 달아났다.

무혁과 관군들이 그의 뒤를 쫓았다.

백 명도 넘는 사람들이 뒤를 쫓고 있으니 머지않아 잡히리라.

그렇게 얼마나 지났을까?

한바탕 폭풍이 휩쓸고 지나간 헛간에 정적이 내려앉았다.

고요함이 의미하는 것은 하나였다.

모든 것이 끝났다는 것.

해루의 입에서 비로소 안도의 한숨이 새어 나오려는 찰나.

돌연 헛간의 한쪽 벽이 요란한 소음과 함께 터져 나갔다.

"뭐야?"

해루가 놀란 비명을 채 밖으로 내뱉기도 전에 부르짖는 소리가 들려왔다.

"해루야! 아니, 해루 아가씨! 어디에 계십니까?"

곧이어 해괴한 무기를 하나 가득 짊어진 한 무리의 사람들이 해루를 찾으며 헛간 안으로 뛰어들었다.

해루를 구하기 위해 나선 신루의 학자들이었다.

옛 동료를 구하기 위한 학자들의 눈물겨운 우정.

그러나 유감스럽게도 별다른 도움은 되지 못했다.

"뭐야? 벌써 다 끝난 거야?"

양여섭이 주위를 두리번거렸다.

"우리가 한발 늦었군."

"그러게 제가 빨리 가야 한다고 말하지 않았습니까?"

삼문이 투덜거리며 심운기와 양여섭을 돌아보았다.

"그 눈빛은 뭐냐? 뭔가 원망이 가득하다?"

"그럼 원망 안 하게 생겼습니까? 간이용 화포니, 수노기니…….

이것저것 이상한 물건을 챙겨야 한다며 시간을 끌어서 이리 늦은 거 아닙니까."

주인님은 내가 구하고 싶었는데.

아쉬움이 가득한 눈길을 쏘아내는 삼문을 향해 양여섭이 눈매를 치떴다.

"어이, 삽살개는 빠지시지."

"누가 삽살개라고 그럽니까?"

"입만 열만 주인님, 주인님 하며 해루 아가씨 뒤 꽁지를 따라다니는 사람이 알지, 누가 알겠는가."

"그만들 하게."

김담과 심운기가 투닥거리는 두 사람을 말렸다.

그 뒤로 비연이 다리를 절뚝절뚝 절며 지나갔다.

처연하기 이를 데 없는 표정.

그러나 누구 하나 비연에게 시선을 주는 이가 없었다.

"이보게들, 나 다쳤네. 여기 피도 난다네."

끝끝내 대답하는 목소리는 들려오지 않았다.

학자들의 관심과 시선은 온통 해루에게로 향해 있었다.

"우리 해루, 아니, 해루 아가씨께서는 괜찮으신가?"

"저기 저하께서 계시니, 괜찮으시겠지."

"우리는 그만 돌아가세나."

"이보게들, 나 다쳤네. 이 비연이 다쳤다고!"

비연의 공허한 울림이 낡은 헛간을 가득 채웠다.

드디어 모든 상황이 끝이 났다.

무관들과 바깥 동정을 살피러 나가기 직전, 향은 해루와 정 판수를 헛간에서 멀지 않은 안가(安家)로 옮겨주었다.

방 안엔 따뜻한 온기가 돌았다.

해루는 한층 밝아진 얼굴로 정 판수에게 다가갔다.

"아저씨, 괜찮으세요?"

벽에 등을 기대고 앉은 정 판수가 창백한 미소를 지었다.

"그럼, 괜찮고말고."

"저 때문에 정말 죄송해요."

"……나 때문에 그간 네가 한 고생에 비하면 이건 아무것도 아니지. 그런데 해루야."

"다리는 좀 어떠세요? 아이 참, 또 피가 나잖아요. 안 되겠어요. 마침 세자 저하께서 의원을 대동하고 오셨대요. 그분께 아저씨도 봐달라 부탁해 볼게요."

해루가 몸을 일으키자 정 판수가 그녀의 손을 잡았다.

"해루야, 잠깐만."

"왜요? 의원이 제 청을 안 들어줄까 봐서요? 걱정하지 마셔요. 이래 봬도 제 뒷배가 무려 세자 저하라고요."

"그게 아니라……."

"하실 말씀이라도 있으세요?"

정 판수는 해루를 가만 바라보더니 고개를 흔들었다.

"아니다. 문득 옛 생각이 나서 말이다."

"옛 생각요?"

"문득 그런 생각이 드는구나. 내가 다른 건 모르겠는데, 사람 보는 눈 하나는 정말 제대로 박혀 있구나, 하는 그런 생각 말이다."

해루가 의심스러운 듯 눈을 가늘게 여몄다.

"뭐 필요한 거라도 있으세요."

"이놈아! 나라고 만날 뭐 필요할 때만 칭찬하는 줄 알아? 이따금 그냥 네가 예뻐 보일 때도 있단다."

"정말 이따금만 그러니 하는 말이잖아요."

"녀석, 하여간 널 본 순간 그런 생각이 들었단다. 이 아이랑 함께 하면 평생 불운은 피해 갈 수 있겠구나, 라고 말이야."

"버릴까, 말까 고민하셨다면서요."

"잠깐 그러기도 했지. 솔직히 그때는 형편이 안 좋았잖느냐. 그래도 그때 안 버리길 잘했지. 네 덕에 정말 좋은 일이 많았단다."

"지금은 그리 좋으신 것 같진 않네요."

해루는 정 판수의 맨발을 보며 말했다.

노리개를 드렸는데, 아직도 맨발이시라니.

그렇구나. 그걸 팔기도 전에 납치되셨구나. 그래서 신발 구할 시간도 없었던 거야.

문득 가슴 한구석이 시려왔다.

"잠깐만 기다리세요. 의원 부르는 김에 신도 하나 구해볼게요."

"그러지 말고 우리 얘기나 좀 더 하자. 이리 살아난 것이 어디냐?"

"얘기는 나중에 잔뜩 해도 돼요."

"해루야, 너 생각나느냐? 예전에 너랑 나랑 참외밭에서 참외 훔쳐 먹던 거 기억나느냐?"

"그 얘긴 왜 꺼낸대요?"

"그때 그 참외, 참 달고 맛났지?"

"달고 맛나긴 했지만, 덕분에 원 없이 매도 맞았더랬죠."

"그래. 그래도 내 평생 그리 맛난 참외는 처음 먹어봤다."

"나중에 구해드릴게요."

"오냐."

상상하는 것만으로도 입에 군침이 도는 듯 정 판수는 입맛을 다셨다.

"그렇게 좋으세요? 그렇게 몸을 떨 만큼이나?"

"그럼. 그보다 넌 앞으로 말조심해야 해. 곧 궁에 들어가 귀한 몸이 될 사람이잖느냐. 품위를 잊지 마라. 말도 행동도 조신하게. 알았지?"

"제가 아저씨께 배운 게 그렇지 않아서 잘할까 모르겠어요."

"넌 잘할 거야. 처음 보았을 때, 넌 무척 얌전한 아이였거든. 조잘조잘 얘기는 또 얼마나 잘했다고. 아저씨, 아저씨, 그림자처럼 따라다녀 조금 귀찮긴 했지만 그래도 너랑 있으면 참말로 재미났는데 말이다."

"오늘따라 옛날 얘기는 왜 이리 하는데요?"

"이상하게 생각이 나네. 너 처음 만났을 때 줬던 개떡 말이다. 그건 생각나느냐?"

"……그 개떡만 아니었음 이리 아저씨하고 엮이지도 않았을 텐데."

"그러게 말이다. 그런데 나는 그 개떡이 얼마나 고마운 줄 몰라. 그게 아니었으면 너를 이리 만나지도 못했을 테고. 쿨럭, 쿨럭."

"맙소사, 피를 토하시잖아요."

"아니야. 아까 실수로 혀를 깨물어서."

정 판수가 씩 힘들게 웃어 보였다.

"아저씨 안색이 너무 창백해요."

"말을 많이 해서 그런가 보다. 늙었더니 이제는 말하는 것도 숨

가쁘네. 헤헤헤."

"아무래도 안 되겠어요. 잠깐만 계세요."

나가는 해루의 손을 정 판수가 다시 붙들었다.

"잠깐 얘기 좀 더 하자, 해루야. 우리 이리 같이 있는 것도 참말 오랜만이니……."

"일단 상처부터 살피고요. 이러다 덧나기라도 하면 큰일 난다고요. 이야기는 그 이후에 맘껏 해요. 밤새도록 들어드릴게요."

"해루야."

"잠깐만 계세요. 금방 돌아올게요."

해루는 애써 잡는 정 판수의 손을 밀쳐내고 서둘러 방 밖으로 나갔다. 정 판수의 상태가 생각보다 심각하게 느껴졌다.

"녀석, 얘기 좀 하자니까."

아쉬운 듯 중얼거린 정 판수는 턱을 덜덜 떨기 시작했다. 따뜻한 방 안에 있음에도 이상하게도 한기가 몰려왔다.

미친놈에게 당한 옆구리의 상태가 아무래도 좋지 않은 모양이다. 해루를 구하기 위해 몸을 날렸을 때 당한 곳이었다. 해루 앞에서는 애써 감추고 있었지만, 가슴이 턱 하고 무너지는 느낌이 범상치 않았다.

"얘기 좀 하고 싶었는데……. 해루야."

정 판수는 쓸쓸한 얼굴로 중얼거렸다.

"유난히 명줄이 짧더니, 이렇게 되는 거였군. 참으로 멍청하지 않으냐? 남의 운명을 봐준다는 사람이 정작 제 죽을 날도 모르다니 말이야. 허허허. 헛살았어. 판수로도, 널 돌봐줄 사람으로도."

그의 눈빛이 무겁게 가라앉았다.

주위를 두리번거리던 정 판수의 눈길이 방 한구석에 있는 서탁에서 멈추었다. 서탁 위의 종이와 붓을 바라보는 그의 눈동자가 잿빛으로 흐려졌다.

❀

"어서요, 서두르십시오."

해루는 의원과 함께 정 판수가 누워 있는 방으로 되돌아왔다.

방을 나선 지 일다경도 채 되지 않았다.

그런데 어쩐 일인지 공기가 변해 있었다.

분명 같은 방이었건만, 무언가가 달라졌다.

목덜미를 휘감는 서늘한 예감.

그 불길한 기분을 애써 털어내며 해루는 눈을 감고 있는 정 판수를 깨웠다.

"아저씨, 의원님 모셔 왔어요. 아저씨, 일어나보세요."

"……."

"아저씨, 아저씨! 무슨 잠을 이리 깊게 주무세요. 그만 자고 일어나보시라니까요."

다시 힘껏 흔들었지만, 어쩐 일인지 정 판수는 꼼짝도 하지 않았다.

"아저씨……?"

해루의 눈동자에서 툭, 눈물 한 방울이 떨어졌다.

"아저씨, 또 무슨 장난이에요? 이런다고 내가 속을 줄 알아요? 이번엔 안 속아요. 절대 안 속아요. 절대……."

해루의 목소리가 흔들렸다.

그녀는 서둘러 의원을 돌아보았다.

"우리 아저씨 좀 살려줘요. 피가 많이 났어요. 좀 전엔 피도 토했고요. 아무래도 많이 아픈 모양입니다."

의원이 정 판수의 곁으로 다가갔다. 눈을 감은 채 맥을 짚던 의원이 고개를 좌우로 저었다.

"늦었습니다."

입을 떼는 의원을 보며 해루는 세차게 고갯짓을 했다.

"뭐가 늦었다는 겁니까? 이상한 말씀 하지 말고 얼른 우리 아저씨 좀 돌봐주세요. 평생 제대로 된 치료 한번 받아보지 못했어요. 아마 의원에게 치료를 받으니 긴장해서 죽은 척이라도 하는 모양이에요. 그러니까, 그러니까……."

그녀는 정 판수에게로 다시 시선을 돌렸다.

"일어나요. 아저씨, 저한테 이러시면 안 되잖아요. 일어나요. 저한테 왜 이래요? 저한테 이러지 마세요. 이러지 마시라고요. 아저씨……. 아저씨……. 아저씨, 흐윽……."

문틈으로 붉은 저녁노을이 스며들었다. 노을에 물든 정 판수의 얼굴이 그 어느 때보다 편안해 보였다.

그 평온함이 해루의 가슴을 미어지게 했다.

"아저씨, 아저씨……."

뜨거운 눈물이 정 판수의 얼굴을 적셨다.

그러나 정 판수는 끝끝내 눈을 뜨지 못했다. 마치 긴 여정을 끝내고 집으로 돌아가는 사람처럼 그리 편안한 얼굴로 영영 돌아오지 못할 길을 떠나버렸다.

매듭달, 스물아흐레.

일평생 세상을 떠돌던 정 판수가 생을 마감하였다. 그가 남긴 거라곤 입고 있던 낡은 옷가지가 전부였다.

❁

장례를 끝내고 돌아온 해루에게 향이 서찰을 건넸다.

"정 판수가 묵었던 방에서 이게 나왔더구나."

새로 쓴 듯한 서찰과 꼬깃꼬깃 접혀 있는 낡은 종이 한 장.

해루는 먼저 서찰을 펼쳐 들었다. 익숙한 정 판수의 필체가 눈을 흐리게 만들었다.

해루야, 미안하다.

네게 이 말을 하고 싶었다.

언제나 네겐 미안하였다.

그리고 끝까지 네게는 미안하구나.

못난 나를 부디 용서해라.

그리고…….

서찰을 읽던 해루는 문득 낡은 종이로 눈길을 옮겼다.

"이건…… 뭡니까?"

"정 판수의 품속에 있던 것이라 하더구나."

향의 말에 해루는 조심조심 종이를 펼쳤다. 이윽고 그녀의 눈에 눈물이 가득 맺혔다.

"이건……!"

낡은 종이에는 어린 해루의 초상이 있었다.

오래되어 낡고 손때가 묻은 초상화.

아마도 해루가 어렸을 적에 이 초상화를 구했을 것이다. 어쩌면 처음 만났을 때부터 갖고 있었을지도 모른다. 자신을 찾게 도와주면 황금 열 돈이라는 제법 큰 액수가 쓰인 이 초상화를…….

"이런 걸 갖고 계셨으면서……."

언제나 궁핍하면서도 정 판수는 끝내 그녀를 버리지 않았던 것이다.

"그런 줄도 모르고……. 나는 그런 줄도 모르고……. 흐윽."

소리 없이 오열하는 해루의 어깨를 향이 가만히 감싸 안았다.

"해루야……."

"이리 가라고 타박한 거 아닙니다. 가라 하였지만, 정말 이리 떠나실 줄은 몰랐습니다. 제가 가라 해서 이리된 겁니다. 제가 떠나라 해서 이리 떠나신 겁니다."

"아니다, 아니야. 네 탓이 아니다."

"흐윽……. 이제 어찌하면 좋습니까? 제가 불운을 끌고 다니는 겁니다. 제가……. 제 곁에 있어서 아저씨가 이리 다친 겁니다. 제가……. 제가…… 아저씨를 죽인 겁니다."

자책하는 해루를, 향은 힘껏 끌어안았다.

"그런 소리 마라. 그런 어리석은 생각일랑 지워버려라."

그러나 그 어떤 말도 해루의 귀에 들어오지 않았다.

모든 것이 제 탓인 것만 같았다.

정 판수를 끌고 간 자들이 원한 건 자신이었다. 죽었어야 할 사람은 정 판수가 아니라 자신이었던 것이다.

"제가 죽었어야 합니다. 제가……."

망연한 혼잣말이 해루의 입술 사이로 새어 나왔다.

그날 해루는 향의 품에 안겨 길고도 아픈 통곡을 쏟아냈다.

그렇게 해루와 동고동락했던 소중한 사람이 먼 길을 떠났다.

다녀오마

"그게 무슨 말이냐?"

위창은 술잔을 들다 말고 음 선생을 바라보았다.

깊은 밤의 화월루는 취기에 젖은 꽃잎처럼 느른했다. 향긋한 분내와 함께 홍조 띤 열기가 여기저기서 뿜어져 나왔다.

그러나 위창의 거처는 여느 때와 마찬가지로 서늘했다. 아니, 음 선생이 해루의 소식을 전한 그 순간부터 얼음장처럼 차게 얼어붙었다.

"다시 한 번 말하거라. 지금 무어라고 했느냐?"

"들으신 그대로입니다. 해루가 봉변을 당할 뻔하였다고 합니다."

"해루는? 무사하다더냐?"

"다행히 무사하다 합니다. 다만, 그 과정에서 소중한 이를 잃었다 합니다."

"누구 짓이라 하더냐?"

"두문회가 거론되는 것으로 알고 있습니다. 다만, 일을 주도한 자를 놓쳐버려 정확하지 않은 모양입니다."

위창이 술잔을 내려놓았다.

"어딜 가시려고요?"

몸을 일으키는 위창을 따라 일어서며 음 선생이 물었다.

"다녀오마."

짧은 한마디와 함께 위창은 방을 나섰다.

열린 창가에 앉아 멀어지는 위창을 바라보며 음 선생이 푸념하듯 중얼거렸다.

"석 잔 술에 털어버리신다더니."

음 선생은 위창이 남긴 술잔을 들었다.

"하기야 사람의 정을 어디 그리 쉽게 털어버릴 수 있겠습니까? 어쩌면 한 잔 술에 털어버릴 사람은 저인지도 모르겠군요."

음 선생은 위창의 술을 단숨에 입안에 털어 넣었다. 뒷맛이 무척이나 썼다.

반 시진 후.

위창은 낡은 헛간으로 들어섰다. 정 판수와 해루가 갇혀 있던 바로 그 헛간이었다.

이곳을 찾는 건 그리 어렵지 않았다. 조선엔 명국의 사신에게 잘 보이고 싶어 하는 사람들이 손으로 꼽지 못할 만큼 많았으니까. 그것이 개인의 영달을 위해서건, 아니면 자국의 이익을 도모하기 위해서건, 그 이유는 중요하지 않았다.

위창이 무언가를 원하면 특별히 노력하지 않아도 사방에서 그가 원하는 정보가 날아온다는 사실이 중요할 뿐.

이 나라의 임금과 세자는 자신의 힘으로 굳건히 서는 나라를 꿈꾸고 있을지 모르나, 정작 그들을 따르는 무리는 모험을 두려워했다.

미래의 희망과 현재의 영달을 저울대 위에 올리면 그들의 저울추(錘)는 어디로 기울까?

인간의 욕심은 끝이 없고, 이기심은 생존 본능 그 이전의 습성이었다.

덕분에 위창은 사건 현장을 쉽게 찾을 수 있었다.

그는 무겁게 가라앉은 눈으로 어지럽게 흩어진 실내를 훑었다.

불행 중 다행이라면 게으른 군졸들이 현장을 망쳐놓지 않았다는 것.

어쩌면 누군가의 지시로 현장을 보존해 놓은 것일지도 모른다.

그래, 이리도 말끔하게 보존된 것을 보니 후자가 분명했다.

군졸들에게 지시를 내린 사람, 아마도 왕세자가 틀림없으리라. 이런 일에는 지나칠 정도로 꼼꼼한 사람이 아니던가.

매사 철저한 세자 덕에 위창은 이 허름한 헛간에서 어떤 일이 있었는지, 비교적 선명하게 유추할 수 있었다.

뒤로 넘어진 의자, 그 곁에 흩어진 밧줄.

의자에 묶인 정 판수의 모습이 잔영처럼 떠올랐다.

땅에 뿌려진 검붉은 핏자국.

고문을 당한 흔적.

누군지 몰라도 정 판수를 고문한 자는 비열하고 잔인한 자였다.

아니, 이건 고문이라기보다 광기에 가까운 행위였다.

미간을 찡그리던 위창의 시선이 문 쪽으로 향했다.

고문이 한창 진행될 즈음, 뒤늦게 해루가 등장한다. 그녀는 혼자였다.

정 판수를 고문하던 자는 희희낙락했겠지.

하지만 이내 변화가 생겼다. 두 번째 방문자가 나타난 것이다.

곧 싸움이 벌어졌다.

벽과 천장, 그리고 바닥으로 이어진 격전의 흔적.

놀랍게도 두 번째 방문자의 실력은 보통이 아니었다. 애먹은 흔적이 곳곳에 새겨져 있었다.

무혁, 세자 저하를 그림자처럼 따르던 자인가? 아니, 그보다는 현란하고 화려한 기술을 가진 자였다.

그러나 엄청난 실력을 지닌 두 번째 방문자도 결국 수적인 열세를 면할 수 없었다. 스무 명도 넘는 적을 상대로는 제아무리 대단한 실력자라도 판세를 뒤집을 순 없었겠지.

곧 해루에게도 위기가 찾아왔다.

의자에서 벽까지 이어진 작은 발자국.

보폭이 짧았다.

뒷걸음친 흔적.

적의 위협에 결국 이쪽 구석까지 몰린 것이다.

그리고…….

"그가 나타났군."

위창은 낮게 중얼거렸다.

세 번째 방문자가 헛간에 느닷없이 등장했다. 제 여인의 위기를 본 그는 성큼성큼 걸어 납치범의 무기를 잡아챘다.

바닥에 떨어진 핏방울들.

왕세자의 등장으로 해루는 위기에서 벗어날 수 있었을 것이다. 뒤이어 관군들이 들이닥쳤다.

혼전.

그 혼란스러운 와중에 몇 녀석이 도주를 시도했다. 상황 파악이 빠르고 머리가 제법 굴러가는 자가 혼란을 틈타 헛간을 빠져나갔다.

위창은 뒷문을 열었다.

눈 쌓인 숲이 보였다. 그리고 그 너머엔 제법 큰 규모의 마을이 자리하고 있었다.

위창의 입가에 비릿한 미소가 그려졌다.

"지하로 숨었군. 과연 쥐새끼다운 발상이야."

해루는 우울한 눈으로 눈앞에 있는 나무 함을 내려다보았다. 한쪽 팔로 안아도 충분할 만큼 작은 함이었다.

그 안에 정 판수가 담겨 있었다. 그 사실을 믿을 수 없었다.

지금도 어딘가에 멀쩡히 살아 있을 것만 같은데.

지금까지 그랬던 것처럼 어느 날 불쑥 나타나 머쓱한 웃음과 함께 손을 내밀 것만 같은데…….

예전엔 그의 그런 모습이 미웠건만, 지금은 미치도록 보고 싶었다. 그와의 모든 일이 추억이었고, 또 후회의 한숨과 눈물이었다.

해루는 정 판수의 유골함을 앞에 둔 채 소리 없이 눈물만 떨구었다. 서러움과 미안함이 뒤섞여 차마 유골함엔 손도 대지 못했다.

"괜찮으냐?"

향이 물었다.
긴긴 시간 해루를 지켜보다 간신히 꺼낸 물음이었다.
상실의 아픔일랑은 그 누구보다 잘 알고 있었다. 어머니처럼 따르던 고모를 잃고, 사랑하는 누이도 잃었을 때의 고통이 지금도 선명했다.
아니, 어쩌면 아무것도 모르리라. 해루와 정 판수가 오랜 시간을 함께하며 쌓은 추억을 어찌 짐작이나 할 수 있을까.
어찌 위로해야 하나.
어찌 다독여야 이 마음 아프지 않을까?
고심한 끝에 간신히 입에 올린 말이 고작 괜찮으냐는 한마디였다.
해루는 대답 대신 작게 고개를 끄덕였다.
그 작은 몸짓이 향의 눈을 아프게 찔러왔다.
차라리 서럽다, 악다구니라도 치면 좋으련만.
아프다, 구슬피 울면 좋으련만.
소리 없이 흘리는 해루의 눈물이 향의 가슴에 시린 바람을 몰고 왔다.
향은 가늘게 떨리는 해루의 어깨를 잡았다.
"네가 괜찮다면 정 어르신을 좋은 곳에 모시고 싶구나."
향은 정 판수를 어르신으로 칭했다. 해루를 길러준 사람에 대한 예우였다.
해루는 고개를 저었다.
"말씀은 고맙습니다만, 아저씨를 꼭 모시고 싶은 곳이 있습니다."
해루가 고집스러운 눈빛으로 대답했다.
"그리해야 네 마음이 편하다면, 그리 하거라."
"그 일로 며칠 다녀올 곳이 있습니다. 입궐 시기를 며칠만 늦춰

주십시오."

"알겠느니."

"감사합니다."

고개를 숙인 해루는 소매로 얼굴을 슥슥 대충 닦고 정 판수의 유골함을 보자기로 감쌌다.

마치 먼 여행이라도 떠날 듯 옷가지를 꾸리는 해루에게 향이 물었다.

"어딜 가는지 물어도 되겠느냐?"

"우선 아저씨의 마지막 유언을 따를 생각입니다."

향이 전해 준 정 판수의 서찰엔 미안하다는 말과 함께 몇 가지 당부, 그리고 한 가지 물건을 찾아달라는 간곡한 부탁이 있었다.

"오래 걸리겠느냐?"

해루는 무거운 표정으로 고개를 끄덕였다.

보내긴 싫었지만, 어쩔 수 없음이라.

긴 한숨을 쉬며 향이 말을 이었다.

"기다리마. 대신 내 부탁도 들어주어야 한다."

"무엇입니까?"

"마음 같아서는 나도 너와 함께 가고 싶으나, 지금 당장 처리할 일이 있어 한동안 궁에 머물러야 할 것 같구나. 그러니 나를 대신하여 무혁과 함께 가도록 하여라."

향은 제 등 뒤에 그림자처럼 붙어 있는 무혁을 돌아보았다.

"아닙니다. 저는 괜찮습니다."

"너를 위한 것이 아니다. 나를 위한 일이다. 너를 홀로 보내고 내가 어찌 마음 편하겠느냐?"

"……."

더는 사양할 수가 없었다. 향의 말대로 여전히 자신을 노리는 자가 있었다.

"배려 감사합니다."

"해루야."

향이 해루를 품에 안으며 다정하게 속삭였다.

"슬픔은 깊은 수렁이란다. 수렁에 발을 디디는 순간, 빠져나올 수 없을 것이야. 그러니 어서 훌훌 털어버리거라. 부디 이번 여행으로 네 마음이 가벼워지길 바란다. 돌아가신 어르신도 분명 그러길 바랄 거야."

"그리……하겠습니다."

해루는 향의 품에 고개를 묻은 채 약조하였다.

좁은 골목이었다. 제멋대로 늘어진 처마가 짙은 그늘을 드리우고 있어 골목은 일 년 내내 어둡고 습했다.

여인의 짙은 분내와 썩어가는 음식물 냄새.

여러 가지 악취가 한데 뒤섞인 이곳은 선뜻 발을 들여놓기 어려울 만큼 음산한 분위기를 풍겼다. 화려한 향락가에서 불과 몇 걸음 떨어진 곳에 이런 뒷골목이 존재한다는 걸 아는 사람이 과연 몇이나 될까.

그 비좁고 음침한 골목길로 두 사람이 들어섰다. 해루와 무혁이었다.

"죄송합니다, 두목님."

해루는 무혁의 눈치를 살피며 말했다. 자신 때문에 이리 험한 곳에 발 디디게 하는 것이 미안했다.

"아닙니다."

무혁은 무표정한 얼굴로 고개를 저었다.

말만 그런 것이 아니라, 진심으로 아무렇지 않았다.

그러나 해루가 여전히 미안한 표정을 보이자, 별수 없이 몇 마디 설명을 곁들여야 했다.

"이런 곳, 저도 익숙합니다."

"정말입니까?"

해루는 새삼스러운 시선으로 무혁을 돌아보았다.

겉으로 보기엔 반듯한 명문가 집안의 아들로 태어나 고생 없이 자란 듯한데. 그런 사람이 무슨 사연이 있어 이런 뒷골목에 익숙하다는 것일까?

"저도 이곳 출신입니다. 세자 저하를 만나기 전까지 줄곧 이곳에서 지냈지요."

"……!"

무혁에게 그러한 과거가 있는 줄은 몰랐다.

그랬구나. 검을 휘두를 때 보였던 짙은 살기는 그 때문이었군.

이런 곳에서 살아남으려면 남과 다른 무언가가 있어야 했다.

독기와 생에 대한 열망.

무혁에겐 그 모두가 있었다.

그렇게 비슷한 기억을 가진 두 사람이 골목길을 걸었다.

어두운 구석에서 등이 굽은 노파가 처량한 눈으로 손을 내밀며 구걸을 했다.

해루는 노파를 외면했다.

무정해서가 아니다.

동정심이 없어서는 더더욱 아니었다.

노파에게 보인 작은 동정심이 어찌 되돌아올지 오랜 경험으로 잘 알고 있었기 때문이었다.

개미굴처럼 하나에서 열까지, 모든 것이 연결된 뒷골목.

노파나 구걸하는 아이는 행인을 노리는 소매치기나 도적들과 연결되어 있었다. 노파에게 적선하려 돈주머니를 여는 순간, 돈주머니는 이미 남의 손에 넘어간 것과 다를 바 없었다.

짤랑이는 소리만으로도 노파는 은혜를 베푸는 은인의 주머니 사정을 정확하게 파악할 테고, 액수에 따라 소매치기나 도둑이 들러붙게 되리라. 때에 따라서는 강도 무리를 만나게 될 수도 있었다.

해루는 구걸하는 노파를 그대로 지나쳤다. 무혁 역시 노파를 쳐다보지도 않았다.

구걸을 무시하고 지나치자 등 뒤에서 노파의 욕설이 들려왔다.

길을 따라 얼마쯤 더 가자, 이번엔 위험한 인상의 사내들이 나타났다. 그들의 눈에 호기심과 탐욕이 일었다. 조금만 틈을 보여도 저들은 칼을 휘두르는 강도로 돌변하리라.

그러나 그들은 무혁의 차가운 눈빛과 허리춤에 매달린 검을 보고 조용히 물러났다. 아무리 돈이 좋아도 목숨보다 중요하진 않았다.

그렇게 해루와 무혁은 보이지 않는 감시와 위협의 눈길을 지나쳐 마침내 골목 끝에 다다랐다.

그곳에 그것이 있었다.

전당국(典當局).

물건을 맡기면 그를 담보로 돈을 빌려주고 약간의 이자를 받는 곳.

전당국은 물건의 출처를 가리지 않았다. 주인이 파는 물건이나 훔친 장물이나 똑같은 가치를 지녔다. 그런 연유로 전당국은 뒷골목에 있을 수밖에 없었다.

"무슨 일로 오셨는가?"

전당국 주인은 작은 체구에 넉넉한 인상을 한 노인이었다.

꾸벅, 고개를 숙인 해루는 품에서 꼬깃꼬깃 접힌 전표 한 장을 꺼냈다.

"물건을 찾으러 왔습니다."

전표의 내용을 꼼꼼하게 확인한 노인은 해루를 향해 손을 내밀었다.

"잔금은 가져왔는가?"

해루는 소매에서 약간의 돈을 꺼내 노인의 손바닥 위에 올려놓았다.

금액을 확인한 노인이 안으로 들어갔다가 작은 비단 주머니를 꺼내 왔다.

해루가 비단 주머니를 집어 들자, 노인이 물었다.

"처자는 정 판수와는 무슨 사이인가?"

"전 아저씨의……."

해루는 뒷말을 쉽게 잇지 못하고 망설였다.

난 아저씨의 뭐였지?

대답을 할 수 없었다.

가족? 동료?

그 무엇으로도 부족했다.

"아! 이제 보니 그 망할 판수의 딸이로군."

"딸…… 이라고요?"

"그래. 정 판수, 그 사람이 그러더군. 자신에게 분에 넘치는 딸이 있다고. 신기한 노릇이군. 그 망나니 같은 작자에게서 어찌 처자 같은 딸이 나왔는지 모르겠어."

"……."

해루는 입술을 안으로 말아 물었다.

딸.

그래, 딸이었구나.

비록 낳아주신 분은 아니지만, 길러주고 보호해 주신 분.

비가 오면 다리 밑으로 피하라 알려주고, 우울할수록 웃어야 하는 이유와 항상 밝게 지낼 필요를 가르쳐주신……. 날 길러주신 아버지였구나.

"표정이 왜 그런가? 그렇게 원하던 걸 손에 넣었으면 기뻐 펄쩍 뛰어도 모자랄 판에. 뭐, 사정이야 어찌 됐든. 그 물건 어서 가져가게. 오늘로 계산이 끝났으니, 마침내 작별이로군."

"이게 뭡니까?"

"정 판수가 얘기해 주지 않던가?"

해루는 고개를 저었다.

그녀가 아는 건, 정 판수가 마지막 유언으로 이곳 전당국에서 물건 하나를 찾아달라 부탁한 일뿐이었다. 이 물건이 무엇인지, 또 누구에게 줘야 하는지도 알지 못했다.

"오래전이었지. 오늘처럼 눈이 내리던 날이었어. 정 판수 그 사람이 날 찾아왔지. 그 물건을 들고서. 한눈에 딱 봐도 훔친 물건이란 걸 알겠더군. 그래도 상관은 없었어. 이곳에 오는 물건 대부분이 그렇거든. 그 사람은 내가 건넨 돈을 들고 희희낙락하며 돌아갔다네. 그걸로 그 사람과 거래는 끝이라 생각했네. 뭐, 맡길 때야 곧 다시 찾으러 오겠다고 말하지만, 실제로 다시 찾아가는 경우는 몹시 드물거든."

"……."

"그런데 물건을 맡기고 일 년 후, 정 판수가 다시 찾아왔네. 그리고 처자에게 건넨 그 물건을 찾더군. 당연히 팔아버렸다 했지. 그런데도 막무가내더군."

"그분이 할아버지를 귀찮게 했습니까?"

"흥, 말도 말게. 어찌나 사람을 못살게 굴던지. 그 물건이 꼭 필요하다고 바짓가랑이를 잡고 매달리던 통에, 되찾고 싶으면 돈을 가져오라 했지. 처음에는 의기양양하게 빌려 간 돈만 내놓더군. 어림없었지. 그새 불어난 이자가 얼만데."

"그래서 어찌 되었습니까?"

"한참 망설이던 정 판수가 제안하더군. 당장 큰돈은 없으니 매달 조금씩 갚으면 안 되겠느냐고. 어떻게든 갚을 것이니 절대 그 물건을 팔면 안 된다고 하더군. 난 속으로 비웃었네. 분명 몇 달 하다 그만두겠지. 흥미 삼아 한번 해보라 했네. 그런데……. 그 사람 말이야. 생긴 것답지 않게 매달 어떻게든 돈을 마련해 오더란 말일세. 판수 일로는 결코 쉽게 마련할 수 없는 거금이었을 텐데 말이야."

"매달요?"

"그래. 매달 꾸역꾸역 어떻게든 돈을 해 왔어."

그랬구나. 이따금 궁색한 표정으로 찾아와 돈을 달라 한 건, 도박 때문이 아니라 모자란 돈을 채우기 위해서였어.

"돈이 부족한 달도 있었네. 지난달이 그랬지. 딱 한 푼이 모자랐어. 끙끙 궁리하던 그 사람이 돈 대신 무얼 주었는지 아는가?"

"무얼 주었습니까?"

노인이 가판 아래에서 다 떨어진 신발을 꺼냈다.

"이 신발을 맡겼네. 이것도 가져가게. 이 냄새 나는 신을 어디에 쓴다고."

신발을 본 해루의 눈가가 다시 붉게 달아올랐다. 붉게 얼어 있던 정 판수의 맨발이 떠올랐다.

어쩌다 그 지경이 되었을까 궁금하였는데, 이곳에 신발을 맡긴 거였구나.

"설마, 그 친구가 돈을 다 마련할 줄 누가 알았겠는가. 덕분에 나만 난처해졌다네. 다행히 아는 사람에게 팔았었으니 망정이지, 자칫했으면 이 일 시작하고 처음으로 허언하게 될 뻔했다네."

"대체 이 안에 든 게 뭡니까?"

노인은 묘한 눈으로 해루를 보았다.

"궁금하면 열어보게."

"하지만……."

"괜찮아. 아마 처자와 무관하지 않은 물건일 게야."

해루는 고개를 갸우뚱하며 비단 주머니를 열었다.

이윽고 그녀의 손바닥에 엄지손톱 크기의 붉은 보석으로 만들어진 목걸이가 담겼다.

"이건……."

해루가 어린 시절 잃어버린 목걸이였다.

기억을 잃은 해루가 유일하게 몸에 지니고 있던 물건.

이것만 있으면 가족을 찾을 수 있겠다고 생각했었다. 그래서 그 어린 나이에도 이 목걸이만큼은 어떻게든 지키기 위해 안간힘을 썼던 기억이 떠올랐다.

그리 아끼던 것이 어느 날 아침, 눈을 떠보니 사라지고 없었다. 곁에서 잠을 청하던 정 판수의 모습도 보이지 않았다.

그때 알았다.

정 판수가 목걸이를 몰래 팔아버린 사실을.

그래도 모른 척 아무 소리 안 한 것은 어쩔 수 없는 상황이라는 걸 어렴풋이 알고 있었던 까닭이었다. 엄동설한에 벌써 여러 날 끼니를 거르고 있었다. 그때는 그거라도 팔지 않으면 꼼짝없이 굶어 죽을 상황이었다.

그런데 이걸 뒤늦게 찾겠다며 맨발이 되어 가면서…… 애쓰다니.

노인이 고개를 절레절레 저으며 말했다.

"정 판수가 그러더군. 딸이 좋은 곳으로 시집가게 되어서 선물을 하나 해줘야겠는데, 이 물건을 돌려줘야겠다고."

그래서……. 그래서 그랬구나.

맨발이 되어가며, 비굴하게 웃으며 구걸하듯 돈을 구했던 거야.

해루는 유골함을 안은 손끝에 힘을 주었다.

고작……. 고작…… 이걸 되찾아주려고.

이게 뭐라고.

이딴 거 돌려주지 않아도 원망 따윈 안 할 텐데.

유골 함 위로 눈물이 툭 떨어졌다.

그날따라 유난히 눈이 많이 내렸다.

"으아악!"

천진복은 찢어지는 비명을 터트렸다. 그의 왼쪽 허벅지에는 손바닥 길이의 단도가 꽂혀 있었다. 무자비한 통증이 몰아닥쳤다.

천진복은 턱을 덜덜 떨며 자신을 공격한 사내를 올려다보았다.

"왜, 왜 이러는 것이오?"

사내는 보통 사람보다 머리통 하나는 더 컸다. 얼굴의 절반을 가린 긴 머리카락으로 인해 이목구비를 자세히 살필 수는 없었다. 그러나 언뜻 보이는 그의 모습은 비현실적으로 아름다웠다.

평범한 조선의 사내가 아니었다.

사내가 천진복이 숨어 있는 초막을 찾아온 건 일각이 채 되지 않았다. 마치 제집인 듯 사내는 태연한 표정으로 초막을 살폈다. 그러다 곧장 천진복에게 다가와 물어볼 것이 있다 하였다.

관군에게 쫓기던 터라, 천진복은 사내를 경계했다.

그러나 사내는 혼자였다. 그에게 동료가 없는 것을 확인한 천진복은 안심했다. 집안엔 천진복 말고도 십여 명의 수하들이 웅크리고 있었기에 사내 하나 정리하는 건 그야말로 식은 죽 먹기였다.

그 판단이 틀렸음을 깨닫기까지 그리 오랜 시간이 걸리지 않았다. 믿었던 수하들은 사내에게 거치적거리는 허수아비, 그 이상도 이하도 아니었다.

앞을 가로막는 자들을 순식간에 처리한 사내는 허둥지둥 달아나는 천진복의 허벅지에 날카로운 칼을 박아 넣었다.

한 치의 망설임도 없는 비정한 손속.

"다, 당신은 누구요?"

천진복이 떨리는 음성으로 물었다.

사내는 무심한 눈으로 대답했다.

"사람들은 날 태군이라 부르더군."

"태, 태군."

들어본 적 있다.

명국과 거래를 트거나, 틀 생각이 있는 상인이라면 제일 먼저 태군에게 허락을 받아야 한다는 이야기는 공공연한 비밀이었다.

그런 존재를 천진복이 모를 리 없었다.

"태, 태군께서 미천한 소인에게 무슨 볼일이신지."

천진복은 질문을 던지면서도 작은 눈동자를 쉴 새 없이 굴렸다.

어디 빠져나갈 구멍은 없을까?

유감스럽게도 눈앞에 있는 사내는 그리 허술한 존재가 아니었다.

무표정한 얼굴로 서 있던 위창은 천진복의 허벅지에 박힌 칼을 쑥 뽑아 멀쩡한 오른쪽 허벅지에 푹 꽂았다. 짐승의 가죽을 벗기는 사냥꾼의 손놀림만큼 무정하고 거침이 없었다.

"끄아악!"

천진복의 입에서 비명이 터져 나왔다.

그러나 찢어지는 듯한 비명은 위창의 손에 막혀버렸다.

"시끄럽군."

귀찮은 듯 미간을 찡그리던 위창은 천진복의 허벅지에 꽂혀 있는 칼을 비틀었다.

"읍! 읍읍!"

천진복은 발버둥을 쳤다.

그러나 자비는 없었다. 이어지는 손길에 천진복의 두 다리가 너덜너덜하게 변했다. 지옥을 경험한 천진복은 반쯤 실성한 얼굴로 전신을 떨었다.

"제, 제발……."

두려움을 넘어선 공포와 고통으로 천진복은 이제 신음조차 흘릴 수 없었다.

그제야 위창이 입을 열었다.

"묻고 싶은 게 있다."

"무, 무엇이든 말씀만……."

천진복은 위창과 눈이 마주칠 때마다 움찔움찔 몸을 떨었다. 그런 그를 향해 위창이 시린 목소리로 나지막하게 물었다.

"누구냐?"

"네, 네?"

"해루. 그 여인을 죽이라 사주한 자가 누구냐?"

천진복의 눈이 커졌다.

그것만은 말할 수 없었다.

그는 느리게 고개를 흔들었다.

그러나 그것도 잠시.

이내 위창의 무심한 눈동자를 보고 말았다.

전신이 오그라드는 듯했다. 보이지 않는 손이 심장을 쥐어짜는 듯 아찔한 공포가 그를 뒤덮었다. 갑자기 몰아치는 한기에 천진복은 딱딱 이를 부딪쳤다.

저도 모르는 사이, 입이 절로 열렸다.

"그, 그 사람은……."

위창은 천진복의 말을 정확히 듣기 위해 고개를 숙였다.

천진복은 조금의 거짓도 보태지 않고 있는 그대로를 입에 올렸다.

일을 사주한 사람과 어찌 만났는지, 거래를 튼 자리에서 어떤 대화를 주고받았는지 하나 빠짐없이 소상히 말했다.

모든 이야기가 끝난 후.

위창이 다시 칼을 들었다.

천진복의 입에 마른침이 고였다. 그는 두려운 눈으로 위창을 올려다보았다.

"왜, 왜 이러십니까?"

위창의 무심한 눈은 텅 비어 있었다. 그것이 의미하는 바를 천진복은 잘 알고 있었다.

"사, 살려주십시오."

"넌 있느냐?"

애원하는 천진복에게 위창이 문득 물었다.

"무, 무슨 말씀인지요?"

"살려달라고 애원하는 사람을 넌 한 번이라도 살려준 적 있느냐?"

천진복은 대답하지 못했다.

"……."

위창은 침묵하는 천진복에게 영원한 잠을 선사했다.

이런 자에게 베푼 자비가 어떻게 되돌아오는지 그 누구보다 잘 알고 있었다. 악인에겐 악으로, 그리고 선인에겐 선으로 되돌려주는 것이 그가 지금까지 살아온 방식이었다.

일을 끝마친 위창은 천진복이 숨어 있던 초막에 불을 질렀다. 노란 불티가 낮게 내려앉은 하늘로 날아올랐다.

노란 봄나비처럼 겨울 하늘을 유영하는 불길을 보며 그는 혼잣말을 중얼거렸다.

"욕망에 사로잡힌 악연이 끝내 널 죽이려 하는구나."

위창의 표정이 그 어느 때보다도 어두웠다.

"해루야, 너 정말 괜찮으냐?"

궁으로 갈 겁니다

정운랑.

정 판수의 일생을 통틀어 그 이름으로 살아본 기억은 고작 두 해가 전부였다. 집안 대대로 판수의 일을 업으로 살아왔던 터라, 어린 시절에는 '판수의 아들'로 불렸고, 자라서는 '판수'로 불렸다.

하여, 자신마저도 운랑이라는 제 이름을 까맣게 잊고 살아왔었다.

그런 그의 이름을 곱게 불러준 한 사람.

자비.

열일곱 어린 소녀는 '운랑'이라는 이름을 입에 올릴 때마다 두 볼에 깊은 보조개를 만들곤 하였다.

제 이름처럼 선하고 자비로운 소녀는 말리는 집안 어른들의 손길을 떨쳐내고 기꺼이 판수의 아내가 되었다. 그러곤 어느 한곳에도 뿌리내리지 못하는 판수를 따라 세상을 떠돌았다.

때로는 별빛 가득한 밤하늘이 그들의 이불이 되었다.

때로는 습기 가득한 풀잎이 바람벽이 되어 두 사람의 밤을 지켜 주었다.

정 판수는 처음으로 행복이라는 것을 느꼈다. 연모하는 여인과 함께하는 곳이라면 그곳이 어디라도 상관없었다. 어제보다 오늘이 행복했고, 오늘보다 내일이 더 행복한 나날이 이어졌다.

그리고 어느 날부터인가, 아내의 배가 불러왔다. 그의 아이를 잉태한 아내는 물 위에 비친 여름 햇살처럼 마냥 반짝거렸다.

내내 느긋했던 정 판수의 삶이 돌변했다. 입에 침이 마르도록 다른 이의 삶을 점쳤다. 노곤해진 몸으로 집으로 돌아오면 아내, 자비는 발그레 홍조 띤 얼굴로 그를 맞이하고는 하였다.

그 행복에 만족해야 했다.

거기서 오롯이 멈추어야 했다.

그러나 욕심이 자라났다.

아내에게 좀 더 고운 것을 주고픈 사내의 욕심.

세상에 태어날 어린 자식에게 더 좋은 세상을 보여주고픈 아비의 욕심.

하여, 딱 한 번만……. 그래, 딱 한 번만이라 생각하고 투전판에 발을 디뎠다.

하늘과 땅의 신령이 도우심일까?

투전판에 뛰어든 첫날, 정 판수는 열흘을 꼬박 일해야 벌 수 있는 돈을 손에 쥘 수 있었다. 둘째 날엔 한 달 동안 일해야 버는 돈을……. 그렇게 돈이 쌓여갔다.

조금만 더 하면 우리 자비 귀한 비단옷 원 없이 입힐 수 있겠구나.

조금만 더 하면 우리 세 식구 너른 기와집에서 살 수 있겠구나.

조금만 더 하면 천한 판수라 손가락질받지 않아도 되겠구나.

작은 욕심이 자라나 욕망이 되어갔다.

집에 오지 않는 지아비를 찾아 아내가 찾아왔다.

그러나 정 판수는 돌아가지 않았다. 귀찮게 굴지 말고 집으로 가라 소리쳤다.

그녀는 이해해 주리라.

산처럼 쌓인 돈을 보면 그녀도 내 마음을 알아주리라.

그러나…….

세상만사 원하는 대로 흘러가는 건 아니었다.

홍수처럼 쏟아지던 운도 다했음인지, 언제부터인가 따는 돈보다 잃는 돈이 더 많아졌다. 급기야 가진 돈을 다 탕진하고야 말았다.

근원을 알 수 없는 분노가 그를 짓눌렀다.

밑천이 조금만 더 있었더라면 이리 잃지는 않았으리라.

조금만 더 했더라면 투전판의 모든 돈이 다 자신의 것이 될 수 있었다는 미련이 그를 미치게 하였다.

정 판수는 세간살이를 들고 다시 투전판으로 향했다. 그다음엔 몇 개 안 되는 아내의 패물을, 입고 있던 옷을 파는 것으로도 모자라 태어날 아이를 위해 자비가 밤을 새워 지은 배냇저고리를 팔았다.

그러나 한번 떠난 운은 다시 돌아오지 않았다.

괜한 화풀이를 자비에게 해댔다. 이 모든 일이 아내 탓인 것만 같았다.

꽃같이 어여쁘기만 하던 아내의 얼굴이 보기가 싫어졌다.

저 재수 없는 면상이 내 운을 다 몰아내는구나.

저 시답잖은 눈물이 내 삶을 갉아먹는구나.

사납고, 성나고, 차가운 말들이 만삭의 아내를 향해 서슴없이 날아갔다.

이제 자비는 웃지 않았다. 더는 그를 운랑이라 부르지도 않았다. 수줍게 그려지던 볼우물도 더는 볼 수 없었다.

돈이 없어 그래. 돈만 있으면 그녀는 다시 웃어줄 거야.

돈만 있으면 다시 운랑이라 부르겠지.

그리 생각하며 정 판수는 투전판으로 발걸음을 옮겼다.

달이 차고 달이 이지러졌다. 낮과 밤이 얼마나 흘렀는지 알 수 없었다.

다시 정신을 차렸을 땐, 투전판 한 귀퉁이에서 쉰밥을 훔쳐 먹는 자신을 발견할 수 있었다. 갑자기 설움이 밀물처럼 밀려들었다. 선한 아내의 얼굴이 미친 듯 그리웠다.

아이는 잘 태어났을까?

갑자기 모든 것이 그립고, 모든 것이 궁금해졌다.

그는 그 길로 투전판을 뛰쳐나와 집으로 돌아갔다.

그러나…… 돌아간 집은 텅 비어 있었다.

정 판수가 투전에 미쳐 집을 떠난 이후, 홀로 아이를 낳던 아내는 끝내 산후열로 죽었다고 하였다. 태어난 어린 아들은 그의 형이 고향 집으로 데려갔다고 했다.

형의 집을 찾은 정 판수의 눈에 어린 아들의 모습이 보였다. 어린 아들은 조금만 걸어도 숨이 찬 듯 제대로 걷지 못했다. 어미의 배 속에 있을 때, 심장에 깃든 병 때문이라 하였다. 일평생을 뛰지 못한 채 살아야 한다고 했다. 그리고 제대로 된 치료를 받지 못하면 열 살을 넘기기 전에 죽을 것이라 하였다.

정 판수의 눈에 뒤늦은 후회의 눈물이 흘렀다. 자신을 찾은 아내를 야멸치게 내쫓았던 제 모습이 그를 괴롭혔다. 차마 아들의 앞에 아비라며 나설 수가 없었다.

하여, 그는 고향을 떠났다.

일평생 가장 가고 싶었지만, 갈 수가 없는 곳.

정 판수에게 고향은 그런 곳이었다. 그에게 가족이란 그리 아픈 존재였다.

"아저씨……."

해루는 바람이 부는 언덕에 서서 작은 마을을 내려다보았다. 언젠가 정 판수가 말했던 그의 고향 마을이었다.

그녀의 품에는 정 판수의 유골함이 있었다.

"조금만 기다리세요."

해루는 정 판수가 그리도 가고 싶어 했던 고향 집으로 걸음을 옮겼다.

정 판수의 형님이 사는 집은 어렵지 않게 찾을 수 있었다. 그곳 토박이로 살아온 판수라, 마을에서 정 판수의 형님을 모르는 이는 없었다.

"계십니까?"

마을 어귀에 있는 아담한 초가집으로 들어서며 해루는 목소리를 높였다.

"뉘신가?"

툇마루에 앉아 있던 중년의 사내가 마당으로 내려섰다. 그는 세심한 눈길로 해루를 응시했다.

"신수점을 치러 온 것 같진 않고……."

곱상한 인상의 젊은 여인을 향해 중년의 판수가 말했다.

해루는 고개를 끄덕였다.

"혹시 정 판수 아저씨를 아십니까?"

"정 판수 아저씨?"

"네."

"우리 운랑이를 아시오?"

중년의 판수가 덥석 해루의 팔을 잡았다.

"그놈 대체 어디서 무얼 하고 있는 게요? 아니, 아니지. 이럴 게 아니라, 여기 안으로 좀 드시오."

판수는 서둘러 해루를 안으로 안내했다.

잠시 후.

따뜻한 차를 해루의 앞에 내온 판수는 그녀의 맞은편에 자리 잡고 앉았다.

"그놈 찾으러 백방으로 수소문했었는데, 암만 해도 찾을 수가 있어야지. 해서 속만 끓이고 있었다오."

"우리 아저씨를 찾으셨다고요?"

"그렇소."

"무슨 연유인지 여쭈어도 되겠습니까?"

"이걸 돌려줘야 하는데. 그리고 앞으론 이런 거 보내지 않아도 된다고 소식을 전해야 하는데 소식 전할 곳을 알아야지 말이오."

중년의 판수는 해루에게 제법 묵직한 보퉁이를 건넸다.

"이게 뭡니까?"
안을 들여다보자 상당한 양의 엽전이 들어 있었다.
"돈이 아닙니까?"
해루가 놀란 눈으로 판수를 응시했다.
"그놈이 제 아들 약값이라고 매달 보내온 것이라오. 매달 한 번도 거르지 않고 꼬박꼬박 보낸 것을 모았더니, 제법 큰 돈이 되더이다."
"약값으로 보낸 돈을 어찌 이리 모아만 두신 겁니까?"
해루의 물음에 중년의 판수는 고개를 푹 숙였다.
불길한 예감이 해루의 등줄기를 타고 올라왔다.
"왜……. 왜 그러십니까? 무슨 일이라도 생겼습니까? 아니면 어디가 많이 안 좋아진 겁니까?"
해루의 물음에 한동안 입을 열지 못하던 판수가 더듬더듬 입을 열었다.
"죽었……소."
"죽, 죽다뇨? 왜요?"
"벌써 다섯 해 전이라오. 갑작스런 역병이 마을에 돌았지요. 그때 마을 사람 수십 명이 죽었는데, 우리 신원이도……."
"……."
안고 있던 유골함 위로 해루의 눈물이 떨어졌다.
소리 없이 흐느끼는 해루에게 정 판수의 형님이 말했다.
"그 녀석에게 이것 좀 전해주오. 그리고…… 이제 더는 애쓰지 않아도 된다고. 그만하면 제수씨도, 그리고 조카 녀석도 아비를 용서했을 거라고. 그러니 그만 집으로 돌아오라고 좀 전해주시오."
"……."

아무런 말도 하지 못한 채 해루는 아랫입술을 아프게 물었다.

오랜 침묵이 흘렀다. 무거운 정적을 깨고 해루가 물었다.

"……무덤은 어디에 있습니까?"

"우리 신원이 무덤 말이오?"

"네."

"저기 언덕 위, 볕 잘 드는 곳에 마련했다오."

"고맙습니다."

꾸벅, 고개를 숙인 해루는 자리를 털고 일어섰다.

판수가 그 뒤를 황급히 쫓으며 돈이 든 보퉁이를 건넸다.

"이걸 가져가야지."

"아닙니다. 아저씨도…… 형님께서 갖고 계시길 바랄 겁니다."

"그래도……."

"그럼 전 이만 가보겠습니다."

돌아서서 방을 나서는 해루의 등 뒤로 판수의 목소리가 달라붙었다.

"우리 운랑이한테 전해주시오. 언제든 문은 열려 있으니, 원할 땐 집에 오라고 말이오. 형이……. 이 형이 기다리고 있으니, 꼭 집에 오라고 전해주시오."

"……네."

아저씨 들으셨죠?

형님이 그만 고향으로 돌아오래요.

이제 정말 마음 편히 고향에 머무를 수 있게 되었네요.

그렇죠?

해루의 입가에 쓸쓸한 미소가 걸렸다.

꽁꽁 언 땅을 파고 정 판수의 유골함을 묻었다. 평소 정 판수가 좋아했던 술 한잔을 무덤에 뿌렸다.

"아저씨……."

땅에 풀썩 주저앉은 해루는 정 판수의 무덤과 나란히 있는 작은 무덤으로 고개를 돌렸다.

"우리 아저씨, 그리도 아들 보고 싶어 하시더니. 이리 아들 옆에 나란히 누웠으니, 참말 좋으시겠네."

눈가에 뜨뜻한 물기가 고였다. 손등으로 쓱 물기를 지운 해루는 괜히 불퉁하게 중얼거렸다.

"뭡니까. 이리 아들이랑 함께 있고 싶어 떠난 겁니까? 아무리 제가 있어도 친아들만 못하다 이거지요?"

눈가에 흐르는 눈물을 소맷자락으로 닦으며 해루는 술병에 남아 있는 술을 한 모금 머금었다. 쓰고, 뜨거운 화기가 입안으로 몰려들었다. 따끔거리는 기운을 꿀꺽 삼키자 가슴에 이는 한기가 조금은 사라지는 듯했다.

해루는 깊게 내려앉은 회색빛 하늘을 올려다보았다.

"바보 같은 우리 아저씨. 아들이 벌써 하늘로 떠난 줄도 모르고. 집에도 한번 못 와보셨네. 보고 싶은 아들도 못 보고. 우리 아저씨, 이제 아들 맘껏 만나겠네. 아닌가? 벌써 만나셨나?"

또 한 모금 술을 머금었다. 알알한 기운이 전신을 휘감았다.

그런데도 이상하게 가슴이 서늘했다. 온몸에 홧홧한 화기가 이는데도, 유난히 가슴이 시렸다.

왜 이리 등이 시린 것인지 모르겠다.

왜 이리 가슴이 아픈 것인지…….

소중한 것을 잃어버린 상실감에 심장이 텅 비어버린 듯했다.

속절없이 흘러간 세월이 아프고, 마냥 그리워했던 아저씨와 그 가족들의 삶이 서러웠다.

"해루야……."

소리 없이 흐느끼는 해루의 머리 위로 따뜻한 목소리가 내려앉았다.

"저하."

궁에 계신 줄 알았는데.

"여긴 어쩐 일이십니까?"

"네가 오지 않으니, 내가 올 수밖에."

향이 해루의 곁에 자리 잡았다.

"춥지 않으냐?"

"춥습니다."

향은 말없이 입고 있던 옷을 벗어 해루의 어깨에 걸쳐주었다.

그러나 해루는 여전히 몸을 떨었다.

"있을 땐 몰랐습니다. 아저씨가 제게 얼마나 소중한 사람인지요."

"모든 사람이 그렇다. 곁에 있을 땐 무엇이 소중한 것인지 모르는 법이지."

"험한 삶이었습니다. 매일 밤이면 정체를 알 수 없는 자들에게 쫓기는 악몽을 꾸었습니다. 그럴 때마다 아저씨가 업어주었습니다. 시리도록 추운 날에도 아저씨가 업어주었지요. 그 등이 그리 따뜻한 것인 줄, 그때는 미처 몰랐습니다. 그런 줄도 모르고……. 저는……. 제가 무슨 짓을 한 건지 모르겠습니다."

"자책하지 마라."

"매일 귀찮다고 했습니다. 언제나 귀찮아만 했습니다. 제 탓입니다. 제 업보를 아저씨가 짊어지고 간 것 같습니다."

"네 업보가 결코 아니다."

"하지만 제 곁에 있으면 모두가 불행해집니다. 덤이도……. 아저씨도……. 그리고……."

해루는 불안한 눈으로 향을 올려다보았다.

굳이 말하지 않아도 그 속내를 알 수 있음이라.

마주 보던 향이 힘껏 그녀를 끌어안았다.

"엉뚱한 생각 마라. 행여 내 곁을 떠날 생각일랑 꿈도 꾸지 마라."

"저하……."

"허락하지 않는다. 절대 허락하지 않아."

"……."

"내 곁에 있어라. 내 곁에 머물러라. 행여, 행여 세상의 모든 불운이 너를 덮친다고 해도 나는 상관없다. 행여 그로 인해 내가 죽더라도 너와 함께라면 기꺼이 죽어주마. 그러니 내 곁에서 꼼짝도 하지 마."

단단한 결박이, 강인한 족쇄가 해루를 옭아맸다.

행여 그녀가 사라질까 두려운 듯 향은 안고 있는 해루를 할 수 있는 힘껏 깊숙이 품었다.

두 사람의 어깨 위로 하얀 눈이 쌓였다.

텅 빈 듯한 시간이 흘렀다.

집 안은 궁으로 들어갈 해루를 위한 차비로 번잡했다.
그러나 정작 해루는 속 빈 허깨비처럼 허허로운 나날을 보내고 있었다.
지독한 공허가 그녀를 괴롭혔다.
실체가 없는 운명.
모든 것으로부터 달아나고 싶다.
아무도 모르는 곳으로 숨고 싶었다.
사나운 세상과 성난 운명에 맞서 싸울 힘이 없었다.
생기 잃은 눈동자는 흰 눈이 쌓인 나뭇가지를 하릴없이 더듬었다.
"소문이 사실이었군."
느닷없이 들려온 목소리.
고개를 돌리니 열린 동창 아래에 서 있는 위창의 모습이 보였다.
"태군."
달마저도 모습을 감춘 늦은 밤.
태군께서 여긴 어쩐 일일까?
궁금해하는 해루의 얼굴을 위창이 빤히 응시했다.
"세자의 후궁 되실 분이 속 빈 허깨비 노릇을 한다는 소문이 들리기 시작하더군. 허나, 그럴 리 없다고 생각했지."
"……."
"내가 아는 너라면 절대 그럴 리 없다고 말이야. 그런데……."
돌연 해루에게서 획 고개를 돌린 위창이 말을 이었다.
"꼴이 그게 뭐냐?"
"……."
"역시 궁은 너완 어울리지 않는 것 같군. 지금이라도 가지 않겠다고 하면 가지 않아도 된다."

"……."

"나는 네가 궁에 가지 않았으면 좋겠구나."

"어째서요?"

"그곳은…… 위험하니까."

위창의 말에 해루는 맥없이 웃었다.

"수천의 병사가 안팎을 지키는 곳입니다. 그런 곳이 위험하다뇨? 그럴 리 없습니다."

"보이는 칼만 위험한 것은 아니지. 진짜 무서운 것은 눈에 보이지 않는 칼날이다."

"그게 무슨 말씀입니까?"

"이번엔 정 판수를 찔렀지만, 언젠간 너를 찌를 칼날이 궁에 있다."

해루의 눈에 작은 불꽃이 피어올랐다.

"아저씨를……. 우리 아저씨를 해한 자를 아십니까?"

"안다."

"역시 제 짐작대로 두문회가 맞습니까?"

"두문회보다 더 가깝고 더 치명적인 자리에 있는 자다."

"그게…… 누굽니까?"

"……."

"태군! 대답해 주십시오. 그게 누구란 말입니까?"

"……빈궁이다."

내내 텅 비어 있던 해루의 눈동자에 이채가 서렸다.

"설마, 소은이가…… 우리 아저씨를 죽였다는 겁니까?"

다음 순간.

해루의 눈에 푸른 불꽃이 일렁거렸다.

"이제 어찌할 것이냐?"

"가야지요."

"어디로 말이냐?"

궁이 있는 곳을 바라보며 해루는 단호히 말했다.

"궁으로…… 갈 겁니다."

글로 익히겠습니다

새해가 밝고 여러 날이 지났다.

밤새 쌓인 눈을 보던 사람들은 낮게 혀를 차다가도 올해는 물 걱정 없겠구나 하며 다시 미소를 지었다.

동뢰연 닷새 전.

권 대감의 집안 공기는 묘한 기대감과 설렘에 팽팽하게 부풀어 올랐다.

비록 세자빈은 아니지만 그래도 세자 저하의 후궁이 되는 자리인지라, 새로운 권력에 줄을 대려는 사람들로 권 대감의 문지방이 닳을 지경이었다.

다행히 번연한 공기는 해루가 머무는 별당에까지 미치지 못했다. 한창 축제 분위기를 자아내는 다른 곳과는 달리 별당의 공기는 때 아닌 호통으로 무겁게 내려앉았다.

"그게 아니지요."

날카로운 목소리가 해루의 귓가를 파고들었다.

걸음을 옮기던 해루가 고개를 돌려 김 상궁을 바라보았다.

김 상궁은 세자빈 교육 때 잠시 해루를 가르쳐주었던 바로 그 늙은 상궁이었다. 지금은 후궁이 될 해루의 교육을 맡아 궁의 법도를 가르치고 있었다.

노파는 궁녀들 사이에서도 악명 높을 만큼 깐깐한 성격의 소유자였다. 평소에도 무엇 하나 쉬이 넘어가는 법이 없는 그녀의 눈에 해루는 그야말로 함량 미달의 사람이었다.

"턱을 당기십시오. 시선은 코끝을 바라본다 생각하세요. 허리를 펴시라 하였지, 배를 내밀라 하지는 않았습니다."

김 상궁의 세심한 지적에 해루는 저도 모르게 앓는 소리를 흘렸다.

궁의 법도와 엄격한 규율이란 참으로 갑갑한 것이구나.

딴에는 노력한다고 하는데도 매번 왕실 여인의 위엄과는 동떨어진 행동이라고 하였다.

"음식을 너무 빨리 드셔서는 안 됩니다. 그렇다고 맛없이 깨작거려서도 아니 되지요. 복스럽게 드시되, 우아함을 잃지 말아야 합니다."

"어떻게 밥을 우아하게 먹을 수 있단 말입니까?"

어이없다는 듯한 해루의 물음에 김 상궁은 턱을 추켜세우며 대답을 늘어놓았다.

"왕실의 여인은 숨 쉬는 것조차도 우아해야 합니다. 먹고, 자고, 눕고, 일어나고, 걷고, 쉬는…… 모든 행동에 기품이 넘쳐야 합니다."

"쉴 때마저도 신경을 써야 한단 말입니까?"

김 상궁의 말에 해루는 기겁했다.

쉬면서도 기품을 잃지 말라니, 그것이 어찌 쉬는 거란 말인가.

저도 모르게 긴 한숨을 내쉬었지만, 그렇다고 포기할 수는 없었다.
해루는 주먹을 불끈 말아 쥐었다.
안 하겠다 했으면 모를까, 일단 한다고 결심한 일이었다.
결과가 어찌 되건 최선을 다해보자.
"다시 한 번 해보겠습니다."
엄격함으로 전신을 무장한다는 마음가짐으로 다시 걸음을 옮겼다.
저벅저벅.
걷는 걸음에 절로 힘이 실렸다.
그 모습을 지켜보던 김 상궁은 미간을 한데 모았다.
"글렀습니다. 아무리 해도 안 되겠습니다."
절망 서린 읊조림.
"제가 무얼 또 실수하였습니까? 그게 무업니까? 말씀만 하시면 바로 고치겠습니다."
힐끗, 눈치를 보며 묻는 해루에게 김 상궁은 굳은 표정으로 대답했다.
"제대로 한 것이 무엇인지 일러드리는 게 오히려 더 빠를 듯합니다."
"네?"
"하나에서 열까지 실수하지 않은 것이 없습니다."
"……."
김 상궁의 말에 해루는 식은땀만 흘렸다.
후궁 되는 과정이 이리 어려울 줄이야.
문득 세자빈 간택에 참여했을 때의 일이 떠올랐다. 해루를 여인답게 만들라는 향의 명에 김 상궁은 차라리 고목에 꽃을 피우는 것이 더 쉬운 일이라 하였었다.

역시 그런 것이려나?

낙심하는 해루를 김 상궁이 무심한 표정으로 응시하더니, 자리에서 일어섰다.

"오늘은 여기까지 하겠습니다."

"벌써 가십니까?"

따라 일어서는 해루에게 김 상궁의 무미건조한 목소리가 들려왔다.

"앞으로는 아랫사람을 따라 일어서지 마십시오."

"어찌 그리합니까?"

"앞으로는 제게 존대를 해서도 안 됩니다."

"하지만……."

"그것이 법도입니다."

"꼭 그래야만 합니까?"

"네. 꼭 그래야만 합니다."

해루는 풀 죽은 얼굴로 마지못해 고개를 끄덕였다.

"알겠……네."

스치는 눈길로 해루를 훑으며 김 상궁이 속삭였다.

"그래도 이리 뫼시게 되어 참으로 기쁩니다."

짧은 찰나.

김 상궁의 입가에 미소가 떠올랐다 사라졌다.

동뢰연 이틀 전.

해루가 생활하는 별당을 수호하는 시위와 경두, 주시(奏時), 공상(供上)이 준비되었다.

날이 밝기 무섭게 궁에서 나온 서른 명의 시위가 권 대감의 별당을 에워쌌다. 작은 쪽문 앞에도 지키는 자가 있었다.

별당을 드나드는 일이 엄격하게 제한되었다. 허락받은 자 이외엔 개미 새끼 한 마리, 별당 안으로 발을 디딜 수 없었다.

숨 막히는 긴장감 속에 시간이 흘렀다.

그리고 마침내 동뢰연의 아침이 밝았다.

푸른 새벽빛이 문풍지 사이로 스며들었다.

한숨도 못 잔 해루는 손을 들어 얼굴을 쓸어내렸다.

등줄기가 뻣뻣했다.

마른침을 삼킬 때마다 목울대로 아찔한 긴장감이 느껴졌다.

머릿속이 송연했다.

지금까지 김 상궁에서 배운 궁의 법도와 규율, 왕실 여인의 덕목들이 거짓말처럼 말끔히 지워져버린 듯했다.

아니, 그런 것들은 둘째치고 오늘 당장 치르게 될 동뢰연의 순서조차도 생각나지 않았다.

어찌한다?

초조함에 연신 양손을 마주 잡고 문질렀다.

"벌써 일어났느냐?"

작은 소반을 든 최씨가 인자한 미소와 함께 얼굴을 보였다.

"어머니."

반색하며 해루는 자리에서 벌떡 일어섰다.

안색을 살피던 최씨가 걱정스러운 표정을 지었다.

"이런. 한숨도 못 잔 것이야?"

"잠이 오질 않아서요."

"고된 하루가 될 것인데. 어찌 그런 것이야?"

"그러게나 말입니다, 하하하."

괜스레 멋쩍은 웃음만 흘러나왔다.

"어찌 여인의 웃음소리가 문지방을 넘는단 말이냐?"

문풍지 너머로 카랑한 목소리가 날아들었다.

최씨와 해루의 시선이 문밖으로 향했다.

이내 문이 열리고 권 대감이 안으로 들어섰다.

"대감께서 어인 일이십니까?"

"준비는 제대로 하였는가 해서 걸음 한 것이오. 저 아이의 작은 실수도 우리 가문의 실수가 될 것이니. 흠흠."

최씨는 미심쩍은 시선으로 지아비를 응시했다.

"그뿐입니까?"

"그것뿐이지. 그 외에 또 무어가 있겠소?"

"무에, 해루에게 할 말은 없습니까?"

"할 말이 뭐가 있겠소. 그저 실수 없이 잘하면 될 일인데."

괜히 헛기침을 흘리며 힐끗 해루를 바라보던 권 대감은 다시 문밖으로 몸을 돌렸다.

"대감……. 어르신."

그때, 해루가 권 대감을 불렀다. 권 대감을 뭐라 불러야 할지 알 수 없었던 해루의 입에서 어색한 호칭이 튀어나왔다.

그 속내를 읽은 것일까?

"아비다."

등을 보인 채 서 있던 권 대감이 불쑥 한마디 했다.

"네?"

"내가 네 아비라는 것을 잊지 마라. 한 번만 더 아비를 대감이니, 어르신이니 하는 소리로 불렀다간 혼쭐이 날 것이야."

"……네, 아버님."

따뜻한 불씨가 심장 한 귀퉁이를 달구었다. 무언가 벅찬 감정이 목구멍을 가득 메웠다.

알싸해지는 코끝을 손등으로 문지르자니 권 대감의 목소리가 이어졌다.

"부인, 아이에게 뭘 좀 먹여야겠소. 풀죽도 못 먹은 얼굴을 하고 있으니, 원. 쯧."

못마땅한 듯 낮게 혀를 차며 권 대감은 방을 나섰다. 좀 전의 따뜻한 기류를 무색하게 만들 만큼 무뚝뚝한 표정과 말투였다.

그러나 어쩐 일인지 권 대감의 등을 바라보는 최씨의 얼굴에는 온화한 미소가 가득했다.

"처음이구나."

"네?"

"저 양반이 저리 기뻐하는 모습 말이다. 지금까지 한 번도 보질 못했어."

권 대감이 사라지고 난 후.

최씨가 잔뜩 들뜬 목소리로 말했다.

"기뻐하셨습니까?"

언제요? 대화하는 내내 무뚝뚝한 표정에 냉랭한 말투였는데요.

"기뻐하시다마다. 저리 아이처럼 들떠 있지 않으냐?"

해루의 표정이 복잡해졌다.

설마, 방금 그 굳은 표정이 기뻐하시는 얼굴이었단 말입니까?

그럼, 성내거나 슬퍼할 땐 대체 어떤 표정이 되시는 겁니까?

"잣죽 좀 끓여 왔으니, 먹어두어라. 절차가 시작되면 무얼 먹을 정신이 없을 게야."

최씨는 해루에게 소반에 놓인 죽을 권했다. 적당히 식은 잣죽은 고소한 향내가 가득했다.

"참으로 맛있습니다."

환하게 웃으며 해루가 말했다.

"다행이구나. 행여 입맛에 안 맞을까 걱정하였는데."

"어머니께서…… 직접 만드신 겁니까?"

"궁으로 들어가면 매일매일을 산해진미로 먹을 수 있을 테지. 그래도 간혹 어미의 손맛이 그리우면 언제든 말하려무나. 못난 솜씨 일망정 부려볼 터이니."

"고맙습니다."

이상하게 눈가가 뜨거워졌다.

행여 눈물이 떨어질까 싶어 해루는 김이 모락모락 나는 죽 그릇에 얼굴을 박고 열심히 입안에 죽을 퍼 넣었다. 그릇은 얼마 지나지 않아 바닥을 드러냈다.

아쉬움이 가득한 눈길로 텅 빈 죽 그릇을 바라보는 해루에게 최씨가 작은 비단 꾸러미를 내밀었다.

"무엇입니까?"

"너 주려고 버선 좀 만들어보았다."

"버선요?"

비단꾸러미를 풀자 열 켤레의 버선이 모습을 드러냈다.

"여인이란 자고로 손발이 따뜻해야 하는 법이다. 안산댁이 네 발이 차다고 걱정이 가득하더구나."

"……."

기어이 해루의 눈가로 눈물 한 방울이 흘러내렸다.

"해루야, 왜 울어?"

갑작스러운 눈물에 놀란 최씨가 서둘러 해루를 끌어안으며 물었다.

"좋아서요. 눈물 날 만큼…… 좋아서요."

연유는 알 수 없었다. 그저 자꾸만 눈물이 났다. 이상하게도 심장이 뜨거워지고 목구멍 위로 무언가가 치밀어 올랐다.

토닥토닥.

다독이는 손길이 해루의 등을 어루만졌다.

"어미가 이런 것밖엔 해주지 못하는구나. 그래도 좋다니 다행이구나. 그래도 이리 기뻐해주니…… 어미도 행복하구나."

"어머니."

"그래."

"어머니."

"응."

"어머니……."

"그래, 그래."

"어머니……."

입 밖으로 소리 내어 말할 때마다 따뜻한 기류를 사방에 흩뿌리는 신기한 단어.

어머니.

일평생 입에 담지 못할 말이라고 생각했다.

자신과는 상관없을 단어.

그런데…… 이제 내게도 어머니가 생겼다.

내게도 부를 수 있는 아버지가 생겼고, 내게도…… 든든한 가족이 생긴 것이다.

해루는 최씨의 따뜻한 품을 어린 아기처럼 파고들었다.

아련한 그리움이 폐 깊숙이 스며들었다.

칭얼거리는 어린 것을 보듬듯 최씨 역시 해루를 힘껏 끌어안았다.

그렇게 두 모녀는 푸른 새벽이 황금빛 태양에 밀려 사라질 때까지 서로를 놓아주지 않았다.

그렇게 얼마나 지났을까?

"마님."

밖에서 들려오는 다급한 음성이 두 사람의 시간을 방해했다.

"무어냐?"

"궁에서 사신이 당도하였습니다."

최씨의 품에 안겨 있던 해루는 굳은 표정으로 어미를 올려다보았다.

최씨 역시 해루와 똑 닮은 표정으로 여식을 내려다보았다.

드디어 시작이다.

권 대감의 집, 솟을대문 앞에 해루를 모셔 가기 위한 사신 일행이 길게 늘어섰다.

기러기를 내세운 환관이 길잡이 노릇을 하였다. 그 뒤로 왕명을 받잡은 당상관이 뒤따랐다. 왕세자의 교육을 담당하였던 서연

관과 호위를 담당하였던 숙위사의 관리들 역시 공복 차림으로 서 있었다.

다급한 발소리와 함께 굳게 닫힌 대문이 활짝 열렸다.

해루를 왕세자의 후궁으로 들이는 책비 의식이 치러졌다.

그리고 얼마 후.

모든 의식을 끝낸 사신단은 해루를 가마에 태워 궁으로 돌아갔다.

준비한 것에 비하면 맥이 빠질 만큼 순식간에 끝나버린 의식.

멀어지는 일행의 뒷모습을 권 대감과 최씨는 하염없이 지켜보았다.

"저 아이의 안녕을 염원합니다. 저 아이의 삶이 온전히 평안하길……. 하여, 아프지 않길, 아픔 없이 살길 염원합니다."

간절한 소원이 최씨의 입 밖으로 잔잔하게 새어 나왔다.

동뢰연을 거행하는 전각의 합문 밖에 도착한 이후로의 시간이 잿빛 안개에 가려진 듯 아련했다.

해루를 기다리고 있던 향이 그녀를 전각 안으로 인도했다. 전각은 동서 양쪽으로 나뉘어 있었다.

등불을 든 궁인들이 동서 계단 사이에 정렬하여 섰다.

중앙 계단을 통해 자리에 오른 향은 동쪽에 섰고, 해루는 서쪽에 자리했다.

동서로 마주한 두 사람은 합근례(合巹禮)를 행했다. 합근례란 둘로 나눈 표주박으로 술을 함께 나누어 마심으로 하나가 됨을 상징하는 의식이었다. 두 사람은 세 번에 걸쳐 합환주를 마셨다. 신랑과 신부는 술을 마실 때마다 탕을 먹었다.

두 사람이 함께 술과 음식을 먹으니, 이는 존귀함과 비천함이 같아지는 것을 의미했다.

의식을 끝낸 향은 동쪽 방으로 사라졌다.

해루는 상궁을 따라 서쪽 방으로 들어섰다. 그녀가 방으로 들어가기 무섭게 등 뒤에서 문이 닫혔다.

"기다리시면 곧 저하께서 드실 것이옵니다."

작은 목소리로 속삭인 상궁이 뒷걸음질로 방을 나갔다.

시간이 어찌 흘렀는지 알 수 없었다.

홀로 남겨진 해루는 그제야 긴 한숨을 내쉬었다.

긴 여정을 끝냈다는 안도감이 밀물처럼 밀려들었다. 털썩 바닥에 주저앉은 해루는 주위를 두리번거렸다.

예전에도 궁에 있긴 하였지만, 이렇듯 내궁에 들어온 적은 처음이었다. 화려한 자개와 정교한 솜씨로 만들어진 가구가 방 안을 채우고 있었다.

방은 사방 휘장이 내려져 있었다.

불을 밝힌 방 안쪽에는 황금 실로 수놓인 이부자리가 깔려 있었다. 이불에 수놓인 꽃은 아름답게 만개해 있었다.

그 섬세한 아름다움에 해루는 차마 손조차 대지 못했다.

처음 접한 내궁은 하늘 신선들의 세상인 듯 아득하였다.

앞으로 이런 곳에서 살아야 한단 말이지?

미지의 세계에 대한 불안함이 등줄기를 타고 올라왔다.

멀리서 해시(亥時, 밤 9시)를 알리는 북소리가 들려왔다.

이상하게도 몸이 떨렸다. 머리 위에 꽂힌 떨잠이 바르르 몸통을 떨었다.

이미 향과는 깊은 인연을 맺었지만, 두 사람이 부부가 되었음을 알리는 공식적인 첫 밤은 바로 오늘이었다.

해루는 김 상궁에게서 배운 것들을 떠올리려 애썼다.

그러나 노력하면 할수록 머릿속은 하얗게 바래졌다. 떠오르는 건 그저 기품을 잃지 말라는 호통뿐이었다.

첫 밤에 어찌해야 기품을 잃지 않는 것일까?

아무리 생각해도 떠오르지 않았다.

입술이 바싹 마르고, 이마에 식은땀이 맺혔다.

그때였다.

내내 굳게 닫혀 있던 문이 열렸다.

고개를 돌리니 성큼성큼 다가오는 향의 모습이 보였다.

"저하……."

갈라진 목소리가 입 밖으로 새어 나왔다.

쿵쿵, 심장이 뛰었다. 마치 심장이 머리로 자리를 옮긴 듯 쿵쿵거리는 소리가 뇌리를 진동했다.

'이것은 지아비를 섬길 때 지켜야 할 왕실 여인의 덕목입니다. 잊지 마십시오. 저하께서는 이 나라의 국본이십니다. 그분은 평범한 범부(凡夫)가 아니십니다. 모든 사람에겐 어울리는 위치와 자리가 있듯 그 자리에 어울리는 대우와 행동을 하셔야 합니다. 명심하십시오.'

김 상궁의 목소리가 귓가에 메아리쳤다.

세자 저하의 위치와 자리에 어울리는 대우와 행동이라…….

해루는 커다란 눈을 끔뻑거리며 눈앞에 있는 향을 바라보았다.

그녀와 시선을 마주한 향이 호기심 가득한 표정을 지었다.

"어찌 그런 얼굴이더냐?"

"네?"

"넋이 완전히 나간 표정이구나."

정곡을 찌르는 향의 말에 해루는 푹 고개를 숙이고 말았다.

"아무래도 안 되겠습니다."

낙심하는 말이 해루의 입술을 뚫고 새어 나왔다.

"저는 글렀습니다. 아무리 노력한다고 해도 되는 것이 있고 안 되는 것이 있는데, 저는 아무래도 안 될 것 같습니다."

"하하하."

향이 너털웃음을 흘렸다.

"어찌 그리 웃으십니까?"

"안 되겠다 끙끙대는 모습에 옛 생각이 잠시 떠올랐구나. 세자빈 간택에 참여하기 위해 교육할 때도 넌 그리 엄살을 떨곤 했지."

"이번엔 정말로 안 되겠습니다. 엄살이 아니라 진심입니다."

"무엇이 안 되기에 그러느냐?"

"여인의 덕 말입니다. 그것이 생각만큼 쉽지가 않습니다. 무얼 어찌해야 좋을지 갈피를 잡을 수가 없습니다."

"무얼 어찌 배웠는지 한번 말해 보아라."

"무릇 여인이란 지아비를 흡족하게 할 줄 알아야 한다고 배웠습니다. 그런데 어찌하여야 저하께서 흡족하실지 모르겠습니다."

"……."

"어찌하면 좋겠습니까?"

"오히려 내가 묻고 싶구나. 여인의 덕이라. 어찌하면 내가 기뻐할까?"

슬쩍 주위를 살피던 해루가 향의 귓가에 바싹 다가갔다.

"그리 모호하게 말씀하지 마시고 제발 가르쳐주십시오. 저하께서 기뻐하실 일을 저하께서 모르시면 누가 알겠습니까?"

"알려주면 제대로 할 자신은 있고?"

해루가 굳은 표정으로 고개를 끄덕였다.

"잘하는 건 몰라도 열심히 하는 건 누구에게도 뒤지지 않을 자신이 있습니다."

"정말이냐?"

"제가 어떤 사람인지 잊으셨습니까?"

"정녕 그리 각오를 한다면야……."

말끝을 흐리던 향이 돌연 서탁 앞에 자리 잡고 앉았다.

"무얼 하십니까?"

흰 종이 위에 무언가를 써 내려가는 향의 모습에 해루는 고개를 갸우뚱 기울였다.

"세자빈 간택에 참여할 때도 결국 넌 서책으로 공부하지 않았더냐?"

"무슨 뜻입니까?"

"얼마 전, 여인과 사내에 관련된 모든 것이 다 담겨 있는 비책을 읽었느니라. 거기에 적힌 것을 네게 모두 알려주마. 우선은 비책의 목록만 적은 것이다."

해루는 향이 건네는 두루마리를 휘리릭 훑어 내렸다.

"고정(固精), 안기(安氣), 이장(利臟), 강골(强骨)에……. 절기(絶氣), 일정(溢精), 탈맥(奪脈). 이게 대체 무슨 말입니까?"

고개를 갸웃거리며 목차를 읽던 시선이 어느 순간 우뚝 멈추고 말았다. 뜻을 알 수 없는 말 아래로 황당무계하고 난감한 글귀가 적혀 있었기 때문이었다.

이상한 느낌에 목차를 위에서부터 다시 확인하니, 과연 무슨 뜻인지 알쏭달쏭한 내용도 나름의 의미가 있었다.

"이, 이건……."

놀라 휘둥그레진 눈으로 해루가 향을 바라보았다.

향이 표정없는 얼굴로 고개를 끄덕거렸다.

"이걸 하자는 말씀은 아니시죠?"

"왜 아니겠느냐?"

해루는 슬금슬금 뒤로 물러났다.

"가르침을 달라 하지 않았더냐? 무엇이든 하겠다 하지 않았느냐? 설마, 말뿐이었던 게냐?"

"열심히 할 겁니다. 분명 그리 말했습니다. 하지만……."

"하지만?"

"그러니까……."

눈동자를 굴리던 해루의 뇌리로 무언가가 떠올랐다. 이내 그녀는 자신 있는 목소리로 소리쳤다.

"일단 글로 익히겠습니다. 할 수 있는 일인지, 할 수 없는 일인지는 그 이후에 판단하겠습니다."

제 말을 실천이라도 하겠다는 듯 해루는 두루마리에 고개를 박았다.

싱긋, 의미심장한 미소를 짓던 향은 불쑥 팔을 뻗어 해루를 제 앞으로 바싹 잡아당겼다.

"어림없다."

청아한 여름 숲의 향기가 해루의 이마로 떨어졌다.

쿵쿵, 심장이 다시 미친 듯 날뛰었다.

"어찌하려 이러십니까?"

"시간이 부족하여 두루마리에 목차만을 나열하였으니, 내 이제부터 찬찬히 목차의 내용을 알려줄 생각이다."

쓱, 향은 해루의 귓불에 따뜻한 바람을 흘려 넣었다.

간질간질한 느낌에 해루는 몸을 움츠렸다.

그 모습에 향은 나직한 웃음을 흘렸다.

"김 상궁이 내내 어렵고 힘들다 푸념하더니, 그 이유를 알겠구나."

"제가 좀 어리숙합니다."

수긍한다는 듯 향은 고개를 끄덕였다.

"그런 모양이구나. 고작 목차를 본 것만으로도 이리 힘들어하니 말이다."

"실망……하셨습니까?"

"오히려 오기가 솟는구나. 각오해 두는 게 좋을 것이야. 난 김 상궁과 달리 포기를 모르거든."

"서, 설마, 정말로 두루마리에 쓰인 모든 목차의 내용을 가르쳐 주실 건 아니겠지요?"

"내가 어떤 사람인지 잊었느냐? 당연히 모두 가르쳐줄 생각이다. 1장(章)부터 끝까지, 하나 남김없이 모두 알려주마."

"끝까지 말입니까?"

두루마리와 향을 번갈아 보는 해루의 얼굴에 핏기가 사라졌다.

목차의 끝은 36장.

설마, 이 많은 걸 지금 당장 알려주겠다는 건 아니시죠?

흔들리는 불빛 아래, 때아닌 숨바꼭질이 벌어졌다. 그러나 사방

닫힌 방 안에서 숨을 곳은 없었다.

향은 달아나는 해루의 가는 허리를 한 손으로 휘어 감았다.

"저하, 어찌 이러십니까?"

"너야말로 어찌 이러느냐? 분명 네 입으로 말하지 않았느냐? 내가 기뻐할 방도를 알려주면 하겠다고 말이다."

"하지만……."

해루는 바닥을 뒹구는 두루마리로 시선을 돌렸다.

36장이라니.

—인내하셔야 합니다. 그것이 왕실 여인이 지녀야 할 덕목입니다.

김 상궁의 목소리가 귓전을 맴돌았다.

해루는 아랫입술을 말아 물었다. 그리고 각오한 듯 향에게 말했다.

"알겠습니다. 그리 말씀하신다면, 인내해 보겠습니다."

"무어라?"

향의 눈에 어리둥절함이 떠올랐다.

"인내라니?"

해루의 시선을 좇던 향의 입에서 실소가 터져 나왔다. 동시에 심술 한 자락이 바람을 일으켰다.

"좋다. 그리 인내한다니, 얼마나 참아내는지 한번 볼까?"

조금은 불퉁한 낯빛으로 중얼거리던 향은 해루의 입술에 제 입술을 겹쳤다.

깊은 입맞춤의 끝.

향이 속삭인다.

"이것이 제1장."

맴맴 해루의 입술 위를 맴돌던 그의 입술이 이번엔 긴장하여 뻣뻣해진 그녀의 하얀 목덜미로 내려앉았다. 해루는 몸을 뒤로 젖히며 더운 숨을 내뱉었다.

아득한 밤의 하늘로 날아오르는 듯한 기분.

늘어지는 듯한 나른함과 저릿한 쾌감에 저도 모르게 기분 좋은 신음을 흘릴 때였다.

목덜미를 희롱하던 향의 입술이 가쁘게 들썩이는 그녀의 젖가슴 위로 미끄러져 내려왔다.

놀란 해루가 향의 양어깨를 밀었다.

그러나 그 자리에 뿌리라도 내린 듯 향은 꿈쩍도 하지 않았다.

치맛자락이 바동거리는 해루의 몸짓에 따라 사각거렸다. 한 손으로 바동거리는 해루의 팔과 다리를 제압한 향은 다른 한 손으론 저고리 고름을 풀었다. 순식간에 저고리가 벗겨지고 곧이어 치맛자락이 맥없이 바닥으로 떨어졌다.

겹겹이 챙겨 입은 형식의 껍질이 모두 떨어져 나가고 마침내 사내와 여인이 온전한 민낯을 드러냈다.

문득 향의 입가에 미소가 드리워졌다. 이 밤의 그는 지금까지 해루가 알던 향이 아니었다.

그는 숨으려 하는 해루를 자신의 무릎 위에 앉혔다. 한순간 왕세자 위에 올라앉은 해루는 황망하여 어쩔 줄 몰라 하였다.

허둥대는 그녀의 귓가에 향의 속삭임이 들려왔다.

"지금부터 제2장이다."

귓불을 간질이던 향의 숨결이 해루의 연분홍빛 젖꽃판 위로 자리를 옮겼다.

탐스러운 천상의 과실.

향긋한 향내를 품은 그것을 향은 한입 가득 물었다. 입안에 금세 단침이 가득 고였다. 달고 맛난 과즙을 꿀꺽 삼키는 그의 혀끝으로 작고 동그란 유실이 느껴졌다. 해루가 숨을 들썩일 때마다 수줍게 다가왔다 물러나길 반복하는 그것을 향은 살짝 물었다.

해루의 입에서 작은 비명이 새어 나왔다. 아픔과 쾌감이 뒤섞인 묘한 감각에 그녀의 허리가 활처럼 휘어졌다.

향의 입술이 스치고 지나간 곳마다 붉은 꽃이 피어났다. 온몸 구석구석 낙인을 찍듯 그는 해루의 몸에 자신의 표식을 새겼다.

해루의 하얀 살갗을 빨고, 핥는 향의 모습은 흡사 굶주린 맹수 같았다. 그가 남긴 표식이 많아지면 많아질수록 해루의 숨결은 거칠어졌다.

향은 연신 밭은 숨을 몰아쉬는 해루를 금침에 눕혔다. 벼랑에 매달린 듯 향의 목덜미에 팔을 휘어 감은 채 해루가 물었다.

"몇 장까지 한 겁니까?"

"이제 겨우 3장의 초입이다."

향은 해루의 옆자리에 모로 누웠다.

해루는 다음 순간을 예상하며 눈을 감았다.

그의 손이 그녀의 하얀 젖무덤을 농현했다. 그의 크고 긴 손가락이 하얀 젖무덤을 움켜쥐었다, 쓸어내릴 때마다 해루는 어깨를 움찔거렸다.

무슨 조화를 부렸는지, 손가락이 닿는 곳마다 오소소 소름이 돋았다. 깊고 얕게 어루만지던 손길은 젖무덤을 지나 숨을 헐떡이는 배로 내려갔다. 오목한 배꼽을 잠시 간질이는가 싶더니 이내 더욱 아래로 영역을 확장한다.

무얼 하려 이러실까?

향의 품에 안긴 해루의 뇌리로 의문이 들어차는 순간.
부드러운 허벅지를 어루만지던 손가락이 돌연 은밀한 계곡으로 무람없이 뻗어 나갔다.
놀란 해루가 엉덩이를 뒤로 물렸다. 그러나 어느 사이 향에게 포박되어 꼼짝할 수가 없었다.
저항하듯 해루는 허벅지를 꼬았지만, 이마저도 소용없었다.
달아나고, 잡히고, 풀고 조이는 팽팽한 신경전.
촉촉하게 젖은 계곡 사이를 집요하게 파고드는 손짓에 허벅지의 힘이 서서히 풀렸다.
마지막 방어벽을 뚫어버린 그는 때론 빠르고 강하게, 그리고 때론 느리고 부드럽게 그녀를 침범했다.
단 한 번도 경험해 보지 못한 쾌감이 천천히, 강렬하게 그녀를 휘어 감았다.
처음 향의 품에 안겼을 때 느꼈던 세상과 전혀 다른 또 하나의 신세계가 문을 열었다.
하늘과 땅, 음과 양, 사내와 여인.
이 오묘한 세상의 순리가 이토록 극진한 쾌감과 맞물려 있는 줄은 몰랐다. 온몸 구석구석 작고, 큰불이 피어올랐다. 꼿꼿이 세운 발끝으로 불길이 모여들었다.
계곡을 들락거리는 향의 손짓이 빨라졌다.
해루는 허리를 비틀었다. 혈액을 타고 모인 불꽃은 점점 커다란 덩어리가 되었다.
크게, 점점 크게, 점점 더 크게.
그러다 마침내 펑!
치솟은 불꽃이 온몸을 관통했다. 와스스 별꽃이 머리 위로 떨어져 내리는 듯했다.

해루는 향의 가슴에 매달렸다. 뜀박질로 높은 봉우리에 오른 듯 숨이 턱 끝까지 차올랐다.

연신 가쁜 숨을 몰아쉬는 그녀의 볼에 향이 입을 맞췄다. 그는 해루의 인중에 맺힌 땀방울을 엄지로 닦고, 그녀의 이마를 덮은 머리카락을 쓸어 넘겼다.

해루는 몸을 길게 늘였다. 몸속에 쌓인 아찔한 열기를 몰아내려 그녀가 길고 긴 숨을 토해내는 순간, 또 다른 열기가 해루를 엄습했다.

어느 사이 해루를 허벅지 사이로 가둬버린 향이 그녀를 물끄러미 내려다보았다.

"왜……?"

해루의 물음에 제4장을 알리는 향의 몸짓이 그녀의 허벅지 사이를 파고들었다.

해루는 나른한 신음이 저도 모르게 터져 나왔다. 수줍고 두려운 마음에 그녀는 손등으로 제 입을 막았다.

"허락하지 않는다."

향이 해루의 양손을 그녀의 머리 위로 끌어올렸다. 흡사 나비잠을 자는 어린아이처럼 해루는 자신을 열었다. 아니, 열 수밖에 없었다.

향의 얼굴에 흡족함이 피어올랐다. 고개를 숙여 제 여인과 입을 맞춘 향은 천천히 허리를 내렸다.

오직 한 사람, 그만이 뿌릴 내릴 수 있는 영토.

세상에서 가장 깊고 아늑한 곳이 그를 반겼다.

이것이다.

진실로 그가 원하였던 것.

해루의 모든 것을 소유하고 싶었다.

오직 자신만이 그녀의 사내이고 싶었다.

홧홧한 열망이 그의 등을 떠밀었다.

향의 자맥질이 깊어졌다. 그의 손과 입술은 해루의 몸 곳곳에 닿았다.

분명 눈앞에 있고, 손끝에 만져졌건만, 자신을 올려다보는 해루의 모습이 안개인 듯 아스라했다. 눈 한번 깜빡이면 사라져버릴 신기루인 것 같아 견딜 수가 없었다.

내 사람이다.

내 여인이다.

오직 나만의 정인이다.

해루의 가장 깊은 곳에 뿌리내리고 싶었다. 그녀의 뼈 마디마디마다 자신을 각인시키고 싶었다. 할 수 있다면 영혼까지도.

"저하……."

향을 부르는 해루의 목소리에 야릇한 열기가 덧입혀졌다.

전신의 감각이 날카롭게 벼려졌다.

도달할 수 있는 가장 깊은 곳까지 뿌리내리고 싶은 열망.

깊게, 더더욱 깊게. 온몸에 송골송골 땀이 맺혔다. 끝없는 해일이 밀려왔다 물러나길 반복했다. 아릿한 열락이 발밑에 와 있었다. 마지막 한 점을 위해 향은 달리기 시작했다. 자꾸만 무너지려는 해루를 극한까지 밀어붙인 채 그는 치달렸다.

향의 등에 박힌 해루의 손에 힘이 들어갔다. 그녀의 등줄기가 길게 휘어졌다.

전신에 뜨거운 바람이 휘몰아쳤다. 금방이라도 펑 하고 몸이 폭

발해 버릴 것만 같았다.

해루는 향의 어깨에 이를 박았다. 그리고 아찔한 감각에 저도 모르게 발끝을 세우는 찰나, 향이 그녀의 허리를 힘껏 잡아당겼다.

그 순간적인 자극이 도화선이 되었다. 아랫배에 맺혀 있던 뜨거운 공기가 마침내 콰광 폭발했다.

폭풍 같은 쾌락이, 혼곤한 열락의 세계가 동시에 두 사람을 뒤덮었다.

나부끼는 꽃잎처럼 해루는 향의 가슴 위로 무너졌다.

"연모하느니."

쌕쌕 밭은 숨을 몰아쉬는 해루의 귓가에 향이 속삭였다.

아스라한 미소가 해루의 얼굴에 맺혔다.

"저도…… 연모합니다."

해루의 순순한 고백에 향의 입가가 길게 늘어졌다.

"다시 말해 다오."

"무얼요?"

"연모한다 다시 말해 다오."

향은 해루의 까만 눈 속에 자신을 담으며 아이처럼 졸랐다.

내 여인의 고백.

그것은 세상을 다 가진 것보다 더 벅찬 일이었다.

"연모합니다."

"한 번 더."

그의 품속에 우주가 있었다.

"연모합니다."

"한 번만 더."

세상의 삼라만상이 꿈결처럼 아름다웠다.

"제가 저하를 연모합니다."

그 찬란한 세계의 중심에 해루가 있었다. 한밤의 신기루처럼 그녀가 그곳에 있었다.

행여 잃어버릴세라, 행여 놓쳐버릴까 두려워 향은 해루의 작은 몸뚱이를 온몸으로 결박했다.

그 무엇도 감히 끼어들지 못할 만큼의 완벽한 결속.

만족스럽게 미소를 지으며 향이 속삭였다.

"이것으로 제4장 끝."

"말…… 말도 안 됩니다. 끝난 거 아닙니까?"

그의 품속에서 항의하듯 해루가 소리쳤다.

"이제 시작이다. 지금보다 더 강렬한 것이 아직 많이 남아 있느니."

"안 합니다. 아니, 못 합니다."

동뢰연의 밤이 깊어갔다. 잠들지 못한 전각의 지붕 위로 밤새 한 마리가 내려앉았다.

희붐한 새벽은 평소보다 더디게 찾아왔다.

웃음 속에 감춘 칼

문지방을 넘어서는 햇살이 유난히 따사로웠다.

궁에서의 첫날을 무사히 보낸 해루는 다소 늦은 아침을 시작해야만 했다. 좀처럼 곁을 떠나지 않으려 하는 왕세자 때문이었다.

문밖에서 김 상궁이 여러 번 불편한 헛기침을 하고 나서야 비로소 향은 해루의 곁을 비워주었다.

그러나 방을 나설 때까지도 미련이 가득 남은 얼굴로 몇 번이고 해루를 돌아보았다.

그 이후, 해루의 시간은 바쁘게 돌아갔다.

궁의 하루는 해 뜨기 전부터 시작해서 해가 진 후에도 계속되었다. 그것은 비단 궁에서 일하는 궁인들만이 아니었다. 그들이 떠받드는 고귀한 왕족들 역시 마찬가지였다. 아니, 오히려 모범을 보이고 기품을 지키기 위해 보이지 않은 곳에서도 부지런히 움직여야 했다.

"서둘러야 합니다. 주상 전하와 중전마마께 인사를 올릴 시간이 이미 많이 지났습니다."

김 상궁이 재촉했다.

해루는 옷을 갖춰 입기 무섭게 허둥지둥 전각을 나섰다. 그녀의 걸음에 맞춰 김 상궁을 시작으로 궁녀와 내관들이 꼬리를 잇듯 뒤를 따랐다.

"어디로 가야 하는……가?"

여전히 불편한 하대로 해루가 속삭였다.

"앞서십시오. 길은 소인이 알려드리겠습니다."

해루는 김 상궁의 안내를 받으며 낯선 길을 걸었다.

주위의 모든 것이 생소했다.

해루는 새삼스런 눈으로 주위를 둘러보았다.

지난 세월, 신루의 식솔로 또 관상감의 생도로 살아가는 동안 궁 안의 적지 않은 곳을 알고 있었다. 아니, 궁의 어지간한 곳은 다 알고 있다 자부했었다.

하지만 그런 해루에게도 이곳 내궁은 무척 낯설었다. 겹겹이 쌓인 미로처럼 비밀스러운 공간이 곳곳에 숨겨져 있었다. 중궁전으로 이어지는 길 또한 그러했다.

그렇게 김 상궁에게 등을 떠밀리다시피 걸음을 옮겼다.

계절은 겨울의 끝자락에 매달려 있었다. 백설이 내려앉은 나뭇가지엔 앙상함만 남았건만, 잘 정리된 길과 고아한 단청의 빛깔은 담백한 멋을 뽐내고 있었다.

중궁전 앞뜰.

바삐 걷던 해루의 발이 우뚝 멈췄다.

중궁전 계단 아래에 한 무리의 사람들이 길게 줄을 지어 서 있었다. 그 가장 앞에 화려하게 단장한 여인이 서 있었다.

빈궁전의 주인, 소은이었다.

소은을 발견한 해루는 저도 모르게 주먹을 움켜쥐었다.

화마 속에서 처량하게 웃던 덤이의 모습과 허무하게 죽은 정 판수 아저씨의 모습이 어른거렸다.

뜨거운 분노가 눈앞을 어지럽혔다. 당장에라도 소은에게 달려들어 악다구니라도 치고 싶었다.

그러나 해루는 이내 미간에 깃든 살기를 애써 내려놓았다.

꽉 쥔 주먹도 풀었다.

그리고 한때는 동무였으나, 이젠 원수가 된 소은에게로 걸음을 옮겼다.

입가에 한껏 미소를 지은 채…….

“어서 와.”

해루를 발견한 소은 역시 해사한 미소와 손짓을 보였다.

“인사가 늦었습니다.”

해루가 가볍게 고개를 숙여 보였다.

소은이 다가와 해루의 손을 잡으며 말했다.

“모르는 사람처럼 어찌 그리 서먹하게 말하는 거야? 섭섭하게.”

속삭이는 말투가 영락없이 동무를 대하는 순진한 소녀의 그것이었다.

“하오나…….”

“우리가 어디 보통 사이야? 난 네가 후궁이 되었다는 소식에 얼마나 기뻤는지 몰라.”

비밀 이야기라도 하는 듯 낮게 속삭이는 소은을 해루는 텅 빈 눈으로 응시했다.

"그렇습니까?"

"그렇다니까."

소은은 눈을 가늘게 여미며 짙은 미소를 보였다.

"어머, 내 정신 좀 봐. 서둘러야겠다. 어마마마께서 아까부터 기다리고 계시거든. 아, 그리고 사람들 앞에서는 이리 편히 말을 하지 못할 거야. 그래도 해루야, 이해할 거지?"

마치 어제 헤어졌다 오늘 다시 만난 동무처럼 친근한 모습으로 해루를 재촉한 소은이 중궁전 안으로 들어섰다.

"중전마마, 빈궁마마와 권 승휘 입시옵니다."

고하는 상궁의 목소리가 회랑을 울렸다.

이내 문이 열리고 중전의 모습이 보였다.

해루는 숨을 깊이 들이마셨다.

중전마마는 지난 조현례에서 뵈었더랬다.

왕실에 새로운 사람을 들였을 때 치르는 조현례는 웃전에게 인사를 드리는 의식이었다.

그런데 어찌 된 이유에선지 그 조현례에 주상 전하께서는 참석하지 않으셨다. 급작스럽게 인 두통 때문이라 하였다.

오늘에야 겨우 뵙게 되겠구나.

조금은 떨리는 마음으로 해루는 한 발, 한 발 앞으로 디뎠다.

어떤 분이실까?

세자 저하와 많이 닮았을까?

작은 머릿속에 여러 가지 생각이 떠올랐다.

그러나…….

"승휘, 이 일을 어쩌면 좋겠는가."

절을 올리고 일어서자 중전이 미안한 얼굴로 입을 열었다.

"무슨 일이시옵니까?"

해루를 대신하기라도 하려는 듯 소은이 물었다.

"오늘 조정에 급한 일이 생겨 전하께서 걸음 하지 못하였구나."

"그렇사옵니까?"

오늘도 주상 전하를 뵐 수 없다는 뜻이었다.

문득 가슴 한구석이 철렁 내려앉았다.

혹시, 내가 마음에 들지 않아 피하시는 것은 아닐까?

섭섭함과 동시에 걱정이 깃들었다.

"이런, 승휘가 많이 아쉬운가 보옵니다."

곁에 앉은 소은이 가만 해루의 어깨를 토닥였다.

어깨에 닿는 이질적인 감촉에 해루는 고개를 돌려 소은을 보았다.

소은은 해사한 웃음을 짓고 있었다. 아랫사람에 대한 걱정과 윗사람으로서의 넉넉한 마음씨가 깃든 웃음이었다.

순간, 해루의 전신으로 오소소 소름이 돋았다. 다른 사람은 몰라도 해루는 잘 알고 있었다.

저 웃음 이면에 어떤 얼굴이 숨어 있는지.

하여, 소은의 미소에 맞춰 마주 웃을 수 없었다.

웃음 속에 칼을 숨겼으니 얼마나 독한 사람인가.

"아쉽겠지. 허나, 부러 그러시는 건 아니니, 너무 섭섭하게 생각하지 마라."

중전의 다독임에 해루는 고개를 끄덕였다.

"종묘사직에 바쁘신 분이시니, 어찌 서운한 마음이 있을 수 있겠습니까?"

"그리 생각해 주니 고맙구나."

한시름 놓인다는 듯 미소를 짓던 중전이 해루의 손을 잡고 있는 소은에게로 시선을 던졌다.

"우리 빈궁의 얼굴에 모처럼 환한 꽃이 피었구나."

"송구하옵니다, 어마마마. 잃어버린 줄 알았던 동무를 만나니, 너무나 반가워……."

"그러고 보니 두 사람의 인연이 가볍지 않구나. 세자빈 간택 때부터였던가."

소은이 대답했다.

"네. 그 시절부터 이 사람과 전 동무였습니다. 이 사람과 함께 있게 되어 얼마나 기쁜지 모르옵니다."

"우리 빈궁의 마음이 바다처럼 넓구나. 내가 이제야 마음이 놓이는구나."

제 속도 속이 아닐 텐데.

이리 마음 쓰는 빈궁의 모습이 안쓰럽기도 하고, 한편으로 대견하여 중전은 소은의 손을 잡고 가만가만 어루만졌다.

소은이 수줍은 듯 고개를 외로 틀었다.

"어마마마, 그런 말씀 마시어요. 아녀자의 당연한 도리가 아니겠습니까."

"네 마음씨가 참으로 곱고 갸륵하구나. 내 너를 볼 때마다 미안한 마음 가득하다는 것만 알아다오."

"그런 말씀 마시어요. 소첩은 아무렇지도 않사옵니다. 다만, 아바마마와 어마마마, 그리고 종묘와 사직에 부끄러울 따름이옵니다."

"아니다, 아니야. 무릇 아이를 잉태하는 일이 어찌 인력으로만 되겠느냐? 그 모든 것이 하늘의 뜻이니. 내 원하는 것은 오직 왕실에 큰 다툼 없이 모두가 화목하게 지내는 것이다."

"소첩이 온 힘을 다할 것이옵니다."

소은이 자분자분 고개를 숙였다.

"그래, 내 빈궁만 믿을 것이야."

중전은 이번에는 해루에게로 시선을 돌렸다.

"승휘, 들었느냐?"

"네."

잘 듣고 잘 보았습니다.

저 입으로 어떤 거짓이 흘러나오는지 이 귀로 잘 들었습니다. 저 얼굴로 어떤 표정을 짓는지 잘 보았습니다.

그때는 왜 이 거짓을 보지 못하였을까요?

그랬더라면 소중한 사람들을 잃지 않았을 텐데 말입니다.

절로 어깨가 떨렸다.

울컥거리는 속내를 감추기 위해 해루는 소맷자락에 덮인 주먹을 한껏 움켜쥐었다. 얼마나 힘껏 말아 쥐었는지 손바닥에 손톱자국이 선명했다.

그러나 그깟 것쯤이야 심장을 죄는 고통에 비한다면 얼마든지 참을 수 있었다.

소은은 속내를 감춘 채 중전의 앞에서 호호호, 수줍은 웃음을 흘렸다.

그 모습이 해루의 망막에 날카롭게 맺혔다.

"틀림없이 날 싫어하시는 거야."

턱을 괸 채 동창 밖을 내다보던 해루는 힘없는 한숨을 흘렸다.

세상을 가득 덮었던 눈이 햇살에 녹아내렸다. 아주 먼 곳에서부터 봄이 오고 있었다.

내내 묵혀 두었던 먼지를 털어 내기 위해 전각의 문을 죄다 활짝 열었다.

"주상 전하께서는 나를 싫어하시는 게 틀림없어."

등 뒤에 와 닿는 차가운 바람에 으스스 몸을 떨며 해루는 푸념했다.

그렇지 않고서야 이럴 수 없었다.

문안 인사를 드리러 간 지 벌써 열흘째였다.

그 열흘 동안 이런 이유, 저런 핑계를 대며 왕께서는 해루와의 만남을 피했다. 우연히 바쁘거나 안 좋은 일이 겹쳐 그런 것이라 하지만, 그 우연이 지나치게 많았다. 번번이 계속되는 우연은 결국 자연스럽게 벌어진 일이 아니라 사람이 인위적으로 만든 것일 수밖에 없었다.

"어찌 날 싫어하시는 걸까?"

혹, 내 속사정을 알고 계신 건 아닐까?

만들어진 신분에, 만들어진 가족까지.

만약, 그렇다면 앞으로 어찌해야 할까?

해루는 아직 얼굴도 뵙지 못한 왕을 떠올리며 전전긍긍했다.

"무에, 고민이라도 있느냐?"

열린 문틈으로 향이 들어섰다.

"저하."

반가운 마음에 벌떡 일어나던 해루는 '아차' 하고 눈을 아래로 새치름하게 내리깔았다.

"오셨습니까?"

두 팔을 벌려 해루를 맞으려던 향이 어색한 표정으로 물었다.

"왜 그러느냐?"

하려던 대로 달려오지 않고.

해루가 고개를 슬며시 기울이며 조심스럽게 대꾸하였다.

"법도대로 행하는 중입니다."

"법도?"

"저하를 맞이할 때는 모름지기 행동을 조심해야 하는 법……이라고 김 상궁이 알려주었습니다."

"법도라……."

지금 해루의 모습은 지극히 당연한 왕실 여인의 모습이었다. 하지만 무엇이 못마땅한지 향은 미간을 찌푸렸다.

그때였다.

음전한 여인의 모습을 한 해루가 어깨를 움찔하더니 난데없이 비명을 흘렸다.

"아얏!"

"왜 그러는 것이냐?"

놀란 향이 휘청거리는 해루를 부축했다.

"괜찮습니다. 한 자세로 오래 앉아 있었더니 발이 저려서 그런 겁니다."

작고 귀여운 콧잔등에 침을 콕콕 찍어 바르며 해루가 말했다.

향의 얼굴이 그제야 부드럽게 풀어졌다.

그럼 그렇지.

아무리 법도 안에 가두려 하여도 해루는 해루였다.

저 자유로운 여인을 법도와 규율이라는 제도 안에 묶어둘 수는 없으리라.

“괜한 짓 말고 이리 오너라.”

향은 해루의 손을 잡아 제 곁에 앉혔다.

“하지만 궁의 법도가…….”

“우리 두 사람만 있는데, 궁의 법도가 무슨 상관이냐? 적어도 나와 있을 땐 어려운 법도 따윈 들먹이지 않아도 좋다.”

“그래도 되겠습니까?”

향이 고개를 끄덕이자 해루는 속 시원한 숨을 뱉었다. 무거운 물건이라도 내려놓은 듯 후련한 표정이었다.

“녀석, 입으로는 법도, 법도 하더니. 이제야 살 만한 표정이구나.”

“실은 복잡하고 힘든 절차에 숨조차 제대로 쉬지 못하였습니다.”

“고생이 많은 모양이구나. 네 얼굴에 가득한 수심도 그 때문이냐?”

“그건…… 다른 이유 때문입니다.”

“다른 이유?”

향의 물음에 해루는 좀처럼 대답을 하지 못했다.

“해루야…….”

무슨 일인데 그러느냐?

향은 해루를 채근했다.

마지못해 해루가 입을 열었다.

“……주상 전하께서 절 보려 하지 않으십니다.”

“아바마마께서?”

“벌써 여러 날 문안 인사를 드리려 하였지만, 매번 용안을 뵙지 못한 채 되돌아왔습니다. 아무래도 주상 전하께서는 절 싫어하시는 모양입니다.”

"뭐라? 주상 전하께서 널 싫어해? 하하하."

돌연 향의 입에서 맑은 웃음이 터져 나왔다.

"왜 웃으십니까?"

해루는 불퉁한 목소리로 투덜거렸다. 심각한 고민을 하는 사람을 앞에 두고 웃음을 터트리는 향이 야속하기만 했다.

향은 해루의 머리를 쓸어내렸다.

"주상 전하께 문안 인사 드리지 못한 것이라면, 마음 쓸 것 없다."

"어찌 마음이 안 쓰입니까? 주상 전하가 뉘시옵니까? 바로 저하를 낳아주신 분이 아니십니까? 그런 분이 절 싫어하시는데, 마음이 쓰이지 않는다면 그게 오히려 이상한 일일 겁니다."

"속사정이 무엇인지 알 길 없으나, 그래도 이것 한 가지만은 확실하다."

"그게 뭡니까?"

"아바마마께서 널 싫어하는 일은 절대 없어."

"어찌 그리 확신하십니까?"

"내가 누구더냐?"

"공갈 저하 아니십니까?"

"내가 형제 중에서 아바마마를 가장 많이 닮았다고 하더구나."

"그러십니까?"

"그런 내 눈에 네가 이리 고운데. 아바마마께서 이리 고운 너를 어찌 싫어하겠느냐?"

"얼굴을 뵈어야 고운지, 곱지 않은지 아실 것이 아닙니까?"

답답하다는 듯 가슴을 콩콩 치는 해루를 보며 향은 다시 웃음을 터트렸다.

이 녀석, 아직도 모르는 거야?

함께 개떡을 나눠 먹던 최최측근이 누구인지 아직도 모르는 거냐?

그나저나 아바마마께서도 너무하시는군. 아무리 바쁜 일이 있다 하여도 어찌 열흘이나 얼굴을 보지 않으시는 걸까?

설마…….

왕께서 계시는 대전으로 시선을 돌리던 향은 고개를 절레절레 저었다.

아무래도 아바마마께서는 두 사람의 관계를 좀 더 유지하고 싶으신 것이 틀림없군. 그만큼 이 아이가 마음에 든다는 뜻일 터. 그 결정적 증거가 세자의 소매 속에 있었다.

"이곳에 들어오기 전, 낯선 환관이 이곳의 궁녀에게 이걸 전하는 모습을 우연히 보았단다."

향이 소매에서 서찰 하나를 꺼냈다.

"이것이 무엇입니까?"

"누군가 너에게 보낸 서찰이다."

"서찰이라고요?"

해루는 고개를 갸웃했다.

궁으로 들어온 지 이제 고작 열흘이 지났다.

그런데 누가 서찰을 보낸 걸까?

"그런데 알아보니 네 앞으로 온 서찰이 하나가 아니었더구나."

향의 소매에서 연달아 아홉 개의 서찰이 더 나왔다.

총 열 개의 서찰.

"네가 이곳에 온 첫날부터 매일 하나씩 온 모양인데, 보낸 사람의 이름도 적혀 있지 않은 데다 내용도 확인할 수 없어, 네게 전하지 않은 모양이다."

"내용도 확인할 수 없다고요?"

들으면 들을수록 알 수 없는 소리였다.

보낸 사람이 누구인지 알 수 없다는 소리는 이해할 수 있었다. 겉장에 이름이 쓰여 있지 않으면 모르는 것이 당연할 터.

하지만 내용을 알 수 없다는 소리는 대체 무얼까.

"누가 네게 서찰을 보낸 건지 한번 확인해 보자꾸나."

향이 서찰을 열고 내용물을 꺼냈다.

"흠."

어떤 내용일까?

잠시 후.

향의 입가엔 한 줄기 미소가 그려졌다.

"이래서 내용을 확인할 수 없었다는 게로군."

"대체 무엇입니까? 저도 좀 보여주십시오."

내내 궁금한 눈빛을 하던 해루에게 향이 서찰을 건넸다.

"아!"

서찰을 살피던 해루는 저도 모르게 탄성을 내질렀다.

"이것은……."

"왜 내용을 확인할 수 없었는지, 그 이유를 너도 알겠느냐?"

해루가 고개를 끄덕였다.

서찰에 쓰인 필체, 너무나도 낯익은 필체였다.

관상감에 있을 때도 같은 필체에, 같은 내용의 서찰을 받은 기억이 있었다.

서찰엔 천하제일의 악필로 이렇게 적혀 있었다.

금일(今日), 자시초(子時初).

향이 돌아가고 얼마 후.

수자를 놓던 해루는 살그머니 자리를 털고 일어섰다.

그녀는 자개 서랍장 안에 갈무리한 열 장의 서찰을 떠올렸다.

어쩌면 오늘 밤에도 기다리고 계실지 몰라.

문틈 사이로 스며드는 바람 소리가 제법 거칠었다.

해루는 곁에서 꾸벅꾸벅 졸고 있는 김 상궁을 버려둔 채 처소 방문을 살며시 열었다.

그러나 까치발을 한 채 방문 밖으로 나서는 그 모습 그대로 김 상궁에게 들키고 말았다.

"어딜 가시옵니까?"

김 상궁은 언제 졸았냐는 듯, 말끔한 모습으로 해루의 곁으로 다가왔다.

"더 주무십시오."

해루의 말이 끝남과 동시에 김 상궁이 고개를 저었다.

"법도에 어긋나십니다."

"네? 뭐가요?"

"말투 말입니다."

"아, 미안하네."

"그런데 지금 어딜 가시는 길이십니까?"

"내 갑갑하여 바람이나 쐴까 해서 말이야. 잠시 다녀오겠네."

"법도에 어긋나십니다."

"잠시만일세. 그리 오래 걸리지 않을 거야."

"아니 됩니다."

"이리 애원해도 안 되는가?"

커다란 눈을 깜빡이며 최대한 가엾은 표정을 지어 보였다.

그러나 김 상궁에겐 씨알도 먹히지 않았다.

"승휘마마께서 일개 상궁에게 애원하는 것 역시 법도에 어긋나십니다."

"……."

시무룩해진 해루가 어깨를 아래로 내려뜨렸다.

힐끗, 곁눈질로 바라보던 김 상궁이 말을 이었다.

"승휘마마께서는 왕실의 여인이십니다. 지금 입고 있으신 복색에 어울리는 몸가짐을 하셔야 합니다."

"입고 있는 복색?"

해루는 고개를 숙여 제 매무새를 살폈다.

이 옷과 어울리는 몸가짐?

그렇다면…….

문득 시선을 들어 김 상궁을 바라보았다.

"그렇구나. 이 옷이 말썽이었어."

"무슨 말씀을 하시는 겁니까? 법도에 어긋……. 읍!"

말이 채 끝나기도 전에 김 상궁은 해루에게 입이 막혔다.

"법도에 어긋나지 않게 하려고 이러는 것이니, 조금만 눈감아주게."

❀

하늘을 유영하던 달이 서산 끝에 매달렸다. 멀리 밤새 울음소리가 들려왔다.

권 승휘의 전각 안으로 궁녀가 들어섰다. 궁녀가 들고 있는 소반에는 후궁이 된 해루를 위한 야식이 담겨 있었다.

"승휘마마, 야식이옵니다."

궁녀가 문 앞에서 공손히 아뢰었다.

여느 때라면 곧장 문이 열리고 반색하는 승휘의 모습이 보였을 터.

그러나 오늘은 어쩐 일인지 불편한 헛기침과 함께 전혀 예상 밖의 대답이 흘러나왔다.

"오, 오늘은 생각이 없느니라."

승휘의 목소리가 좋지 않았다.

게다가 생각이 없으시다고?

아침부터 유밀과가 먹고 싶다고 노래하신 분이 아니던가.

궁녀는 고개를 갸웃거렸다.

"마마, 유밀과와 따뜻한 차를 가져왔나이다."

"생, 생각 없다질 않으냐."

"마마, 목소리가 좋지 않습니다. 어디 불편한 곳이라도 있으십니까?"

"모, 목이 좀 말라 그러는 것이니, 신경 쓸 것 없다."

"맛 좋은 감주가 있습니다. 그거라도 올릴까요?"

"아, 아니다. 오늘은 피곤하니 더는 내게 말 걸지 말아라."

"……알겠사옵니다."

애써 궁녀의 호의를 물리친 승휘의 침전에서 한숨이 흘러나왔다.

"승휘마마, 이러시면 아니 됩니다. 궁의 법도에 어긋납니다, 승휘마마."

탄식하듯 말하는 사람은 다름 아닌 승휘의 옷을 입은 채 이불을 뒤집어쓰고 있는 김 상궁이었다.

밤이 제법 농익어갈 시각.

신루 근처의 담벼락 아래로 작은 그림자가 아른거렸다.

김 상궁과 옷을 바꿔 입은 해루였다. 짙은 녹색의 상궁 복장인 그녀는 초조한 표정으로 연신 주위를 둘러보았다.

"시간이 너무 늦었나?"

그녀는 품에서 서찰을 꺼내 다시 확인하였다.

"분명 자시초라 하셨는데."

그러나 자시초는 진즉 지났다.

대신하여 해루의 행세를 못하겠다 버티는 김 상궁과 옥신각신 몸싸움을 벌이느라 적지 않은 시간을 소비하고 말았던 까닭이었다.

"아무래도 너무 늦은 모양이구나. 다음에 다시 와야겠다."

낙심한 해루가 막 몸을 돌릴 때였다.

"어허, 뭘 그리 금세 포기하고 그러나."

귀에 익은 목소리가 들려왔다.

해루의 얼굴에 반색하는 빛이 떠올랐다.

이내 으슥한 구석에서 인자한 인상의 중년인이 모습을 드러냈다.

"난 열흘이나 매일 이곳에서 반 시진 넘게 기다렸는데, 주위만 대충 훑어보고 돌아가다니. 영 섭섭하군."

"최최측근 아저씨!"

해루가 반가운 표정으로 최최측근에게 다가갔다.

"정말 오랜만입니다."

"그러게 오랜만일세. 그동안 잘 지냈는가? 자네 없는 동안 내가 개떡을 먹지 못해 여간 힘든 게 아니었다네."

“그러셨습니까? 헌데, 제가 궁에 있는 건 어찌 아셨습니까?”

“어허, 아무래도 최측근은 보기보다 기억력이 나쁜 모양이야. 내가 누군지 벌써 잊었는가?”

최최측근의 말에 해루가 생긋 미소를 지었다.

“잊을 리가 있겠습니까? 세자 저하의 최최측근 아니십니까?”

최최측근이 미소를 지으며 고개를 끄덕였다.

“바로 그렇다네, 최측근.”

푸르스름한 달이 서산 끝에 매달린 밤.

세자 저하의 최측근과 최최측근은 재회를 기뻐하며 큰 웃음을 나누었다.

곧 서찰 보내겠네

형형색색 꽃이 피어 있던 신루의 화원에 하얀 눈꽃이 만발했다.

최최측근은 앙상한 나뭇가지에 매달린 눈송이를 손끝으로 어루만졌다. 사람의 온기에 닿은 눈은 금세 스르륵 녹아내렸다. 손끝에 남아 있는 물기를 옷자락에 닦으며 최최측근은 옆자리를 돌아보았다.

해루가 예의 해사한 웃음을 지으며 그와 시선을 마주쳤다.

"최측근."

"네, 최최측근 아저씨."

"그러고 보니 우리 만난 지 꽤 오래되었지. 그런데 볼 때마다 매번 자네는 달라지는구먼."

"무슨 말씀이십니까?"

"처음에는 신루 소속의 궁녀 차림이더니, 그다음엔……."

콧수염을 붙이고 자신의 앞에 섰던 해루를 떠올리며 최최측근은 미소를 머금었다.

"어쨌든 이번엔 세자의 후궁의 되었다니, 자네는 참으로 신기한 사람일세."

최최측근의 말에 해루는 뒷머리를 긁적였다.

"그게 어쩌다 보니 그리되었습니다."

"어쩌다 보니 그리되었다? 허허허, 다른 사람들이 들었으면 자다가 벌떡 일어날 대답이로군. 그나저나 그간 어찌 지냈는가?"

"정말 많은 일이 있었습니다."

해루의 뇌리로 지금까지의 일들이 주마등처럼 스치고 지나갔다.

지난번 최최측근을 만났을 때만 해도 해루는 관상감의 생도였다. 그러다 느닷없이 귀양살이 떠나는 황 노인의 길 안내를 하게 됐다. 주상 전하의 명이라 하였다. 하지만 어찌하여 주상 전하께서 그런 명을 내렸는지, 아직 그 연유를 알지 못했다.

팔자에도 없는 귀양살이는 해루의 안목을 넓혀주었다.

오랜 가뭄으로 굶주린 백성들의 모습에 향은 마음 아파했고, 그런 향의 모습에서 진정한 군주를 보았다. 그가 이 나라의 왕세자인 것이 자랑스러웠다. 백성을 사랑하는 왕이란 얼마나 강하고 아름다운 존재인지 새삼 느낄 수 있었다.

그리고…….

해루의 두 볼이 갑자기 발그레 붉어졌다. 강원도의 작은 암자에서 그녀는 향의 온전한 여인이 되었다.

저도 모르게 양 볼을 감싸 쥐고 있자니 최최측근이 이상하다는 듯한 시선으로 바라보았다.

"왜 그러는가? 고뿔이라도 걸렸는가?"

최최측근은 갑자기 얼굴을 붉히는 해루를 걱정했다.

"아, 아닙니다. 고뿔에 걸린 게 아닙니다."

"그럼 다행이고. 듣자니 가까운 사람을 잃었다던데. 괜찮은가?"

"……많이 좋아졌습니다."

최최측근은 가만히 해루의 어깨를 다독거렸다.

"회자정리(會者定離)라는 말이 있지. 세상의 모든 만남엔 당연히 이별이 따르기 마련일세."

"참으로 슬픈 말입니다."

"이별 뒤에 다시 만남이 있으니, 마냥 슬프다고 할 수는 없지. 그러니 훌훌 털어버리게나."

"그리하겠습니다."

최최측근의 말처럼 훌훌 털어내기엔 정 판수와 함께한 시간이 길고 깊었다. 그러나 더는 아파하지 않기로 하였다. 먼 길 떠나는 정 판수의 마음이 가볍도록 예전보다 더 씩씩하고, 더 밝게 살기로 작정하였다.

해루는 서둘러 얼굴에 떠올랐던 그늘을 지워냈다.

흡족한 표정으로 그 모습을 지켜보던 최최측근이 화제를 바꿨다.

"그보다 축하하네."

"무얼 말입니까?"

"세자의 후궁이 되었으니, 세자의 진정한 최측근이 된 것이 아닌가?"

"하하하, 그렇지요. 그야말로 명실상부한 세자 저하의 최측근이 되었습니다."

해루가 자랑스레 대답했다.

그때, 최최측근의 고개가 갸우뚱 기울어졌다.

"그런데…… 어째 복색이 그러한가?"

상궁 복색을 한 해루가 이상하다는 듯 최최측근이 물었다.

"이건……."

잠시 생각하던 해루가 이내 밝은 얼굴로 대답했다.

"일거양득을 위한 선택입니다."

"일거양득?"

"아저씨도 궁에 오래 머물렀으니 아시지 않습니까? 궁의 법도라는 것이 어찌나 까다로운지 말입니다. 승휘의 복색을 하고서는 해서는 안 될 일이 너무 많은 겁니다."

"그래서 상궁이 되었다?"

"승휘 복색으로는 이곳에 몰래 올 수 없었으니까요."

"그러니까 궁의 법도도 지키고 나와의 의리도 지키기 위해 잠시 상궁이 되었다 이 말인가?"

"역시 아저씨는 개떡같이 말해도 찰떡같이 알아들으십니다, 하하하."

"하하하, 내가 좀 그러하이. 그나저나 개떡이란 말을 들어 그런가. 개떡이 먹고 싶군."

"그러십니까? 잠시만 기다리십시오."

서둘러 소매를 걷어 올린 해루가 떡 찔 준비를 하려 하였다.

최최측근이 그녀의 옷자락을 잡았다.

"뭘 하려고?"

"떡 드시고 싶다셨잖아요."

"괜찮은가?"

"뭐가 말입니까?"

"서둘러 전각으로 돌아가지 않아도 괜찮은가 말일세."

"걱정 없습니다."

전각엔 그녀를 대신하여 승휘 복색을 한 김 상궁이 있었다. 김 상궁이 있는 한, 아무 걱정 없었다.

이왕 이리 나왔으니…….

떡을 찌며 해루는 화원 뒤편을 바라보았다.

멀지 않은 곳에 신루의 불빛이 보였다.

전각에 있는 김 상궁의 한숨이 얼마나 깊어졌는지 알지 못한 채 해루는 입가에 짙은 미소를 그렸다.

기왕 이리 나왔으니 다른 사람들도 보고 갈까?

"이쪽 벽을 좀 더 보강해야 할 것 같군."

"그리하였다간 균형이 맞지 않을 듯한데."

"다소 균형이 어그러지는 한이 있더라도 반드시 보강해야 하네. 이대로는 얼마 버티지 못하고 무너질 것이야."

"그래?"

심운기의 말에 김담은 턱을 괸 채 미간을 찡그렸다.

그때였다.

"모양을 바꾸는 것은 어떻습니까? 네모반듯한 모양이 아니라 아래쪽을 좀 더 넓히면 벽을 그리 두껍게 하지 않아도 무너질 염려는 없을 겁니다."

누군가의 조언에 심운기와 김담은 동시에 자신들의 이마를 쳤다.

"그런 좋은 수가 있군!"

"참으로 뛰어난 생각이야."

두 사람은 며칠 골치를 썩이던 문제를 단숨에 해결한 이가 누군지 확인하기 위해 고개를 돌렸다.

이윽고 둘의 얼굴에 똑같은 표정이 떠올랐다.

황당함과 놀람.

"마마……!"

"예서 뭐 하는 겁니까? 그 복색은 무어고요?"

놀란 두 사람의 앞으로 상궁 복색을 한 해루가 다가왔다.

"잘 지내셨습니까?"

해사하게 웃는 해루를 김담이 걱정스럽게 바라보았다.

"무슨 일입니까? 어째 입성이 그러한 겁니까?"

"아무 일도 없습니다."

"그럼……."

김담이 무언가 말을 하려는 찰나.

"어라?"

서고에서 서책 꾸러미를 들고 오던 양여섭이 해루를 발견했다.

툭. 그가 들고 있던 서책들이 바닥에 어지럽게 흩어졌다.

"아이고!"

갑자기 털썩 주저앉은 양여섭이 곡소리를 냈다.

"왜 그러는가? 웬 눈물이야?"

심운기의 물음에 양여섭이 억지 눈물을 쥐어짜며 말했다.

"그럼 눈물이 나지, 이런 상황에서 어찌 눈물이 안 난단 말인가? 우리 해루가 후궁마마가 되었으니 이제 내 인생에도 꽃이 피겠구나 하였거늘, 하루아침에 상궁이 되어 다시 나타나니, 내 어찌 슬프지 않겠는가."

땅을 치며 통곡하는 양여섭을 보며 해루는 양손을 흔들었다.

"아니, 아닙니다. 양 학사님, 이건……."

"이런!"

해루는 하고 싶은 말을 할 수가 없었다.

마침 신루 안으로 들어서던 비연이 그녀의 앞으로 다가섰던 까닭이다.

"그새 쫓겨난 겁니까, 뭡니까? 상처가 아직 아물지도 않았는데 벌써 쫓겨나면 어떻게 합니까?"

억울하다는 듯 소리치는 그를 삼문이 으르릉거리며 노려보았다.

"여기서 제일 마음 괴로우실 분은 다름 아닌 우리 주인님이실 겁니다. 다들 어째 그리들 말씀하십니까? 주인님, 전 주인님이 무엇이든 상관없습니다. 주인님은 그저 제 주인님이시니까요."

"얼씨구. 그야말로 충복 중의 충복이로군. 아닌가, 충견이려나."

어느새 눈물을 말끔히 지운 양여섭이 말했다.

삼문이 아무렇지도 않은 얼굴로 태평하게 받아쳤다.

"양 학사님께서 아무리 그리 말씀하셔도 저는 화가 나지 않습니다."

"왜?"

"흐흐흐, 저는 보았습지요."

"봐? 뭘 봐?"

"지난번에 양 학사님이 제 계약서를 보고 부러워하던 모습을요."

사람들의 시선이 일제히 양여섭에게로 향했다.

"자네 그런 건가?"

"자네 마음속에 그런 꿈이 있는 줄은 몰랐네."

김담과 심운기가 힘내라는 듯 양여섭의 어깨를 두드려주었다.

발 빠른 비연은 어느 샌가 종이 한 장을 가져왔다.

"정히 그렇다면……."

비연이 세필 붓과 종이를 양여섭에게 내밀었다.

"여기에 수인하게."

"이게 뭔가?"

"자네가 나의 개가 된다는 계약서일세."

"저리 못 치우겠나? 난 충복이 갖고 싶은 것이지, 내가 남의 충복이 되겠다고 생각한 게 아니야."

"아무리 생각해도 자네가 충복을 얻는 건 영원히 불가능한 일이네. 이 기회에 아예 생각을 바꿔 내 충복이 되는 것도 나쁘지 않을 듯한데?"

"이 망할 놈의 제비가!"

달려드는 양여섭을 피해 비연이 재빠르게 몸을 날렸다.

한바탕 왁자한 소동이 벌어졌다.

그 중심에 선 채 해루는 행복한 웃음을 터트렸다. 아직 바람이 시린 계절이었건만, 따뜻한 공기가 그녀의 주위를 에워싸고 있었다. 집으로 돌아온 듯 편안했다.

따스한 분위기에 젖어 풀어진 표정을 짓는 그녀의 등 뒤로 누군가 다가왔다.

"예서 뭐 하느냐?"

익숙한 목소리.

반사적으로 고개를 돌리니 유난히 검고 아름다운 눈동자가 코앞으로 다가왔다.

향이었다.

막 신루로 들어서던 그는 해루를 발견하고 의아한 표정을 지었다.

순간, 톡.

해루의 심장으로 작은 불꽃이 파고들었다.

"저하."

"그 옷은 다 무엇이냐? 그리고 예서 뭐 하는 것이야?"

묻는 향의 손을 잡으며 해루가 속삭인다.

"보고 싶어서요."

"뭐?"

"보고 싶어서 왔습니다."

저하가…….

그리고 신루의 사람들이 보고 싶어서 왔습니다.

솔직한 고백에, 굳어 있던 향의 표정에 작은 실금이 그어졌다.

"저하……."

나비잠에서 깨어난 갓난아기처럼 해루는 향의 품으로 파고들었다.

갑작스러운 기습에 잠시 멍해 있던 향은 두 팔로 제 여인을 보듬었다.

"발칙한 녀석."

낮게 속삭이는 향의 입술이 길게 늘어졌다.

톡톡.

작은 불꽃은 이내 불길이 되어 해루의 심장을 가득 뒤덮었다.

형언할 수 없을 만큼 따뜻한 기운이 전신을 채웠다.

걷잡을 수 없는 졸음처럼…… 행복이 밀려들었다.

해루의 얼굴 위로 해사한 웃음이 피어올랐다.

영원히 계속될 것 같았던 겨울이 조금씩 물러가고 있었다.

봄의 기운이 제법 가까이서 느껴졌다. 전각 안을 깊숙이 비추는 오후 햇살에 따뜻함이 깃들었다.

“이번에도 아니 드신다니?”

승휘 전각의 궁녀 단지는 밥상을 내오는 수라간 나인을 보며 낮게 한숨을 내쉬었다.

승휘마마께서 아침부터 아무것도 아니 드신 채 자리보전하고 계신 터였다.

“이리 아니 드시다간 큰일 날 터인데.”

“내 말이. 어디 많이 편찮으신 건 아닐까?”

수라간 나인의 물음에 단지는 고개를 갸웃거렸다.

“글쎄.”

그러고 보니 언제부터인가 야식을 도통 아니 드셨다.

“분명 어디 편찮으신 게 틀림없어.”

승휘마마를 모신 건 얼마 되지 않았지만, 세심한 눈길로 그분을 봐왔던 터였다.

우리 승휘마마, 다른 것은 몰라도 먹는 거라면 자다가도 벌떡 일어나는 분이 아니시던가.

아무래도 병이 나신 것이 틀림없어.

단지의 마음이 급해졌다.

“의녀를 불러야 하나? 아니, 아니. 그보다는 먼저 김 상궁님께 알려야 하는데.”

단지는 처소 문 앞을 지키고 서 있는 나인에게 물었다.

“김 상궁님은 어디 가신 게야?”

“아침부터 아니 보이셨는데요.”

어린 나인이 고개를 저었다.

“아이참. 김 상궁님은 이런 중요한 때에 어딜 가신 거람?”

속상한 듯 투덜대며 단지는 회랑을 콩콩 뛰어나갔다. 어떻게든 김 상궁을 찾아볼 심산이었다.

하지만 단지는 끝내 김 상궁을 찾지 못했다. 그녀는 궁녀들이 상상도 못할 곳에 몸을 웅크리고 있었기 때문이다.

"아이고, 내 팔자야."

팔자에도 없는 승휘 노릇을 하는 김 상궁은 갑갑해 죽을 노릇이었다.

한 번만이라고 하시더니.

오늘은 급기야 이른 아침부터 자신의 상궁복을 빼앗아 입고는 또 어딘가로 사라져버렸다.

"승휘마마, 대체 어딜 그리 가시는 것이옵니까? 이러다 김 상궁, 명대로 살지 못할 것입니다."

앓는 소리가 이불 밖으로 흘러나왔다.

"어머! 우리 마마님, 정말 편찮으신가 봐."

소곤대는 궁녀들의 목소리가 문틈으로 스며들었다.

아니야, 이것들아!

냉가슴 앓듯 김 상궁은 제 가슴을 쾅쾅 쳐댔다.

같은 시각.

신루의 화원은 개떡 익는 고소한 냄새로 가득했다.

"흠, 역시 우리 최측근의 개떡 찌는 솜씨는 알아주어야 한다니까."

김이 모락모락 나는 개떡을 앞에 두고 최최측근은 잔뜩 입맛을 다셨다.

"어찌 생각하는가? 내 말이 맞지?"

억지로 끌려 나온 기색이 역력한 황 노인이 마지못해 고개를 끄덕거렸다.

"그, 그런 것도 같습니다."

"같이 드세나."

"아니, 저는 요즘 통 소화가 안 되어서……."

"어허."

사양하는 황 노인에게 최최측근이 눈빛을 세웠다.

"먹습니다, 먹을 겁니다."

황 노인이 뜨거운 개떡을 집어 들고 호호 바람을 불었다.

그 모습을 흐뭇하게 바라보던 해루가 최최측근의 옆자리에 궁둥이를 붙이고 앉았다. 며칠 굶은 사람처럼 개떡 먹는 데 열중하던 최최측근이 불현듯 고개를 돌렸다.

"최측근, 어찌 안색이 그리 어두운 것이야?"

"제 안색이 어둡습니까?"

손을 들어 얼굴을 만지는 해루에게 최최측근이 고개를 끄덕거렸다.

"눈 그늘이 턱까지 내려왔군. 무슨 일인가?"

"사실…… 고민이 있어서 요즘 도통 잠을 못 자고 있습니다."

"고민? 무슨 고민?"

"그게……. 아닙니다."

"어허, 우리 사이에 말 못 할 게 무언가? 말해 보게."

"사실……."

잠시 주저하던 해루가 말을 이었다.

"주상 전하께서 절 안 만나주십니다."

"헙……. 쿨럭, 쿨럭."

개떡을 한입 크게 베어 물던 최최측근은 갑자기 마른기침을 해댔다.

"아저씨, 괜찮으세요? 그리 급하게 드시면 체하십니다. 기다려보십시오. 제가 물 가져오겠습니다."

해루는 급하게 화원 뒤쪽으로 달려갔다.

그 모습을 물끄러미 바라보던 황 노인이 질책 담긴 음성으로 최최측근에게 물었다.

"언제쯤이면 이 도깨비장난을 그만두실 겁니까?"

"도깨비장난이라니?"

"……."

최최측근은 슬쩍 황 노인의 눈치를 살폈다.

"저 녀석, 알게 되면 배신감 느끼려나?"

"배신감뿐이겠습니까? 아마 분해서 자다가도 벌떡벌떡 일어날걸요. 다시는 얼굴 마주하지 않을지도 모르지요."

"설마……."

"전하께서 잘 모르셔서 그러는데, 당하는 처지에서는 이게 또 상당히 기분 나쁜 일입니다."

슥.

황 노인을 노려보는 최최측근의 눈빛이 매서웠다.

"왜 그러시옵니까?"

"오늘따라 상당히 솔직하군."

"지난 귀양살이로 배운 것이 많습니다. 앞으로는 무엇이든 감추는 것 없이 솔직하게 살겠다 다짐하였지요. 그런 의미로 감히 충언을 드리자면, 솔직해지십시오."

"솔직해져?"

"네. 솔직하게 모든 것을 털어놓으십시오. 왜 말을 못 하십니까? 내가 왕이다. 내가 네 시아비다. 왜 말을 못 하시냔 말입니다."

"배신감 느낀다며? 분해서 자다가도 벌떡벌떡 일어난다며? 그래서 다시는 얼굴 안 볼 거라며?"

"그래서 얼굴 안 볼 사이면 인연이 아닌 거겠지요."

"자기 일 아니라 이거지?"

최최측근은 눈빛으로 황 노인의 얼굴이라도 뚫어버릴 듯 매섭게 노려보았다.

"요즘 하는 일이 적어 그런가. 입이 제법 가벼워진 듯하군."

"어떤 분의 말 한마디에 일평생을 저당 잡혀 뼈 빠지게 일하다 보니, 느는 것이 언변이더이다."

"귀양 한 번 더 가고 싶은 겐가?"

"험험."

그제야 황 노인은 먼 데로 시선을 돌리며 딴청을 부렸다. 아직 날이 추웠다. 냉골에서 자다가 입 돌아가고 싶진 않았다.

"에이고."

최최측근의 한숨이 깊어졌다.

"그래도 말해야겠지?"

남아 있는 개떡을 우물거리며 최최측근이 혼잣말처럼 중얼거렸다.

용케도 알아들은 황 노인 역시 개떡을 씹으며 대답했다.

"평생 안 보고 살 수는 없질 않겠습니까."

"그렇겠지?"

"그렇습니다."

"뭐가 그런 겁니까?"

그사이, 대접에 물을 받아 온 해루가 두 사람 사이로 쏙 얼굴을 내밀었다.

"에쿠, 깜짝이야."

화들짝 놀라는 최최측근의 모습에 해루 역시 눈을 휘둥그렇게 떴다.

"왜 그러십니까? 남들이 보면 나쁜 짓 하다 걸린 사람 같습니다."

"나쁜 짓은 무슨!"

"무슨 얘길 하셨습니까?"

"너는 몰라도 된다. 늙은이들끼리 하는 얘기다."

"그렇군요. 그보다 아저씨, 어찌하면 좋겠습니까?"

"무얼?"

"어떻게 해야 전하께서 제 문안 인사를 받아주실까요?"

"안 받아주면 하지 마라."

최최측근은 은근슬쩍 본심을 내비쳤다.

그러나 그 속내를 알 리 없는 해루는 단호하게 고개를 저었다.

"아닙니다. 어떻게든 전하의 마음을 돌려놓을 겁니다."

"거참, 늙고 못생긴 임금 얼굴은 봐서 뭘 한다고 그리 애를 쓰느냐?"

"아저씨!"

임금님 용안을 감히 늙고 못생겼다고 평을 하시다니.

놀란 해루는 얼른 최최측근의 입을 막으며 주위를 두리번거렸다.

"왜?"

"누가 들으면 어쩌려고 그러세요?"

"듣긴 누가 들어? 그리고 들으면 어때? 늙은 왕을 늙었다고 하는

데…….”

문득 해루가 김 상궁처럼 제법 근엄한 표정을 지으며 말했다.

“법도에 어긋납니다.”

“뭐라?”

“세자 저하의 최최측근이신 분이 어찌 이리 궁중의 법도에 캄캄하십니까? 주상 전하를 욕하면 반역입니다. 반역죄는 본인은 물론이고 삼대가 멸한다는 것, 모르십니까?”

“…….”

“최최측근뿐 아니라 아저씨의 근심거리인 아들도 생각하셔야지요.”

“흥, 그 아들놈은 이제 걱정 없다.”

“걱정 없어요? 아드님이 이제 여인에게 관심이 생긴 겁니까?”

“생겼다뿐이겠느냐. 아주 푹 빠져 헤어 나오지 못한다는 소문이더구나.”

“다행입니다.”

“다행이지. 이참에 고물고물한 손주나 하나 안겨주면 좋으련만.”

최최측근이 물끄러미 해루를 바라보았다.

“왜 그리 보십니까?”

“최측근은 소식 없느냐?”

“무어가요?”

해루가 영문을 모른 채 순진한 얼굴로 눈을 깜빡거렸다.

“소식 없나 봅니다.”

황 노인의 속삭임에 최최측근은 고개를 끄덕거렸다.

“에구구, 개떡도 배불리 먹었겠다, 오늘은 이만 가봐야겠군.”

“벌써요?”

해루가 아쉬운 표정으로 말을 이었다.

"다음엔 언제 또 뵐 수 있습니까?"

잠시 생각하던 최최측근의 눈에 이채가 떠올랐다. 그는 의미심장한 눈빛으로 해루를 바라보았다.

"곧 서찰 보내겠네."

다음 날 아침.

중궁전에선 오늘도 깊은 한숨 소리가 새어 나왔다.

"전하께선 여전히 걸음 하지 않으신 것이냐?"

대전을 다녀온 상궁을 바라보는 중전의 표정에 노한 기색이 가득했다.

"네, 마마. 급한 볼일이 생기시어 지금 당장은 걸음 할 수 없다 하시옵니다."

"아무리 급한 일이 있어도 그렇지. 승휘가 궁에 들어온 지 언제인데, 어찌 얼굴 한번 비치지 않으신단 말이냐?"

중전의 말에 해루의 표정이 어두워졌다.

오늘도 전하께서는 문안 인사 자리에 나오지 않으셨다.

하루 이틀 정도야 급한 일이 있어 못 볼 수 있다지만, 벌써 보름째였다.

"걱정 마라. 네 탓이 아니다. 아무래도 말 못 할 속사정이 있으신 모양이구나."

중전은 해루를 안쓰러운 표정으로 보았다.

곁에 앉은 소은도 여느 날과 마찬가지로 안타까운 눈빛을 한 채 해루를 위로했다.

"승휘, 너무 마음 쓰지 마시게."

해루는 애써 미소를 지으며 괜찮다고 대답했다.

하지만 미간에 서린 어두운 그늘은 좀처럼 사라지지 않았다.

❀

중전과 가벼운 담소를 나눈 해루와 소은은 각자의 전각을 향해 걸음을 옮겼다.

"참으로 안타까운 일일세."

중궁전 솟을대문을 나서며 소은이 입을 열었다.

"무엇이 말입니까?"

소은이 걸음을 멈추고 건성으로 대답하는 해루를 돌아보았다.

"몰라서 묻는가? 주상 전하 말이야. 벌써 보름째지?"

소은의 입꼬리가 한쪽으로 기울어졌다. 좀 전과는 전혀 다른 얼굴이었다. 눈매도 변했다.

중전의 앞에서는 기품 있는 척, 자상한 척 연기하던 얼굴이 표독스러운 속내를 드러내기 시작했다.

"세자 저하의 총애를 등에 업고 세상 무서운 줄 모르고 날뛰더니, 안되었구나."

"……."

"세상일이라는 게 그리 쉬운 게 아니란다."

소은의 입가에 냉랭한 웃음이 떠올랐다.

그 모습을 물끄러미 바라보던 해루는 가만히 미소 지으며 고개를 끄덕였다.

"뭐야? 어찌하여 웃는 것이지?"

소은의 미간에 주름이 새겨졌다.

"다행이라는 생각이 들었습니다."

"다행? 주상 전하께서 너를 보려 하지 않으시는 게 다행이란 것이야?"

"그 일은 당연히 아쉽지요. 제가 다행이라 생각한 것은 바로 빈궁마마입니다."

"내가? 무슨 소릴 하는 것이냐?"

"사실, 조금 혼란스러웠거든요."

"뭐?"

"저와 다시 만난 이후로 빈궁마마께서는 줄곧 동무를 자청하며 다정하게 대하셨지요. 혼란스러웠습니다. 내가 아는 빈궁마마는 이런 분이 아니었으니까. 혹시 내 기억이 잘못되기라도 한 것일까? 아니면 겉모습만 같은 다른 사람일까? 걱정도 하였습니다."

"뭐야?"

"다행히 이처럼 진면목을 보여주시니 이제야 안심이 됩니다. 제가 알고 있고, 기억하는 바로 그 빈궁마마시군요."

"……!"

소은의 표정이 딱딱하게 굳었다.

해루의 목소리는 부드럽기 그지없으나, 그 속에 담긴 것은 날카로운 가시처럼 예리하기 이를 데 없었다.

"아직 기가 죽지 않은 걸 보니, 상황이 어찌 돌아가는지 눈치채지 못한 모양이로구나."

소은은 해루에게 이마가 닿을 만큼 가까이 다가섰다.

"후회하게 될 것이다."

"……."

"다시 궁으로 돌아온 것을 땅을 치고 후회하게 될 것이다."

해루 역시 지지 않고 소은의 눈을 마주 보며 말했다.

"그렇겠지요. 어쩌면 빈궁마마의 말씀대로 궁으로 돌아온 것을 후회하게 될지 모릅니다. 그러나 후회하는 것은 저만이 아닐 겁니다. 빈궁마마께옵선 다른 의미로 제가 돌아온 것을 후회하시게 될 것입니다."

한 치의 물러섬 없이 당당했다.

해루의 당당함에 놀란 소은은 잠시 어깨를 움찔했다.

그녀가 알던 해루가 아니었다.

이 아이, 이런 표정도 지을 수 있었던가? 멍청할 정도로 순진한 아이였는데.

그렇다고 이대로 겁먹은 표정으로 물러설 수는 없지.

소은은 아랫입술을 갈아 물었다.

"아직 사태 파악이 안 되느냐? 주상 전하께서 널 보지 않으시겠다는 게 어떤 의미인지 모르겠어? 이 나라의 주인은 아직 주상 전하시다. 이 나라의 주인께서 널 인정하지 않겠다는 것이야. 아무리 세자 저하께서 널 감싸고돌아도 한때뿐이다. 세자 저하께서 세상이 알아주는 효자라는 건 너도 알고 있을 터. 곧 세자 저하 역시 주상 전하와 마찬가지로 널 보려 하지 않으실 것이야. 사내란 그런 것이지."

"그렇습니까?"

"그래. 그러니 어울리지 않는 비단옷 따윈 당장 벗어버리고 궁 밖으로 나가거라. 그게 널 위한 내 마지막……."

입에서 나온 칼만큼 독한 것도 없었다.

해루를 향한 소은의 위협이 극에 달할 때였다.

"주상 전하 납시오!"

임금의 행차를 알리는 고함 소리와 함께 한 무리의 궁인들이 소은과 해루의 곁으로 다가왔다.

느닷없는 주상 전하의 등장에 놀란 두 사람은 서둘러 한쪽 옆으로 물러섰다.

"주상 전하."

어느새 사나운 표정을 말끔히 정리한 소은이 예의 음전한 빈궁의 모습으로 왕을 반겼다.

"빈궁, 돌아가는 길이더냐?"

"그러하옵니다."

"이거, 내가 서두른다고 서둘렀건만 시간이 맞지 않았군."

왕의 목소리는 느긋하고 편안하였다.

고개를 숙인 채, 감히 왕의 얼굴조차 보지 못한 해루는 가슴이 두근두근 뛰었다.

보름을 기다린 끝에 마침내 마주하게 된 왕이시다. 과연 어떤 얼굴을 하고 계실까? 날 보고 어떤 표정을 지으실까? 소은의 말처럼 감히 주제도 모른 채 궁에 뛰어든 못된 것이라며 화를 내시면 어쩌지?

설렘과 두려움에 해루의 콧잔등에 식은땀이 맺혔다.

"그러고 보니 아직 제대로 인사 올리지 못하였지요. 이번에 새로 입궁한 권 승휘이옵니다."

소은이 해루를 돌아보며 왕에게 고했다.

왕은 고개를 끄덕였다. 그러고는 이내 몸을 돌려 걸음을 옮겼다.

"난 중전에게 긴히 할 말이 있어 그만 가봐야겠구나."

고개 숙인 해루의 눈에 미련 없이 돌아서는 왕의 신발이 보였다.

차고도 매정한 몸짓.

왈칵 눈물이 날 정도의 서러움이 해루를 덮었다.

그렇구나. 소은의 말처럼 왕께선 날 싫어하셨구나. 어쩌면 내가 두문동 사람이라는 사실을 아시고 냉랭하게 대하시는 것일지도 몰라. 차라리 차가운 표정이라도 지으시면 마음은 불편할지언정, 각오라도 다질 터인데.

이렇듯 얼굴조차 마주하려 않으시니, 대체 어떻게 다가서야 할지 난감하기만 하였다.

해루의 얼굴에 슬픔이 물안개처럼 피어올랐다.

반면, 소은의 입가에는 승자의 미소가 떠올랐다.

생각대로 왕께선 해루를 못마땅하게 여기시는 게 틀림없었다.

세자 저하의 총애를 받는다 하여도, 왕께서 이리 홀대하시니, 승휘의 앞날에도 짙은 암운이 드리운 것이나 진배없었다.

더는 근심할 것이 없었다.

한없이 마음이 가벼워진 소은이 걸음을 옮기려 할 때였다.

"아 참, 그러고 보니 내 깜빡 잊은 게 있군."

바쁘게 돌아서던 왕이 무언가 잊은 것이 있다는 듯, 소매에서 하얀 봉투를 꺼냈다.

"일전에 내가 말한 것이다."

"이게 무엇이옵니까?"

소은이 반색하며 봉투를 받으려 했다.

"어허!"

왕이 나직하게 혀를 차며 고개를 저었다.

"네 것이 아니다."

"제, 제 것이 아니었습니까?"

소은이 머쓱한 표정으로 한 발 물러났다.

무표정한 눈으로 소은을 지켜보던 왕이 해루에게 다가갔다. 그러고는 여전히 고개를 숙이고 있는 그녀의 얼굴 앞으로 봉투를 쓱 내밀었다.

"받아라."

"네? 네."

해루는 엉겁결에 봉투를 받았다.

"열어보아라."

왕의 말에 화들짝 놀란 해루는 반사적으로 봉투를 열고 내용물을 펼쳤다.

이내 해루의 눈이 휘둥그렇게 뜨였다.

"……이것은!"

천하제일의 악필.

만약, 이 자리에 향이 있었다면 해루를 위해 이렇게 해석해 주었을 것이다.

금일(今日), 해시(亥時).

"어떠하냐? 올 수 있겠느냐?"

머리 위에서 왕의 음성이 들려왔다.

어쩐지 귀에 익은 목소리.

해루는 저도 모르게 고개를 번쩍 들어 왕을 보았다.

너무도 익숙한 얼굴이 그녀를 보며 방긋 미소 짓고 있었다.

"최최측근……!"

저도 모르게 왕의 은밀한 정체를 발설하던 해루는 급히 두 손으로 제 입을 막았다.

말도 안 돼.

최최측근이라니. 왕께서 최최측근이시라니.

그럴 리가 없잖아.

하지만…….

자신에게 푸근하게 미소 짓는 저 친근한 얼굴은 분명 자신이 아는 최최측근이 틀림없었다.

"난 분명 전했네. 그럼, 늦지 말게나."

할 말을 마친 왕은 그길로 휘적휘적 걸음을 옮겼다.

해루는 멍한 눈으로 그 뒷모습을 바라보았다.

붉은 용포였다.

하늘로 올라갈 듯 보이는 정교한 용이 수놓인 흉배.

틀림없이 임금께서 입으시는 용포였다.

문제는 그 용포를 입고 있는 사람이었다.

"그게 무어냐?"

시샘하듯 해루를 노려보던 소은이 서찰을 빼앗아갔다.

"이게 무어야? 대체 뭐라고 쓰인 거지?"

서찰의 내용을 본 소은은 인상을 찌푸렸다. 워낙 심각한 악필이라 내용을 짐작조차 할 수 없었던 것이다.

소은이 해루를 향해 악다구니 쳤다.

"너, 그동안 시치미 떼고 있었던 것이야? 주상 전하와 언제부터 알고 지낸 것이냐? 둘이 어찌 알고 있던 사이냐? 어떻게 된 것이야? 말해! 말해 보란 말이다."

그러거나 말거나, 해루는 멀어지는 왕에게서 시선을 떼지 못했다.

"말도 안 돼. 왕이시라고? 공갈 저하의 아버지셨다고? 최최측근이 정말 주상 전하시란 말이야?"

유백색 달빛 아래

늦은 저녁.

해루는 어두운 신루의 화원을 서성였다. 내딛는 걸음에 혼란스러운 마음이 고스란히 담겨 있었다.

최최측근이 주상 전하시라고?

그분께서 정말 이 나라의 임금님이시란 말이야?

뇌리에서 수백 번을 반복한 물음.

지금도 눈앞에 붉은 용포를 입은 왕의 모습이 선명했다.

넉넉하게 웃는 그 얼굴은 분명 최최측근이었다.

말도 안 돼!

눈으로 보았음에도 여전히 믿기지 않았다. 그리하여 밤이 되기 무섭게 신루의 화원으로 향했다. 법도에 어긋나는 일이라며 울부짖는 김 상궁과 옷까지 바꿔 입는 수고로움을 마다 않고서 말이다.

멀리서 해시를 알리는 북소리가 들려왔다.

"내가 혹여 무슨 잘못을 하지는 않았을까?"

혼잣말을 중얼거리던 해루는 아주 작은 실수부터 큰 잘못까지, 하나하나 곰곰이 따지며 손가락을 접기 시작했다.

하나, 둘, 셋……. 손가락이 모자랄 지경이다.

해루의 인상이 일그러졌다.

상대가 어떤 사람인지 모르다 보니 할 말 못 할 말 가리지 못했다.

심지어 왕에 대한 험담도 몇 번 하였더랬다. 그것도 당사자 앞에서.

바보 같긴. 궁 안을 맘 편히 활보하는 걸 보면 보통 신분이 아니라는 걸 진즉에 눈치챘어야지.

해루는 종주먹으로 제 이마를 쥐어박았다. 자신의 미련함에 눈물마저 찔끔 났다.

"망했다."

기어이 해루는 낙심한 목소리로 중얼거렸다.

"무어가 망했다는 것이냐?"

고요하던 화원에 인기척이 들려왔다. 해루는 반사적으로 고개를 돌렸다. 희미한 어둠 저편에서 하얀 잠방이를 입은 사내가 느릿느릿 걸어오고 있었다.

"전, 전하……."

해루는 바닥에 털썩 주저앉아 고개를 조아렸다. 터덜터덜 걸어오던 발소리가 우뚝 멈췄다.

"뭐 하는 게야?"

최최측근이 물었다.

제 앞에 고개를 납작 숙이고 있는 해루를 바라보는 눈길에 불편한 심기가 한가득했다.

해루는 감히 고개조차 들지 못한 채 기어들어가는 목소리로 대답했다.

"죽을죄를 지었습니다."

"무얼 그리 죽을죄를 지었다는 것이야?"

"제가, 그러니까 제가 전하를 몰라 뵈옵고……."

"덕분에 제법 이야기가 통했지."

"네, 그간 말이 참 잘 통했……. 아, 아니. 이런 말을 하려던 게 아니고……."

잔뜩 긴장한 탓에 말도 헛나왔다.

어쩌지? 뭐라 변명해야 하나.

어찌 말해야 그간 범한 무례를 덮을 수 있을까?

"그만 일어나거라."

나직하게 말한 최최측근은 화원 누각에 몸을 기대앉았다. 그리고 제 옆자리를 톡톡 치며 해루를 응시했다.

"그만 이리 와 앉으라니까."

"가, 감히 제가 어떻게 전하와 나란히 앉을 수가 있단 말입니까?"

"어허, 내가 이래서 밝히지 않으려고 했다니까."

모처럼의 즐거움이 사라진 것이 못내 아쉬운 듯 최최측근은 긴 한숨을 내쉬었다. 그러곤 어쩔 수 없다는 듯 짐짓 엄하게 말했다.

"최측근, 그만하고 여기로 오너라."

"그래도 법도가……."

"어명이니라."

급기야 어명이라는 단어가 최최측근의 입에서 흘러나왔다.

해루는 마지못해 몸을 일으켰다.

"정말 그래도 되옵니까?"

"그래도 된다고 하질 않느냐."

"하오나 법도가……."

"그놈의 법도, 법도!"

진절머리가 난다는 듯 최최측근은 체머리를 저었다.

"내가 왜 매번 용포가 아닌 잠방이 차림으로 이곳을 찾았겠느냐?"

"……."

사실, 해루도 그게 궁금했다.

어찌하여 주상 전하께선 용포가 아닌 잠방이 차림으로 나를 만나러 오신 걸까?

이상했다. 단순히 놀릴 생각으로 그리했다는 생각은 들지 않았다.

지금이야 승휘가 되었지만, 그 이전엔 흔하디흔한 궁녀, 그 이상도 그 이하도 아니었기 때문이었다.

"최측근, 이곳에선 너와 나 그저 세자의 최측근과 최최측근이 되었으면 좋겠구나."

"하오나……."

"어명이다."

또 어명.

해루는 고개를 슬며시 들었다.

"그럼 지금까지의 잘못도 덮어주시는 겁니까?"

"잘못한 것이 없는데 무얼 덮고 말고 한단 말이냐."

"그렇지요?"

슬그머니 최최측근의 옆자리에 앉으며 해루가 다시 물었다.

왕의 얼굴에 미소가 돌아왔다.

"그럼, 당연하지."

"하하하, 저도 그리 생각했습니다."

비로소 해루는 가슴을 활짝 펴며 웃을 수 있었다.

최최측근의 정체를 알고 난 후부터 얼마나 간을 졸였던지.

무섭고 두렵고 긴장되어 숨조차 크게 쉴 수 없었다.

그녀를 바라보는 왕의 표정에도 흐뭇함이 그려졌다.

"이제야 내가 아는 최측근 같구나."

"사실 이대로 죽는 줄 알았습니다."

"어찌하여?"

"왕 능멸죄 같은 것으로 죽을 수도 있는 거 아니겠습니까?"

"그 비슷한 죄가 어디에 있는 것 같긴 하다만, 내 설마 최측근에게 그리 엄한 잣대를 두겠느냐?"

"그렇지요?"

"당연한 말이지."

"천만다행입니다. 사실, 그간 해온 일 때문에 벌을 받는다면 조금 억울할 것 같다는 마음이 아주 없지는 않았습니다."

해루는 엄지와 검지를 들어 살짝 간격을 만들어 보였다.

"억울해? 무어가 억울해?"

"제가 분수에 맞지 않게 이런저런 말을 한 것은 사실이오나, 애초에 그리된 연유를 짚어보자면 주상 전하께오서 신분을 속이셔서……."

"어허, 여기서는 주상 전하가 아니라니까."

"그래도……."

"어명이다."

"……."

"왜? 왜 그리 사람을 빤히 보는 것이야?"

"여기서는 주상 전하라 하지 말라 하시면서 툭하면 어명이라 하시니. 어느 장단에 춤을 춰야 하는지 모르겠습니다."

"내 말은 그저 예전처럼 하면 된다는 말이다. 아니, 반드시 그리 해야 한다."

"정말입니까?"

"정말이다."

"나중에 다른 말씀 하시는 거 아닙니까?"

"남아일언중천금(男兒一言重千金)이라 하였다. 게다가 나는 그냥 남아도 아니고 임금이니. 설마 내가 이 입으로 두말하겠느냐?"

"사람의 일이란 모르는 법이지요."

"정히 그렇다면 내 약조문이라도 하나 써 주랴?"

해루는 대답 대신 최최측근을 빤히 올려다보았다.

긍정을 표현하는 침묵.

그저 한번 해본 말이거늘, 이리 나오니 어쩔 수 없음이라.

주위를 두리번거리던 최최측근이 불현듯 허공을 향해 목소리를 높였다.

"정동아."

부름이 끝나기 무섭게 어둠 뒤편에서 늙은 내관이 모습을 드러냈다.

"앗! 깜짝이야."

갑자기 나타난 정동의 모습에 놀란 해루가 두 눈을 휘둥그렇게 떴다.

"여기 다른 분도 계셨습니까?"

해루의 물음일랑은 한 귀로 듣고 한 귀로 흘려버린 정동이 왕의 앞에 고개를 조아렸다.

"전하, 불러 계시옵니까?"

"종이랑 붓 좀 다오."

정동이 소맷자락을 뒤적거려 곧 종이와 세필 붓을 건넸다.

그것을 받아 든 왕께서 무언가를 쓰기 시작했다.

그리고 잠시 후.

"자, 내 이리 너와 약조하였다는 약조문이다."

최최측근이 문서 한 장을 해루에게 건넸다.

"이건……."

해루의 눈동자가 가늘게 떨렸다.

이 나라의 임금께서 친히 써 준 약조문.

허나…….

악필이라 뭐라고 쓰셨는지 도통 알아볼 수가 없네.

"어허, 내 약조문을 받은 사람의 표정이 어찌 그 모양이냐?"

"송구하오나 제 학식이 짧아 무어라 쓰셨는지 알아보지 못하겠습니다."

왕의 입가에 피식 웃음이 걸렸다.

못 알아보는 게 당연하지. 일부러 못 알아보게 마구 휘갈겨 썼으니까.

평소 자신의 필체가 얼마나 대단한지 알지 못하는 왕은 해루의 울상에 유유자적 웃기만 하였다.

"뭐라 썼는지 궁금하냐?"

"네, 궁금합니다."

해루가 눈을 반짝이자 최최측근은 나직한 목소리로 그녀에게 말했다.

"그건 말이다."

"네."

해루가 왕의 목소리에 귀를 기울였다.

왕의 입술이 짓궂은 미소를 감아 올렸다.

"……비밀이다."

"네?"

놀라고 황당하다는 표정이 해루의 얼굴에 떠올랐다.

그 모습이 재밌다는 듯 왕은 손뼉을 치며 큰 소리로 웃었다.

"그런 표정인 걸 보니 무척 궁금한 모양이구나. 허나, 가르쳐줄 수 없다."

"하오나."

"어허, 그리 울상 할 것 없다. 나쁜 내용은 아니니까."

"그러지 마시고 알려주십시오."

"궁금하면 앞으로도 쭉 지금처럼 최측근과 최최측근 사이로 남아 있어야 한다. 네가 잘하면 말해 주는 걸 한번 고려해 보마."

왕의 제안에 해루는 입술을 삐죽거렸다.

그 모습에 왕은 만족한 듯 껄껄 웃음을 터트렸다.

그렇게 두 사람은 밤이 늦을 때까지 담소를 나눴다. 신루의 화원에서 그들은 왕과 승휘가 아니라 그저 최측근과 최최측근일 뿐이었다.

해루의 어깨를 짓눌렀던 부담도 어느새 사라지고 없었다.

밤이 깊었다.

별궁으로 건던 향의 귓가에 호통 소리가 들려왔다.

"어디 소속인지 묻지 않느냐!"

후원 앞을 지키고 선 수문장이 가녀린 상궁에게 목소리를 높이고 있었다.

어린 상궁이 길을 잃어 가지 말아야 할 곳에 발을 디딘 모양이군.

향은 대수롭지 않게 생각하고는 걸음을 옮겼다. 그렇게 몇 발자국 나아가던 그는 생각을 바꿔 다시 돌아섰다.

상궁의 뒷모습이 어딘지 모르게 낯익었던 탓이다.

"어찌 대답하지 않느냐? 어디 소속이냐? 무슨 연유로 이 늦은 밤에 궁을 활보하고 다니느냔 말이다."

수문장의 목소리가 높아졌다.

벼린 칼날 같던 눈초리가 매서워지는가 싶더니 급기야 상궁의 어깨로 팔을 뻗었다.

"수상한 계집이로군. 함께 가자."

"그만두어라."

향은 나지막한 목소리로 말했다.

그의 목소리에 반사적으로 수문장이 고개를 돌렸다.

"누구……. 세, 세자 저하."

향을 본 수문장이 급히 고개를 숙였다.

"이 아이, 내 사람이다. 나의 명으로 어딜 가던 중이니, 그대는 상관하지 마라."

세자 저하의 사람이라는데 무얼 알고 자시고 할 이유가 없었다.

수문장은 조심조심 뒷걸음으로 그 자리를 벗어났다.

방해꾼이 사라지고 나자 향은 상궁을 지나쳐 몇 걸음 앞으로 걸었다. 그러다 따르는 기척이 없자 뒤를 돌아보며 말했다.

"뭘 하느냐? 따라오지 않고."

모르는 척 고개를 돌리고 섰던 상궁이 그제야 얼굴을 비쳤다.

"휴우, 곤란하여 죽는 줄 알았습니다."

상궁의 복색을 한 해루가 한숨을 쉬며 그의 뒤를 따랐다.

"그런데 저인 줄 어찌 아셨습니까?"

"이 야심한 시각에 겁도 없이 궁을 활보할 상궁이 너 말고 또 누가 있겠느냐?"

"……!"

향의 한마디에 해루는 정곡이 찔린 듯한 표정을 지었다.

"그런데 오늘은 어인 일로 돌아다니고 있느냐? 신루에는 들르지 않은 모양이던데."

"잠깐 누굴 만났습니다."

"누굴?"

"최최측근……. 아니, 주상 전하를 잠시 뵈었습니다."

"이곳은 네 전각으로 가는 길에서 조금 벗어난 듯한데?"

천하제일의 길치인 향이었지만, 용케도 신루로 가는 길과 해루의 전각으로 가는 길만은 정확히 알고 있었다.

해루가 수문장에게 잡힌 곳은 신루로 가는 길도, 그렇다고 제 전각으로 가는 길도 아니었다.

"처소로 돌아가다 잠시 만나 보고 싶은 사람이 있어 방향을 돌렸습니다. 조금 낯선 데다 딴생각을 하는 바람에 그만 수문장의 눈에 띄고 만 겁니다."

"이 늦은 시각에 만날 사람이 있어?"

향의 눈썹이 꿈틀거렸다.

아랑곳하지 않은 채 해루가 손을 저었다.

"여인만의 은밀한 속사정이 있으니, 더는 알려 하지 마십시오."

해루가 자신에게 감추는 게 있다는 사실이 영 마음에 들지 않았다.

그러나 저리 말할 때는 그만한 사정이 있겠지.

향은 애써 불편한 마음을 접었다.

"그런데 저하께오선 이 늦은 시각에 어딜 가시는 길입니까?"

"……잠이 오지 않아 산책 나온 길이다."

실은 널 만나러 가던 중이었다.

목구멍까지 치밀어 오른 말을 차마 할 수 없어 향은 마음에도 없는 말을 입에 올렸다.

"그나저나 이젠 최최측근이 누구인지 알게 된 모양이구나."

"네, 알게 되었습니다. 알고 말았습니다. 헌데, 그렇게 말씀하시는 걸 보면 저하께선 최최측근이 누군지 진즉 알고 계셨던 모양이군요?"

향은 고개를 끄덕였다.

"조선을 다 뒤져도 그런 필체를 가진 분은 오로지 한 분밖에 없을 것이다."

"역시 그렇겠지요."

해루 역시 수긍했다.

"이젠 모든 사실을 알게 되었으니, 앞으로 어찌할 테냐?"

"예전처럼 지내기로 하였습니다."

"무엇이?"

향의 눈썹이 다시 한 번 실룩거렸다.

못마땅한 것이 있을 때면 저도 모르게 나오는 버릇.

그러나 이내 표정을 갈무리한 그는 애써 태연한 얼굴로 물었다.

"쉽지 않은 일이었을 터. 네가 원한 것은 아닐 테고, 전하께오서 그리 원하시더냐?"

기다렸다는 듯 해루가 소리쳤다.

"어명이었습니다!"

맺힌 게 많은 목소리.

"어명이라."

생각대로 아바마마께서 억지를 부리신 모양이다.

"네 입장이 곤란하게 되었구나. 그래, 불편하지는 않느냐?"

"괜찮습니다. 주상 전하께선 소문보다 마음이 넓은 분이시라……."

무심결에 중얼거리던 해루는 뒤늦게 아차 싶어 두 손으로 입을 가리며 말을 이었다.

"좀 전의 말은 못 들은 거로 해주십시오."

"그러마. 헌데, 정말로 괜찮겠느냐? 궁인들 사이에 소문이 자자하던데 말이다."

"무슨 소문 말씀이십니까?"

"너와 주상 전하가 보통 사이가 아니라는 소문 말이다."

왕이 빈궁을 무시하고 승휘인 해루에게만 서찰을 준 일은 이미 궁 안에 있는 사람이라면 모르는 이가 없을 정도로 파다하게 퍼졌다.

그 일을 두고 말들이 많았다.

그 대부분이 해루를 모함하는 내용이었다.

겉으로는 얌전한 척, 순진한 척 가증을 떨더니, 뒤로는 제 출세를 위해 갖은 아양을 다 떤 모양이라고 쑤군대는 궁녀들이 적지 않았다.

"그래서 당분간은 지금처럼 둘만의 비밀로 할 생각입니다."

"비밀?"

"네."

해루는 최최측근과의 이야기를 시시콜콜 향에게 털어놓았다. 해루의 말이 끝나자 향이 걸음을 멈추었다.

"왜 그런 눈으로 보십니까?"

"……어쩐지 분하구나."

"분하다니요?"

"……."

비밀을 공유하는 사이라니.

생각을 되짚어보건대, 해루가 궁으로 들어온 이후로 향과 해루, 두 사람만의 은밀한 만남을 가진 기억이 없었다.

언제나 궁의 형식과 격식, 절차와 규범이 그들을 가로막았다.

왕세자란 그 어떤 경우라도 궁의 법도에 따라야 한다고 배웠기에 그리 따랐거늘.

그러나 정작 궁의 주인이신 아바마마께서 모든 법도를 뒤로한 채 비밀을 만들고 있었으니.

분했다.

억울한 마음도 생겨났다.

아무래도 무언가 조처를 해야겠군.

나름 생각을 마무리 지은 향은 화제를 돌렸다.

"별일 아니다. 신경 쓸 것 없느니. 그보다, 주상 전하께서 약조문을 써 주셨다고? 어디 한번 보자."

"그렇지 않아도 뭐라고 쓰신 것인지 궁금하던 참이었습니다."

해루는 품속에 있던 약조문을 꺼내 향에게 건넸다.

약조문을 읽는 향의 표정이 일그러졌다.

"왜 그러십니까? 무에 안 좋은 내용입니까?"

걱정된다는 듯한 표정으로 해루가 물었다.

"이건 약조문이 아니다."

나직한 향의 말에 해루의 눈이 토끼처럼 휘둥그레졌다.

"약조문이 아니라고요? 그럼, 어떤 내용입니까?"

"그건……."

무에 마음에 들지 않은 듯, 인상을 찌푸리던 향이 고개를 저었다.

"네가 몰라도 되는 내용이다."

"그러지 마시고 알려주십시오."

"사내들만의 은밀한 속사정이 있어 그러는 것이니, 굳이 알려 하지 마라."

어쩐지 귀에 익은 말이었다.

향을 바라보는 해루의 눈매가 가늘어졌다.

"혹시 좀 전의 일로 복수하시는 건 아니겠지요?"

"물론, 아니다."

향은 슬며시 해루의 시선을 피했다.

해루가 볼을 부풀리며 투덜거렸지만, 그는 끝내 입을 열지 않았다.

전하께선 대체 무슨 속셈으로 이런 글을 써 주신 걸까?

해루의 질문은 장난스러운 태도로 은근슬쩍 넘겼지만, 왕께서 그녀에게 써 준 약조문은 평범한 물건이 아니었다.

행여 이런 문서가 있다는 걸 알기라도 한다면, 궁의 모든 이목이 해루에게로 집중되리라.

그런 걸 모를 리 없는 아바마마가 아니시던가.

도무지 그 속을 모르겠구나.

낮게 한숨을 흘리며 향은 해루에게 약조문을 돌려주었다.

"대체 여기에 쓰인 내용이 무엇인데 다들 안 가르쳐주시는 겁니까?"

마음이 불퉁해진 해루는 연신 구시렁댔다.

세상에서 이 약조문의 내용을 알려줄 수 있는 사람은 오직 둘뿐이었건만, 둘 모두 약조라도 한 듯 조가비처럼 입을 닫아버렸으니 내용을 알고 싶어도 알 수가 없었다.

"대체 뭔데요? 가르쳐……."

다시 한 번 해루가 목청을 높이려는 찰나였다.

"쉿!"

앞서 걷던 향이 돌연 해루의 곁으로 다가와 그녀의 입을 막았다.

"왜…… 그러십니까?"

순식간에 으슥한 구석으로 자리를 피하는 향을 보며 해루가 물었다.

"번을 서는 무장들이 오는구나."

그의 말이 끝나기 무섭게 한 무리의 무장들이 횃불을 들고 모습을 드러냈다.

해루는 고개를 갸웃했다.

"세자 저하께서 굳이 번을 서는 무장들을 피해 다니실 필요가 있습니까?"

"나야 당연히 그럴 필요 없지. 문제는 너다. 너는 나와는 처지가 다르지 않느냐?"

향의 말에 해루는 제 옷매무시를 더듬었다.

상궁 복색을 하고 있는 그녀의 모습을 누군가 보게 된다면, 또

한바탕 좋지 않은 소문에 휩싸이겠지.
하지만…….
무장들이 이상하게 생각하거나 말거나, 좀 전처럼 세자 저하께서 충분히 무마할 수 있는 일이 아니던가.
해루는 의아한 눈빛으로 향을 바라보았다.
순간, 마치 기다리기라도 한 듯 향이 입술 위에 검지를 세웠다.
"쉿!"
무장들의 발소리가 향과 해루가 숨은 나무 근처에까지 밀려왔다.
지은 죄는 없어도 숨은 사람의 심리가 매양 그렇듯, 해루는 저도 모르게 긴장되었다.
아름드리나무 뒤에 몸을 숨긴 그녀는 잔뜩 어깨를 움츠렸다.
바로 그 순간.
등 뒤로 느닷없는 기습을 당하고 말았다.
들킬까 조마조마하던 해루를 향이 등 뒤에서 깊게 끌어안은 것이었다.
"앗!"
놀란 해루는 저도 모르게 신음을 흘렸다.
열과 오를 맞춰 걷던 무장들이 일제히 발을 멈췄다.
"이봐, 무슨 소리지?"
"소리?"
"그래, 방금 이상한 소리 들리지 않았어?"
무장들이 횃불을 흔들며 주위를 두리번거렸다.
해루는 한껏 들이마신 숨을 차마 내뱉지도 못한 채 무장들이 사라지기만을 기다렸다.
다른 한편으로는 원망스러운 눈으로 향을 흘겨보는 것도 잊지 않았다.

갑자기 이러시면 어찌합니까?

애써 숨은 노력이 엉망이 되지 않았습니까?

소리 없는 질책이 향을 향했다.

그러나 향은 미안해하기는커녕 오히려 짓궂은 웃음을 입가에 지을 뿐이다.

사랑스러웠다.

잔뜩 날을 세워 긴장하고 서 있던 해루가……. 행여 들킬세라 입술을 삐죽거리는 그녀의 모습이 숨 막히게 사랑스러웠다.

제 모습을 알지 못한 듯 해루는 연신 아기 새처럼 입술을 오므렸다 폈다 하였다.

딴에는 화를 내는 모양인데…….

미치겠군. 너 때문에 내가 정말 미치겠구나.

향은 해루의 목덜미에 얼굴을 묻고 깊게 숨을 들이마셨다. 맞닿은 입술에 날렵한 물고기처럼 자맥질하는 맥이 느껴졌다. 향은 입술 끝으로 해루의 귓불을 장난스레 물었다 놓았다.

해루가 어깨를 움츠렸다. 그러면 그럴수록 향은 장난질을 멈추지 않았다. 급기야 해루가 그에게서 몸을 떼려 하였다.

어딜……!

향은 해루를 제 쪽으로 돌아보게 하였다.

조막만 한 얼굴에 족적을 그리던 그의 입술이 해루의 입술에 안착했다.

가파르게 내뿜는 해루의 숨결이 향의 입안으로 안개처럼 밀려들었다. 일순간 들고 나는 모든 움직임이 멈추었다. 온몸을 흐르는 피톨의 움직임이 한곳으로 향했다. 향의 모든 신경은 오직 한 사람, 해루에게로 집중되었다.

"……!"

해루의 작은 주먹이 향의 가슴을 소리 없이 쳤다.

은밀히 제 입술을 휘감는 향의 입맞춤에 해루의 눈이 커졌다.

들킬까 조마조마한 마음에 차마 제대로 입술을 피할 수도 없는 지라, 해루는 울상을 지었다. 이 와중에도 물색없는 마음은 자꾸만 흐트러지고 있었다.

향의 손길이 닿는 곳마다, 그의 입술이 머무는 곳마다 붉은 꽃이 피어났다. 만개한 꽃잎이 많아질수록 아찔한 환(幻)의 세계가 해루의 발밑에 펼쳐졌다.

안 돼.

이러면 안 돼.

정말 안 되는데…….

"별일 없는 것 같은데?"

"아무래도 잘못 들은 모양인 듯하이."

다행히 무장들은 다시 제 갈 길로 떠났다.

그들의 발소리가 멀어지자 비로소 향은 해루의 입술을 풀어주었다.

"하아 하아. 대체 왜 이러십니까?"

해루가 참았던 숨을 한 번에 몰아쉬며 따지고 들었다.

"글쎄, 왜 그러는 거 같으냐?"

"참으로 못되셨습니다. 사람 괴롭히는 걸 그리 즐기시면 안 되는 법입니다."

"그래, 그리해서는 안 되는 일이지. 안 되는 일이고말고. 헌데, 어찌하면 좋을까? 나는 너만 보면 이리도 괴롭히고 싶고 장난도 치고 싶은 것을."

해루를 향한 향의 두 눈에 기이한 열기가 가득 맺혔다.

그는 해루에게 한 발짝 다가갔다.

향이 다가온 만큼 주춤 물러서며 해루가 말했다.

"이, 이러시면 안 됩니다. 누가 보면 어찌합니까? 체통을 지키셔야 합니다. 궁의 법도를 아시지 않습니까? 모범을 보이셔야지요."

해루는 김 상궁에게 배운 법도를 앞세워 향을 설득했다.

벽에도 눈이 있고, 작은 지게문에도 귀가 있는 곳이 궁이라 하였다. 사방 훤히 트인 곳에서 이러고 있는 걸 누군가 보기라도 한다면…….

"불안하더냐?"

해루의 속내를 읽기라도 한 듯 향이 물었다. 그의 눈에는 짓궂음이 가득했다.

"네."

"그거 참 곤란하구나. 네가 이리 불안해해서야 어디 맘 놓고 네게 입맞춤이나 하겠느냐?"

"그러니 장난은 이쯤에서 그만하시고……."

"그럴 순 없다."

해루가 울상이 된 얼굴로 물었다.

"어째서요?"

"사실, 네게 하고 싶은 말이 있느니."

"그럼 말씀만 하십시오. 다른 것 말고 말씀만……."

"네가 이리 두려워하니, 도무지 내 입이 떨어지지 않는구나. 그런 의미로……."

잠시 생각하던 향은 소맷자락에서 비단 손수건을 꺼냈다.

해루가 비단 손수건과 향을 번갈아 보았다.

“무얼 하시려고요?”

대답 대신 향은 비단 손수건으로 해루의 눈을 가렸다.

“어, 어찌 이러십니까?”

“네 불안을 가라앉힐 방도가 이것밖엔 없겠구나.”

“무슨 해괴한 말씀이십니까?”

“네 불안의 근원, 사람들이 널 알아볼까 그러는 것이 아니더냐? 그러니 이렇게 얼굴을 반쯤 가리면 누가 봐도 들킬 염려 없을 게 아니더냐?”

“하지만 이래선 앞이 보이지 않……!”

해루는 뒷말을 잇지 못했다.

향의 입술이 다시 해루의 입술을 따뜻하게 덮어왔다.

“쉿. 내 긴히 네게 할 말이 있다 하지 않았더냐? 지금부터 천천히 들려줄 터이니, 긴장을 풀고 잘 듣도록 하여라.”

향은 해루의 입술 사이로 은밀한 마음을 흘려 넣었다.

밤이 깊어 갈수록 달빛은 더욱 교태로웠다.

유백색 달빛 아래, 두 사람의 대화도 더욱 깊어만 갔다.

잠시 햇살이 느슨해지는가 싶더니 다시 동장군이 자리를 틀고 앉았다. 어깨에 내려앉는 한기에 어깨를 와스스 떨던 봉여의 아내 한씨는 열린 동창을 닫았다.

“요즘은 도통 드시지 않는다고요?”

한씨의 물음에 소은은 고개를 저었다.

"입맛이 없어요."
"입맛으로 먹는답니까? 살기 위해 먹는 것이지요."
한씨는 입궐할 때 들고 온 커다란 비단 보퉁이를 소은의 앞에 내밀었다.
"모처럼 솜씨를 부려보았어요."
서탁 위에 모양 좋게 빚은 떡이며 약과 그리고 고기전들이 늘어섰다.
"나중에 먹겠습니다."
며칠 사이 퍼석해진 여식을 보며 한씨는 급기야 낮게 혀를 찼다.
"이리 배를 곯는다고 알아주는 사람 없습니다. 이럴 때일수록 잘 먹어 힘을 비축하셔야지요."
소은의 갈라 터진 입술 사이로 한숨이 새어 나왔다.
"힘을 비축하면 무얼 한답니까? 지금 궁 안에 저를 두고 입방아를 찧는 자들이 한둘인 줄 아십니까? 물 긷는 어린 시비마저도 저를 비웃는답니다. 그런 제가 입에 먹을 것을 넣어 무얼 한답니까. 살아서 무얼 해요."
"그리 나약한 말씀 마시어요."
"그럼요? 제가 무얼 하면 좋겠습니까? 어찌하면 되겠습니까? 그 년이 주상 전하와 친분이 있는 줄 누가 알았겠어요. 그런 줄도 모르고……. 그런 줄도 모르고……."
소은의 눈에 기어이 분한 눈물이 고였다.
"그 계집이 싫습니다. 정말 싫어요."
한씨가 여식의 손을 맞잡았다.
"어찌 이리 순진하십니까?"
"……."

"마마, 미움을 그리 내놓아서는 아니 된답니다."

"미운 걸 어찌합니까? 신경에 거슬려죽겠습니다. 눈에 보이지 않는 곳으로 치워버리고 싶어도 치울 수 없어 미치겠단 말입니다."

아니, 미운 게 아니라 두려웠다.

해루에게 지은 죄의 무게가 밤마다 그녀를 짓눌렀다.

사람으로서 차마 하지 못할 일을 하였다.

그 일이 세상 밖으로 드러날까 두려웠고, 그로 인해 자신을 냉대할 사람들의 시선이 무서웠다.

"아무것도 할 수가 없어요. 궁의 모든 시선이 제게 향해 있어요. 행여 제가 무슨 일을 벌이지 않을까, 궁금해하고 기대하는 것이 눈에 빤히 보일 지경이지요. 그런 제가 무슨 일을 할 수 있겠어요?"

"왜 마마께서 직접 하려고 하십니까?"

"어머니, 그게 무슨 말씀이어요?"

"마마처럼 고귀하신 분께서 더러운 구정물에 손을 담그시다니요. 말도 안 됩니다."

"그럼 다른 방도라도 있습니까?"

소은이 제 어미를 향해 상체를 기울였다. 그런 그녀의 귓가에 한씨가 작게, 아주 작게 속삭였다.

"잊으셨습니까? 세자궁엔 버려진 후궁이 있다는 사실을요."

소은의 눈이 커졌다.

그랬다. 세자궁엔 해루 말고도 후궁이 한 명 더 있었다. 아무도 찾지 않아 뒷전으로 물러난 가여운 여인이…….

"그 여인이 왜요?"

"버려지고 방치되었으니 지금쯤 가을 독사보다 더 독이 올랐을 겁니다. 누구든 곁을 스치기만 해도 그 독에 해를 입을 겝니다."

어미의 말에 놀란 표정을 짓던 소은이 눈가를 가늘게 여몄다.

곧 그녀의 붉은 입술 사이로 스산한 웃음이 새어 나왔다.

"그렇겠군요. 예전에도 품성이 그리 따사롭지 않은 여인이었으니, 지금쯤 사갈보다 독해졌겠습니다."

섬뜩한 독니가 다시 모습을 드러냈다.

예전보다 더욱 치밀하고 더욱 잔인한 모습으로…….

좋은 약재의 효과

해와 달, 밤과 낮, 빛과 그림자.

세상의 모든 것엔 밝음과 어둠이 존재한다.

현성은 언제나 자신은 밝음에 속한 사람이라고 생각했다.

누구보다 찬란히 빛나고, 또한 빛나게 되리라.

그래, 그렇게 믿어 의심치 않았다.

이 작은 전각과 열 평 남짓한 마당에 갇혀 살기 전에는 말이다.

태어나 사람의 말귀를 알아듣는 그 순간부터 현성은 세자빈이 되는 것, 그 이외에는 생각해 본 적이 없었다.

모두가 그렇게 말을 해왔기에 당연히 그리되는 줄로만 알았다.

하여, 정작 세자빈 간택이 시작되었을 때 그녀는 아무 감흥도 일지 않았다. 그저 봄이 가고 여름이 오듯 세자빈이 되는 건 숙명이자 자연스러운 순리라 생각하였다.

그런데 믿어 의심치 않았던 순리가 깨지고 말았다.

당연히 자신의 것이라 생각했던 세자빈의 자리가 엉뚱한 곳으로 돌아갔다.

화가 났다.

아니, 화가 나야 옳았다.

지금껏 살아온 이유가 일순간에 사라져버렸으니, 화가 나는 것은 당연했다. 그런데 동시에 홀가분함도 느껴졌다.

모든 것을 훌훌 털어내버린 듯한 개운한 감정.

그 연유를 알 수 없었다.

그래도 상관없다.

태어나는 그 순간부터 '가문의 영광'이라는 무거운 무게를 어깨에 짊어지고 살아온 그녀에게 버려진 후궁의 시간은 온전히 자신을 알아가는 시간이기도 했으니까.

그렇게 하릴없이 세월을 보내다 보니 현성의 전각에는 '세월당'이라는 별명 아닌 별명이 붙어 있었다.

오늘도 세월당의 아침은 변함이 없었다.

누구에게 잘 보일 일도 없거니와 잘 보일 마음도 없었던 터라, 분칠도 제대로 하지 않은 마른 얼굴을 한 채 현성은 세월당의 마당을 거닐고 있었다.

좁은 걸음으로 걸어봤자 스무 폭 남짓한 마당.

딱 하나 이 궁에서 마음에 들지 않는 점이었다.

하늘.

좁은 마당에서는 좁은 하늘밖에 보이지 않았다.

그것이 좀 더 너른 전각으로 가고 싶은 유일한 이유이기도 하였다.

"산책을 하려거든 후원으로 갈 것이지, 어찌 작은 마당만 뱅뱅

맴돈단 말인가?"

조용한 마당으로 낯선 인기척이 들려왔다. 마당 한 귀퉁이에 서서 하늘을 올려다보던 현성이 고개를 내렸다. 이내 그녀의 눈에 한 사람의 얼굴이 맺혔다.

현성의 눈이 새치름 가늘어졌다.

"오셨사옵니까?"

현성은 가볍게 고개를 까닥거렸다.

제 딴에는 인사랍시고 하는 것이지만, 하기 싫은 기색이 역력한지라, 받는 이의 눈에는 그리 흡족하게 보이지 않았다.

"저, 저런……."

소은의 뒤를 쫓던 한 상궁이 못마땅하다는 듯 눈가를 찡그렸다.

이참에 저 못된 버릇, 단단히 고쳐야겠다는 생각에 한 상궁은 현성의 앞으로 다가섰다.

소은이 손을 들어 한 상궁을 말렸다.

"잠시 물러나 있어라."

"하오나 마마……."

"너도 물러나 있고, 주위에 누구도 얼씬하지 못하게 하라."

말씨에 붙어 있는 서늘함이 여느 때보다 차가웠다.

눈치 빠른 한 상궁은 서둘러 몸을 움츠렸다. 이럴 때는 조언보다 재게 몸을 움직여야 한다는 것을 경험상 잘 알고 있음이었다.

종종걸음으로 물러가는 아랫것들을 보던 소은이 다시 현성을 시선에 담았다.

"홍 승휘, 잘 지냈는가?"

"누추한 곳까지 어인 일이시옵니까?"

말하는 본새에 여전히 도도함이 가득했다.

삼간택에 오른 여인들 중 세자빈이 되지 못한 여인들은 다른 사내의 정인이 될 수 있었다. 굳이 후궁이 되지 않아도 상관없었다.

하지만 세상의 잣대는 현성을 이미 범상한 여인, 그 위에 올려놓았다. 그 어떤 사내도 감히 그녀와 짝을 맺겠다고 청하는 이가 없었다.

하여, 소은이 세자빈이 되던 날 현성 또한 세자의 후궁이 되어 궁에 남았다.

그리고…… 잊혀졌다.

"승휘는 변하지 않는군."

"사람의 본성이 쉬이 변하겠습니까."

의미심장한 현성의 말에 소은은 눈을 날카롭게 빛냈다.

그러나 그것도 찰나.

언제 그랬냐는 듯 자상한 빈궁의 표정을 얼굴 가득 떠올렸다.

"내 오늘 승휘와 조용히 의논할 것이 있어 찾은 것이라네."

"빈궁마마께서 버려진 후궁과 의논할 것이 무어가 있으시다고요?"

잠시 주위를 둘러보던 소은의 눈빛이 은밀해졌다.

"권 승휘에 관한 것이야."

"권 승휘요?"

"이번에 세자 저하의 후궁이 된 권 승휘. 홍 승휘도 기억하는가?"

소은의 말에 현성은 미간을 찡그렸다.

무언가 끄집어내고 싶지 않은 기억을 떠올리는 것이 역력한 표정.

"해루, 그 아이 말이군요."

"그래."

"그 아이에 관한 일이라면 제가 관여할 것이 무어가 있겠습니까?"

"어찌 관여할 것이 없다 하는가? 홍 승휘는 분하지도 않은가?"

"분해요? 무어가요?"

"그 천한 것이 그대와 똑같이 승휘가 된 것도 분할 것이고, 그리고 저하의 총애가 오직 그 아이에게만 향하니, 이 또한 억울한 것이 아니겠는가."

"……제게 무얼 원하시옵니까?"

빙빙 이야기를 에두르는 소은을 향해 현성이 눈빛을 세웠다.

그 눈을 마주하며 소은이 입을 열었다.

"내 홍 승휘를 도울 것이야."

"저를 도와주시겠단 말씀이시옵니까?"

"언제까지 이 좁고 허름한 전각 안에서만 살 수는 없을 터."

"이것이 제 몫의 운명인 것 같아 순응하는 중입니다."

"사람의 의지만 강하다면, 그깟 운명 따위 얼마든지 바뀌는 법이지. 어떤가, 홍 승휘? 그 운명, 바꿔보지 않을 텐가?"

"운명을 바꿔요? 궁이라는 울타리에 갇힌 제가 어찌 운명을 바꿀 수 있단 말입니까?"

"어렵게 생각할 것 없네. 세자궁에 사는 여인의 운명을 바꿀 수 있는 사람, 다름 아닌 세자 저하가 아니시던가. 저하의 마음만 훔칠 수 있다면 운명 따윈 얼마든지 바꿀 수 있지 않겠는가?"

"저하의 마음을요?"

"해루만 없다면……. 저하의 총애는 온전히 홍 승휘의 것이 될 수도 있을 것이야. 그렇지 않은가?"

소은의 감언과 이설에도 현성의 눈빛은 여전히 공허했다.

"해루가 없어지면, 저하의 총애는 빈궁마마를 향하겠지요."

아니, 빈궁마마의 것이 될 거라 생각하고 계시겠지요. 당신은 말입니다.

정곡을 찌르는 현성의 말에도 소은은 당황하지 않았다.

"내가 되든 홍 승휘가 되든……. 해루가 없어지면 한쪽으로 편향된 세자 저하의 마음도 여유를 되찾지 않겠는가? 생각해 보게. 해루가 없었다면 자네와 내가 이리 천대받으며 살았겠는가? 지금 빼앗지 않으면 영영 되찾지 못할 걸세."

"듣고 보니 맞는 말씀입니다. 빼앗지 않으면 영영 되찾지 못하겠지요."

동조하는 듯한 현성의 말에, 소은의 입가에 웃음이 맺혔다.

"역시…… 홍 승휘와는 말이 통할 것 같았으이."

"그럼 제가 무얼 하면 되겠나이까?"

현성의 물음에 답하는 대신 소은은 품에서 마개로 꼭 닫혀 있는 작은 병 하나를 꺼냈다.

"이게 뭡니까?"

"곧 주상 전하께서 세자 저하의 여인들에게 약재를 내릴 것이야. 자네의 인척 중 하나가 내의원에 있다지? 자넨 이걸 그자에게 보내기만 하면 된다네."

현성의 눈매가 가늘어졌다.

"이것이 무엇입니까?"

"여인의 몸을 따뜻하게 하여 아기씨를 잘 잉태하게 하는 약이지."

"아기씨요?"

"후사를 위해 후궁을 들였으니, 맡은바 소임을 다해야 하지 않겠는가."

"제게는 쓸모없는 것이군요."

현성의 얼굴에 씁쓸한 미소가 걸렸다.

행여 길을 잃어 발길 하신다면 모를까, 저하께서 이곳을 찾으실 일은 아마도 영영 없으리라.

그러나 소은은 기어이 제 손에 들고 있던 병을 현성의 손에 쥐여 주었다.

"자네에겐 쓸모가 없을지 몰라도 누군가에겐 긴요하게 쓸모가 있을 터."

"그럼……."

"몸에 무척 좋은 것이니 그 누군가의 약재에 이걸 보태라 언질을 주게나."

소은이 건네준 약재를 물끄러미 내려다보며 현성이 물었다.

"정녕 몸에 좋은 것이옵니까?"

"그래. 몸에 아주 좋은 것이지. 다만……."

소은이 붉은 입술을 길게 늘이며 말을 이었다.

"좋은 약재라 효과가 다소 과한 것이 흠이라면 흠일까."

마주 섰던 현성의 얼굴에 의미심장한 미소가 그려졌다.

서로의 이해와 필요에 의해 때로는 적이 되기도 하고 때로는 동지가 되는 곳이 궁이었다. 흙탕물이 튈 것을 뻔히 알고도 걸음을 내뻗어야 하는 곳이 바로 그녀들이 사는 세상이었다.

그 잔혹한 세상 한가운데 겁 없이 뛰어든 한 여인을 향해 덫이 놓였다.

세상을 구분 짓는 방법이 이리 많은 줄 처음 알았다.

세상에 이리 많은 격식이 존재하는 줄도 처음 알았다.

궁에 들어와 궁의 법도를 배우는 해루에겐 하루하루가 새로운 세상이었다.

처음 보는 사람에겐 그저 깊숙이 고개를 조아리면 되는 줄 알았건만, 윗사람과 아랫사람에게 하는 인사가 달랐으며, 상대의 지위에 따라 바라보는 시선마저도 달라야 했다.

궁의 주인은 주상 전하셨다. 그러나 실질적인 궁의 주인은 궁의 각처에 자리를 틀고 앉은 여인이었고 그 여인들의 우두머리인 중전마마야말로 진정한 궁의 주인이었다.

평소 수더분한 성정의 중전께서는 크게 도리에 어긋나지만 않으면 탓하거나 꾸지람하는 일이 없었다. 궁의 여인들을 바라보는 그분의 시선엔 언제나 연민이 깔려 있었다.

속내를 들춰보면 사연 없는 이 어디 있을까?

하물며 궁 안에 평생 갇혀 살아야 하는 여인들의 속내는 얼마나 답답하고 힘들 것인가.

버려진 우물처럼 고인 답답한 속내를 중전께서는 굽어살피고 계셨다.

이렇듯 중전께서 온화한 마음으로 임하시다 보니, 궁의 위계를 잡는 이가 달리 필요했다. 그 일을 하는 것이 궁녀와 비빈들을 교육하는 여사였고, 그 여사의 진두지휘 아래 각 전각의 상궁들이 몸태를 바싹 세우곤 하였다.

상전의 실수와 모자람은 곧 전각의 주인을 모시는 상궁들의 책임이었다.

하여, 김 상궁은 오늘도 긴장의 끈을 놓을 수가 없었다.

"언제나 허리를 꼿꼿이 펴십시오."

그녀의 한마디에 느슨해졌던 해루의 등이 활처럼 바싹 휘었다.

"이리하면 되겠는가?"

"너무 뒤로 휘었사옵니다. 자칫 잘못하였다간 교만해 보일 수 있사옵니다."

"그럼 이리하면 되겠는가?"

해루는 어깨를 움츠리고 몸을 앞으로 기울였다.

"굽은 어깨는 자칫 속내를 숨긴 듯 보일 수 있습니다. 또한, 기력이 약하고 소심하게 보일 수도 있습니다."

"그럼 이렇게?"

눈치를 살피며 몸의 각도를 여러 번 고친 후에야 김 상궁의 고개가 위아래로 끄덕여졌다.

"휴우."

저도 모르게 한숨을 내쉬자니, 금세 김 상궁의 눈매가 매서워졌다.

"마마, 일전에 제가 일러드리지 않았습니다. 궁에 계실 적엔 한시도 긴장을 풀어서는 아니 된다고요. 지금도 마찬가지입니다."

"아니, 나는 그저……."

변명할 말을 찾아 눈동자를 급하게 옮길 때였다.

"승휘마마, 탕약이옵니다."

밖에서 고하는 소리에 해루는 반색하며 고개를 끄덕였다.

"들이라."

힐끗, 김 상궁의 눈치를 살피니 별다른 표현이 없었다.

그만하면 괜찮다는 뜻.

해루의 얼굴에 미소가 떠올랐다.

그런 그녀의 앞에 어린 궁녀가 소반을 내려놓았다. 알맞게 식은 탕약과 마른 대추 한 알이 놓여 있었다.

어젯밤, 주상 전하의 명으로 귀한 약재들이 해루의 전각으로 내려왔다. 찬 바람에 몸을 따뜻하게 보할 수 있는 귀한 약재라 하였다.

주상 전하…….

최최측근을 떠올린 해루는 입가에 미소를 지은 채 쓰디쓴 탕약을 단숨에 들이켰다. 곁을 지키던 김 상궁이 비단 수건을 그녀에게 내밀었다.

입가에 묻은 약을 수건으로 훔치는 해루에게 어린 궁녀가 하얀 봉투를 내밀었다.

"오늘도 왔느냐?"

해루의 물음에 어린 궁녀가 고개를 살며시 조아렸다.

최최측근에게서 오는 서찰을 받는 일은 어느덧 해루의 일과가 되어 버렸다.

서찰을 열어 살피는 해루의 얼굴에 환한 웃음이 달처럼 내걸렸다.

천하의 악필이라, 제대로 알아볼 수 없었던 글씨도 계속해서 보다 보니 대충 어림짐작할 수 있는 지경이 되었다.

사실 굳이 내용을 해석할 필요도 없었다. 서찰에 적힌 내용은 언제나 같았다.

"무얼 그리 보십니까?"

짧은 글귀를 보고 또 보는 해루의 귓전에 낯설지 않은 음성이 들려왔다.

고개를 드니 처소 문 앞에 비연의 모습이 보였다.

"어, 비연!"

저도 모르게 자리에서 일어서는 해루에게 김 상궁이 따가운 눈총을 보였다.

법도를 지키시옵소서, 법도를.

삼엄한 눈빛에 기가 눌린 해루는 엉거주춤 일어나다 다시 자리에 주저앉았다.

김 상궁이 일어나 서둘러 비연과 해루 사이에 촘촘히 짜인 발을 내렸다.

"김 상궁, 굳이 이리하지 않아도 되는데……."

해루가 말했지만 들을 김 상궁이 아니었다.

기어이 두 사람 사이에 흐릿한 장막을 만든 김 상궁이 밖으로 사라졌다.

"어쩐 일이십니까?"

"세자 저하의 서찰을 가지고 왔나이다."

"세자 저하의 서찰요?"

해루는 비연이 건넨 하얀 봉투를 소중히 받아 쥐었다.

"저하께선 당분간 궁 밖에 계실 것이옵니다. 얼마 전 야인들이 국경을 넘는 일이 있었는데, 그 일을 수습하기 위해 급히 변방으로 가시었습니다."

"위험하진 않습니까?"

"걱정 마십시오. 걱정할 건 저하가 아니라 야인들이지요."

"……."

"아 참. 그리고 이거……."

비연은 이번에는 세 권의 서책을 꺼냈다.

"이건 다 무엇입니까?"

"이건 김담이 보낸 서책입니다. 꼭 알아야 할 궁의 법도와 격식을 추려놓은 것이라 하였습니다. 그리고 이건 심운기가 보냈는데, 주상 전하의 후궁들은 물론 왕족과 종친들의 인맥과 연관도라고 하였습니다. 궁 생활에 큰 도움이 되실 거라고 하더군요. 그리고 이 건……."

마지막 책을 보며 비연이 설명을 망설였다.

"이건 양여섭이 보낸 것인데. 궁에서 자라는 식물 중 먹어도 되는 것과 먹어서는 안 되는 것을 분류해 놓은 것이라 합니다. 거참, 사람도. 별 쓸데 없는 것을……."

해루는 비연에게서 받은 서책을 빠르게 넘겼다.

꼼꼼하고 세세하게 적힌 내용들.

마치 친오라비라도 되는 듯 해루를 살뜰히 생각하는 그들의 마음이 고스란히 느껴졌다.

"감사하다고 전해주세요."

"하온데 어디 불편한 곳이라도 있으시옵니까? 처소에 탕약 달이는 향내가 가득했습니다."

"아닙니다. 주상 전하께서 빈궁마마와 후궁들에게 몸을 보하는 약을 내리셔서."

"아하, 그러셨군요."

이제야 이해가 된다는 듯 주위를 둘러보던 비연은 문득 발 너머에 있는 해루를 빤히 쳐다보았다.

잠시 침묵이 흘렀다.

그의 침묵을 기이하게 여긴 해루가 입을 열었다.

비연은 말하기를 좋아하는 사람이 아니던가. 그런 사람이 어인 일로 입을 닫고 있는 걸까?

"달리 할 말이라도 있습니까?"

"괜찮으십니까?"

"무슨 말씀이신지요?"

"궁의 생활은 익숙해지셨습니까?"

"아직입니다."

해루는 고개를 저으며 양팔을 활짝 벌렸다.

"이리 귀한 비단으로 만든 옷은 여전히 불편하고, 머리에 얹은 가체며 장신구도 불편합니다. 그러나 제일 불편한 게 무언지 아십니까?"

"……."

"어제까지 벗이라 칭하던 비연을 마주할 때 이렇게 발을 내려야 한다는 겁니다. 그뿐 아니라 신루에도 마음대로 드나들지 못합니다. 잠깐 대문 밖을 넘을 때도 줄줄이 궁녀들과 환관들이 따르지요."

주위를 살피던 해루가 상체를 앞으로 숙였다. 그리고 작은 목소리로 말을 이었다.

"그거 아십니까? 밥도 법도에 따라 먹어야 한답니다."

"하여, 힘드십니까?"

비연의 물음에 해루는 고개를 끄덕였다. 그러다 다시 저었다.

"힘들지만 괜찮습니다."

"……."

"처음부터 쉬운 것이 어디에 있겠습니까? 따뜻한 집에서 배불리 먹을 수 있는 게 어딥니까? 밥값 한다 생각하면 어려울 것도 없습니다."

"하하하."

비연은 큰 소리로 웃음을 터트렸다.

"그거 아십니까?"

비연의 물음에 해루가 고개를 갸웃거렸다.

"무얼 말입니까?"

"마마는 여전하십니다."

"그렇습니까?"

무엇이 여전하다는 건지 알 수 없음이라, 해루는 커다란 눈을 슴벅거렸다.

그때, 갑자기 웃음을 뚝 멈춘 비연이 낮은 목소리로 말했다.

"그래도 조심하십시오."

"갑자기 그건 무슨 말씀입니까?"

"세상에서 가장 안전한 곳이 궁이듯, 세상에서 가장 위험한 곳 역시 궁입니다."

"……."

"지난번 마마께 위해를 가하려 했던 자들, 아무래도 단순히 두문회 소속이라 그런 짓을 행한 게 아닌 듯합니다. 배후를 캐고 있지만 쉽게 밝혀지지 않는 걸 보니, 생각보다 대단한 자들이 배후에 있는 듯합니다."

"그렇군요."

해루는 무거운 표정으로 대답했다.

이미 알고 있습니다, 그 배후에 세자빈 소은이 있다는 것을…….

그리고 그녀가 원하는 것이 해루의 죽음이라는 것도 잘 알고 있었다.

하여, 궁에 들어온 이후 단 한 번도 긴장을 늦춘 적이 없었다.

"배후를 색출하기까지 부디 조심하십시오."

"염려 마십시오."

두 사람의 대화가 끝날 즈음이었다.

"승휘마마, 빈궁전의 기별이옵니다."

문밖에서 김 상궁의 부름이 들려왔다.

비연이 씁쓸한 표정으로 말했다.

"김 상궁이 어서 가라 재촉하는군요."

"다음에는 제가 신루로 가겠습니다."

김 상궁이 듣지 못하도록 해루가 낮은 목소리로 속삭였다.

비연이 덩달아 소곤거렸다.

"혹여 급한 일이 생기면 이걸 쓰십시오."

말과 함께 그가 검지 길이의 납작한 금속 물건을 건넸다.

"이게 뭡니까?"

해루는 어찌 보면 작은 피리 같기도 하고, 또 어찌 보면 곳간의 열쇠처럼 생긴 그것을 들어 이리저리 돌려 보았다.

"그걸 한번 불어보십시오."

"불어요?"

해루는 비연이 시키는 대로 입에 대고 힘껏 불었다. 작은 바람 소리가 흘러나왔다.

귀를 기울이고 듣지 않으면 모를 정도로 희미한 소리.

동시에…….

푸드득.

처소 창가로 작은 흰매가 날아들었다.

"이, 이건……."

"아무리 멀리 있어도 이 피리만 불면, 이 녀석이 찾아올 겁니다. 혹여 무슨 일이 생기시면 이 피리를 부십시오. 무언가 전할 말씀이 있으실 때도 이 녀석을 부르십시오."

비연이 뒷걸음질로 방을 나갔다.

그가 나가기 무섭게 김 상궁이 안으로 들어왔다.

"마마, 서두르셔야 합니다. 빈궁전에서 간단한 다과를 들자고 기별이……. 에그머니낫!"

흰매를 발견한 김 상궁은 엉덩방아를 찧었다.

"훠이, 훠이."

김 상궁이 손짓으로 매를 쫓아보려 하였다. 그러나 어쩐 일인지 매는 해루의 곁에서 꼼짝도 하지 않았다.

"마마, 어찌 좀 해보시어요."

울상을 짓는 김 상궁에게 해루는 미안한 표정을 했다.

"부르는 방법은 아는데 쫓는 방도는 나도 모르는지라, 안 되겠네. 아무래도 비연에게 물어봐야겠어."

해루는 서둘러 자리에서 일어섰다. 아니, 일어서려 하였다.

갑자기 핑, 어지럼증이 해일처럼 밀려들었다.

"앗!"

밑동 잘린 허깨비처럼 해루는 몸을 휘청거렸다.

놀란 김 상궁이 서둘러 다가왔다.

"마마, 왜 그러시옵니까?"

늦은 오후의 바람이 빈궁전 마당을 쓸었다.

줄줄이 열을 지어 양 갈래로 서 있는 궁녀들 사이로 다과상을 든 생물방 궁녀들이 지나갔다.

"권 승휘는 아직이더냐?"

다과상이 차려지는 것을 보며 소은이 한 상궁에게 물었다.

"기별을 넣었으니, 곧 올 것이옵니다."

"그래?"

소은은 맑은 초록의 찻잔에 입술을 담갔다.

이내 찻잔을 내려놓으며 그녀는 맞은편에 앉아 있는 도도한 여인에게 말을 건넸다.

"홍 승휘, 다과는 입에 맞는가?"

차려진 다식을 하나 집어 입에 넣은 현성이 무심히 대답했다.

"마마께서 내리신 것이온데, 입에 맞고 안 맞고가 어디에 있겠습니까?"

"그런가? 워낙에 까다로운 입맛을 지닌 홍 승휘가 아니던가."

"작은 것에 만족해 버릇하였더니, 이젠 하찮고 보잘것없어 보이던 것도 나름 소중하게 느껴지게 되었습니다."

현성은 단맛으로 가득 찬 입안을 맑은 차로 헹구었다.

"그래? 홍 승휘가 그리 말하다니, 참으로 놀라운 일이로군. 헌데……."

소은은 밖으로 시선을 보냈다.

"아무래도 권 승휘는 다과에 오지 못하는가 보이."

분명 걱정하는 듯한 말이었건만, 어쩐지 목소리에는 즐거운 기색이 깃들어 있었다.

의미심장한 눈빛이 현성을 향할 때였다.

"마마, 권 승휘 입시옵니다."

문밖에서 들려오는 목소리에 문득 소은의 이마가 일그러졌다.

"권 승휘가 왔단 말이냐?"

고개를 갸웃거리는 사이, 문이 열리고 해루가 안으로 들어섰다.

"늦어 송구하옵니다."

사뿐거리는 걸음으로 방 안으로 들어선 해루는 김 상궁에게 배운 법도에 따라 소은에게 절을 올리고는 제자리에 앉았다.

소은이 날카로운 눈빛으로 해루를 위아래로 훑었다.

"어찌 이리 늦었는가? 어디 안 좋은 곳이라도 있는가?"

소은의 물음에 해루는 고개를 저었다.

"아닙니다. 잠시 어지럼증이 일었는데, 이제는 많이 좋아졌습니다."

가볍게 머리를 조아리는 해루의 모습에 소은은 현성에게로 시선을 돌렸다.

어찌 된 것이냐?

저 아이가 어찌 이리 말짱한 것이야?

채근하는 눈짓에도 아랑곳하지 않은 채 현성은 제 몫의 찻잔을 비우는 데만 열중했다.

"아주 맛나진 않지만, 그럭저럭 먹을 만한 차로군요."

그때, 현성의 곁에 앉은 해루가 상체를 살짝 그녀의 쪽으로 기울이며 말했다.

"엊그제 홍 승휘의 전각에서 마신 차 맛도 훌륭했습니다."

"제법 맛을 아는 혀로구나."

한껏 시선을 내리깐 채 대답하긴 했지만, 현성의 얼굴에는 은근한 자부심이 깃들어 있었다.

친근해 보이는 두 사람의 모습에 소은은 미간을 한데로 모았다.

이것들이 어찌 저리 친근하게 구는 거지?

"두 사람, 벌써 만난 것이냐?"

그녀의 물음에 찻잔을 탁자 위에 내려놓은 현성이 해루를 슬쩍 쳐다보며 입을 열었다.

"권 승휘가 궁에 들어오고 얼마 지나지 않아 저를 찾아왔었나이다."

"뭐라?"

그렇다면 자신이 현성을 찾아가기 훨씬 전인데.

소은은 기이한 눈으로 해루를 보았다.

세자빈 간택인 시절, 현성은 해루를 멸시하였다. 벌레보다 못하게 보았다.

그런 현성을 일부러 찾아가?

소은의 눈빛을 느낀 해루가 태연한 표정으로 대답했다.

"그래도 한때는 한 배를 탄 신세가 아니었습니까? 과거의 관계가 어떠했든 찾아가는 게 도리라 생각했습니다. 다행히 홍 승휘도 절 그리 홀대하지는 않더군요."

현성이 해루의 말을 받았다.

"좀 전에도 말했듯, 작은 것에 만족해 버릇했더니 하찮다 여기던 것도 소중하게 느껴지더이다."

두 사람의 대화에 소은은 더욱 불안해졌다. 그녀는 마른침을 삼키며 현성을 응시했다.

"약재는…… 어찌하였느냐?"

"아, 약재 말이옵니까? 알아보니 마마의 말씀대로 참으로 좋은 것이더이다."

"그렇다고 말하지 않았더냐? 내가 설마 독이라도 가져다주었을 줄 아느냐?"

"물어보니 귀하고 귀한 약재라 구하기도 힘든 것이라 하더군요. 그리 귀한 것을 어찌 미천한 사람에게 먹일 수가 있겠습니까?"

"그래서?"

"하여, 인척 오라비께 일러 귀한 약재는 그에 어울리시는 분께 올리라 하였습니다."

"귀한 약재에 어울리는 분이라니. 누굴 말하는 것이냐?"

현성은 대답 대신 소은을 이채 서린 눈으로 바라보았다.

"너, 너……!"

찻잔을 들고 있던 소은의 손끝이 바르르 떨렸다.

갑자기 스멀스멀 가려움이 발끝에서부터 시작되었다. 들불처럼 일어난 가려움은 금세 전신으로 번져 나갔다. 참으려 안간힘을 써도 속 깊은 곳에서부터 시작된 가려움은 좀처럼 사그라지지 않았다.

체면이고 체통이고 모두 던져버린 소은은 소매를 걷어 올리고 팔등을 긁기 시작했다. 연한 살이 금세 붉어지더니 긁은 자국마다 진물이 맺혔다.

"이, 이게 뭐야? 나, 왜 이러는 거야?"

당황한 소은이 자리에서 벌떡 일어섰다.

"따뜻한 차를 마시면 약효가 배가된다더니……."

현성은 소은에게 야릇한 미소를 지어 보였다.

"좋은 약재라 효과가 다소 과한 모양입니다."

달집태우기

정월 대보름.

사잇문을 걷어 올린 중궁전으로 내명부 여인들의 걸음이 이어졌다. 저마다 곱게 치장한 여인들은 중전을 중심으로 양옆으로 길게 앉았다. 오곡밥과 묵은 나물이 놓인 상을 앞에 두고 여인들은 너나 할 것 없이 부럼 깨물기에 열중했다.

딱! 딱!

날밤 깨는 소리가 중궁전을 가득 채웠다.

올 한 해도 무탈하길 기원하는 작절(嚼癤, 부럼 깨물기)의 의식을 행하는 여인들의 모습에 얼핏 천진한 행복이 엿보였다.

"지난해 가뭄으로 여기저기 굶어 죽은 백성이 많다고 하오. 하여, 올해는 잔치가 없다 하니 그대들은 너무 서운하다 하지 마오."

상석에 앉은 중전의 말에 내명부 여인들의 고개가 위아래로 끄덕여졌다.

잔잔한 시선으로 여인들의 얼굴을 하나, 하나 되새기던 중전이 문득 눈길을 멈추었다. 그녀의 망막에 해루의 얼굴이 맺혔다.

"권 승휘."

중전의 나지막한 부름에 해루가 고개를 돌렸다. 갑작스러운 호명에 놀란 듯 두 눈이 커다랬다.

"네, 중전마마."

"궁 생활은 할 만하느냐?"

"좋습니다."

"무에 불편한 것은 없고?"

"불편할 것이 무어가 있겠습니까. 가만있어도 때 되면 밥도 주시고, 따뜻하게 불도 지펴주시고, 고운 옷도 내려주시니, 호사도 이런 호사가 없습니다."

"그러하냐?"

해루의 순진한 대답에 중전은 낮게 웃음을 터트렸다.

"잘 적응한다니 다행이구나."

중전은 의미심장한 눈길로 해루를 바라보았다.

저 아이의 어떤 점이 세자의 마음을 움직인 것일까?

저 티끌 한 점 없는 눈빛이려나?

눈동자는 마음을 담은 우물이라 하였다. 저리도 순하고 맑으니 제아무리 여인에겐 관심 없는 세자라도 아니 빠질 수 없었겠지.

놀라운 것은 저 아이의 눈빛에 감화된 사람이 세자 한 명만이 아니라는 사실이었다.

"듣자 하니 주상 전하와 전부터 이미 알고 지내던 사이라 하던데?"

"주상 전하 말이시옵니까?"

해루는 오독오독 입안에 남아 있는 밤을 서둘러 삼켰다.

사람들의 시선이 해루에게 몰렸다.

지금 중궁전에 있는 여인들이란 중전마마를 비롯하여 왕의 후궁들이었다. 하여, 그들 역시 궁금하였다.

저 여인이 주상 전하의 굄을 받는다 하던데.

아무리 며느리 사랑은 시아버지라 하여도, 빈궁에겐 보이지 않았던 특별한 굄이었다.

흘깃, 주위의 눈치를 살핀 해루는 긴장된 표정으로 꿀꺽 마른침을 삼켰다.

다들 하던 일을 멈추고 제 입만 바라보니, 부담스러운 것은 당연했다.

"어찌 된 사연이더냐?"

중전이 대답을 재촉했다.

"우연히 신루의 화원을 찾았다가 뵙게 되었나이다."

"그래?"

"그분께서 개떡을 특별히 좋아하시는지라 여러 번 개떡을 쪄 드렸는데, 그것이 인연이 되었사옵니다."

"개떡? 주상 전하께서 개떡을 좋아하신단 말이냐?"

"네."

중전은 잠시 고개를 갸우뚱했다.

그분께서 언제부터 떡을 좋아하셨지? 어지간한 음식에는 눈길도 보내지 않던 주상 전하가 아니시던가. 저 아이가 만든 떡이 그리 맛난 것이려나?

갑자기 입안에 군침이 고였다.

"그 떡, 언제 기회가 되면 내게도 한번 쪄 주겠느냐?"

중전의 물음에 해루는 저도 모르게 크게 고개를 끄덕거렸다.

"네, 그리하겠습니다. 사실, 그리하고 싶었습니다."

만개한 꽃처럼 환히 웃는 해루에게 중전이 물었다.

"고작 떡 하나 쪄 달라는 것인데, 어찌 그리 좋아하누?"

"좋습니다. 뭐든 해드리고 싶었는데, 아무것도 해드릴 것이 없었습니다. 모든 것을 갖고 계신 분이시니, 딱히 제가 드릴 것이 없었거든요. 그런데 이리 청하시는 것이 계시니, 좋습니다. 정말 좋습니다."

진실로 좋아하는 기색이 역력한지라, 그 모습을 지켜보는 중전의 마음도 괜스레 흡족하였다.

그러나 이내 마음을 다잡았다.

무릇 중궁은 누구도 편애해서는 아니 되는 자리였다.

공평무사(公平無私).

누구에게나 한결같은 마음으로 사사로운 감정 없이 대해야 내명부의 불협화음이 사라지리라.

얼굴에 떠오른 화색을 지워버린 중전은 지밀상궁을 돌아보았다. 오늘 이 자리에 참석하지 못한 소은의 소식을 물어보기 위함이었다.

"빈궁전에는 다녀왔느냐?"

"네."

"어찌하고 있다더냐?"

"다행히 가려움은 많이 수그러들었다고 하옵니다. 하오나 긁어 진물이 난 곳이 많아 당분간 밖으로 운신하긴 어렵다 하옵니다."

"몸에 좋은 것이라 하였거늘, 어찌 그리 탈이 났을까?"

"간혹 그런 부작용이 생길 수도 있다고 하옵니다."

"빈궁이 많이 속상할 터. 대보름 음식은 챙겨 보냈느냐?"

"명하신 대로 골고루 보냈나이다."

"잘하였다. 너는 수시로 빈궁전을 들여다보아 행여 불편한 것이 없는지 세세히 살펴야 할 것이야."

"명 받자옵니다."

지밀상궁이 물러가자 중전은 해루를 돌아보았다.

"널 향한 세자의 관심이 평범하지 않은 모양이구나. 그럴 때일수록 몸가짐을 조심해야 한다. 알겠느냐?"

"명심하겠습니다."

자분자분 고개를 숙이는 해루를 중전은 애써 무심한 시선으로 응시했다.

왁자한 시간이 흐르고 중궁전을 가득 채웠던 여인들의 분내도 하나둘 사라졌다.

해루는 제일 마지막으로 중궁전을 떠났다.

중전은 그런 그녀의 뒷모습에서 시선을 떼지 못했다.

"중전마마."

어느 샌가 중전의 앞으로 세자궁의 교육을 맡은 여사가 다가왔다.

여사는 본디 반가의 여식으로 태어났으나 스스로 원하여 궁녀가 된 여인이었다. 한때는 궁녀들의 스승 노릇을 하다, 이제는 세자빈과 더불어 왕세자의 후궁들을 가르치고 있었다.

"무얼 보고 계시나이까?"

여사가 중전의 시선을 좇아 눈길을 돌렸다. 연보랏빛 당의를 입은 해루의 뒷모습이 들어왔다.

"새로 입궐한 승휘마마군요."

"여사가 보기에 저 아이, 어떠한가?"

"글쎄요."

여사의 얼굴에 의미심장한 미소가 떠올랐다.

"새벽녘에 내린 하얀 눈 같은 분입니다. 세상의 때가 하나도 묻지 않은 듯, 깨끗하고 맑습니다."

"승휘의 말하는 모양새를 가만 들어보면, 그리 곱게만 자란 것 같지는 않더구나."

"바람 한 점 불지 않는 늪의 물은 오히려 우물보다 탁하기 마련입니다. 진정 맑은 물은 바위 사이를 흐르는 계곡물이옵니다. 승휘 마마 심성 고우니 심려 놓으십시오."

"허나, 나는 어찌 이리 걱정이 될까?"

"무엇이 마마의 심기를 어지럽히는 것이옵니까?"

"빈궁이 명치끝에 걸린다네. 저 아이가 들어온 이후로 빈궁의 성정이 날카롭게 변한 모양일세. 빈궁의 변화가 저 아이 때문은 아닐까 걱정되네."

여사는 깊게 한숨을 내쉬는 중전을 보며 침묵했다.

차마, 걱정하는 중전께 『열녀전』을 찢은 빈궁의 행태를 고해 올릴 수가 없었다.

그런 속사정을 알 길 없기에, 중전의 시름은 더욱 깊었다.

"나 또한 여인이기에 애끓는 빈궁의 마음을 어찌 모르겠는가."

"……."

"허나, 또한 나는 어미가 아니던가. 내 자식의 마음을 채우는 저 아이가 고맙고 고와 보이니. 행여 이 마음이 빈궁에게 보여 상처난 마음을 더 아프게 할까 염려된다네."

"뜨거운 시절이 아니옵니까. 미움도, 사랑도 한없이 뜨거울 시절이옵니다."

"그런가? 그 뜨거움이 지나쳐 행여 서로에게 상처를 입히는 것은 아닐까 걱정이로구먼."

"기다리면 다 지나갈 것이옵니다."

"무탈하게 이 시간이 지나가면 좋으련만."

중전은 푸른 허공을 올려다보았다. 티끌 한 점 없이 청명한 하늘은 눈이 부시게 아름다웠다.

누군가 금가루를 쏟아부은 듯 별들이 반짝거렸다. 유난히 반짝이는 밤의 바다를 둥근 달이 유유히 유영했다.

"곱네."

동창 너머로 하늘을 올려다보던 현성의 입에서 낮은 한마디가 흘러나왔다.

전각은 조용했다.

여느 때도 그리 떠들썩한 것은 아니지만, 오늘은 그 고요함이 지나쳤다. 몇 되지도 않는 궁녀들 모두 보름 축제를 구경하겠다고 경회루로 몰려 나간 탓이었다.

"마마, 따뜻한 차라도 올릴까요?"

턱을 괸 채 보름달을 보고 있자니 유모의 목소리가 들려왔다.

현성은 고개를 저었다.

"되었어."

"하오면 침수 드실 준비 하올까요?"

"아직 초저녁이야."

"그럼 무에, 하고 싶으신 것은 없으시옵니까?"

"없어."

언제 내가 하고 싶어 했던 것이 있던가?

생각해 보니 일평생 누리고 살아왔지만, 단 하나도 원하여 누린 것은 없었다. 그저 어른들이 원하는 대로, 가문의 안위와 영광을 위해 태어나고 자란 것일 뿐.

하여, 무엇을 하고 싶은지 알지 못했다. 무얼 해야겠다 마음먹은 것도 없었다. 그저, 이리 앉아 세월을 흘려보내기만 할 뿐…….

푸념처럼 한숨을 삼키며 하늘만 올려다보았다.

오늘 하루도 어찌어찌 흐르는구나.

툇마루 그늘에 시들시들 자라는 이름 모를 들꽃이 생각났다.

내 신세가 그 들꽃과 다를 바 없구나.

"정녕 아무것도 하고 싶으신 것이 없습니까?"

동창 아래에서 불쑥 하얀 얼굴 하나가 달처럼 떠올랐다.

"앗!"

놀란 현성은 불에 덴 듯 상체를 뒤로 젖혔다.

"이런, 놀라셨습니까?"

"그리 소리 소문 없이 나타나는데 뉜들 안 놀라겠느냐?"

겨우 마음을 진정시킨 현성이 새초롬하게 눈을 흘겼다.

그 눈빛에도 해루는 뭐가 좋은지 생글생글 웃기만 하였다.

저리 웃는 낯에 어찌 더 눈을 흘길까.

현성도 이내 눈매를 풀고 말았다.

궁의 겁화로 해루가 죽었다고 생각했더랬다. 그 불길에선 하늘님이라도 살아 나올 수 없으리라.

그리 죽었다고 철석같이 믿었던 해루가 다시 나타났다.

왕세자의 후궁이 된 지 얼마 지나지 않아서였다.

처음에는 무슨 목적이 있어 자신을 찾아왔다고 믿었다.

그러나…… 해루는 그저 말없이 제 곁을 지키다 돌아가곤 할 뿐이었다. 무얼 어찌해 달라 말한 적은 단 한 번도 없었다. 가끔 개떡이라는 것을 가져와 권하기도 하고, 때로는 이상한 물건들을 가져와 사람을 놀라게 하는 것이 고작이었다.

그렇게 며칠이 지나자, 어느 순간 현성은 해루를 기다리고 있는 자신을 발견할 수 있었다.

'그깟 아이가 뭐라고.'

기다림에 목을 빼고 있는 자신이 한심했다.

그래도 아주 싫지는 않았다.

해루가 가져오는 온기가, 그녀가 전각에 있을 때면 느껴지는 번연함이…….

"죄송합니다."

해루가 머쓱한 얼굴로 뒷머리를 긁었다.

"됐다. 그건 그렇고……. 넌 또 그 모양인 게야?"

현성은 상궁 차림의 해루를 보며 고개를 설레설레 저었다.

도대체 어디로 튈지 모를 아이라니까.

해루가 저런 모습으로 나타난 것이 이번 한 번이 아니었다.

"아시지 않습니까? 법도를 지키려면 이 방도밖엔 없습니다."

"못 말리겠구나."

"그나저나 괜찮으십니까?"

"무어가?"

"어제 절 도와주지 않으셨습니까. 나중에 무슨 화를 당하시려고 그리하셨습니까?"

"약재 말이냐? 물건을 임자에게 돌려준 것뿐이야."

"고맙습니다."

"그런 인사치레 들으려 한 일이 아니야. 그보다 너야말로 걱정되지 않으냐? 빈궁의 수작이 이번으로 끝날 리 없어."

"그건 그렇지요."

수긍하면서도 여전히 걱정하는 빛은 하나 없었다.

못 말리겠다는 듯 고갯짓을 하던 현성은 해루의 말간 미소를 보며 작게 중얼거렸다.

"……정말 다행이야."

"네?"

"아니다."

살아 돌아와 다행이다……라고 말하고 싶었다. 언젠가 그때 살려주어서 고맙다고 한 번쯤 말하고 싶었다.

머쓱해진 현성은 서둘러 화제를 돌렸다.

"그런데 오늘 밤엔 또 무슨 일로 찾아온 것이야?"

"아 참!"

제 머리를 쥐어박던 해루가 현성의 앞으로 바싹 다가섰다. 현성을 바라보는 눈동자에 은근한 기대감이 가득했다.

"홍 승휘, 오늘 저와 좋은 구경 하러 가지 않으시렵니까?"

"좋은 구경?"

이 지루한 궁 안 어디에 좋은 구경 할 것이 있다고 저리 들뜬 모습일까?

고개를 갸우뚱하는 현성에게 해루가 씨익, 개구쟁이 같은 미소를 보였다.

❀

"나더러 이걸 입으라는 거야?"

"입으셔야 합니다."

"그래도 그렇지, 어찌 내가 이런 옷을 입겠느냐."

현성은 눈앞에 놓인 비단옷을 보며 자신의 결정을 후회했다.

해루를 따라 궁 밖으로 나오는 것이 아니었다.

아니, 상궁 복장을 하고 궁을 나가자는 해루의 말에 귀 기울이는 것이 아닌데……. 그랬다면 이 밤에 궁을 나오지 않았을 테고, 상궁 복색으로 거리를 누비긴 어렵다며 이런 옷을 입자 하는 해루와 맞서지도 않았을 텐데.

"괜찮습니다. 그저 입는 것뿐입니다."

어느새 잇꽃처럼 붉디붉은 너울을 쓴 채 해루는 버티는 현성을 달랬다.

"정말 괜찮을까?"

보름날이라, 거리엔 각양각색의 사람들로 가득했다.

그러나 상궁의 복색을 하고 거리를 활보하기엔 바라보는 시선이 따가웠다.

하여, 급한 대로 화월루에 가서 옷을 빌려 입자 하였는데, 화월루엔 기녀들이 입는 옷밖에는 없었던 것이 문제였다.

"밤과 어울리기엔 기녀만 한 여인도 없지요."

두 사람의 실랑이를 지켜보던 음 선생이 나지막하게 한마디 했다.

내심 마음이 흔들리던 현성이 마지 못한다는 듯 음 선생이 건네는 옷가지를 받았다.

그렇게 얼마나 지났을까?

등을 환하게 밝힌 거리에 한 무리의 기녀들이 쏟아져 나왔다.

화사한 여름 꽃보다 더 아름답고 화려한 자태라, 지나가는 사내들은 물론이고 여인과 아이들의 시선마저 기녀들에게로 집중되었다.

그 기녀들 틈새에 해루와 현성이 끼어 있었다.

"어디로 갈까요? 무얼 보고 싶으십니까?"

해루는 잔뜩 들뜬 목소리로 현성에게 물었다.

그때, 그녀의 등 뒤에서 귀에 익은 목소리가 들려왔다.

"달집태우기라면 저쪽입니다."

목소리가 들려온 곳으로 시선을 돌리니 비연의 모습이 보였다.

"비연! 여긴 어쩐 일이십니까?"

"승휘마마 가시는 곳엔 어디를 막론하고 함께하라는 저하의 명을 이행하는 중이지요."

"저하께서 그런 명을 내리셨다고요?"

"네. 행여 승휘마마 일신에 무슨 일이 생기면 가만두지 않겠다는 협박까지 하셨습니다."

"역시……."

공갈과 협박이라면 누구에게도 지지 않을 저하시다.

그런데…….

"제가 달집태우기를 보고 싶어 하는 건 어찌 아셨습니까?"

"당연히 저하께서 일러주셨지요."

"저하께서요?"

"달집태우기가 보고 싶다고 하셨다고요."

비연의 말에 잠시 생각하던 해루는 고개를 끄덕거렸다.

언젠가 향에게 흘리듯 그런 말을 한 적이 있었다.

보름날 불에 타는 달집을 보며 비나리를 하고 싶다고.

그 말을 기억하고 계셨을 줄이야.

"그럼 제가 이렇게 궁 밖으로 나올 줄 알고 계셨던 겁니까?"

"저하가 누구십니까? 모든 경우와 확률에 대해 계산하고 예측하는 분이십니다. 지난 가뭄으로 올해는 도성에서 크게 달집태우기 놀이를 한다 하니, 권 승휘라면 분명 이것을 놓칠 리 없다…… 라고 저하께서 말씀하셨습니다."

어디서 무얼 하든 저하는 모두 알고 있다는 듯 들렸다.

밀려드는 행복감에 해루는 소리 없이 웃었다.

"저하는 참으로 자상하신 분입니다."

"주도면밀하신 분이죠."

지나치게……라는 뒷말을 슬며시 삼키며 비연은 잰걸음을 옮겼다.

"이쪽입니다. 곧 달집에 불을 붙인다고 하니 서둘러야 하실 겁니다."

물끄러미 그 모습을 바라보던 현성이 해루에게 부러운 듯 중얼거렸다.

"한 사람의 차지가 될 수 없다고 하였는데, 그것도 아닌 모양이구나."

갑작스러운 현성의 말에 해루는 어리둥절했다.

"무슨 말씀이십니까?"

"저하 말이다. 본디 천자의 마음이란 누구 한 사람의 것이 될 수 없다고 배웠다. 하여, 세자 저하 역시 그런 줄 알았는데……."

현성은 해루를 정면으로 바라보며 말을 이었다.

"아무래도 내 하늘은 오로지 한 여인만을 바라보는 모양이구나."

❀

생솔가지를 원두막 모양으로 엮어놓은 달집에 화르륵 불이 붙었다.

"달 불이야!"

"망우리 불이야!"

"아들 낳고, 딸 낳고, 손자 망우리여!"

사람들의 고함이 밤하늘을 수놓았다.

즐거운 노랫소리와 함께 왁자한 잔치의 흥이 무르익었다. 불길이 높으면 높을수록 올 한 해 무사태평하고 풍년이 든다고 하였다.

언덕 위로 불어온 바람이 달집 사이사이를 비집고 들어가 불길을 부추겼다.

둥근 보름달에 닿을 만큼 높이 치솟는 불길을 보며 사람들은 눈을 감고 소원을 빌었다.

풍악대가 울렸다.

음악에 맞춰 춤을 추는 무리가 해일처럼 불어났다.

"비연."

해루는 제 곁에 그림자처럼 서 있는 비연을 돌아보았다.

무언가 바라는 것이 있는 눈빛.

"네, 말씀만 하십시오."

원하는 것은 뭐든 해주겠다는 듯 비연이 소리쳤다.

"저기……. 저분을 좀 도와주시겠습니까?"

해루가 가리키는 곳에는 인(人)의 파도에 휩쓸려 이리저리 밀려다니는 현성의 모습이 있었다.

"저분은 도통 이런 곳에는 어울리지 않는 분이시군요."

비연이 고개를 저었다.

"하지만 즐거워하시지 않습니까?"

"즐거워하신다고요?"

비연은 눈살을 찌푸리며 현성을 응시했다.

아무리 보아도 곤란해하고 난감해하는 표정인데.

이 사람 저 사람에게 치이고 밀리는 현성의 미간엔 깊은 주름이 가득 잡혀 있었다. 화가 난 듯, 짜증 난 듯 심기가 몹시 불편해 보였다. 그런 모습을 보고도 해루는 빙그레 미소 지었다.

"네. 무척 즐거워하시네요."

현성의 미간에 서린 불쾌함은 낯선 것에 대한 두려움 때문이었다.

귀하디귀하신 아가씨로 태어나 높은 담벼락 안쪽에서 화초처럼 살아온 현성이었다. 그러기에 세상 사람들이 누리는 소소한 행복 같은 것은 알지 못했다. 이런 왁자한 명절의 풍속일랑은 책과 그림으로만 보아왔지, 직접 눈으로 보고 경험한 것은 처음이었다.

누구나 익숙하지 못한 것을 만나면 어렵고 힘들어하기 마련.

특별하다 교육받으며 자란 현성은 더더욱 이런 분위기가 불편하였다. 그러나 굳게 억눌린 사람일수록 내면에 웅크린 갈망은 더욱 큰 법이다.

처음에는 엄청난 인파에 당황했으나 현성은 어느 순간 사람들과 어울리기 시작했다.

커다란 달집에 붙은 불을 가운데 두고 둥근 원을 그리며 도는 사람들 틈에서 그녀 역시 비나리를 하고 있었다.

양손을 가슴께에 모으고 한 발 한 발 옮기는 모습이 처음 세상과 마주한 어린아이처럼 잔뜩 들떠 보였다.

"비연, 부탁합니다."

해루는 사람들에게 치이는 현성이 걱정이 되었다.

"하지만……."

비연은 해루와 현성을 번갈아 보았다. 저하께서 지키라 명을 하신 분은 홍 승휘가 아니라 해루였다.

그의 속내를 읽은 해루가 말했다.

"걱정 마십시오. 저는 이런 곳에 익숙한 사람입니다. 행여 헤어지게 되면 저쪽 언덕 아래에 있는 너럭바위 앞에서 기다리겠습니다."

"그러다 마마께 무슨 일이라도 생기면 제가 저하께 혼쭐이 난단 말입니다."

"잊으셨습니까? 저 해루입니다."

걱정 말라고 큰소리치는 해루를 보며 비연은 피식, 웃음을 흘렸다.

그러나 그것도 잠시.

해루의 간청하는 눈빛과 옆 사람에게 치여 점점 멀어지는 현성의 모습에 더는 머뭇거릴 수가 없었다.

"거참, 사람 귀찮게 하는 분이군."

낮게 투덜거리며 비연은 현성을 향해 몸을 돌렸다.

눈 깜짝할 사이 인파를 뚫고 현성의 옆자리를 꿰차는 비연을 보며 해루는 감탄사를 흘렸다.

"역시 비연은 대단하단 말이야. 그나저나 이제야 안심이네."

낮게 안도의 한숨을 내쉬는 그녀의 귓가로 익숙한 목소리가 들려왔다.

"지난번에 그런 일이 있었는데도, 여전히 태평한 네가 더 대단해 보이는구나."

머리 위에서 들려온 음성에 해루는 고개를 들었다.

이윽고 그녀의 얼굴에 해사한 웃음꽃이 피어났다.

"오라버니."

"그 오라버니 소리, 너무 자연스러운 것 아니냐?"

마음에 들지 않는다는 듯 위창이 투덜거렸다.

"오라버니라고 생각하라면서요?"

"……."

"다시 태군이라고 부를까요?"

"그냥……."

위창은 양팔을 벌려 해일처럼 밀려드는 인파의 물결이 해루의 곁으로 다가오지 못하도록 단단한 장막을 쳤다.

"오라버니라고 불러라."

"네."

그럼 그렇지.

콧등을 찡그리며 웃음을 짓던 해루가 물었다.

"그런데 오라버니, 여긴 어쩐 일이십니까? 설마……."

"너 때문에 왔느냐고? 그럴 리가 있겠느냐. 이곳에 제법 볼만한 구경거리가 있다 하여 온 것뿐이다."

마음에도 없는 말을 내뱉으며 위창은 붉게 타오르는 불길과 해루를 번갈아 보았다.

문득 그의 눈 속에 뿌연 이채가 피어올랐다.

그러나 이내 그것을 갈무리한 위창이 친근한 얼굴로 말을 이었다.

"참으로 잘 타는구나."

"그렇지요? 올 한 해는 풍년이겠습니다."

"그게 너와 무슨 상관이라고 그리 행복한 표정이더냐?"

"어찌 행복하지 않겠습니까? 풍년이 들면 이 나라 백성들이 굶주리지 않을 것이고, 그리되면 우리 저하의 근심도 하나는 덜어낼 것이니, 어찌 기쁘지 않겠습니까?"

붉은 불길이 해루의 하얀 얼굴을 물들였다.

해루는 양손을 모은 채 눈을 감았다.

비나이다. 비나이다.

내 님의 복록을 염원하나이다.

내 님의 무병장수를 기원하나이다.

내 님의 곁자리, 햇솜처럼 포근하고 따뜻하길 비나이다.

비나이다, 비나이다.

이 사랑이 영원하기를 염원하나이다.

생(生)이 끝나는 마지막 순간, 내 님의 미소 보길 기원하나이다.

다음 생에서도 이 사랑, 함께하길 비나이다.

눈으로 뒤덮인 마을은 조용했다.

달그락거리는 말발굽 소리가 마을을 관통했다. 누구 하나 감히 입을 여는 자는 없었다. 그저 무겁게 가라앉은 얼굴로 폐허가 된 마을을 눈에 담을 뿐이다.

"피해가 어느 정도더냐?"

향의 입에서 하얀 입김이 새어 나왔다. 그는 국경을 넘어온 야인들의 습격을 받은 마을을 둘러보는 중이었다.

뒤따르던 무혁의 말이 향의 곁으로 다가왔다.

“백성 스물두 명이 죽고, 말 열두 필과 소 다섯 마리를 약탈당했다고 하옵니다.”

문득 향의 말이 우뚝 멈춰 섰다.

무혁은 향의 시선을 좇아 눈을 돌렸다. 이내 작은 초막 마당에 누워 있는 두 구의 시체가 눈에 들어왔다.

시체를 덮은 거적 아래로 삐죽이 나온 작은 발은 분명 어린아이의 것이었다. 향은 말에서 내려 초막의 마당으로 들어섰다.

“저하.”

무혁이 황급히 뒤따라갔다.

“놈들은 어찌 되었느냐? 잡았다더냐?”

“관군이 뒤를 쫓았을 땐, 야인들은 이미 국경을 넘어선 이후였다고 하옵니다.”

“…….”

향은 어린아이의 시신 앞에 무릎을 꿇고 앉았다.

그의 머리 위로 하얀 보름달이 떠올랐다. 그 어느 때보다 밝고, 둥근 달이었다.

지금쯤 저 아래 남쪽에선 달집을 태우며 풍년을 기원하고 있겠지?

이곳의 달도 그곳과 같을 터인데, 어찌 저리 푸르고 시리게만 느껴진단 말이냐?

멀고 먼 북녘.

왕세자 향은 억울하게 죽임을 당한 모자의 시신 앞에서 깊은 탄식을 흘렸다.

말아 쥔 그의 주먹이 허공중에 흔들렸다. 죽은 아이의 발을 내려다보는 그의 눈에 뿌연 물막이 들어찼다.

걷잡을 수 없는 분노가 향의 가슴을 아프게 후려쳤다.

받은 만큼 돌려드리겠습니다

"전하, 세자 저하 입시옵니다."

문 앞을 지키던 승전색이 고했다. 대답은 들려오지 않았다.

"들어가보시옵소서."

상선 정동이 왕의 침전 앞에 장승처럼 선 향을 안내했다.

굳게 닫힌 문이 열렸다. 아무렇게나 구긴 종이가 어지럽게 너부러져 있었다. 왕은 침전 한쪽에 마련된 서탁 앞에서 꼼짝하지 않았다.

"전하……."

정동이 조용히 고했지만 들리지 않는 듯했다.

향은 손짓으로 상선을 물리고는 왕의 맞은편에 자리했다.

왕께서 무언가에 열중하실 땐 들리지도, 보이지도 않는다.

그 사실을 향은 누구보다도 잘 알고 있었다.

아니나 다를까, 바로 앞에 향이 있는 줄도 모르고, 왕은 손에 든 붓을 백지 위에 내렸다.

이윽고, 순식간에 써 내려간 일필휘지.

향은 미간을 찡그렸다.

그리 집중하였건만 여전히 악필.

그래도 어쩐 일인지 예전처럼 아주 못 알아볼 정도는 아니었다.

나름의 평가를 하고 있자니 왕의 목소리가 들려왔다.

"왔느냐?"

여전히 왕의 시선은 백지를 향하고 있었다.

"글씨가 좋아지셨습니다."

"노력은 배신하지 않는 법이니까."

"굳이 글씨 연습을 하신 연유가 궁금하군요."

"왜?"

"실리를 추구하시던 아바마마가 아니시옵니까? 종이 낭비하며 명필을 추구하느니, 차라리 서책을 한 권 더 읽겠다 하시질 않으셨사옵니까?"

"실리 추구를 위해서 하는 것이다."

"무슨 말씀이시옵니까?"

"내 글씨를 도통 못 알아보겠다는 사람이 있어서 말이야. 그 바람에 툭하면 약조한 시간에 나타나지 않으니, 목마른 사람이 우물을 파는 수밖에."

왕께서 한숨을 쉬었다.

"누가……."

누가 못 알아보았다는 겁니까?

물으려던 향은 입을 다물었다.

한두 사람이 아니니, 어찌 누가 내 글씨를 못 알아보더라, 말씀하시겠는가. 어쨌든 지금껏 감히 그런 얘길 입에 올린 자가 없거늘. 참으로 별일이었다.

의문을 떠올리는 향에게 왕의 시선이 와 닿았다.

"북방의 일은 어찌 되었느냐?"

향의 표정이 침울해졌다.

"백성 스물둘을 잃었사옵니다."

"이런……."

왕은 붓을 내려놓았다. 그의 눈빛이 그 어느 때보다 무겁게 가라앉았다.

"근래 들어 야인들의 침입이 잦으니, 백성들이 겪는 고충이 이만저만이 아닐 것이다."

"지켜야 할 곳은 많은데, 정작 그곳을 지킬 병사가 턱없이 부족합니다."

"어찌해야 할까?"

"우선 군사를 재정비해야 하옵니다."

향이 또 다른 말을 덧붙이려 하자, 돌연 왕께서 손을 들어 올렸다.

"정동아."

왕의 부름에 상선이 조용히 들어섰다.

"주위를 물리거라."

"네, 전하."

정동이 물러나고 얼마간 침묵이 지켜졌다.

무거운 침묵을 깬 것은 왕이었다.

"자주국방이라도 하려는 것이더냐?"

아비의 물음에 향은 고개를 끄덕였다.

"더는 죄 없는 백성이 죽는 모습을 보고 싶지 않습니다. 힘을 기를 것이옵니다. 감히 야인들이 이 나라 백성들과 그들의 터전을 넘보지 못하도록 힘을 기를 작정입니다."

"일전엔 농사법을 개혁해야겠다고 하더니. 이번엔 힘을 기르겠다? 성실함도 그 정도면 병이다."

"꼭 필요한 일입니다."

"쉽지 않은 일이다."

"알고 있습니다."

의지를 밝힌 아들을 왕은 깊은 눈으로 바라보았다.

"구체적인 이야기를 듣고 싶구나."

"군사의 수를 늘려야 합니다. 진법을 고안하고, 그에 맞춰 군사를 훈련해야 합니다. 성을 쌓고 적은 수로 많은 적을 상대할 수 있는 무기를 개발할 것이옵니다."

"조정에 들어앉은 먹통들이 들으면 기함할 이야기로군."

"그들 역시 이 나라 백성이 아니옵니까. 제 나라의 힘을 기르겠다는데, 뉘라서 반대하리까."

"달력 하나를 만드는 데도 명국과의 우호 관계를 들먹이던 자들이다. 사대부들이란 그런 것이지. 백성의 안위보다 체면이 중요하고, 사람의 목숨보다 명국의 눈치가 더 중요한 작자들이다. 그런 자들에게 자주국방이란 언감생심이다. 명국과의 우호 관계를 깨는 반역 행위라 생각될 것이야."

왕은 미간을 찌푸리며 나직이 욕설을 씹어 뱉었다.

"망할 놈들. 녹봉은 이 나라에서 받으며, 정작 일은 명국을 위해 하는구나."

"어떠한 저항이 있어도 반드시 이뤄야 할 일입니다."

"걱정 마라. 내 조정 대신들과 한바탕 드잡이질을 해서라도 반드시 해낼 테니. 한 치도 물러서지 않을 것이다."

"저도 거들겠습니다."

"거들기만 해서 되겠느냐? 네 생각이니, 네가 직접 나서야지."

두 부자의 입가에 의미심장한 미소가 걸렸다.

향이 얼굴에 드리운 미소를 거둬들이며 왕에게 물었다.

"상의원의 장 별좌는 언제쯤 명국에서 돌아옵니까?"

왕의 눈매가 가늘어졌다.

장 별좌가 뉘던가.

특별히 명석하고 손재주가 남다른 자가 아니던가. 그 능력을 높이 평가하여 노비의 신분이었던 그에게 벼슬까지 내린 왕이었다.

그런 사람의 행방을 세자가 묻고 있었다.

"무기를 만들려는 것이냐?"

"신루의 학자들과 장 별좌라면 능히 그 일을 할 수 있을 것이옵니다."

"근래 신루의 활약이 제법 있었지. 덕분에 조정의 이목이 신루에 집중되었느니."

왕의 말에 향의 표정이 굳어졌다.

조정의 이목이 쏠린다는 왕의 이야기는 곧 반대하는 세력의 견제와 감시가 따라붙고 있단 말과 일맥상통하였다.

"행여 장 별좌가 조선에 있다 하더라도 궁 안에서는 네가 원하는 것을 만들 수 없을 것이야."

장 별좌는 조선에 없다. 혹, 있다 하더라도 궁 안에서는 일을 도모하기 어렵다.

왕의 말에 향의 눈빛이 낮게 침잠되었다.

"허나, 그리 낙심할 건 없다. 네가 뉘더냐? 이 나라의 왕세자가 아니더냐? 원하는 것이 있다면 어떻게든 구해야지. 구할 수 없다면 만들어서라도 손에 넣어야 왕실의 체면이 서질 않겠느냐?"

"방도가 있습니까?"

왕은 서랍을 뒤져 속이 텅 빈 구(毬)를 하나 꺼내 보였다. 어린아이 주먹만 한 크기의 동그란 물체를 보는 순간, 향의 눈이 휘둥그레졌다.

"이건……."

"혼천의다."

"이것이 어찌 아바마마의 수중에 있는 것이옵니까?"

천문을 관측하는 혼천의를 구할 수 있는 곳은 명국이 유일했다. 그러나 혼천의는 물론이고 천문과 관련한 작은 서책조차도 명국 밖으로 가지고 나가는 것을 엄격히 막고 있었다.

그런 것이 어찌 임금의 침소에 있는 것일까?

왕의 입가에 느긋한 웃음이 걸렸다.

"물건을 가져가는 것은 막을 수 있으나, 머릿속에 담긴 것은 막을 수 없는 법이지."

"누군가 명국에서 본 혼천의를 기억해서 만든 모양이군요."

"그렇지. 무척 총명한 자가 아니더냐?"

향의 눈빛이 반짝거렸다. 그는 왕을 향해 상체를 기울였다.

"이걸 만든 자가 뉘옵니까?"

"저잣거리의 초씨공방(草氏工房)을 한번 찾아가보려무나."

"저잣거리의 초씨공방이라 하였사옵니까? 관의 소속이 아닌 시전의 공방에서 이런 것을 만들었단 말이옵니까?"

"세상엔 종종 남의 눈이 미치지 않는 곳에서 범상치 않은 발명이 이루어지곤 한다. 시간이 나면 한번 찾아가보아라. 실망하지 않을 것이다."

더는 묻지 말라는 듯 왕은 휘휘 손을 내저었다.

향은 자리를 털고 일어섰다.

"……그럼 저는 이만 물러가겠습니다."

"좀 쉬어라."

듣자 하니 변방을 둘러보는 내내 세자는 제대로 잠을 청하지 못하였다고 했다. 며칠 사이 두 눈이 움쑥해진 아들의 모습에 왕이 안타까운 눈빛을 보냈다.

"해야 할 일이 많사옵니다."

서둘러 몸을 움직이는 향의 등 뒤로 왕의 목소리가 달라붙었다.

"너 없는 동안 빈궁전에 좋지 않은 일이 생겼구나."

"좋지 않은 일이라 하셨사옵니까?"

"빈궁과 세자궁의 후궁들에게 몸에 좋은 약재를 내렸느니. 헌데 그것이 과한 효과를 보였구나. 그 탓에 빈궁이 처소 밖으로 나오질 못하고 있다 한다. 가서 위로의 말 한마디 건네는 것도 나쁠 것 없겠지……."

왕이 고개를 들고 향을 바라보며 말을 이었다.

"……라고 중전이 전해달라고 하더구나."

왕세자가 오거들랑 어떻게든 빈궁전으로 보내라는 중전의 으름장을 단단히 받은 터였다. 새로 들인 후궁에 대한 세자의 관심이 지극하여, 빈궁에게 소홀해질까 걱정한 탓이었다.

"……일이 많아 당분간은 어려울 듯합니다."

향은 에둘러 거절한 뒤 왕의 침전을 나섰다.

"녀석."

다른 사안에는 제법 융통성을 발휘하건만, 어찌 된 일인지 여인과 관련한 문제만은 빈틈없이 고지식했다.

냉랭한 세자의 반응을 본 왕은 고개를 설레설레 저었다.

"말을 물가에 데려갈 순 있어도, 물을 먹일 순 없다오, 중전."

낮게 혼잣말을 중얼거리던 왕은 다시 붓을 집어 들었다.

"자아, 어디 보자."

왕은 깊게 숨을 들이마셨다.

이내 백지 위에 지렁이 같은 글씨가 자리 잡고 앉았건만, 왕의 얼굴엔 흡족한 미소가 떠올랐다.

탕약 달이는 냄새가 빈궁전을 가득 채웠다.

"쓰구나."

소은은 싫은 기색이 역력한 얼굴로 고개를 돌렸다. 이제는 탕약 냄새만 맡아도 비위가 거슬릴 지경이었다.

"본디 몸에 좋은 것이 쓴 법이니라. 참고 마셔야 한다."

그때, 문이 열리고 단아한 차림의 중전이 안으로 들어섰다.

느닷없는 중전의 방문에 놀란 소은이 옷매무시를 가다듬었다.

"어마마마."

"괜찮으니, 일어나지 마라."

"아니옵니다."

서둘러 중전에게 상석을 권한 소은은 예의 새치름한 얼굴로 자리에 앉았다.

"어의에게 들으니, 상태가 많이 호전되었다 하던데."

"염려해 주신 덕분이옵니다."

"다행이구나."

중전은 소은의 손을 다정히 잡았다.

"네 마음이 어떠할지, 내 알고도 남음이다."

"아니옵니다. 다 소첩이 못난 탓이옵니다."

"그런 말 마라. 모르는 사람 눈에는 금침 덮고 스란치마 입는 팔자 좋은 여인들로 보이겠지. 마냥 행복하고 마냥 봄날인 인생에 무어가 걱정이냐 할 것이다. 허나, 하루하루가 살얼음판 위를 디디는 것이요, 말 한마디에 처지가 달라지는 곳이 궁궐이 아니더냐. 그런 궁에서 살아야 할 여인의 팔자란 두렵고 위태로운 일투성이니. 그러기에 더더욱 그립고 아쉬운 것이 지아비의 눈빛이요, 마음일 터."

"어마마마."

다정히 건네는 중전의 말에 소은의 눈가에 어룽 눈물이 고였다.

"속상한 것 있거들랑 내게 다 말하려무나."

"……."

"아프면 아프다, 투정 부려도 허물치 않을 것이니, 내게 하려무나."

"네, 네. 어마마마."

소은의 얼굴에 기어이 눈물이 흘러내렸다.

"에그, 이 여린 것을 어쩌누."

마치 어린 여식을 돌보듯 중전은 제 저고리 고름으로 소은의 눈물을 닦아주었다.

"이러지 말고 일어나거라. 이리 누워만 있으면 마음이 울적하여 없던 병도 생길 것이야. 날이 제법 풀렸으니, 나와 함께 산책이라도 하자꾸나."

"의원이 아직 조심할 시기라 하여……."

중전이 조심스레 말하는 소은의 손을 잡았다.

"혹시 아느냐? 산책길에 우연히 세자라도 만날지."

"……!"

놀란 표정을 짓던 소은의 눈에 은근한 기대가 서렸다.

중전께서 저리 말씀하셨을 때는 무슨 연유가 있을 터.

"듣자 하니 북방에서 돌아온 세자가 주상 전하의 침전에 들었다는구나."

"준비하겠사옵니다."

말이 끝나기 무섭게 소은은 치장을 서둘렀다. 행여 진물 난 흔적이 드러날까 두텁게 분칠하고, 어렵게 구한 명국의 비단으로 만든 스란치마와 당의를 입었다.

잠시 후, 빈궁전을 나서는 소은의 모습은 화려한 범나비 같았다.

"곱구나."

중전이 흐뭇한 눈으로 소은을 바라보았다.

그렇게 두 사람은 그림자를 길게 늘이며 산책에 나섰다. 우연인지 그 방향이 임금이 계시는 강녕전이었다.

때마침, 왕의 침전을 나서는 향과 중전의 시선이 마주쳤다.

"이런……."

환하게 웃는 얼굴로 소은을 돌아보며 중전은 말을 이었다.

"내 중요한 일을 깜빡하였구나. 산책은 나중으로 미뤄야겠구나."

이 모든 것이 향과 소은을 만나게 하기 위한 중전의 배려였다.

향과의 짧은 인사를 끝으로 중전은 자리를 비웠다.

"몸이 편치 않다 들었소."

향이 담담한 표정으로 입을 열었다.

"소첩이 미욱한 탓이옵니다."

간잔지런히 속눈썹을 아래로 내리뜨는 소은에게서 짙은 향내가 전해졌다.

그러나 유혹하는 치장에도 향의 굳은 표정은 풀리지 않았다.

폐허가 된 변방 마을과 차가운 시신을 마주한 것이 불과 며칠 전이었다. 그 참담한 광경이 잔영처럼 뇌리에 남아 있었다.

눈앞의 여인은 힘겨운 세상사완 상관없다는 듯 한없이 고아했다. 풍기는 향내는 달콤하였으며, 사각거리는 비단 옷자락은 하늘 구름에서 뽑아낸 실로 만든 듯 부드럽기 그지없었다.

어디 그뿐이랴?

머리에 꽂은 떨잠이며 비녀에 박힌 보석은 눈이 부실 지경이니, 무엇 하나 아름답지 않고, 귀하지 않은 것이 없었다.

하여, 묘한 괴리감이 느껴졌다.

고아한 향내 위로 시린 변방의 바람 냄새가 느껴졌다. 부드러운 비단 위로 시신을 덮은 거적의 서걱거림이, 눈부신 보석 위론 차게 식어버린 어린아이의 발이 덧입혀졌다.

소은을 대하는 향의 눈빛이 차갑게 식었다.

그런 속내일랑 알지 못한 소은은 은근한 시선으로 향을 곁눈질했다. 지금 그녀는 자신이 할 수 있는 온갖 정성을 다 쏟는 중이었다.

뉘는 사람을 대하는 데 가장 중요한 것은 마음이라 하였다. 하지만 사람의 심성을 어찌 볼 수 있단 말인가. 마음은 눈에 보이지 않으니, 꾸며도 표가 나지 않는다.

반면, 미모는 가꾸고 아낄수록 드러나고 돋보이니, 정성을 다하지 않을 수 없었다.

지금 그녀가 입고 있는 옷이며, 몸에 바른 분이며, 갖은 치장에 작은 노리개 하나까지, 무엇 하나 최상품 아닌 것이 없었다.

이 정성을 세자께서 알아주시려나?

기대감이 차올랐다.

그러나 되돌아오는 것은 차가운 바람이었다.

"편편하지 않다 들었소. 아픈 사람을 오래 붙들고 있는 것도 도리가 아니니, 그만 들어가보오."

그대로 두었다간 모처럼 마주한 왕세자께서 그대로 떠나실 판국이라, 마음이 급한 나머지 소은은 향의 소맷자락을 왈칵 움켜쥐었다.

"아니옵니다."

"……."

향의 시선이 제 소맷자락으로 향했다.

놀라 움찔하던 소은은 쥐고 있던 그의 옷자락을 주섬주섬 놓았다. 그러나 마음에 품은 말은 다 해야겠기에 아랫배에 힘을 주었다.

"저하의 옥안을 뵈었더니, 한없이 가라앉던 몸이 가뿐해졌사옵니다."

"다행이군."

"하여, 청이 있사옵니다."

"청?"

"소첩과 함께 경회루에 가지 않으시렵니까?"

향은 고개를 들어 소은을 보았다.

소은은 힘껏 미소를 지으며 말을 이었다.

"경회루의 풍광에 제법 봄기운이 깃들었다 합니다. 보고픈 마음

굴뚝이었으나, 저하와 함께 즐기고 싶어 꾹꾹 마음을 눌렀나이다."
"그랬소?"
"네."
"어째서?"
무뚝뚝한 물음에 두텁게 분칠한 소은의 얼굴에 잔 균열이 일었다.
"무엇이든 좋은 것은 저하와 함께 나누고 싶은 것이 소첩의 마음이옵니다."
제법 고운 답이었다.
그러나 물끄러미 소은의 눈을 들여다보던 향은 굳은 표정을 풀지 않았다.
"미안하오. 그 마음 고마우나, 풍광을 즐길 여유가 내겐 없구려."
"저하……."
"그만, 돌아가봐야겠소."
싸늘한 몸짓으로 소은의 청을 물리친 향은 그대로 걸음을 옮겼다.
좀처럼 곁을 주지 않는 향의 매정한 모습에 소은은 제 입술을 아프게 물었다.
어째서입니까? 어째서 제겐 이리 차가우신 겁니까?
멀어지는 향의 뒷모습을 바라보며 소은은 말아 쥔 주먹을 바르르 떨었다.
저 걸음이 어디로 향할지 안 봐도 뻔한 일이었다.
분명 해루에게로 가는 것이겠지.
싫다. 참으로 싫다.
그 계집은 어찌 이리 나를 괴롭히는 것일까?
어찌하여 멀쩡히 돌아와 내게 죄책감을 주고, 단 하나 남은 소망

마저 앗아가는 걸까?

이 모든 것이 해루 때문이었다.

그 아이만 없었으면…….

그 아이만 사라진다면…….

잔인한 염원이 소은의 마음에 똬리를 틀었다.

타당! 타당! 타당!

수십 발의 화살이 허공을 가로질렀다.

소은의 예상과 달리 향이 향한 곳은 해루의 전각이 아닌 신루였다.

신루로 돌아온 이후, 미친 듯 서책을 뒤적이던 향은 이번에는 수노기에 화살을 메어 쏘기 시작했다.

한 시진이 넘도록 수백 발의 화살이 과녁에 꽂혔다 뽑히길 반복했다.

걱정 가득한 시선으로 지켜보던 해루가 무혁의 곁으로 슬금슬금 다가섰다. 향이 신루 학자들을 모두 물린 터라 텅 빈 신루 안에는 향과 무혁, 그리고 상궁 차림의 해루가 전부였다.

"두목님. 우리 공갈 저하, 무슨 일 있으셨습니까?"

"……."

"어찌 저리 안색이 좋지 않으신 겁니까? 변방에서 안 좋은 일이라도 있었던 겁니까?"

무혁은 가타부타 말없이 고개만 끄덕거렸다.

전염되듯 해루도 그를 따라 고개를 끄덕였다.

"그렇군요."

해루는 애잔한 시선으로 향을 응시했다.

문득 영월에서의 일이 떠올랐다. 빈궁한 백성들의 모습에 홀로 자책하고 괴로워하던 향의 모습이 그녀의 뇌리를 채웠다.

아마도 감당하기 괴로운 경험을 한 것이 틀림없으리라.

"그래도 저리 무리하시면 안 됩니다."

배행 환관에게 물어보니 변방에서 제대로 음식을 먹지도, 잠을 자지도 않으셨다 하였다. 그리고 궁에 돌아오신 이후로도 저리 쉬지 않고 계신다.

혹여 쇠로 만든 몸이라 하더라도 저리 무리하면 부서지리라.

해루는 성큼성큼 향의 곁으로 다가갔다.

"저하."

"물러서라."

향은 수노기에 새로운 화살을 메었다.

"곤해 보이십니다."

"신경 쓸 것 없다."

타당!

화살이 허공을 가로질러 과녁 중앙에 꽂혔다.

다음 화살을 메기는 향을 말없이 지켜보던 해루가 휙 몸을 돌렸다. 그러고는 곧장 과녁 가운데로 걸어갔다.

"무슨 짓이냐?"

향이 짐짓 엄한 눈빛으로 해루를 바라보았다.

"이제야 제게도 눈길을 주시는 겁니까?"

"비켜라. 해야 할 일이 있다."

"무슨 일인지 모르겠지만 이리 서두른다고 될 일이 아닙니다. 우선은 쉬셔야 합니다."

"내가 편히 쉬는 순간에도 내 백성은 죽어 나갈 것이다."

"이리 몸을 혹사하다 쓰러지기라도 하면 어찌하시려고요?"

"내 백성이 차가운 바닥에 누워 싸늘하게 식어가고 있는데, 과로로 쓰러지는 게 무에 대수겠느냐?"

"저하……."

"이번에도 나는 무기력하였다. 무지하였다. 야인들이 백성들을 핍박하여 그들의 삶이 한없이 비참하였거늘, 나는 이제야 그 사실을 알았다."

"그래서 그리 스스로를 혹사하시는 겁니까?"

"방도를 연구하는 중이다."

"방도요? 무슨 방도 말씀입니까?"

"나는 강한 나라를 만들 것이다. 하여, 지킬 것이다."

"……."

"네 지아비로서 널 지키듯, 이 나라의 세자로서 내 백성을 지킬 것이야."

"훌륭한 생각입니다. 그러나 저하께서 강건하셔야 백성을 지킬 수가 있질 않겠습니까? 저는 아둔하여 저하의 고뇌가 얼마나 크고 깊을지 감히 가늠조차 할 수 없습니다. 그러나 이런 저도 저하께서 쓰러지신다면 이 나라가 얼마나 흔들릴지는 잘 알고 있습니다. 그러니……."

해루는 향의 손에서 슬그머니 수노기를 빼앗았다.

그런 다음 그의 양손을 잡고 신루 안에 있는 세자의 처소를 향해 천천히 뒷걸음질 쳤다.

"조금만 쉬십시오."

탁.

어느 사이 처소 안으로 들어온 해루는 문을 닫았다.

하지만 처소 안에서도 향의 근심은 사라지지 않았다.

"……해야 할 일이 산더미다. 궁을 비운 사이 주석을 달아야 할 문서가 저리 쌓여 있는데, 내가 어찌 쉴 수 있단 말이냐?"

아차 싶었다.

설마, 처소에 저리 문서가 쌓여 있을 줄이야. 아니, 정말로 큰 문제는 쉬려 하지 않는 세자 저하였다.

어찌한다? 이리 과로하시면 틀림없이 쓰러질 텐데.

어찌하면 일을 잠시 접어두게 할 수 있을까?

잠시 생각하던 해루는 불현듯 소맷자락에서 비단 손수건을 꺼냈다.

"아무래도 눈이 말썽인 모양입니다."

"눈?"

"다른 사람 눈에는 안 보이는 것도 저하께서 보시면 일이 되고 근심이 되니, 그 눈이 말썽인 게지요."

말과 함께 해루는 언젠가 향이 그랬듯 그의 눈을 손수건으로 가렸다.

"이제 되었습니다."

"뭘 하려는 것이냐?"

"저하께서 안 계시는 동안 저 역시 놀고만 있지는 않았습니다."

"무어라?"

"저하께서 원하는 것이 무엇이든 들어드리겠습니다. 대신 이 시간만큼은 제가 원하는 대로 따라오셔야 합니다."

"네가 원하는 것이 무엇이더냐?"

향의 물음에 해루는 그의 앞에 마주 앉았다.

그러고는 천천히 몸을 기울여 그의 입술에 제 입술을 마주 겹쳤다.

촉.

수줍고 여린 입맞춤.

"이것이 제1장이지요? 그리고…… 이것이 제2장."

좀 전보다 조금 더 깊고 아득한 입맞춤이 이어진다. 열없이 벌어진 향의 잇새로 해루의 달콤한 숨결이 넘나들었다. 저릿한 감각에 향의 등이 꼿꼿해졌다.

입안에 고인 단침을 삼키며 그가 물었다.

"설마, 이 밤에 36장까지 하려는 건 아니겠지?"

그의 목덜미로 팔을 두르며 해루가 대답했다.

"받은 만큼 돌려드리겠습니다."

해사한 미소가 그녀의 얼굴에 떠올랐다. 위로를 담은 입맞춤이, 안식을 품은 따뜻한 포옹이 이어졌다.

내내 경직되어 있던 향의 마음이 천천히 무너져 내렸다.

더디던 밤이 빠르게 흐르기 시작했다.

제가 바로 저하의 북극성입니다

한씨는 고개를 저었다.

"이것은 아니 되겠습니다."

어미의 말에 소은은 이맛살을 찌푸렸다. 상의원에서 올린 당의를 살피는 중이었다.

당의는 소은이 원하는 대로 지어진 터였다. 그런데 어찌 저러실까?

"저는 마음에 듭니다."

소은은 어미의 손에서 당의를 빼앗듯 낚아채며 말했다.

한씨는 철부지 어린 것을 보듯 소은을 바라보았다.

"마마, 지금은 이리 화려한 것을 몸에 걸쳐서는 아니 됩니다."

"왜요? 세자 저하께 소박받는 몸뚱이라, 이리 귀한 것도 걸칠 수 없단 말씀이십니까?"

"그런 것이 아닙니다. 당분간 마마께서는 가엾고 처연한 본실이 되어야 합니다."

"가엾고 처연한 본실이라고요?"

소은은 의문 가득한 눈으로 한씨를 보며 다시 물었다.

"어째서요?"

"궁의 흐름을 읽으셔야 합니다."

"저도 눈치는 있습니다."

"저하께서 빈궁마마를 어찌 대하고 계십니까? 차갑고 냉랭하게 대하고 계시지요. 그 일로 대신들의 불만도 적지 않습니다. 세자 저하께서 후궁의 치마폭에 싸여 본분을 잊고 있다고 말입니다."

"아주 틀린 말도 아니지요."

소은의 눈매가 싸늘해졌다.

"그래서입니다. 당분간 빈궁마마께선 가엾은 여인이 되어야 합니다. 가엾고 처연한 빈궁마마의 모습을 본 대신들은 어찌 생각하겠습니까? 절로 측은지심이 일지 않겠습니까?"

"그렇지요."

"그러니 당분간 화려한 옷을 피하셔야 합니다. 그래야 마마를 위해 물심양면으로 일하는 아비의 말에도 힘을 실어줄 것이 아니겠습니까?"

말인즉, 빈궁의 아비인 봉여가 조정 대신들을 선동하여 세자 저하를 몰아붙이려 하니, 당분간은 버려진 여인처럼 가련한 모습을 보여야 한다는 의미였다.

"그렇군요. 제 생각이 짧았습니다."

어미의 말에 깨달음을 얻은 소은은 제 허벅지를 내리쳤다. 먹구름을 드리웠던 소은의 안색이 오래간만에 활짝 개었다.

한 상궁을 비롯한 빈궁전 궁녀들의 표정도 덩달아 밝아졌다.

빈궁마마의 성격은 한여름 날씨 같았다. 때로는 뜨겁고, 때로는 비바람이 몰아치니. 하루에도 몇 번씩 바뀌는 기분 탓에 시시각각 살얼음을 디디는 것 같았다.

제발 오늘만 같아라.

궁녀들의 한결같은 마음이 고스란히 얼굴에 드러났다.

소은은 살피던 당의를 휙 바닥에 내던졌다.

"상의원에 일러 앞으로는 수수한 입성으로 준비하라 해라. 그리고……."

소은은 바닥을 아무렇게나 나뒹구는 당의를 턱짓했다.

"저건 권 승휘에게 주어라. 허고, 앞으로 권 승휘의 복색을 그 누구보다 화려한 것으로 준비하라 일러라. 단……."

한 상궁의 귓가에 얼굴을 바싹 들이댄 소은이 말을 이었다.

"내가 그랬다는 말은 빼고."

명을 받은 한 상궁이 처소 밖으로 사라졌다.

소은의 얼굴에 서린 흡족한 표정이 가라앉길 기다린 한씨가 다시 입을 열었다.

"그날 이후로 저하께서 빈궁마마를 찾으신 적이 있습니까?"

소은의 표정이 다시 어두워졌다.

힐끗, 여식의 눈치를 살피던 한씨가 말을 이었다.

"어떻게든 원손을 낳으셔야 합니다."

소은은 와락 짜증을 냈다.

"저라고 어찌 그걸 모르겠습니까? 그러나 하늘을 봐야 별을 딸 것이 아닙니까."

거칠게 서탁을 내리치는 손이 부르르 떨렸다.

요즘 들어 분한 기운을 참을 수가 없었다. 그럴 때면 이리 손이 떨리고 급기야 오한이라도 든 듯 전신이 떨렸다.

마음 다스릴 것이 필요했다.

소은은 버릇처럼 소리쳤다.

“차, 차를 가져오너라.”

몸짓 잰 궁녀가 서둘러 찻상을 들고 들어섰다. 그러나 무에 마음에 들지 않는지 소은은 마시던 찻잔을 힘껏 내던졌다.

“이것이 아니다! 예전에 마시던 것이 있지 않으냐? 그것을 가져오너라.”

“무, 무엇이온지요?”

“내가 그걸 어찌 알아? 소쌍이, 그래, 소쌍이가 알 것이야. 소쌍이는 어디에 있는 것이냐?”

소은의 물음에 문 상궁이 머리를 조아렸다.

“마마께서 세답방으로 쫓아내라 명하시어…….”

“그렇구나.”

이제야 생각난 듯 소은은 고개를 끄덕였다.

그런 일이 있었다.

눈엣가시 같던 해루를 궁에 들어오기 전에 치워버리고 싶었다. 마침 궁녀 중에 뒷골목에 대해 잘 아는 아이가 있었다. 그 아이가 바로 소쌍이었다.

그러나 소쌍은 소은이 맡긴 두 번의 은밀한 일을 모두 실패하고 말았다. 특히, 천 서방이라는 자의 실패는 자칫 큰 후유증을 남길 뻔하였다.

거듭된 실패로 소쌍은 소은의 미움을 단단히 받아 세답방으로 쫓겨났다. 듣자 하니 그곳에서도 천덕꾸러기처럼 괄시를 받고 있다

하였다.

소은의 눈치를 살피며 문 상궁이 조심스럽게 운을 뗐다.

“부르오리까?”

“되었다. 그 볼품없는 천것을 불러 어디에 쓰겠느냐. 그만 되었으니 다들 물러가라.”

귀찮은 날파리 쫓듯 궁녀들을 쫓아낸 소은은 주섬주섬 자리에서 일어섰다. 자개 문갑 안에서 작은 병을 꺼내 든 그녀가 제자리로 돌아왔다.

“그게 무엇입니까?”

“일전에 오라버니댁이 보내준 술입니다. 향이 좋아 조금씩 입가심으로 마십니다.”

“마마…….”

한씨의 눈에 걱정이 서렸다.

애써 감춰두었던 소은의 본색이 슬슬 드러나고 있었다. 본디 자유로운 어린 시절을 보낸 소은은 놀기도 사내 못지않았고, 술도 제법 잘 마셨다.

뒤늦게 사태를 파악한 아비가 단속해 간신히 그 거친 성격을 잡아놓긴 했지만 언제나 위태로웠다. 다행히 세자빈까지 되어 예전의 성정을 잊었나 했더니, 다시 술을 입에 대기 시작했다.

“걱정 마시어요.”

소은은 걱정하지 말라 하였지만, 어찌 걱정하지 않을 수 있을까.

저 아이가 저리된 것도 모두 권 승휘 탓이다.

그 요망한 것이 내 딸과 집안의 부귀영화를 가로막고 있구나.

“참, 그 이야기는 들으셨습니까?”

한씨가 마침 생각난 듯 새로 말문을 열었다.

"무슨 이야기 말입니까?"

"궁 안에 떠도는 이야기인데, 권 승휘가……."

행여 듣는 귀가 없는지 주위를 살피던 한씨는 소은에게 은밀한 소문을 전했다.

잠시 후.

이야기를 전해 들은 소은의 얼굴에 놀란 표정이 떠올랐다.

"그 소문이 사실입니까?"

"소양궁에서는 모르는 사람이 없는 이야기라 합니다."

"그래요?"

소은의 입가에 선뜩한 미소가 자리 잡았다.

그 미소의 의미를 잘 아는 한씨가 눈을 반짝이며 물었다.

"좋은 계획이라도 떠오르신 모양이로군요."

"그렇습니다. 떠올랐어요. 귀찮게 구는 벌레를 어찌 쫓을지, 그 방도가 떠올랐습니다."

"어찌할 생각이십니까?"

"천지 분간 못 하고 날뛰는 천둥벌거숭이에게 내명부의 지엄한 법도를 일러줘야지요."

속내를 감추지 못한 듯 소은의 입아귀가 사납게 뒤틀렸다.

신루는 오늘도 여전히 바쁘게 돌아가고 있었다.

"다들 바빠 보이십니다."

막 신루로 들어선 해루가 인사를 건넸다.

김담을 비롯한 신루의 학자들은 가볍게 손을 흔들어 보이곤 다시 일에 열중했다.

주위를 두리번거린 해루가 가장 한가해 보이는 양여섭에게 물었다.

"저하께서 찾으신단 연락을 받고 왔습니다. 저하께선 어디 계십니까?"

양여섭은 고개도 들지 않고 안쪽을 가리켰다.

연구에 열중할 때 신루 학자들은 대개가 이런 반응이라, 해루는 고맙다 인사하며 신루 깊숙한 곳에 위치한 향의 처소로 발길을 옮겼다.

"우리 저하께서 왜 날 찾으셨으려나."

걸음을 옮기는 해루의 발길이 전에 없이 흥겨웠다.

아침 일찍 그녀의 전각인 소양궁으로 향의 서신이 날아들었다. 꼭 만나고 싶으니, 신시초(申時初, 오후 3시)에 신루로 오라는 내용이었다.

"우리 엉뚱한 저하께서 오늘은 무슨 일로 나를 이리 간절히 찾으셨을까."

혹, 지난밤에 못다 한 20장부터 36장을 마저 하시려나?

은근한 설렘을 감추고 안으로 들어서던 해루는 눈을 깜빡거렸다. 익선관에 곤룡포 차림의 세자가 아니라 변복한 향이 그녀를 기다리고 있었던 까닭이다.

"어디 가십니까?"

"궁 밖으로 나갈 일이 생겼다."

"그럼 저는 왜 오라 하신 겁니까?"

"길 안내를 맡아다오."

해루의 얼굴이 일그러졌다.

"그러니까 아침 일찍 서신을 보낸 이유가 절더러 길 안내를 해 달라는 의미였다는 겁니까?"

다른 용무는 없고요?

해루의 물음에 향은 당연하다는 얼굴로 고개를 끄덕거렸다.

"길잡이 할 게 아니면 구태여 널 부를 이유가 없지 않으냐?"

"아! 그러셨구나."

"표정이 어째 안 좋구나."

"제 표정이 어때서요?"

"썩은 감이라도 먹은 것 같구나."

향의 말에 해루는 손을 들어 얼굴을 쓱쓱 문질러 마른세수를 했다.

괜히 기대했네.

그러다 이내 제 속내를 깨닫고는 화들짝 놀랐다.

내가 대체 무슨 생각을 한 거야?

아무래도 내 속에 음란한 마귀가 터를 튼 것이 틀림없어.

안 돼, 안 돼.

체머리를 흔드는 해루를 향이 은근한 시선으로 내려다보았다.

"무엇이냐? 혹여 너, 다른 것을 기대한 것은 아니렷다?"

"기대는 무슨? 기대 안 합니다. 절대 안 합니다."

"그러냐?"

"네."

"다행이구나. 허면, 서둘러 변복하고 나서거라."

"알겠습니다."

아, 뭔가 섭섭한데. 그 연유를 알 수가 없네.

힐끗, 곁눈질로 바라보던 향의 입가에 싱긋 짓궂은 미소가 걸렸다. 그러다 문득 해루의 입술에 가벼이 제 입술을 겹쳤다.

촉.

봄날의 꽃잎처럼 연하게 내려앉았다 사라지는 감촉에 해루가 놀란 표정을 지었다.

"뭐, 뭡니까?"

"길잡이 노릇을 해주는 대가로 주는 것이다."

"……너무 짜게 주시는 것 아닙니까?"

"본디 선금은 이리 짠 법이다. 돌아오면 두둑이 챙겨줄 것이니, 서둘러라."

향의 말이 떨어지기 무섭게 해루가 자리에서 벌떡 일어섰다.

"어딜 가신다고 하셨죠? 말씀만 하십시오. 제가 안내하겠습니다."

"이 근처에 초씨공방이라는 곳이 있다던데, 혹시 아시오?"

"초씨공방이라 하셨습니까요? 그런 이름은 처음 들어보는뎁쇼."

향과 해루가 시전 거리를 헤맨 지 어느새 반 시진이 넘어가고 있었다.

작정만 하면 금방 찾을 수 있으리라 생각했건만, 시전에서 초씨공방을 아는 이는 아무도 없었다.

"개천 북쪽으로 가면 공방이 많으니, 그쪽으로 가보는 것은 어떻습니까?"

해루의 말에 향이 고개를 저었다.

"대로변에 있는 공방들 말이냐? 내가 찾는 곳은 그리 잘 알려진 곳이 아니다. 은밀하고 구석진 곳에 있는 공방이다."

"은밀하고 구석진 곳에 있는 공방요? 공방도 장사하는 곳인데, 굳이 찾기 어려운 곳에 공방을 차릴 이유가 있겠습니까?"

"그러긴 하다만……."

해루의 말도 일리 있었다. 하지만 아바마마께서 없는 말을 하실 분도 아니었다.

이곳에 있다 하셨으니, 분명 이곳에 있을 것이다. 다만, 찾지 못하는 것일 뿐.

향은 하늘을 올려다보았다. 어느새 날이 저물었다.

곧 밤이 찾아오리라.

아무래도 오늘은 일을 이루지 못할 모양이다.

자신은 몰라도 해루는 늦기 전에 제자리에 돌려놓아야 했다.

아쉽지만 그만 돌아가 내일을 기약해야 할 터.

"그만 돌아가자꾸나."

"벌써요?"

"벌써가 아니다. 해가 졌어. 곧 밤이 될 것이다."

"아직 살펴볼 곳이 남았습니다. 이대로 돌아가면 아쉬우니 조금만 더 찾아보죠."

재게 발을 놀리는 해루를 보며 향은 피식 웃음을 흘렸다.

궁에 들어오면 달라질 줄 알았더니, 후궁이 되기 전이나 지금이나 해루는 달라진 것이 없었다.

김 상궁의 헌신적인 교육 덕에 조금 얌전을 떨게 되었는지는 모르나, 여전히 활발하고 잘 웃었다. 이러고 함께 길을 헤매니 옛 생각도 났다.

"그럼, 조금만 더 찾아볼까?"

향은 해루의 곁에 나란히 섰다. 누가 등 뒤에 서 있는 걸 싫어하는 해루의 습성을 누구보다 잘 알기 때문이었다.

그렇게 두 사람이 어깨를 나란히 하고 어두운 골목으로 막 들어설 때였다.

"음."

향의 입에서 나직한 신음이 흘러나왔다. 그의 눈매가 가늘어졌다. 음침한 골목 곳곳에서 지켜보는 시선이 느껴졌다.

"해루야."

향은 본능적으로 해루를 제 가까이 끌어당겼다. 행여 누가 채 가기라도 할세라 그는 그녀를 끌어안다시피 한 채 걸음을 옮겼다.

얼마 지나지 않아 보이지 않던 시선의 실체가 하나, 둘 모습을 드러냈다.

"깊은 밤에 어디를 그리 급하게 가시오?"

걸쭉한 음성과 함께 유난히 몸집이 큰 사내가 골목 안쪽에서 나타났다. 그의 등 뒤엔 말을 건넨 사내와 버금갈 정도로 험상궂은 인상의 무리가 서 있었다.

한눈에 봐도 시정의 무뢰배들이었다.

"네놈들은 누구냐?"

향은 제 등 뒤로 해루를 돌려세웠다. 그러고는 손목을 더듬었다. 수노기는 여느 때와 마찬가지로 제자리를 지키고 있었다.

품속에 있는 화살의 수는 모두 일곱 대.

얼핏 세어보아도 무뢰배의 수가 더 많았지만, 크게 근심하지는 않았다.

향은 고개를 옆으로 돌렸다. 언제나 향의 뒤를 소리 없이 따르던 무혁이 검을 뽑으며 곁에 섰다.

향과 무혁 그리고 무뢰배들 사이에 긴장감이 팽팽하게 조여졌다.

오감을 곤두세운 향은 싸늘한 눈빛으로 주위를 경계했다. 언제라도 화살을 날릴 준비는 되어 있었다.

바로 그때였다.

"아씨?"

뜻밖의 단어가 향의 귓전을 울렸다. 뒤이어 익숙한 이름이 무뢰배의 입에서 흘러나왔다.

"해루 아씨, 이 늦은 밤에 여기서 뭐 하오?"

"마씨 아저씨!"

향의 등 뒤에 있던 해루가 무뢰배의 앞으로 쪼르르 달려갔다. 미처 잡고 말고 할 사이도 없이 벌어진 일이었다.

어리둥절한 향을 뒤로한 채 해루는 인상 험악한 사내들과 마주섰다. 얼굴 가득 해사한 웃음을 머금은 채로…….

"아는 사람들이냐?"

향의 물음에 해루가 대답했다.

"알다 뿐입니까? 저와 제법 친분이 깊은 분들이십니다."

이런 무뢰배들과 친분이 있어?

향의 뇌리에 의아함이 들어찼다.

"어떻게 알게 된 사이냐?"

"지난번 정 판수 아저씨 일로 전당국에 들렀다가 알게 되었습니다."

향은 무혁을 돌아보았다. 당시, 해루의 곁을 지킨 이는 무혁이었다.

"그때 본 자들이 분명합니다."

무혁의 대답을 들은 향이 다시 해루를 돌아보았다.

"정 판수 아저씨 이야기를 들어볼 겸 구 할아버지 전당국에 몇 번 들렀다가 이리 친해졌습니다."

“몇 번 들렀다가 친해져?”

이 녀석의 친화력은 대체 어디가 끝이란 말인가.

지위와 고하를 막론하고 쉽게 사람과 친해지는 해루의 능력에 향은 혀를 내둘렀다.

“나쁜 분들은 아닙니다. 그러니 수노기는 굳이 사용하실 필요 없습니다.”

해루는 준비 태세를 갖추고 있는 향의 수노기를 슬그머니 아래로 내렸다. 행여 누가 다칠까 염려되었던 것이다.

“그래?”

“알고 보니 정 판수 아저씨와 함께 팔도를 떠돌 때 알던 분들도 여럿 계셨습니다. 객지에서 만난 분들을 한양에서 다시 만난 거죠. 그러고 보면 사람의 인연이란 참 신기한 것 같습니다.”

“난 네가 더 신기하구나.”

“네?”

향의 말에 해루가 고개를 갸웃했다.

“그런데 아씨, 이분은 뉘시오?”

해루와 향을 번갈아 살피던 사내 중 하나가 조심스레 질문을 던졌다.

“그야 당연히…….”

“형님, 딱 보면 모르시오? 아씨 낭군님이 아니오.”

“그렇구먼. 하하하, 딱 보니 알겠소.”

멋쩍은 웃음을 흘리는 사내의 주위로 하나둘 뒷골목 사람들이 몰려들었다.

조용하던 골목길이 금세 왁자지껄해졌다. 기이한 것은 그들 중에 해루를 모르는 이가 없다는 점이었다. 그리고 더 놀라운 것은 해루를 대하는 그들의 태도였다. 아씨, 아씨 하며 해루를 바라보는 사람들의 얼굴에 친근함이 서려 있었다.

"대체 어찌하면 사람들을 저리 만들 수 있느냐?"

향의 물음에 해루는 마른 웃음을 입가에 머금었다.

"영업상 비밀입니다."

비밀이라 말하는 해루의 모습에 향이 미간을 한데 모았다.

"아씨 왔는가?"

무리 사이에서 나온 노인 하나가 모습을 드러냈다. 전당국의 구 노인이었다.

"잘 계셨어요?"

"나야 늘 그렇지. 그런데 오늘은 무슨 일로 왔는가?"

"뭘 찾을 게 있어서요. 아! 혹시 초씨공방이라고 아세요?"

"초씨공방? 글쎄, 들어본 것 같기도 하고 아닌 것 같기도 하고. 아무튼, 그 이야기는 나중에 하고, 오늘 때마침 잘 왔네."

"무슨 일이라도 있습니까?"

"갓방을 하는 송 영감이 오늘 귀빠진 날이라 한 상 거하게 차렸다고 아는 사람은 죄다 불러 모았다네. 마침 우리도 그곳으로 가는 중이니, 아씨도 함께 가서 거들든가."

"그래도 될까요?"

"아씨 오는 줄 알면 송 영감도 좋아할 거야."

해루는 향을 돌아보았다.

"조선에서 최고로 갓을 잘 만드는 분이십니다. 그분께서 오늘 생신이라 하시는데, 잠시 자리해도 괜찮을까요?"

"네가 괜찮으면 나도 괜찮다."

말이 떨어지기 무섭게 해루는 향의 손을 잡고 걸음을 옮겼다.

❀

송 영감의 갓방은 골목에서 조금 벗어난 곳에 자리 잡고 있었다.

갓방에 들어서자 흥겨운 가락 소리가 들려왔다.

"송 할아버지."

"아이고, 아씨 오셨소?"

송 영감은 반갑게 해루를 맞이했다.

해루 역시 흥겨운 잔치 속으로 녹아들었다. 해루의 얼굴에 별빛 같은 반짝거림이 떠올랐다. 연신 밝은 웃음을 터트리는 그 모습이 참으로 행복해 보였다.

그 해맑은 미소를 바라보던 향의 표정이 무겁게 가라앉았다.

인사를 마치고 돌아온 해루는 향의 무거운 기색을 단박에 눈치챘다.

"불편하시지요? 인사만 하고 곧 가겠습니다."

"아니다. 마음 쓸 것 없다. 헌데…… 참으로 즐거워 보이는구나."

"당연하지요. 송 영감님 생신날이 아닙니까?"

갓방 한복판에서 가락에 맞춰 어깨춤을 추는 송 영감을 보며 해루는 웃음을 터트렸다.

그런 그녀에게 향이 나지막하게 말했다.

"어쩌면 내가 네게 못할 짓을 하는 건 아닌지 모르겠구나."

"무슨 말씀이십니까?"

해루가 시선을 향에게로 돌렸다.

"이리 행복해하는 모습, 궁에서는 본 적이 없는 것 같구나. 이리 사람들과 어울려 자유롭게 살아야 할 너를 내가 궁이라는 새장에 가둔 건 아닌지……."

해루는 단호한 얼굴로 고개를 저었다.

"그런 말씀 마십시오. 저는 저하와 함께 있을 때 가장 행복하고, 저하와 더불어 신루 학자님들과 함께할 때가 가장 좋습니다. 물론 이곳에서 마음 편한 것도 있고 즐겁기도 하지만, 저하가 없으면 아무 소용 없습니다."

"사실이냐?"

향의 물음에 해루는 그의 눈을 빤히 올려다보았다.

"다시는 그런 말씀 마십시오. 저는 이 모든 것을 다 버리더라도 저하와 함께하는 것이 더 좋습니다."

뚫어져라 해루를 들여다보던 향이 싱긋 미소를 지었다.

"참."

그녀의 웃음과 말 속엔 단 한 점의 거짓도 없었다.

서로를 바라보는 눈빛에 신뢰의 빛이 깊게 녹아 있었다.

잠시 침묵이 내려앉았다. 그 침묵을 깬 것은 두건을 쓴 중년의 사내였다.

"어이쿠, 아씨도 오셨습니까?"

사내가 해루에게 알은척을 하며 다가왔다.

"장씨 아저씨도 오셨군요. 오늘은 바쁘지 않으셨나 봅니다?"

"아무리 바빠도 이런 큰 잔치에 빠져서야 쓰나요."

어딘지 낯설지 않은 염소수염을 만지작거리던 사내가 해루의 맞은편에 앉았다.

"그렇지 않아도 출출하던 참인데, 덕분에 한 끼 거하게 얻어먹게 생겼습니다."

국밥을 말아 입에 넣는 사내를 보는 순간, 향의 눈매가 가늘어졌다. 잠시 기억을 더듬던 향이 입을 열었다.

"그대는…… 장 별좌가 아닌가?"

"누구……?"

자신을 알아보는 소리에 슬며시 고개를 들던 장 별좌의 눈이 찢어질 듯 커졌다.

"저, 저, 저……하."

향이 손을 들어 조용히 하라는 시늉을 해 보였다. 그는 잔뜩 목소리를 낮춘 채 사내에게 속삭였다.

"명국에 있어야 할 사람이 이곳에서 무얼 하고 있는가?"

그때, 근처를 지나가던 전당국 구 노인이 해루에게 말했다.

"아까 초씨공방을 찾지 않았는가? 어째 귀에 익다 했더니, 맞은편에 앉은 그 양반네 집을 초씨공방이라 부른다더군. 자기 혼자 제 집을 공방이라 부르니, 다른 사람들이 알 턱이 있나."

구 노인의 말을 들은 향의 눈 속에 불현듯 푸른 이채가 떠올랐다.

그가 장 별좌에게 물었다.

"저 말이 맞는가?"

"그, 그렇습니다만……. 어찌 그러시는지요?"

향은 장 별좌의 물음에 답하는 대신 잔뜩 들뜬 얼굴로 해루를 돌아보았다.

"역시 너만 한 길잡이가 없구나."

향은 해루의 손을 깍지 꼈다.

마치 절대 잃어버리지 않겠다는 듯 단단한 몸짓.

"너는 항상 내가 갈 길을 몰라 헤맬 때 어디로 가야 할지 알려주는구나."

깍지 낀 손을 내려다보며 해루는 빙그레 미소 지었다.

"제가 누군지 잊으셨습니까? 제가 바로 저하의 북극성입니다."

❀

이레 후.

좁고 음침한 골목으로 한 무리의 사람들이 들어섰다. 더러는 상인의 복장을 하고, 더러는 양인 복장으로 변복한 이들은 다름 아닌 신루의 학자들이었다.

그들은 복잡한 골목 구석에 위치한 허름한 가옥으로 향했다. 가옥은 다 쓰러질 듯 볼품없었지만, 높은 담으로 둘러싸인 뒷마당만큼은 대궐의 웬만한 마당 못지않게 넓었다.

이곳이 바로 장 별좌만의 초씨공방이었다.

"장 별좌가 이런 곳에 은밀히 공방을 차리고 있을 줄은 꿈에도 몰랐군."

김담은 주위를 둘러보며 탄성을 흘렸다.

"궁 안에서 만들지 못하는 것들이 죄다 이곳에서 나온단 말이지?"

양여섭 역시 감탄하는 눈빛을 금치 못했다.

공방을 둘러보는 신루 학자들의 눈에 은근한 열기가 들어찼다.

맨 마지막으로 공방으로 들어선 심운기가 궁금하여 견딜 수 없다는 듯 물었다.

"하온데 저하, 누구입니까?"

"무엇이 말이냐?"

"이런 곳을 알려준 사람, 대체 뉘옵니까?"

대답은 엉뚱한 곳에서 들려왔다.

"뉘긴 뉘겠는가. 바로 해루, 아니 권 승휘마마시겠지."

향은 심운기의 물음에 옳은 답을 하는 양여섭을 돌아보았다.

"그걸 어찌 알았느냐?"

"저하 주변에 일어난 일 중 엉뚱한 일은 대부분이 그 녀석……. 아니, 승휘마마께서 벌이신 일이 아닙니까."

"맞다. 해루가 도와주었구나."

"그런데 승휘마마는 어디에 계십니까?"

"오늘은 궁에 일이 있어 나오질 못했다."

"아쉽습니다."

양여섭의 말에 김담은 물론이고 신루의 학자들 모두 동조한다는 듯 고개를 끄덕였다.

바로 그때, 다급한 목소리가 달려들었다.

"큰일 났습니다!"

공방 마당으로 비연이 들어섰다. 숨이 턱까지 들어찬 그의 눈에 조급함이 가득했다.

"무슨 일인데 이리 소란이더냐?"

"해, 해루……. 아니 권 승휘마마가 잡혀갔다고 합니다."

모두 짐을 부리던 손길을 멈추고 비연을 바라보았다.

왁자하던 마당에 갑자기 고요가 찾아들었다. 무거운 침묵 사이로 어둠처럼 깊게 가라앉은 향의 목소리가 들려왔다.

"다시 말해 봐라. 지금 무어라 했느냐?"

"권 승휘마마가 잡혀갔습니다."

"누가 감히, 누가 감히 해루를 잡아갔단 말이냐!"

무슨 일이냐, 해루야..

분노가 향을 휩쓸었다.

그의 북극성이 사라졌다.

궁을 바라보는 향의 눈 속에 잿빛 불안이 안개처럼 서렸다.

헛것이 보이는 모양이오

한동안 푸근한 날이 이어졌다.

이제는 완연한 봄인가.

방심하는 마음을 비웃듯 밤새 함박눈이 내렸다.

"달래야, 달래야."

세답방 궁녀 은심이 달래의 처소 앞에서 동동 발을 굴렀다. 눈과 함께 동장군이 다시 살갗을 파고들었다.

호호, 따뜻한 입김을 불고 있자니, 방문이 열리고 달래가 잔뜩 일그러진 얼굴을 보였다.

"은심이구나."

"무슨 일 있는 게야? 어째 표정이 그래?"

"내가 왜 이러겠어? 다 저것 때문이지."

불퉁하게 내뱉는 달래의 시선이 방 안쪽으로 향했다.

전각의 후미진 행랑방이라, 햇살이 깊이 들어차지 못한 방 안은 여전히 어두웠다.

그 어두운 방 귀퉁이에 한 소녀가 잔뜩 몸을 웅크리고 있었다.

"재는 또 왜 저러고 있는 거야?"

"간밤에 빈궁전 궁녀 몇이 다녀갔거든."

"빈궁전 궁녀들이?"

"기분 안 좋은 일이라도 있었던 모양이야. 저 아이에게 화풀이하고 간 거지. 고작 몇 대 쥐어박혔다고 밤새 얼마나 눈물 바람을 하는지. 그 바람에 잠을 한숨도 못 잤다. 너와 벗나인 할 때가 참으로 좋았었는데."

달래의 작고 도톰한 입술에서 어울리지 않는 한숨이 새어 나왔다.

소쌍이라는 아이가 자신의 처소로 온 것은 한 달이 채 되지 않았다. 저 아이와 한방을 쓰는 바람에 그동안 같은 방을 쓰던 은심과 헤어지게 되었다. 각별한 벗과 헤어져 다른 방을 쓰게 된 것도 서러울 판국인데, 저 애물단지는 하는 짓마다 밉상이었다.

게다가 무슨 눈물 병에라도 걸렸는지, 툭하면 새벽마다 눈물 바람이니.

"내가 저년 때문에 잠을 제대로 청하지 못하는 날이 허다하다. 여기 좀 봐. 눈 밑에 그림자가 잔뜩 끼었잖아."

푸념하는 달래의 말에 은심이 불안한 표정으로 말했다.

"목소리 좀 낮춰. 그러다 들으면 어쩌려고 그래?"

"들으면 뭐 어때?"

"빈궁마마께 굄을 받던 아이라 하지 않았어? 지금은 이런 곳으로 밀려났지만, 언제 다시 빈궁마마의 부르심을 받을지 모르잖아."

"흥, 빈궁마마께서 저 아이를 어찌 내치셨는지 네가 몰라서 그래."

"화가 많이 나셨다는 이야기는 들었다만. 대체 뭘 잘못했대?"

"이유는 모르겠지만, 원수처럼 대하시더라. 빈궁마마께서 다시 부를 일은 절대로 없을 거야. 그러니 다들 맘 놓고 괴롭히는 거지. 듣자 하니 빈궁전에 있을 때, 빈궁마마 총애를 등에 업고 우쭐대는 꼴이 가관도 아니었던 모양이야."

"그래?"

"어제처럼 종종 빈궁전 궁녀들이 저걸 찾아와 한 대씩 쥐어박고 간단다. 얼마나 얄밉게 굴었으면 그러겠어."

"그리 나쁜 아이처럼 보이지는 않는데. 혹, 빈궁마마께 받은 화를 저 아이에게 풀고 있는 거 아니야? 듣자 하니 빈궁전의 분위기가 흉흉하다던데 말이야."

"사람 속을 네가 어찌 알겠어? 저 여시 같은 게 겉보기엔 얌전해도 행실은 전혀 아니야."

"왜? 또 무슨 일 있었어?"

은심이 툇마루에 엉덩이를 걸치며 물었다.

"말하면 이젠 내 입만 아플 지경이야. 툭하면 새벽녘까지 처소로 돌아오지 않으니, 곁에 있다가 같이 불벼락 맞을까 봐, 내가 애간장이 다 탄다."

"우리 달래가 고생이 많은 모양이구나. 그런데 그 늦은 시각까지 뭘 하고 돌아다닌다니?"

"얼굴 반반하니, 어디 숨겨놓은 사내라도 있는 모양이지."

"호호호, 사내라고?"

"원래 얌전한 괭이 부뚜막에 먼저 올라가는 법이다."

"얘는, 못 하는 말이 없어."

무에 그리 즐거운지, 두 사람은 까르르 웃음을 터트렸다.

"그만하고 나가자. 대전의 김 상궁님이 오늘 한턱낸다고 하시더라."

"어쩐 일로?"

"대전의 지밀상궁으로 들어가게 되었으니, 기쁘시겠지."

"그래? 요즘 네가 먹을 복이 터졌구나. 어제는 빈궁전 윤 상궁님 방으로 간다고 하더니."

"그렇지 않아도 거기서 먹은 도깨비뜨물(술) 한 잔에 아직도 머리가 무겁구나."

"도깨비뜨물도 마셨단 말이야?"

달래의 얼굴에 호기심이 가득했다. 그녀는 단숨에 방을 나섰다.

그러다 잊은 것이 생각이 났는지 쪼르르 도로 방으로 들어가 소쌍의 머리를 콩 아프게 쥐어박았다.

"나 나갔다 올 것이야. 돌아올 때까지 밀린 빨래, 죄다 해놔야 한다. 알겠느냐?"

"……."

"답 안 하지?"

"……네."

"으이구, 이런 답답이, 이런 답답이."

"늦겠다. 어서 가자."

은심은 제 가슴을 쾅쾅 내리치는 달래의 손을 잡고 처소 밖으로 걸음을 옮겼다.

한바탕 야살스러운 소란함이 사라지고 난 후.

방 안쪽에서 작은 움직임이 일었다.

살짝 열린 문틈으로 밖을 살피던 소쌍은 느리게 툇마루로 나섰다.

하얗게 말라붙은 아랫입술이 갈라져 붉은 핏기가 비쳤다. 소쌍은 낮게 한숨을 내쉬며 혀끝으로 입술을 적셨다. 날숨을 내뱉을 때마다 차게 얼어붙은 공기 사이로 하얀 입김이 번져 나갔다. 빈궁전에서 쫓겨나 이곳으로 온 지 꽤 많은 시간이 흘렀다.

제 딴에는 소은을 위해 애썼건만, 돌아온 것은 실패에 대한 책임과 냉대뿐이었다. 자신을 버러지 보듯 내려다보던 소은의 눈빛이 아직도 눈앞에 생생했다.

—쓸모없는 천것이라 어쩔 수가 없구나.

차고 사납던 소은의 마지막 목소리를 떠올릴 때마다 자꾸만 울컥울컥 눈물이 치솟았다.

저도 모르게 마음이 울적해진 소쌍은 입술을 삐죽 앞으로 내밀었다.

그러다 이내 처소 안으로 되돌아갔다.

해야 할 일이 산더미였다. 어제 끝내지 못한 빨래를 마저 해야 하고, 그것이 끝나면 마른 옷가지를 다림질해야 했다.

내내 굼뜨던 소쌍의 행동이 재빨라졌다. 빨랫감을 분류하고 빨아야 할 저고리의 동정을 떼어냈다. 분주하게 움직이던 소쌍이 문득 고개를 들어 문밖을 내다보았다.

인기척이 느껴졌다.

그러나 문밖엔 아무도 없었다.

"이상하다."

누군가 있었던 것 같은데.

고개를 갸웃거리던 소쌍의 시야가 길게 늘어진 행랑채 끝에 닿았다. 여인의 푸른 옷자락이 얼핏 보이는 듯했다.

"어? 빈궁마마……?"

소쌍은 눈가를 가늘게 여미며 까치발을 들었다.

그러나 봄날의 아지랑이처럼 여인은 금세 눈앞에서 사라졌다.

하얗게 마른 소쌍의 입술에 헛헛한 미소가 피어올랐다.

"내가 이제는 눈을 뜨고도 꿈을 꾸는구나. 빈궁마마라니."

그분이 여기에 오실 리가 없지.

낮게 중얼거리던 소쌍은 서둘러 안으로 사라졌다.

조용한 침묵이 툇마루에 내려앉았다.

❀

"마마께서는 아직이시더냐?"

교태전에서 빈궁전으로 돌아가는 길목.

한 상궁은 초조한 얼굴로 곁에 서 있는 박 나인에게 연신 물었다. 잠시 자리를 비운 빈궁께서 좀처럼 돌아오시지 않았던 까닭이다.

"저기 오십니다."

때마침 빈궁을 발견한 박 나인이 작은 목소리로 속삭였다.

반색하며 고개를 돌리던 한 상궁의 미간에 의아한 주름이 새겨졌다.

"저긴 세답방 쪽이 아니냐? 빈궁마마께서 저긴 어쩐 일이시지?"

한 상궁의 물음에 박 나인은 우둔한 얼굴로 고갯짓하였다.

변덕이 죽 끓듯 하는 빈궁마마가 아니시던가. 그 속을 누가 감히 헤아려 짐작할 수 있을까.

그사이, 푸른 당의 자락을 휘날리며 걸어온 소은이 두 사람 앞에 당도했다.

"시킨 일은 어찌 되었느냐?"

소은의 나직한 물음에 한 상궁은 주위의 눈치를 살피며 은밀히 대답했다.

"명하신 대로 했나이다."

고개 숙인 한 상궁의 이마에 식은땀이 송골송골 맺혔다. 간밤의 일만 생각하면 아직도 가슴이 쿵쿵 뛰었다.

어린 나이에 궁에 들어와 어느새 마흔이 훌쩍 넘은 한 상궁이었다. 고된 궁살이에 볼 꼴, 못 볼 꼴 다 보았다고 자신 있게 말할 수 있었다.

하지만 간밤의 일일랑은 본 적도, 들은 적도 없는 일이었다.

내명부의 기강을 바로잡아야 한다는 빈궁의 이야기를 들었을 때만 해도 한 상궁은 태평했었다. 매년 어린 궁녀를 단속하기 위해 한바탕 수선을 떠는 것처럼 빈궁께서도 그리하실 줄 알았던 것이다.

하지만 한 상궁의 예상과는 전혀 다른 명이 내려왔다.

—권 승휘를 잡아들여라. 밤마다 외간 사내와 간통하여 내명부의 위신을 바닥으로 내던진 계집이다. 세 치 혀로 사람을 이간질하는 데 이력이 붙은 요망한 것이니, 잡자마자 입에 재갈을 물리고 포승줄로 팔다리를 단단히 묶어라. 얼굴 또한 검은 복면으로 가려 쓸데없는 잡음이 없도록 해야 할 것이야.

이번에야말로 해루와의 묵은 연을 끝내겠다는 생각에 내린 소은의 결단이었다.

그 숨은 속내를 알지 못한 한 상궁은 세자빈의 섬뜩한 명에 어찌해야 할지 갈팡질팡하였다.

세자 저하의 관심을 한 몸에 받는 권 승휘가 아닌가.

그런 그녀가 외간 사내와 정을 통했다니. 사실이라면 궁이 발칵 뒤집히고도 남을 이야기였다.

하지만…….

미심쩍은 부분이 아주 없는 것은 아니었지만, 소은의 앙칼진 눈빛에 기가 눌린 한 상궁은 감히 대꾸도 하지 못했다.

하여 지난밤, 한 상궁은 힘 좋은 궁녀 서넛을 데리고 권 승휘의 전각을 찾았다. 행여 귀찮은 몸싸움이라도 있을까 싶어 밤번을 서는 나인들에겐 추운 날씨를 빙자하여 도깨비뜨물을 먹여 재웠다.

그 때문에 권 승휘가 잡혀간 사실을 아는 이는 극소수에 불과했다.

"무얼 하고 있느냐? 앞장서질 않고서."

상념에 빠진 한 상궁의 머리 위로 소은의 목소리가 날카롭게 날아들었다.

"이, 이쪽이옵니다, 빈궁마마."

한 상궁은 권 승휘가 갇힌 곳으로 종종걸음 쳤다.

그 뒤를 소은이 차갑게 가라앉은 얼굴로 따랐다.

그렇게 얼마나 걸었을까?

한 상궁이 소은을 안내한 곳은 자경전의 행랑채 뒤편이었다. 이곳에 지하 감옥으로 내려가는 계단이 있었다. 죄지은 궁녀들을 문초하고 형을 집행하는 이곳은 궁녀들에겐 공포와 두려움의 장소였다.

소은은 한 상궁의 안내를 받으며 지하 감옥 안으로 들어섰다. 지하 감옥은 습한 공기와 퀴퀴한 곰팡내로 뒤덮여 있었다.

빈궁전의 문 상궁과 감찰 시녀들이 암울한 분위기의 감옥을 지키고 있었다.

"권 승휘는 어디에 있느냐?"

소은의 물음에 문 상궁은 지하 감옥 안쪽 깊숙한 곳을 바라보았다.

권 승휘는 그곳에 있었다.

검은 복면을 머리에 뒤집어쓰고, 사지가 꽁꽁 묶인 채 바닥에 쪼그려 앉아 몸을 비틀고 있었다. 재갈을 물려놓은 입에선 연신 답답한 신음이 흘러나왔다.

소은은 힘없이 저항하는 해루를 복잡한 시선으로 내려다보았다.

그녀는 자신의 모든 증오와 미움의 원천이었다.

또한, 해루는 불타는 수강궁에서 자신을 구해준 생명의 은인이기도 하였다.

문득 소은의 미간이 일그러졌다. 해루를 향한 섬뜩한 증오와 함께 죄책감이 소은을 짓눌렀다.

그나마 다행인 건 얼굴을 검은 복면으로 가리고 있어 표정을 볼 수 없다는 것. 행여 저 아이와 시선이 마주치기라도 한다면…….

한참이나 말없이 해루를 내려다보던 소은은 매정한 얼굴로 명을 내렸다.

"저 계집을 형틀에 묶어라."

빈궁의 명이 떨어지기 무섭게 권 승휘는 형틀에 묶였다. 여전히 재갈과 복면으로 입이 막히고 얼굴이 가려진 상태였다.

"네 죄를 네가 알렷다?"

소은의 꾸짖음에 해루는 고개를 맹렬히 저었다.

음음음.

비명도 신음도 아닌 답답한 소리만 흘러나왔다. 대답하여 항변하고 싶어도 재갈 물린 입으로는 그 어떤 말도 뱉을 수 없었다.
해루의 미약한 모습에 소은은 눈가를 가늘게 여몄다.
저리 묶어놓고 보니 한낱 힘없고 하찮은 것이건만, 고작 이런 아이를 그동안 투기하고 증오하고 두려워하였던가?
소은의 입가에 승자의 미소가 그려졌다.
"네가 밤마다 외간 사내와 정을 통하는 것을 궁 안의 모든 사람이 알고 있음이야. 그래도 아니다, 모르겠다, 부정하겠다는 것이냐?"
절레절레.
해루는 다시 답답한 고갯짓을 해 보였다.
소은은 원을 그리듯 형틀 주위를 걸으며 질문을 쏟아냈다.
"다시 물으마. 외간 사내와 정을 통하였느냐?"
절레절레.
"매일 네게 서신을 보내는 자가 있지?"
절레절레.
"늦은 밤, 몰래 별궁을 빠져나가 낯선 사내와 만난 사실을 인정하느냐?"
절레절레.
거친 고갯짓 사이로 답답한 소리만 연신 새어 나왔다.
재갈이 물려 있으니 대답하고 싶어도 할 수 없는 상황.
변명하고 싶겠지. 어떻게든 이 상황을 모면하고 싶을 터.
그러나 그리 순순히 빠져나가게 두진 않는다.
이번에는 어떻게든 널 궁에서 쫓아내리라.
아니, 이 세상에서 너라는 존재 자체를 지워내리라.
티끌만큼 남아 있던 죄의식이 거짓말처럼 사라졌다.

입가에 한 줄기 서늘한 미소를 그린 소은이 명을 내렸다.

"저 계집의 주리를 틀어라."

"하, 하오나……."

머뭇거리는 문 상궁을 소은이 사나운 눈초리로 노려보았다.

"내 말이 아니 들리느냐? 저 계집의 주리를 틀라 하지 않았느냐?"

"하오나 일찍이 주상 전하께서는 억울한 죄인을 만들지 않기 위해 심한 고문을 경계하라는 명령을 내리셨사옵니다."

"주상 전하께서 내리신 명은 억울한 죄인에게나 해당하는 말이다. 이 천한 것이 저지른 죄는 확실한 증좌가 있으니, 주리를 튼다 하여도 잘못될 일이 없다."

거듭된 소은의 명에도 문 상궁은 요지부동이었다. 대신 그녀는 지하 감옥의 입구를 힐끔거렸다.

"네 이년!"

급기야 소은의 매서운 손매가 문 상궁의 뺨을 내리쳤다.

쫘악!

날카로운 소리가 음습한 지하 감옥을 가로질렀다.

"네년이 감히 날 능멸해? 죽고 싶은 게냐? 저 계집과 함께 형틀에 묶여 문초라도 당해봐야 정신을 차릴 것이야? 다 죽게 되어서야 내가 누구인지 제대로 알아볼 것이냔 말이다!"

"소, 소인은……."

광기마저 엿보이는 소은의 눈빛에 문 상궁은 고양이 앞의 쥐처럼 몸을 떨었다.

바로 그때였다.

"이게 무슨 소란인가?"

한 무리의 발소리와 함께 중전과 그녀를 따르는 궁인들이 감옥으로 들어왔다.

"어, 어마마마!"

느닷없는 중전의 출현에 소은은 황급히 고개를 숙였다.

문 상궁이 자꾸만 입구 쪽을 흘끔대던 이유를 이제야 알 것 같았다. 지금 보니 중궁전으로 몰래 사람을 보내 이곳의 일을 고한 모양이다.

"대관절 무슨 일이기에, 네가 이런 소란을 피우는 것이야?"

중전의 목소리가 전에 없이 엄했다.

"송구하옵니다."

"말해 보아라. 대체 무슨 일이야?"

중전의 물음에 다소곳이 고개를 들어 올린 소은이 돌연 눈물을 흘렸다.

해루와 문 상궁을 몰아세울 땐 안하무인에 포악하기 그지없던 사람이 중전을 만나자마자 비련의 여인으로 돌변한 것이다. 성내고 슬퍼하는 감정의 기복이 널을 뛰듯 가팔랐다.

"이 모든 것은 소첩이 부덕한 탓이옵니다."

파르르 옅게 떨리는 목소리에 처연한 슬픔마저 가득하였다.

중전이 한결 누그러진 음성으로 물었다.

"말해 보아라. 저 아이는 뉘고, 네가 어찌 이리 험한 일을 하는 것인지."

"이걸 어찌 말씀을 드려야 할지……."

"저곳에 묶인 사람은 누구냐? 대체 어떤 죄를 지었기에 네가 이런단 말이냐?"

중전의 재촉에 소은은 눈가를 훔쳤다.

"저기 있는 이는…… 바로 권 승휘이옵니다."

"권 승휘?"

"네."

"권 승휘가 어찌 저리 묶여 있는 것이냐?"

중전의 얼굴에 놀라는 기색이 들어찼다.

"차마 입에 담지 못할 짓을 하였기에……."

"그게 무엇이냐?"

"그것이……."

한참을 망설이던 소은이 어쩔 수 없다는 듯 뒷말을 이었다.

"권 승휘가 외간 사내와 정을 통하였나이다."

풀썩 바닥에 주저앉은 소은이 울부짖었다.

"이 황망한 이야기를 어찌 소첩이 어마마마께 올리겠나이까. 이 모든 것은 소첩이 부덕한 탓이옵니다. 소첩이 아랫사람을 제대로 다스리지 못하여 이런 사달이 일어났사옵니다. 소첩을 벌하여 주시옵소서. 흐윽."

중전의 표정이 무겁게 가라앉았다. 그녀는 서럽게 울부짖는 소은과 형틀에 묶인 권 승휘를 번갈아 보았다.

"그것이 사실이냐?"

중전의 물음에 소은이 바르르 떨리는 손으로 한 뭉치의 서찰을 올렸다. 해루의 방에서 가져온 서찰들이었다.

"여기…… 증좌가 있나이다."

중전은 서찰을 열고 내용을 읽었다.

"……이것은?"

중전의 미간에 깊은 고랑이 새겨졌다. 글인지 그림인지 분별할 수 없는 글이 적혀 있었다.

다른 서찰들을 열어 보니 같은 내용의 다른 글자들이 적혀 있었다.

뚫어져라, 서찰을 살피던 중전이 소은에게 고개를 돌렸다.

"이것이 증좌란 말이더냐?"

소은을 바라보는 중전의 눈빛이 무슨 이유에선지 착 가라앉아 있었다.

"그, 그렇사옵니다."

"외간 남자와 정을 통했다고?"

"분명하옵니다."

소은은 갑작스러운 중전의 태도 변화에 당황하면서도 순진한 표정으로 연방 고개를 끄덕였다.

"그래?"

묘한 눈으로 소은을 응시하던 중전이 돌연 고개를 뒤로 돌렸다.

"권 승휘가 외간 사내와 정을 통하였다고 합니다. 이 서찰이 증좌라 하는데, 어찌 생각하시는지요?"

발소리와 함께 하얀 잠방이 차림의 사내가 어슬렁어슬렁 감옥 안으로 모습을 드러냈다.

"주, 주상 전하."

소은의 눈이 휘둥그레졌다. 놀란 그녀는 황망히 고개를 숙였다.

하얀 잠방이 차림의 사내, 다름 아닌 왕이었다.

"이거 한번 보시지요."

중전이 서찰을 왕에게 내밀었다.

"거참."

서찰의 내용을 살핀 왕이 턱을 긁적였다.

"외간 사내와 정을 통하였단 말이지……."

말끝을 길게 늘이는 왕의 표정이 심상치가 않았다.

자신이 예상했던 것과는 다르게 상황이 돌아간다 생각한 소은이 급히 설명하였다.

"권 승휘는 서찰의 사내와 수시로 만나 정을 통하였나이다. 소식을 듣고 권 승휘의 전각을 수색하여 그 서찰을 찾았나이다. 소양궁 궁녀들을 문책하여 전부터 그런 서찰을 매일 받은 사실을 확인하였사옵니다."

"그래?"

"이로 미루어보아, 권 승휘는 궁에 입궐하기 전부터 서찰의 사내와 정을 통한 것을 짐작할 수 있었습니다."

"권 승휘가 서찰의 사내와 정을 통하였다? 그것도 입궐도 하기 전부터라……. 거참."

왕은 소은의 예상과 전혀 다른 반응을 보였다.

당장 불호령이 떨어질 줄 알았건만, 정작 왕께서 보이신 반응은 난감한 헛기침이 전부였다.

"돌아가는 상황은 대충 알겠구나. 그런데 형틀에 묶인 자는 누구더냐?"

왕의 물음에 소은이 당연하다는 듯 대답했다.

"권 승휘이옵니다."

"권 승휘?"

처음으로 왕의 얼굴에 놀란 표정이 떠올랐다.

"증좌가 확실함에도 자신의 죄를 발뺌하여 어쩔 수 없이 문초를……."

왕이 손을 내저어 소은의 변명을 막았다.
“그러니까 저곳에 묶인 이가 권 승휘다, 바로 이 말이더냐?”
“그, 그렇사옵니다. 소첩도 굳이 이렇게까지 할 생각은 없었사옵니다만은…….”
“네 변명을 듣고 싶은 게 아니다. 그러니까 저곳에 묶인 사람이 권 승휘가 분명하단 말이지?”
“부, 분명합니다.”
“거참.”
또 한 번 왕의 입에서 불편한 헛기침이 흘러나왔다.
뜨뜻미지근한 왕의 태도에 소은은 머릿속이 혼란스러웠다.
그런 소은은 본체만체하며 왕은 중전에게 고개를 돌렸다.
“중전.”
“네.”
“아무래도 요즘 내 건강이 크게 악화된 모양이오.”
“무슨 말씀이십니까? 어디 불편하신 곳이라도 있사옵니까?”
“눈이 좀 침침한 것 말고는 괜찮은 줄 알았더니, 요즘 헛것이 보이는 모양이오.”
“헛것이라고요? 어찌 그런 말씀을 하십니까?”
중전의 걱정 섞인 물음에 왕이 형틀에 묶인 여인을 가리키며 말을 이었다.
“중전도 듣지 않았소? 저곳에 묶인 사람이 권 승휘라고 말이오.”
“분명 그렇게 들었습니다.”
“그럼, 이쪽은 대체 누구란 말이오?”
왕이 뒤편을 손짓했다.
곧 환관과 궁녀들 사이에서 한 사람이 앞으로 나왔다. 모두의 시선이 왕의 손끝을 따라 움직였다.

이윽고 사람들 사이에서 작고 큰 신음이 흘러나왔다. 그중 가장 큰 비명을 내지른 사람은 소은이었다.

"너, 너는……."

소은의 눈이 찢어질 듯 커졌다. 그녀의 앞으로 해루가 다가섰다.

"네가 어찌 여기 있느냐?"

소은이 경악과 충격으로 얼룩진 얼굴로 해루를 손가락질하며 물었다.

그런 소은을 해루는 서늘한 눈빛으로 바라보았다.

"저야말로 여쭙고 싶습니다. 대체 이게 어찌 된 일입니까?"

내 탓이외다

향은 음미하듯 해루의 처소를 훑었다.

서탁 위에 펼쳐진 서책은 한쪽 귀퉁이로 밀려나 있었다. 수자하는 수틀 또한 평소 놓인 자리에서 반 자쯤 틀어진 자리로 밀려 있었다.

몸싸움을 벌인 흔적이었다.

누군가 불쑥 방 안으로 들어와 대뜸 팔다리를 묶었으니 저항하지 않으면 이상한 일이리라.

다만, 예상보다 반항의 정도가 약했다. 미약하게 저항하긴 했지만, 대체로 순순히 끌려간 느낌이 방 안 곳곳에 묻어 있었다.

깊게 들어오는 오후 햇살이 수틀 위에 피어난 수국을 어루만졌다. 햇빛을 받아 반짝이는 수국에 시선을 고정하던 향은 자리를 털고 일어섰다.

해루가 어떤 식으로 끌려 나갔는지 확인하였다.

이제 사건이 어떻게 진행되었는지 알아볼 차례였다.

그가 움직이자 일단의 사람들이 긴 그림자처럼 그의 뒤를 따랐다.

소양궁의 회랑을 따라 걷고 있을 때, 한 사람이 바쁜 걸음으로 다가왔다.

신루의 학자, 심운기였다.

해루가 잡혀갔다는 소식을 들은 향은 신루의 학자들과 함께 궁으로 돌아왔다. 사태 파악을 위해 향은 소양궁으로, 신루 학자들은 각처로 흩어졌다.

"알아보았느냐?"

심운기가 곤란한 듯 머리를 조아렸다.

"소양궁에서 일하는 궁녀들을 조사하였는데, 이상하게도 지난밤의 일을 아는 궁인이 없었사옵니다."

심운기의 보고에 향은 걸음을 세우고 그를 돌아보았다.

"밤번을 서는 이를 찾아 물어보았느냐?"

"네. 그들은 권 승휘가 잡혀갔다는 것만 알고 있었지 누구에게, 언제, 어떻게 잡혀갔는지 알지 못하고 있었습니다."

"단 한 사람도 아는 이가 없단 말이냐?"

"그렇사옵니다."

"이해가 되질 않는구나. 소양궁에 배정된 궁인은 모두 서른넷이다. 아무리 깊은 밤에 일어난 사건이라 하나, 그 서른네 사람 중에서 이 일에 대해 아는 이가 어찌 단 한 명도 없단 말이냐?"

그때였다.

"아무래도 도깨비뜨물 탓인 듯하옵니다."

회랑 맞은편에서 김담이 다가왔다.

"도깨비뜨물?"

향의 한쪽 눈썹이 버릇처럼 위로 치켜 올라갔다.

궁에서의 음주를 엄격히 제한하라는 주상 전하의 엄명이 있질 않았던가. 그런데도 술을 마신 자가 있단 말인가?

속내를 읽기라도 한 듯 김담이 고개를 끄덕였다.

"요 며칠 궁녀들 사이에 모임이 꽤 잦았던 모양입니다."

"궁녀들의 모임이야 으레 있는 일이지. 그러나 그네들의 모임에 술이 나온단 말이더냐?"

"간혹 몰래 즐기는 자가 있었던 모양입니다. 다만, 지금까지는 몇몇에 불과했는데, 요 며칠간은 그렇지 않았던 모양입니다."

"그래?"

"어찌 된 일인지 거한 술자리가 되어, 어린 궁녀에게까지 술을 권하는 일이 빈번하였다고 하옵니다. 어젯밤에는 밤번을 서는 이에게도 추운 날씨를 핑계 삼아 권했다는 소리를 들었사옵니다."

"괘씸한 일이구나."

"더 재미있는 건, 모임이 있을 때마다 한 가지씩 흥미로운 소문이 입에서 입으로 전해졌다고 하옵니다."

"본디 사람이 모이면 말이 생기는 법이다."

"하오나 그렇게 생겨난 말들이 모두 한 사람에 관한 것이라면, 평범한 일은 아니겠지요."

"한 사람?"

"권 승휘마마에 대한 소문이었습니다."

향의 눈매가 가늘어졌다. 김담의 말에서 음모의 냄새가 났다.

"아무래도 사사로운 모임은 아닌 듯하구나."

"소신의 생각 또한 저하와 같사옵니다."

향의 얼굴에 서늘한 기운이 맺혔다.

"대체 어떤 소문이 어찌 났더냐?"

향의 물음에 김담이 소맷자락에서 작은 서책을 꺼냈다.

"권 승휘가 지난달 초하루, 자정 무렵 남몰래 후원으로 걸음을 옮겼다 하옵니다. 그리고 지난달 초닷새에는 궐 밖으로 나가 외간 사내를 만나고, 지난달 열이레에는……."

김담이 알아 온 소문이라는 것은 하나같이 추하고 악취가 풍기는 것들이었다. 소문의 출처는 명확하지 않았으나 노리는 바는 분명했다.

권 승휘의 몰락.

사내들의 싸움이 날카롭게 벼린 칼의 싸움이라면 여인들의 싸움은 독을 품은 세 치 혀의 싸움이었다.

말이 소문을 만들고, 소문은 음모를 품었다.

뒤숭숭하게 퍼진 소문은 때론 칼보다 치명적이었다.

소문만으로 보자면 해루는 참으로 교활하였으며 또한 부정하고 더러운 여인이었다. 흥미와 농담 그리고 뜬소문으로 시작된 말들이 입에서 입으로 옮아가며, 확신이 되고 사실이 되어 해루의 목을 죄어가고 있었다.

그러나 김담의 이야기를 묵묵히 들은 향의 입에서는 단 한 마디만이 흘러나왔을 뿐이다.

"거짓."

모두 거짓이었다.

해루가 후원이나 궁 밖으로 나간 일은 사실이었을 것이다.

실제로 신루에도 상궁 복색을 하고 여러 번 찾아오질 않았던가. 하지만 외간 사내를 만나고 추문을 일으킬 만한 일은 하지 않았다.

“소문이 있다면 그 소문을 일으킨 자도 있을 터.”
“워낙 그에 관한 이야기가 많아 주동자를 파악하기 어렵습니다.”
잠시 생각에 잠겼던 향이 다시 물었다.
“최근 궁녀들 사이에 모임이 잦았다 하였느냐? 어느 곳에서 주최한 것이더냐?”
“윤 상궁과 최 상궁 그리고 김 상궁입니다.”
“그들은 어디 소속인가?”
“둘은 빈궁전 소속이고, 하나는 본디 빈궁전 상궁이었으나 얼마 전, 대전으로 그 거처를 옮겼다 하옵니다.”
“빈궁전?”
향의 눈매가 가늘어졌다. 좋지 못한 음모의 냄새가 심해졌다.
“해루는 지금 어디 있다더냐?”
김담과 심운기는 난감한 표정을 지었다. 주위의 소문은 확인하였지만, 정작 해루의 행방은 찾지 못하였다.
다행히 그에 대해 아는 자가 있었다.
“승휘마마의 행방을 아는 사람을 찾았사옵니다.”
어린 궁녀의 등을 떠밀다시피 하며 양여섭이 모습을 드러냈다.
“이 항아가 무얼 보았다 합니다.”
향은 양여섭이 말한 어린 궁녀를 바라보았다. 수줍음이 많은 여인인 듯, 고개를 숙인 채 어찌할 바를 몰라 했다.
“지난밤엔 모두 도깨비뜨물을 마셔 정신이 없었다고 하였는데?”
심운기의 말에 양여섭이 고개를 흔들었다.
“이 항아는 마시지 않았다네.”
향은 궁녀의 앞으로 성큼 다가섰다.
순간, 놀란 궁녀가 바닥에 풀썩 주저앉아 머리를 조아렸다.

"저, 저하……"

"말해 보아라. 지난밤, 무슨 일이 있었는지. 네가 본 대로 말해 보아라."

"저는……. 그러니까……."

감히 우러러보기에도 벅찬 왕세자가 아니시던가.

그런 분께서 직접 하문하시니, 심약한 궁녀는 연신 말을 더듬었다.

조바심이 일었지만, 재촉한다고 될 일이 아니었다.

향은 인내심을 갖고 궁녀를 지켜보았다.

한참의 시간이 흐른 후, 어린 궁녀가 마침내 더듬더듬 말문을 열었다.

"빈궁전의 윤씨 상궁께서 사가에서 음식이 왔다고 궁녀들을 불렀사옵니다. 짬을 내어 찾아간 궁녀들에게 윤씨 상궁님이 고생이 많다며 도깨비뜨물을 주었습니다."

"모든 궁녀가 그곳에 갔단 말이냐?"

"그것은……."

양여섭이 어린 궁녀를 대신하여 대답했다.

"윤씨라는 상궁은 평소 성격이 급하고 작은 일에도 성화를 자주 내어 궁녀들이 어려워하는 인물이라 합니다. 더더구나 자신의 말을 듣지 않으면 두고두고 강짜를 부려서, 궁녀들은 싫은 내색도 못 하고 따랐던 모양입니다."

"그래서 다들 도깨비뜨물을 마셨단 말이로군."

어린 궁녀가 대답했다.

"새벽 무렵, 도깨비뜨물을 마신 궁녀들이 꾸벅꾸벅 졸기 시작했습니다. 취기가 오른 탓인지 깨워도 일어나지 않았습니다."

"도깨비뜨물을 많이 먹었더냐?"

"아니옵니다."

향은 신루 학자들을 돌아보았다. 김담, 심운기, 그리고 양여섭이 동시에 고개를 끄덕였다.

도깨비뜨물을 많이 먹지도 않았는데, 깨워도 일어나지 않을 정도로 잠이 들었다. 한두 명이라면 모를까 모두가 그랬다면, 틀림없이 궁녀들이 마신 도깨비뜨물에 좋지 않은 것이 들어 있었다는 뜻이 된다.

"너는 어찌 그것을 마시지 않았느냐?"

"늦은 저녁, 권 승휘마마의 심부름으로 잠시 궁 밖으로 나갔다가 오게 되었사옵니다. 그사이 술잔이 돌았고, 돌아왔을 땐 이미 모두 불콰하게 취한 뒤라 대부분 의식이 몽롱했습니다."

"그렇구나. 하여, 그 후에 어찌 되었느냐?"

"자꾸만 술을 권하는 나인이 있어 그를 뿌리치고 홀로 전각으로 돌아왔사옵니다. 괜히 끌려갈까 싶어 전각의 후미진 곳에 숨어 있었는데, 갑자기 낯선 인기척이 들렸습니다. 윤 상궁이 사람을 보냈나 했는데, 아니었습니다. 전각에 들어온 낯선 자들은 곧장 승휘마마의 처소로 들어갔사옵니다."

"그들이 누군지는 보았느냐?"

"확실한 건 아니지만……."

궁녀는 말끝을 늘이며 눈치를 살폈다.

"말해 보아라."

"밤이 깊고 어두웠던 탓에 확신할 수가 없으나…… 무리 속에 빈궁전 한 상궁이 있는 듯하였습니다."

문득 향의 얼굴이 차갑게 굳었다.

"그럼 빈궁전에서 권 승휘를 잡아갔단 말이더냐?"

다시 묻는 향을 향해 어린 궁녀가 주섬주섬 말을 이었다.

"그런데…… 사실은 말이옵니다, 잡혀간 사람이 승휘마마가 아닐지도 모르옵니다."

"무엇이?"

향은 놀란 눈으로 어린 궁녀를 보았다.

빈궁전에서 나온 사람들이 해루의 처소에서 사람을 납치하였다. 그런데 정작 납치된 사람이 해루가 아닐지도 모른다고?

"그게 무슨 말이냐? 소상하게 말해 봐라."

"그것이……."

어린 궁녀가 더듬더듬 말을 이어나갔다.

"이게 어찌 된 일이냐?"

소은의 얼굴엔 놀람과 경악이 뒤섞여 있었다. 그녀는 검은 복면을 쓴 채 형틀에 묶인 여인과 눈앞의 해루를 번갈아 보았다. 찢어질 듯 홉뜨고 있는 눈동자가 불안하게 흔들렸다.

해루가 멀쩡하게 나타났다.

그렇다면 소양궁에서 잡아 온 저 여인은 또 누구란 말인가.

소은은 뒷전으로 물러난 한 상궁을 노려보았다.

한 상궁은 당황한 것이 역력한 표정으로 어깨마저 벌벌 떨고 있었다. 잡음이 나지 않도록 두건을 씌워 데려오라 했더니, 얼굴도 확인하지 않고 두건부터 씌운 모양이다.

소은은 속으로 일 처리를 제대로 하지 못한 아랫것들을 탓하며 상황을 파악하려 안간힘을 썼다.

해루가 이곳에 나타났다면, 저 형틀에 메여 있는 자는 틀림없이 김 상궁이리라.

두 사람이 자주 옷을 바꿔 입는다는 소문을 들은 탓이었다.

상황 파악을 끝낸 소은은 곤란한 기색을 얼굴에서 지웠다. 그러고는 애써 태연히 고개를 위아래로 끄덕였다.

"설마 설마 하였더니, 그 소문이 사실이었던 모양이로구나."

"무슨 소문 말입니까?"

해루가 소은의 눈을 들여다보며 물었다.

"권 승휘 자네에 관한 소문 말이지. 자네가 사내를 만나기 위해 수단과 방법을 가리지 않는다는 소문. 하여, 곁을 지키는 김 상궁과 입을 맞춰 상궁인 척 변복하여 전각을 빠져나간다는 소문. 어떤가? 아니라고 할 텐가?"

"그게 사실이더냐?"

그때, 두 사람 사이로 중전의 음성이 파고들었다.

"어마마마……."

잠시 주위 상황을 망각했던 소은은 황급히 고개를 숙였다. 지금 이곳엔 해루와 자신 둘만 있는 게 아니었다. 주상 전하와 중전마마를 비롯하여 많은 사람들이 지켜보고 있었다.

침착해야 한다. 흥분하지 말고 작금의 상황을 내게 유리하게 만들어야 해.

생각에 몰두한 소은의 머리 위로 중전의 목소리가 떨어졌다.

"말해 보아라. 정녕 권 승휘가 수시로 변복하여 전각을 빠져나갔단 말이냐?"

중전의 다그침에 소은이 황망한 얼굴로 대답했다.

"이 모든 것이 아랫사람을 제대로 다스리지 못한 소첩의 불찰이옵니다. 소첩이 눈뜬장님이었습니다. 소첩이 귀머거리였습니다. 눈으로 보면서도, 귀로 들으면서도 아니다, 그럴 리 없다, 이런 생각으로 눈 감고 귀 막아버렸습니다. 그러니 소첩을 벌하여 주시옵소서."

해루의 잘못이 마치 자신의 허물인 양 얼굴을 붉히며 침통한 표정을 짓는 소은은 그야말로 장한 정실의 모습이었다.

중전이 무서운 낯빛으로 해루를 돌아보았다.

"사실이더냐?"

어이없다는 눈으로 소은을 건너다보던 해루는 단호히 고개를 저었다.

"사실이 아니옵니다."

"허면, 저 이야기는 다 무엇이더냐?"

"그것……."

"그건 내 탓이외다."

중전의 물음에 대한 답은 의외의 곳에서 튀어나왔다.

왕은 곤란한 표정으로 이마를 긁적거렸다.

"미안하오, 중전. 권 승휘를 전각 밖으로 불러낸 사람은 바로 나요."

"주상께서 권 승휘를 부르셨단 말이옵니까? 무슨 연유로요?"

저도 모르게 음성이 높아지는 것을 간신히 억누르며 중전이 물었다.

"권 승휘와 나는 진즉부터 알고 있는 사이라오."

"그 일이라면 신첩도 알고 있사옵니다."

"실은 그 만남이 평범하지 않았소. 아무튼, 그로 인해 어쩌다 보니 비밀 회합을 했던바……."

"비밀 회합이라 하셨사옵니까?"

"아, 그런 게 있다오."

"전하……."

중전의 말끝이 길어졌다.

아차, 싶은 왕은 서둘러 중전의 눈치를 살폈다.

"지금은 시기가 좋지 않으니, 내 나중에 조용히 말씀드리겠소. 어쨌든 권 승휘의 전각 밖 출입은 승휘의 잘못이 아니오. 그러니 그 일로 더는 추궁하는 일이 없기 바라오."

한마디로 말해 어명이라는 뜻.

더는 감히 뒷말을 붙일 사람이 없었다.

중전 역시 한발 물러섰다.

"제게 설명할 일이 많으실 것 같사옵니다."

의미심장한 중전의 말에 왕은 목을 움츠렸다.

겉으로 드러나지 않도록 왕을 흘겨보던 중전이 소은에게로 시선을 돌렸다.

"아무래도 빈궁이 오해를 한 모양이구나."

"그, 그것이……."

소은은 눈동자를 굴리며 당황한 표정을 간신히 억눌렀다.

설마, 해루가 주상 전하를 만나기 위해 전각 밖으로 나간 것일 줄이야.

애써 처연한 정실의 모습을 연기한 것이 물거품이 되고 말았다.

"외람되오나 오해가 아닙니다."

"방금 빈궁도 듣지 않았느냐? 권 승휘가 전각 밖으로 나갔던 것은 주상 전하의 명이었다는구나."

"하오나 어마마마, 서찰에 대한 의문이 아직 남아 있사옵니다."

서찰, 그것이 남아 있었다.

해루가 외간 사내와 정을 주고받았다는 결정적인 증거.

그것이 있는 한, 해루는 파멸을 면치 못할 것이다.

"아! 그 서찰 말인데……."

중전은 소은이 증좌라고 굳게 믿고 있는 서찰을 펼쳤다.

"이 서찰 또한 문제가 되지 못하겠구나."

"그게 무슨 말씀이시옵니까?"

"이 서찰은 바로 전하께서 권 승휘에게 보낸 것이니라."

"네?"

평온을 가장하던 소은의 얼굴이 기어이 무섭게 일그러졌다.

"필체가 조금 바뀌긴 하였으나, 내 어찌 지아비의 필체를 몰라보겠느냐? 이건 분명 전하께서 쓰신 서찰이다. 내 말이 틀렸느냐?"

중전의 시선이 해루에게로 향했다.

해루가 중전을 향해 머리를 조아렸다.

"맞사옵니다, 중전마마."

"그래, 그렇구나."

안도하듯 길게 한숨을 내쉬며 중전은 말을 이었다.

"참으로 무서운 것이 사람의 말이다. 없는 사실을 있게 만들고, 작은 일을 크게 만드는 것이 말이라는 요물이지. 그러니 빈궁, 소문만을 믿고 이리 경솔하게 행동하는 것이 아니었다."

질책 담긴 중전의 말에 소은은 앙칼지게 눈매를 세웠다. 그러나 고개를 숙이고 있었던 터라, 그 사나운 빛을 본 사람은 아무도 없었다.

소은은 아랫입술을 잘근 말아 물었다.

일이 이리 돌아갈 줄은 꿈에도 생각하지 못했다.

해루가 변복하여 몰래 만난 사내가 주상 전하였다니. 연서처럼 매일 소양궁으로 전해진 서찰들조차 모두 주상 전하께서 보내신 것이었다니. 전혀 상상하지 못한 이야기가 아닌가.

제대로 뒤통수를 한 대 맞은 느낌이다.

더불어 지독한 강샘이 일었다.

왕께선 제게도 부드러운 분이셨다. 그러나 마냥 좋다고만 하기엔 주상 전하의 눈빛엔 엄한 구석이 있었다. 언제나 웃고 계셨건만, 속내를 들여다보는 듯한 시선을 마주할 때면 저도 모르게 가슴이 뜨끔하곤 했었다.

하여, 단 한 번도 제대로 눈을 마주칠 수가 없었다.

그런 분과 무얼 했다고? 비밀 회합?

소은은 질투와 원망이 뒤섞인 눈으로 해루를 곁눈질했다.

좀 전부터 초조한 얼굴로 중전을 바라보고 섰던 해루는 급기야 하고 싶은 말을 해야겠다는 듯 입을 열었다.

"중전마마."

"말해 보아라."

"이번 일은 저의 잘못도 크옵니다. 감히 궁의 법도를 어기고 말았습니다."

"옳다. 아무리 어명이 있었다곤 하지만, 내명부엔 엄연히 내명부의 율법이 있거늘."

"벌을 내리시면 달게 받을 것이옵니다. 하오나 그 전에……. 청을 하나 드려도 되겠나이까?"

"청? 무슨 청이 있단 말이냐?"

"저기…… 형틀에 묶인 억울한 사람을 풀어주시면 아니 되겠습니까?"

해루의 간청에 중전이 화들짝 놀란 표정을 지었다.

"이런, 내 잠시 잊고 있었구나. 다들 뭐 하고 있는 것이냐? 어서 풀어주지 않고서."

중전의 명이 떨어지기 무섭게 형틀 주위에 있던 감찰 시녀들이 달려들어 여인을 묶고 있는 포승줄을 풀었다.

"김 상궁의 연락을 받고 달려오지 않았으면, 죄 없는 사람이 다칠 뻔하였구나."

혼잣말인 듯 중전이 중얼거렸다.

내내 고개를 숙이고 있던 소은은 의아한 생각에 얼굴을 들었다.

"김 상궁이라면……. 소양궁의 김 상궁 말씀이옵니까?"

"그래. 김 상궁이 제 주인을 살려달라며 내게 달려왔느니."

소은은 지켜보는 사람들이 있음에도 눈살을 찌푸렸다.

김 상궁은 해루와 수시로 옷을 바꿔 입는 상대였다. 해루가 이곳에 있으니, 소양궁에서 잡아 온 사람은 당연히 김 상궁이었어야 한다.

한데 형틀에 매여 있어야 할 김 상궁이 중전마마에게 이곳의 소식을 전했다? 그렇다면, 지금 형틀에 묶인 이는 대체 누구란 말인가?

개미가 발아래를 타고 기어오르듯, 불안감이 피어올랐다.

소은은 초조한 눈으로 복면이 벗겨지는 얼굴을 응시했다. 이윽고 형틀에 묶여 있던 여인의 얼굴이 드러났다.

소은의 입술 사이로 신음 같은 한마디가 새어 나왔다.

"홍 승휘……."

놀랍게도 형틀에 매여 있던 여인은 현성이었다.

빈궁이오?

홍 승휘가 어찌 저기 있단 말인가?

소은은 저도 모르게 등 뒤를 지키고 있는 한 상궁을 노려보았다.

머저리 같은 것이 해루를 잡아 오라 하였더니, 전혀 엉뚱한 후궁을 잡아 오고 말았다.

놀란 것은 한 상궁 역시 마찬가지였다. 현성을 본 한 상궁은 자리에 주저앉으며 벌린 입을 다물지 못했다.

"호, 홍 승휘. 자네가 어찌……. 미안하게 되었네. 난 자네가 권 승휘인 줄로만 알고……. 괜찮은가?"

"다, 다가오지 마시어요!"

재갈마저 푼 현성은 다가오는 소은을 향해 비명처럼 소리쳤다. 두려움에 질린 채 어깨를 움츠리며 떠는 모습이 가련하기 그지없었다.

"나, 나는……."

현성의 반응에 소은은 일시 할 말을 찾지 못했다.

"이런, 많이 놀란 모양이구나. 괜찮으냐?"

보다 못해 중전이 달려가 현성을 품에 안았다.

"주, 중전마마."

"괜찮다. 이젠 괜찮아. 안심하거라."

"무서웠사옵니다. 많이 두려웠사옵니다."

"오냐, 그랬겠지. 영문도 모르고 잡힌 것도 모자라 형틀에 묶이기까지 했으니, 얼마나 놀랐겠느냐?"

"두건을 쓴 채, 재갈마저 물려 아니란 말도 못 하였나이다. 억울하단 말도 못 하였나이다. 변명조차 못 하는 제게 심한 매질마저 하겠다 하였나이다. 정녕, 죽는 줄로만 알았나이다."

"안심하거라. 이제 아무도 네게 위해를 가하지 못하게 할 것이야."

중전은 어린 짐승처럼 애처롭게 몸을 떠는 현성을 보듬어 안고 연신 위로하였다. 그러고는 소은을 향해 차가운 시선을 돌렸다.

"빈궁, 내명부의 법도를 세우겠다면서 어찌 홍 승휘를 잡아 왔단 말인가? 입에 재갈을 물린 것도 모자라 매질까지 하려 하였다니. 지금 보니 내명부의 법도를 세우는 게 목적이 아니라, 후궁들을 괴롭히는 게 목적이었던 모양이구나."

"주, 중전마마. 그런 것이 아니라……."

놀랍고 당황한 소은은 그게 아니라며 고개를 흔들기만 하였다. 변명하려 하여도 그녀 스스로도 작금의 상황을 이해하지 못하고 있었던 터라, 무슨 말을 어찌해야 할지 알 수 없었다.

형틀에 매여 있어야 할 사람은 분명 해루였다.

만약, 실수로 다른 사람이 잡혀 왔다면 당연히 김 상궁이어야 했다. 그런데 잡아 온 사람은 전혀 엉뚱한 홍 승휘.

누가 봐도 후궁들을 괴롭히고 있는 못된 빈궁의 모습이 아닌가.

"변명은 그만하면 되었다. 그동안 빈궁을 몹시 어여삐 여겼건만. 하여, 더러 행실이 거칠다는 소문이 들려와도 흘려들었거늘. 이번 일로 빈궁이 어떤 사람인지 확실히 깨닫게 되었구나."

"주, 중전마마."

차갑게 가라앉은 중전의 모습에 소은은 눈물만 흘렸다.

억울하고 답답하여 미칠 것만 같았다.

어찌하여 일이 이리 꼬였는지 도무지 짐작조차 할 수 없었다.

"이제 좀 진정이 되느냐?"

흐느낌이 잦아들자 중전이 다시 현성에게 물었다.

현성이 눈물 가득한 눈으로 고개를 끄덕이며 답했다.

"중전마마의 따뜻한 품에 안겨 있으니 안도가 되옵니다."

"가여운 것. 가여운 것."

중전은 연신 현성의 등을 토닥였다. 중전의 품에 안긴 현성은 진실로 안도한 듯 긴 한숨을 쉬었다.

그러나 정작 그녀의 눈은 딴 사람을 바라보고 있었다. 눈물이 글썽거리는 그녀의 눈에 해루의 모습이 담겼다. 주상 전하 곁에 서 있던 해루가 미소를 보였다. 현성도 해루를 향해 은밀한 미소를 보였다.

소은은 꿈에도 모를 것이다.

해루를 함정에 빠트리려 한 그녀가 되레 함정에 빠졌다는 사실을……. 감히 상상도 하지 못했으리라.

현성의 뇌리로 며칠 전의 일이 떠올랐다.

며칠 전, 무료함을 달래려 소양궁을 찾은 현성이 해루에게 물었다.

"괜찮겠느냐?"

"무엇이 말입니까?"

"궁 안의 소문이 뒤숭숭하다."

해루에 관한 추악한 소문이 꼬리에 꼬리를 물고 궁 안을 떠돌고 있었다. 정작 해루만 모르고 있는 것 같았다.

"빈궁전에서 단단히 벼르고 있는 모양이더라. 아무래도 소문을 빌미로 널 해코지할 생각인 것 같아."

"그렇겠지요."

심각한 이야기에도 해루는 미소를 잃지 않았다.

답답해진 현성은 제 가슴을 두드렸다.

"궁이란 소문만으로도 죄를 만들 수 있는 곳이야. 이대로 둔다면 소문은 점점 힘을 가질 것이고, 결국 넌 그 힘에 깔려 죽거나, 아니면 내쳐질 테지."

"……."

"해루야."

"……."

"권 승휘!"

묵묵히 입을 다물고 있는 해루가 답답해 현성이 버럭 고함을 질렀다.

순간, 내내 생각에 잠겼던 해루가 싱긋 미소를 지었다.

"모두가 아는 소문은 두려워할 필요가 없다……."

"뭐?"

"우리 판수 아저씨가 입버릇처럼 하셨던 말씀입니다."
해루의 말을 들은 현성은 두 눈을 반짝거렸다.
"대책이 있구나?"
"빈궁이 진의는 캐지 않은 채 소문만 믿고 행동한다면, 장담컨대 큰코다치는 쪽은 제가 아닐 겁니다."
"표정을 보아하니 자신이 있는 모양이구나."
"제 삶도 그리 녹록하지는 않았습니다. 진정 진흙탕 싸움으로 가게 된다면, 누구에게도 지지 않을 각오가 되어 있습니다. 빈궁에겐 더더욱 질 수 없어요."
현성은 투지를 불태우는 해루를 물끄러미 바라보았다.
"그날, 일 년 전 그날 무슨 일이라도 있었던 것이야?"
참고 참았던 질문을 현성이 입 밖으로 꺼내놓았다.
"궁이 불타던 날 말이야. 그날 넌 우릴 구하러 달려왔어. 우선 나와 다른 사람을 구하고, 마지막으로 가장 안쪽에서 길을 잃고 헤매는 빈궁을 찾아 거침없이 매연 속으로 뛰어 들어갔지. 빈궁은 무사히 나왔는데, 넌 그 후로 무려 일 년 동안이나 행방불명되었어."
옛이야기 하듯 지난 일을 말하던 현성이 해루의 눈을 보며 다시 물었다.
"무슨 일이 있었던 거지? 너와 빈궁 사이에 말이야."
그 착하던 해루가 빈궁에 관한 이야기가 나올 때만은 유독 독한 눈빛이 되었다. 그 눈망울에 서린 원한과 슬픔은 결코 단순한 질투 때문은 아니었다.
해루는 대답 대신 서글픈 미소를 지었다.
"사람이 산다는 건, 서로에게 빚을 지게 되는 일 같습니다. 좋은 일이건 나쁜 일이건. 그리고 빚이라는 건 언젠가 반드시 어떤 식으로든 갚아야 하겠지요."

"그래. 그렇겠지."

내가 너에게 목숨을 빚진 것처럼…….

깊은 침묵 속에 밤이 흘러갔다.

"좋다. 결심했다."

낮게 가라앉은 침묵을 깨며 현성이 소리쳤다.

"네 계획, 나도 함께하고 싶구나."

"무슨 말씀입니까?"

"네가 무슨 계획을 짜고 있는지는 몰라도, 재미있을 것 같다. 혼자 텅 빈 전각을 지키는 것도 무료하던 참이니, 나도 뭔가 할 만한 일을 줘."

"위험해지실 수도 있습니다."

"위험하지 않으면 어찌 재미가 있을까. 그 요사스러운 얼굴이 일그러지는 꼴을 볼 수 있다면 무슨 일이라도 좋아."

현성은 위험하다며 몇 번이나 거절하는 해루를 결국 설득해 냈다.

"네 계획은 알겠구나. 그런데 빈궁이 일을 도모하는 날을 어찌 미리 알 수 있을까? 그렇다고 내가 매일 너를 대신하여 소양궁에 있을 수도 없고 말이야."

현성의 걱정에 해루가 부드러운 미소를 지었다.

"그건 걱정하지 마십시오."

해루에게 있는 특별한 예지의 능력.

비록 이제는 그 능력이 오로지 한 사람의 미래만을 본다 하여도 이번 일에는 큰 문제가 되지 않았다. 그 사람을 통해 자신에게 생길 일을 미리 알 수 있었다.

해루가 사라진 일은 향의 인생에서 일어나는 커다란 사건 중 하나였던 까닭이다.

❀

“제가 늦었습니까?”

현성의 몸을 살피며 해루가 물었다.

“아니, 때마침 시간 맞춰 왔구나.”

내내 참고 있던 숨을 길게 내쉬며 현성은 미소를 지었다.

해루의 계획은 실로 절묘하였다. 덕분에 현성은 소은의 참담한 표정을 원 없이 구경할 수 있었다.

중전이 두 사람에게 다가왔다.

“그나저나 홍 승휘, 어쩌다 이런 고초를 당하게 되었는가?”

“저도 모르겠나이다. 다과나 나눌까 하여 권 승휘의 처소를 찾았다가 그만 이 봉변을 당했나이다.”

중전은 고개를 내저었다. 다과나 즐기자며 동무를 찾아간 사람을 다짜고짜 납치하여 매질하려 했다니.

“일이 곤궁하게 되었구나. 행여 이 일이 좌의정의 귀에 들어가기라도 한다면, 죄 없는 여식을 핍박하였다 하지 않겠느냐?”

주상 전하와 중전마마의 질타하는 시선에 소은은 쥐구멍에라도 들어가고 싶은 심정이었다.

실로 일이 어렵게 꼬이고 말았다.

이대로 끝나면 결국 모든 잘못이 자신을 향하게 될 터였다.

그렇게는 안 되지.

소은의 눈에 독기가 사렸다.

그녀는 마지막 순간까지 아껴두었던 한 수를 드디어 입에 올렸다.

"홍 승휘에게 한 일은 제 실수입니다. 이 일은 따로 홍 승휘에게 용서를 구하겠사옵니다. 하오나, 권 승휘만은 용서할 수 없습니다."

"그 일에 대해선 좀 전에 말하지 않았느냐? 권 승휘에 관해 빈궁의 오해가 있었다고."

"궁 안에서의 일은 해명이 되었사옵니다. 그러나 궁 밖으로 몰래 나가 외간 사내를 만난 일은 아직 설명되지 않았사옵니다."

"궁 밖으로 나가 외간 사내를 만나?"

"그렇사옵니다. 권 승휘가 외간 사내와 만나는 것을 제가 보았습니다."

"뭐라? 대체 사내가 뉘더냐?"

"바로…… 명국의 사신, 태군이었사옵니다."

"태군?"

잠잠하던 실내가 다시 술렁거렸다.

"지난 보름밤에 도성에서 크게 달집태우기를 하였사옵니다. 그때 그곳에서 권 승휘를 보았다는 소리를 들었습니다. 그것도 어느 사내의 비호를 받으며 달집 주위를 맴돌았다 하더이다."

"그, 그런……."

"하여, 소첩 몰래 권 승휘를 훔쳐보았사옵니다. 그리고 보았습니다. 궁궐을 몰래 빠져나간 권 승휘가 태군과 만나는 것을 말이옵니다."

중전의 눈이 휘둥그레졌다. 그녀는 아무 말도 하지 못한 채 해루를 돌아보았다.

태군을 아느냐?

소리 없는 물음이 해루를 향했다.

"빈궁마마의 말대로 그분을 압니다. 그리고 따로 만난 적도 있습니다. 하오나, 말씀하시는 대로 이상한 관계는 절대 아니옵니다."

항변하는 해루의 귓가에 소은의 목소리가 들려왔다.

"닥쳐라! 어느 안전이라고 거짓을 고하느냐? 순순히 고하는 게 좋을 것이다. 너와 태군의 관계가 심상치 않다는 증좌가 한둘이 아니다."

"저는 단 한 번도 거짓을 고한 적이 없습니다."

"그럼 말해 봐라. 삼간택을 하던 도중, 왜 갑자기 사라졌었는지. 사라진 일 년 동안 뉘와 무얼 했는지 말이다."

소은이 비장의 한 수를 뽑아 들었다.

수강궁에서 사라진 해루가 명국의 태군과 함께 일 년을 보냈다는 소식은 이미 오래전에 어미에게서 전해 들었다.

외가의 먼 일가친척 중 한 사람이 명국을 오가는 관인이었다. 그때 우연히 태군과 함께 있는 해루와 닮은 사람을 보았다는 이야기를 전해 들은 적이 있었다. 하여, 은밀히 조사를 시작했다.

그리고 얼마 전, 그것이 사실이었다는 확답을 받았다.

소은은 한껏 들떴다.

잘만 사용하면 해루를 궁에서 내쫓을 좋은 구실이 될 터였다.

그럼에도 지금까지 모른 척하였던 이유, 이 일이 소은에겐 양날의 검이 될 수도 있었기 때문이다.

구석으로 몰린 해루가 일 년 전 사건을 들먹이게 되면 소은 자신 또한 난처해질 수 있었다. 하여, 비장의 무기를 얻고도 지금껏 숨기고 있었다.

하지만 지금은 그런 것을 재고 따질 상황이 아니었다.

벼랑 끝까지 몰리자 소은은 마지막이라는 마음으로 그 일을 입에 올렸다.

"말해 보아라. 일 년 전, 왜 갑자기 사라졌는지, 일 년 동안 누구와 함께 있었는지, 소상하게 말해 보란 말이다."

의기양양한 미소가 소은의 얼굴에 떠올랐다.

그런 소은을 해루가 차가운 눈으로 응시했다.

"그걸 몰라서 물으십니까?"

삼간택을 하던 도중, 왜 내가 갑자기 자취를 감추게 되었는지, 그걸 몰라서 내게 묻는 것이야?

네가 내게 무슨 짓을 했는지, 정녕 기억나지 않는단 말이냐?

그 일 년 동안 내가 어찌 살았는지 알아?

나는 내가 누구인지도 몰랐다.

명치에 뜨거운 불덩이가 가득한데, 그것이 무엇인지 알지 못했지.

그렇게 바보처럼 반년을 살았어.

어느 날 문득 기억이 떠올랐을 때, 내가 얼마나 울었는지 넌 정녕 모를 것이다.

내가 어쩌다 그리운 사람과 헤어져야 했는지.

그 뜨거운 불길에 어쩌다 갇히고, 낯선 이국에서 외롭게 살게 되었는지. 그 슬픔과 괴로움과 외로움과 억울함이 누구 때문이었는지 아느냐?

바로…… 너야.

너 때문이었어!

원망과 미움, 분노와 증오가 해루의 눈동자에 고스란히 떠올랐다.

그러나 이 자리에서 이 모든 것을 토해보았자 믿어줄 사람은 없었다.

아니, 어쩌면 소은을 나락으로 끌고 들어갈 수 있을지도 모른다. 그러나 진정한 승리라 할 수 없었다.

해루는 바르르 떨리는 입술을 애써 말아 물었다.

"그것은……."

그녀가 간신히 입을 열었을 때였다.

"오라비라오."

열린 지하 감옥 안으로 긴 그림자가 들어섰다. 급히 달려온 듯 향의 턱 끝에 가파른 숨이 들어차 있었다.

모두의 이목이 그에게로 향했다. 그 시선들을 오롯이 받으며 향은 곧장 해루와 소은의 곁으로 다가왔다.

"태군은 권 승휘의 오라비라오."

우연인 듯, 향은 바람벽처럼 해루의 앞을 가로막았다.

"그게 무슨 말씀이십니까? 오라비라뇨? 권 승휘가 뉘옵니까? 권 전 대감의 여식이 아니옵니까. 그런 권 승휘에게 명국 출신의 오라비가 있다는 소리는 들은 적 없사옵니다."

소은은 말도 안 되는 소리 말라며 고개를 내저었다.

무심한 향의 눈빛이 소은을 향했다.

"꼭 피가 같아야 오라비라 할 수 있소?"

"……?"

"지난 겁화 때 권 승휘가 큰 봉변을 당할 뻔하였지. 위험에 처한 권 승휘를 구한 사람이 바로 태군이었소."

"그렇군요."

"또한, 충격으로 기억을 잃은 권 승휘를 권 대감의 허락하에 명국으로 데려가 치료하는 데 큰 도움을 주었다 들었소."

소은의 눈꼬리에 경련을 일어났다.

제 뜻대로 일이 되지 않는 것보다, 끝까지 해루를 감싸는 향의 모습이 더 가슴에 사무쳤다.

투기가 치솟았다.

뜨거운 성화를 억누를 수가 없었다.

소은은 지켜보는 눈이 많다는 것을 까맣게 잊은 채 입매를 사납게 비틀었다.

"치료를…… 위해서 말입니까?"

"물론이오. 이 사실은 권 대감과 태군, 두 사람에게 물으면 확실하게 알게 될 일. 그러니 더는 태군과 권 승휘의 관계에 대해 이상한 말은 삼가도록 하오."

"치료를 위해 무려 일 년이나 명국에 있었단 말이지요. 단지 오라비라는 사내를 믿고 말이옵니다."

"달리 또 무엇이 있겠소?"

"아닙니다. 오라비라면 당연히 그리해야지요. 하오나……."

소은의 붉은 입술이 길게 늘어졌다. 저의를 품은 날카로운 비수가 그녀의 혀끝을 타고 새어 나왔다.

"제아무리 오라비라도 피 한 방울 섞이지 않은 누이를 위해 목숨마저 버리려 하다니. 우둔한 제 머리로는 도무지 이해되지 않는군요."

"목숨을 버리려 했다? 그게 무슨 말이오?"

"일 년 전 사건 말입니다. 당시 권 승휘는 불길에 휩싸인 좁은 통로에 갇혀 있었습니다. 밖으로 통하는 문은 굳게 닫혀 있었고, 뒤는 온통 화염이라, 어디에도 빠져나갈 구멍은 없었습니다. 그곳에서 권 승휘를 구하려면 당연히 목숨을 걸고 불길 속으로 뛰어들었어야 했겠지요.”

“…….”

“이는 같은 어미와 아비를 둔 친누이에게도 감히 할 수 없는 일이 아니겠습니까. 그런데 피 한 방울 섞이지 않은 태군이 그 불길을 뚫고 권 승휘를 구했다 하니, 남매간의 우애가 참으로 장하지 않사옵니까.”

냉소를 뒤로 감춘 소은의 말에 문득 향이 손을 들었다.

“잠깐!”

소은은 긴 속눈썹을 들어 향을 바라보았다. 그녀의 눈동자를 정면으로 응시하며 향이 물었다.

“어찌 아셨소?”

“무얼 말이옵니까?”

“그대는 분명 겁화가 일어난 그때, 권 승휘를 보지 못하였다 하였소. 헌데, 어찌 권 승휘가 좁은 통로에 갇혔다는 것을 알고 있소?”

“네?”

뒤늦게 자신의 실수를 깨달은 소은의 얼굴에서 핏기가 사라졌다. 투기로 이성이 마비되어 하지 말아야 할 말까지 뱉은 것이다.

“그……그것이……. 전…….”

소은은 하얗다 못해 파랗게 질린 얼굴로 말을 더듬었다.

향은 황망한 얼굴로 차마 변명조차 하지 못하는 소은의 앞으로 한 발짝 바싹 다가섰다.

“그곳에 빈궁이 있었던 것이오?”

성난 목소리가 재차 물었다.

“권 승휘를 그리 만든 사람……. 빈궁이오?”

거짓!

"말해 보시오. 빈궁이 거기에 있었소?"

향의 목소리가 갈라져 나왔다.

애써 냉정을 되찾으려 했지만, 그러면 그럴수록 해루를 잃어버렸던 날의 기억이 선명하게 떠올라 그를 괴롭혔다.

그 좁은 통로에서 절망했을 해루가…….

불길에 휩싸여 두려움에 떨고 있는 해루의 잔영이 그의 심장을 옥죄어왔다.

설마, 그 모든 일이 당신 때문인가?

아니지?

아니라고 해야 한다.

절대 아니어야 한다.

소은을 내려다보는 향의 얼굴이 분노로 일그러졌다.

한 번도 본 적 없는 왕세자의 모습에 소은은 겁에 질렸다.

"소첩이…… 잠깐 어찌 되었나 봅니다. 소첩이 실언을 하였습니다. 모릅니다. 저는 모르는 일이옵니다."

소은의 눈동자가 어지럽게 흔들렸다. 자꾸만 고개를 돌려 향을 외면하려 하고, 그러면서도 흘끔흘끔 향의 눈치를 살폈다. 굳게 쥔 주먹은 바르르 떨리고 있었으며, 변명하는 목소리는 저도 모르게 높아졌다.

그 모든 것이 말하는 바는 오직 하나였다.

"거짓!"

발뺌하는 소은의 정수리 위에서 향은 맹수처럼 으르렁거렸다.

네 온몸이, 너의 입이 거짓을 말하고 있음을 외치고 있다.

그러니 말해라.

진실.

그날의 일을 한 점 거짓 없이 뱉어내라.

향은 위압적인 눈빛으로 소은의 몸을 찍어 눌렀다.

바로 그 순간.

"향아."

분노로 부르르 떨고 있는 그의 손을 누군가 가만히 잡았다.

"향아……."

호수처럼 고요한 왕의 시선이 아들을 향했다. 아들과 시선을 맞춘 왕은 조용히 고개를 저었다.

"그만하거라."

"하오나 전하……."

"지켜보는 눈이 많구나."

그제야 향은 주위를 둘러보았다. 그곳엔 뜻밖의 상황에 놀란 중전과 현성, 각 처소의 궁녀들과 환관들이 있었다.

그리고 또 한 사람.

해루가 있었다.

"공갈 저하……."

해루가 향의 다른 팔을 잡았다.

되었습니다. 이쯤에서 그만두세요.

이대로 끝을 향해 치달릴 수도 있었다. 아니, 마음 한편에서는 이대로 치달려 소은의 끝을 보고 싶은 마음도 있었다.

하지만 그 후엔 어찌 될 것인가?

제 욕심을 위해 벗을 죽이려 한 사람이 빈궁의 자리에 앉았다. 진실을 알게 된 사람들은 왕실의 형편없는 안목과 그런 사람을 곁 자리에 앉힌 왕세자를 비웃을 것이다. 왕실의 권위와 명예가 한순간에 땅에 떨어져 호사가들의 입방아에 오르내리리라.

다른 사람은 몰라도 향이 오욕을 감수하게 할 수는 없었다.

그러니…….

"저하, 하지 마십시오."

"그러나 해루야……."

"제가 원합니다. 그러니 제발……."

지금은 아닙니다. 무너트려도 제 손으로 할 겁니다. 복수해도 제가 할 겁니다.

그러니 저하는 하지 마십시오.

분노하지 마십시오. 스스로를 원망하지도, 책하지도 마십시오.

세자 저하 탓이 아닙니다. 모두 제 탓입니다. 제가 덕이 없어서입니다. 제가 벗과 아닌 사람을 구분할 줄 몰랐습니다. 그러니 화내지 마십시오. 슬퍼하지 마십시오.

간절한 눈빛이 향을 향했다.

향은 입안에 가득한 뜨거운 기운을 애써 삼킬 수밖에 없었다. 치밀어 오른 분노를 잠재우기 위해 그는 질끈 눈을 감았다.

묵묵히 그 모습을 지켜보던 왕께서 상선을 불렀다.

"정동아."

"네, 전하."

"세자를 동궁전으로 뫼시어라."

"명 받잡나이다."

"허고……."

바싹 마른 왕의 건조한 시선이 소은을 향했다.

"정동아, 아무래도 빈궁께서는 심신이 미약하여 당분간 빈궁전 밖으로 걸음 하지 못하겠구나."

"네?"

잠시 왕의 의중을 파악하지 못한 정동이 우둔한 표정을 지었다.

"듣지 못하였느냐? 빈궁께서 정양에 힘쓸 수 있도록 빈궁전 안팎을 단단히 걸어 잠그거라."

"네."

빈궁을 걱정해서 내린 명이 결코 아니었다. 빈궁이 빈궁전 밖으로 나오지 못하도록 문을 닫아 걸라는 의미였다.

당분간 빈궁전은 궁 안에 있되 궁에 존재하지 않는 전각이 되리라.

그야말로 고립무원.

유배나 다름없는 형벌이 떨어졌다.

소은을 바라보는 왕의 눈에선 일말의 온기도 찾아볼 수 없었다. 시리도록 냉랭한 눈빛을 하던 왕께서 이번엔 중전에게 고개를 돌렸다.

"그만 돌아갑시다."

왕은 중전의 손을 잡았다.

내심 태연한 표정을 하고 있었지만, 왕의 손을 잡는 중전의 손은 바르르 떨고 있었다.

비록, 정확한 인과는 몰라도 보는 눈은 있었다.

돌아가는 상황을 대략 짐작한 중전은 혼란스럽고 두려웠다. 착하고 순한 줄만 알았던 빈궁이 실은 독심을 품은 사갈과 같은 사람이었다니.

충격을 받은 것이리라.

일순, 왕의 눈에 애잔한 연민이 깃들었다.

이 여린 사람을 어찌할까. 행여 중전의 마음에 생채기라도 날까 걱정되어 왕은 서둘러 걸음을 옮겼다.

그때, 소은이 두 사람의 발치에 매달렸다.

"아니옵니다, 아바마마. 아니옵니다, 어마마마. 소첩은 정말 모르는 일이옵니다. 이건 모함이옵니다. 저를 모함하기 위해 권 승휘가 꾸민 계략이옵니다. 저를 믿어주십시오. 어마마마, 소첩은 정말 모르고 권 승휘를 잡아들인 겁니다. 겁화가 있던 그날, 권 승휘에게 무슨 일이 생겼는지도 소첩은 정말 모르옵니다! 정녕, 모른단 말입니다!"

떠나는 왕과 중전의 등 뒤로 소은의 악다구니 섞인 울부짖음이 들려왔다.

지하 감옥에서 나와 소양궁으로 향하는 내내 향은 침묵했다. 무

에 잔뜩 참고 있는 듯 뚫어져라 자신의 발끝만 바라보며 걷고 또 걸었다.

그의 곁을 불안한 표정으로 따르던 해루는 기어이 걸음을 멈추었다.

거짓말처럼 향 역시 동시에 걸음을 세웠다. 겉으로는 무심한 척하고 있었지만, 그의 온 신경은 해루에게 가 있었다.

"저하."

내내 궁금하였던 해루가 향을 올려다보며 그를 불렀다. 그러나 돌아온 것은 무거운 침묵뿐이었다.

"대화할 마음이 없으십니까? 그렇다면 저는 그만 돌아가보겠습니다."

처소인 소양궁이 지척이었다.

활짝 열린 소양궁의 솟을대문을 향해 해루는 너른 보폭을 옮겼다. 그러나 채 몇 걸음을 걷기도 전에 돌연 향에게 팔이 잡히고 말았다.

"너는……. 너는……."

억누르고 참았던 감정을 한꺼번에 폭발시키듯 향은 해루를 힘껏 끌어안았다.

놀란 해루는 황급히 주위를 살폈다.

뒤따르던 환관과 궁녀들 역시 놀란 기색이 역력한 얼굴로 두 사람을 지켜보았다.

그러나 얼마 지나지 않아 그들은 자신들의 본분에 충실했다. 해루와 향을 중심에 두고 단박에 사람으로 만든 둥근 벽이 세워졌다. 등을 보인 채 둥글게 선 환관과 궁녀들 덕에 향과 해루가 서 있는 공간은 두 사람만의 은밀한 안식처가 되었다.

그렇다고 마냥 그의 품에 있을 수는 없었다.

"저하, 놔주십시오."

아직 해도 지지 않았습니다.

해루는 향의 품에서 벗어나려 버둥거렸다.

그러나 그는 꽃을 품은 고목처럼 꼼짝도 하지 않았다.

"가만있어라."

"하오나 저하……."

"몰랐었다. 네게 무슨 일이 있었는지, 네가 어떤 일을 당했는지 까맣게 모르고 있었다. 그런 일이 있는 줄도 모르고 나는 잠을 자고, 밥을 먹고, 너를 그리워만 하였다."

"……."

"모두가 내 탓이다. 결국, 내 탓으로 네가 그 험한 일을 당한 것이다."

버둥거리던 해루가 문득 몸짓을 멈추었다. 그녀는 향을 밀어내던 팔을 그의 등 뒤로 둘렀다.

커다란 사내의 품이 오롯이 자신의 것이 되는 순간이었다.

이 달콤한 순간이 주는 행복함에 눈물이 날 것 같았다.

이 아늑한 품이 그리워 많은 것을 버리고 포기하는 것으로도 모자라 끝내 이 삭막한 궁으로 올 수밖에 없었다.

얌전해진 해루를 내려다보며 향이 속삭인다.

"약조하거라."

"무얼요?"

"앞으로 무슨 일이든 내게 털어놓겠다고 말이다."

"네."

"네 머릿속에 어떤 생각이 들어 있는지 내게 숨김이 없어야 한다."

"네."

고개를 끄덕이는 해루의 얼굴을 향은 제 양손으로 감싸 쥐었다.

"그리 헛되이 대답하지 마라. 앞으로는 무슨 일이든 나와 나누어야 한다. 설령, 네가 예지하지 못한 미래가 펼쳐지더라도 내게 알려주어야 한다. 알겠느냐?"

"약조하겠습니다."

해루는 제 볼을 감싼 향의 양손을 제 손으로 덮었다.

"대신 저하도 저와 약조하십시오."

"약조하마. 네가 원하는 것이라면 그게 무엇이든 약조하마."

"다시는 자책하지 마십시오."

말을 하며 해루는 향의 오른쪽 손바닥에 입을 맞추었다. 고개를 돌려 그의 왼쪽 손바닥에 입을 맞추며 그녀는 말을 이었다.

"다시는 저로 인해 슬퍼하지 마십시오."

"자책하지 않을 것이다. 슬퍼하지도 않을 것이다. 그런 일이 생기지 않도록 할 것이니 자책할 일도, 슬퍼할 일도 없을 것이야."

해루에게 하는 다짐이자 스스로에게 하는 다짐이기도 하였다.

그 단단한 약조 앞에 해루는 만개한 꽃처럼 활짝 미소를 지었다.

햇살을 받아 반짝거리는 웃음이 눈이 부시도록 시려 향은 눈매를 가늘게 여몄다.

나의 여인, 나만의 정인.

아무리 품어도 해루에 대한 조갈은 좀처럼 채워지지 않는다.

주고 또 주어도 모자랄 판에 요즘은 자꾸만 그녀에게서 받기만 하고 있었다. 하여, 향은 해루에게 받은 것을 돌려주기 위해 그녀의 작은 손에 입맞춤하였다.

여린 새의 부리로 간질이는 듯한 감촉에 해루는 저로 모르게 어깨를 움츠렸다.

아랑곳하지 않은 향은 그녀의 손바닥에, 그리고 손등에 고르게 입맞춤했다.

저릿한 감각에 해루는 길게 숨을 들이마셨다. 아직 환하게 밝은 하늘을 올려다보며 들이마신 숨을 천천히 길게 뱉고 있자니, 저릿한 입맞춤은 어느새 손등을 떠나 그녀의 이마로 날아들었다.

"저하……."

놀란 해루가 둥근 벽을 만들고 있는 궁인들을 돌아보았다. 모두 등을 돌리고 있어 안쪽에서 무슨 일이 일어나는지 모르는 듯했다.

그래도 귀로 듣고 짐작은 할 터.

부끄럽고 수줍은 마음에 해루는 고개를 푹 숙였다.

그러나 향이 허락하지 않았다.

어느새 그녀의 턱 끝을 손끝으로 쥔 그가 제 입술을 겹쳐왔다.

여린 입술이 주는 아찔한 감각에 해루는 저도 모르게 나른한 신음을 흘렸다.

그러다 이내 등 돌리고 있는 궁인들을 기억해 내고는 잇새를 빠져나오려는 신음을 삼켰다. 덕분에 모든 감정이 향의 앞섶을 말아쥔 양손에 몰렸다. 바르르 떨리는 수줍음이 작은 손을 통해 고스란히 전해졌다.

떨림이 강하면 강할수록 해루를 대하는 향의 행동은 점점 담대해졌다.

꽃잎이 부대끼는 듯한 여린 살갗의 스침이 공기 중에 작은 파문을 일으켰다. 낮게 한탄하듯 내뱉는 탄식이, 까치발을 들고 있는 발끝의 전율이…… 바람결에 나부꼈다.

소양궁 솟을대문 앞에 만들어진 둥근 사람의 벽이 사라진 것은 그 후로 꽤 시간이 지난 후였다.

겨우내 앙상하던 화원이 초록빛으로 물들었다.

여린 잎을 틔우는 장한 새싹을 바라보며 해루는 군침을 삼켰다.

"그 추위를 견디고 끝내 이리 고개를 내밀었구나. 장하다. 쑥쑥 자라거라. 얼른얼른 자라 꽃도 피우고 열매도 맺으려무나. 그 전에……."

작은 떡잎 하나를 조심스럽게 뜯었다.

"오늘은 이거 하나만 내게 양보해 다오."

여린 잎을 한 장 딴 해루는 잰 몸짓으로 화원 뒤편으로 사라졌다.

얼마 지나지 않아 찜 솥에서 고소한 향내가 뿜어져 나왔다.

"이거, 냄새를 보아하니 철모르고 피어난 꽃이라도 넣은 모양이군."

화원 누각에서 익숙한 목소리가 들려왔다.

"주상 전……. 아니, 최최측근!"

"최측근!"

지하 감옥에서 만난 이후, 처음 만나는 왕과 해루였다.

해루의 얼굴에 그 어느 때보다 반가운 미소가 들어찼다.

반색한 것은 최최측근 역시 마찬가지였다.

"남들이 보면 오랫동안 헤어져 지내던 부녀 상봉인 줄 알겠습니다."

왕의 뒤에 꼬리처럼 붙어 있던 황 노인이 불퉁한 목소리로 투덜댔다.

최최측근의 눈매가 금세 가늘어졌다.

"뭐가 그리 불만인가?"

"불만이라뇨? 어찌 감히 제가 그런 부정한 감정을 품을 수 있겠습니까? 다른 사람도 아니고 주상 전하 앞에서요. 말도 안 되지요. 감히 있어서는 안 되는 일이지요. 물론, 처리해야 할 문서가 산처럼 쌓여 잠잘 시간도 부족하지만, 괜찮사옵니다. 물론, 지난달부터 내내 하루도 쉬지 않고 일하고 있지만, 괜찮습니다. 어차피 죽으면 썩어 없어질 몸, 아껴 무얼 하겠습니까?"

"나라를 생각하는 그대의 충정, 참으로 놀랄 따름일세."

"소신도 놀라는 중입니다. 사람이 이 정도 하였으면 못 이기는 척 놓아주실 법도 한데 어찌 이리 알뜰하게 부리시는지, 감탄을 금치 못할 지경이옵니다."

"요즘 내가 기력이 예전만 못해. 그러니 이런 소리를 들으면서도 이리 웃지. 예전 같았으면 당장에 유배를 보냈을 터인데. 안 그런가?"

은근한 겁박에 황 노인은 먼 허공으로 시선을 돌렸다.

아, 떠나고 싶다.

"이보게, 황 정승. 조금만 참아보게. 곧 좋은 날이 올 것이야. 내 비록 표현은 안 하지만, 자네 고충을 누구보다 잘 알고 있네. 그걸 알기에 잠시나마 쉬라고 여길 데려온 것이 아닌가."

최최측근의 위로에도 황 노인의 굳은 표정은 풀어지지 않았다. 감당하기 어려운 개떡 먹어치우기에 동원되었다는 것을 진즉 눈치 챘기 때문이다.

황 노인의 입가에 씁쓸한 미소가 걸렸다.

그런 속내를 알 리 없는 왕은 이번에는 해루를 돌아보았다.

"잘 지냈느냐?"

"염려해 주신 덕분에 언제나 잘 지내고 있습니다."

"그날 이후 별일은 없었고?"

그저 안부를 묻는 말이었다. 무에 큰 위로도 아니었다. 다만, 조금 다정하게 들렸을 뿐이다.

그럼에도 그 짧은 물음에 내내 참아 온 눈물이 왈칵 차올랐다.

그간 고생 많았다. 내 너의 고생을 알지 못하였구나.

고단한 지난 시간을 위로하는 것 같아 저도 모르게 마음이 흔들렸다.

행여 눈물이라도 나올세라, 해루는 알큰해지는 코끝을 손등으로 문질러 물기를 지워냈다.

그녀를 물끄러미 바라보던 왕께서 다시 물으신다.

"섭섭하더냐?"

"무슨 말씀이십니까?"

"그때, 내가 세자를 말려 섭섭했느냐?"

"아닙니다."

"섭섭하였겠지. 허나, 왕이란 그렇단다. 남들이 보기엔 높은 권좌에 앉아 하고 싶은 대로 다 하고 사는 것이 왕인 줄로만 알지. 하지만 정작 하고 싶은 한 가지를 못 하는 것이 왕이란다. 옳은 것을 보아도 크게 웃을 수 없고, 그른 것을 보아도 세심히 살펴야 한다. 그것이 왕의 숙명이고 천명인 게지."

자신이 그러했고, 뒤를 이을 왕세자 역시 그러하리라.

왕의 긴 한숨 속에 말할 수 없는 감정들이 가득했다.

"알고 있습니다."

"그럼에도 세자를 연모하느냐?"

"그러기에 세자 저하를 연모합니다."

서로를 바라보는 왕과 해루의 얼굴에 깊은 신뢰가 들어찼다.

내내 침묵하던 황 노인이 돌연 자리에서 일어섰다.

"어딜 가려고?"

왕의 물음에 황 노인은 겸연쩍은 듯 뒤통수를 긁적거렸다.

"화기애애한 가족 모임에 눈치 없이 끼어 있는 것 같아……."

"앉으시게."

왕의 한마디에 황 노인이 조용히 자리에 앉았다. 그러다 문득 화원 한구석을 곁눈질했다.

"하온데 전하."

"무언가?"

"누구 또 오실 분이라도 있으시옵니까?"

"누가? 올 사람이 없는데?"

"예를 들면 중전마마라든가."

"그 사람이 여길 왜 오는가?"

"듣자 하니 비밀 회합이 무엇인지 궁금하다 하시었다면서요?"

"그랬지."

"설명해 주시겠다 하고 지금까지 입도 벙긋 안 하셨다고……."

"그때야 사람들 앞이니 했던 말이고. 아마도 그 사람은 잊었을 것이야."

"그럴까요?"

"본디 회합엔 관심 없는 사람이야."

"그러다 중전마마의 진노라도 사면 어쩌시려고요?"

"허허허. 황 정승, 내가 누구인가? 이 나라의 왕이 아닌가. 그런 내가 뉘를 무서워할 것인가. 아무리 중전이라도……."

"무섭지 않단 말씀이시지요?"

왕의 당당한 목소리 뒤로 청아한 여인의 음성이 따라붙었다.

모두의 시선이 화원 입구로 향했다.

"헉!"
"중전!"
"중전마마!"
해루와 황 노인이 황급히 고개를 조아렸다.
왕은 얼떨떨한 얼굴로 앉지도, 일어나지도 못한 채 중전을 맞이했다.
"무에 그리 놀라십니까?"
"놀라긴 누가 놀랐다고 그러오. 하하하."
"웃으시는 게 어색합니다."
중전의 말에 왕은 얼굴에 드리운 웃음을 거둬들였다.
"헌데 여긴 어쩐 일이시오?"
"주상 전하께서 좀처럼 말씀을 안 해주시니, 직접 와보는 수밖에요. 대체 비밀 회합이라는 것이 무엇인지. 그게 무엇인데 전하께서 그리 숨기려 하시는 것인지요."
"보다시피 그리 거창할 것은 없소."
"그렇군요."
중전은 해루와 황 노인을 보며 수긍하듯 고개를 끄덕였다.
"이리 모여서 무얼 하셨습니까?"
중전의 물음에 왕은 자리를 권하며 대답했다.
"개떡을 먹는다오?"
"개떡이라 하셨습니까?"
중전의 말이 끝나기 무섭게 해루가 고개를 들었다.
"그렇지 않아도 개떡이 다 되었는데 한번 드셔보시겠습니까?"
해루가 눈을 반짝거리며 물었다.
"대체 얼마나 대단한 떡이기에 전하께서 오매불망 그리워하셨는지, 나도 한번 먹어보고 싶구나."

말이 떨어지기 무섭게 해루는 황급히 자리를 떠났다.

잠시 후, 되돌아온 그녀의 양팔에 개떡이 한가득 담긴 소쿠리가 안겨 있었다.

중전의 얼굴에 호기심과 기대가 피어올랐다.

"이게 말로만 듣던 개떡이로구나."

이름 모를 붉은 꽃잎으로 곱게 장식한 떡은 겉보기엔 제법 맛나 보였다. 꼴깍 군침을 삼키며 중전은 해루가 권하는 개떡 하나를 입에 넣었다.

얼마나 맛나기에……?

크게 한입 베어 물던 중전의 고개가 문득 옆으로 기울어졌다.

이상하다? 왜 이리 서걱댈까?

그러나 잔뜩 기대하는 눈빛으로 자신을 올려다보는 해루를 보고 있자니, 이상하다는 말을 할 수가 없었다. 어색한 미소를 지으며 중전은 입안에 있던 떡을 억지로 삼키고, 다시 한 번 다른 떡을 베어 물었다.

서걱!

그녀의 이마에 굵은 주름이 생겼다.

"맛이…… 이상합니까?"

중전의 안색을 살피던 해루의 얼굴이 울상이 되었다.

마치 세상을 다 잃은 듯한 표정.

"아니, 아니다. 맛나구나. 참으로 맛나."

어쩔 수 없이 중전은 서걱대는 개떡을 입에 넣고 오물오물 씹었다. 계속 씹다 보니 거친 식감도 제법 괜찮게 느껴졌다.

그 모습을 힐끗 곁눈질하던 황 노인이 슬금슬금 자리에서 일어셨다. 이쯤 하면 이 모임에서 빠져도 상관없겠구나.

"중전마마께서 이리 오셨으니, 노신은 그만 물러가겠나이다."

슬금슬금 뒷걸음질 치는 황 정승을 보며 중전이 굳은 표정을 했다.

"황 대감."

"네, 중전마마."

왜 그러실까?

눈을 깜빡거리는 황 노인의 귓전으로 중전의 위엄 어린 목소리가 파고들었다.

"함께하시지요."

개떡을 권하는 중전을 보며 황 노인은 급하게 고개를 저었다.

"아니옵니다. 오붓한 가족 모임인데 소신이 빠지는 것이 도리……."

중전이 단호한 음성으로 황 노인의 말꼬리를 잘랐다.

"분담하시지요."

짧은 한마디에 황 노인은 냉큼 제자리로 돌아왔다.

부자(父子)가 똑같다 하였더니. 이제 보니 부부 역시 일심동체라.

사람 겁박하는 데 일가견 있는 집안이었다.

황 노인은 감히 겉으로 내색하지 못한 채 속으로 구시렁댔다.

그의 곁에는 세상에서 가장 맛난 음식을 먹듯 개떡을 먹는 왕과 천천히 음미하듯 개떡을 씹는 중전이 있었다.

그리고 그 맞은편에는 자신이 만든 개떡을 맛있게 먹는 사람들을 보며 행복한 표정을 짓는 해루가 자리했다.

가슴 뿌듯한 희열.

어미가 어린 자식에게 무얼 먹일 때 이런 기분이려나?

단 한 번도 느껴보지 못한 따스함이 느껴졌다.

세상을 다 가진 것보다 더 든든했다.

구름처럼 기분이 들떴다.

하여, 해루는 봄꽃처럼 활짝 피어오른 얼굴로 소리쳤다.

“좀 더 드릴까요?”

할 수 있다면 세상이라도 주고 싶었다.

해루의 말에 왕은 기쁘게 고개를 끄덕였고, 중전은 어색한 미소를 지었으며, 황 노인은 부모를 죽인 원수라도 만난 듯 눈을 흘겼다.

해루는 얼굴 가득 행복한 미소를 지었다.

하늘이 많이 낮아졌다. 습윤한 물기를 품은 공기엔 온기가 가득했다. 앙상한 가지마다 푸른 생명이 움을 틔웠다.

무릇, 겨울이 가고 봄이 오고 있었다.

비밀 회합

봄의 시작을 알리는 비가 사흘이나 이어졌다.

지루한 빗소리를 들으며 서책을 읽던 김담은 동창 너머 풍경으로 시선을 돌렸다. 비가 내리는 신루 마당으로 상궁 복색의 여인이 들어서고 있었다.

"심 학사."

김담은 손등으로 침침한 눈을 비비며 심운기를 불렀다.

서책을 너무 읽었더니 헛것이 보이는가?

멀지 않은 곳에 있던 심운기가 그의 곁으로 다가왔다.

"왜 그러는가?"

"저기 지금 신루로 들어오는 저 여인, 우리 해루……. 아니, 권승휘마마 아니신가?"

김담은 마당을 가리키며 심운기에게 물었다.

"권 승휘마마 맞으시네. 저리 당당한 걸음으로 신루를 찾는 여인이 권 승휘마마 말고 또 누가 있겠는가?"

"거참 이상하군."

"뭐가 이상하다는 겐가?"

"얼마 전에 큰 사건으로 궁 안이 발칵 뒤집히지 않았는가. 빈궁마마께서 무리하게 억지를 쓰신 일 말일세."

"무고한 우리 승휘마마를 괴롭히려 한 일 말인가?"

심운기의 표정이 냉랭하게 돌변하였다.

소은이 소문만 믿고 해루를 납치하여 심문하려다 미수에 그친 사건은 궁 안에 모르는 사람이 없을 지경이었다. 소식을 들은 신루 학자들은 다른 누구보다도 분노했다.

"그 일로 인해 빈궁마마께선 빈궁전에 갇히다시피 하게 되었고, 법규를 어기고 수시로 변복한 권 승휘마마께서도 엄한 꾸중을 들었다 하던데 말일세."

"그리 들었지."

"그런데 우리 승휘마마께선 어찌하시려고 저리 또 변복을 하고 나타나신 건가?"

"그 일 말인가?"

심운기의 입가에 긴 미소가 그려졌다. 그 담담한 표정에서 뭔가를 읽은 김담이 눈을 빛냈다.

"뭔가 아는 거라도 있는 눈치로군."

"듣자 하니 높으신 분들 간에 모종의 거래가 있었던 모양일세."

"모종의 거래라니?"

심운기가 주위를 둘러보며 귓가에 속삭였다.

"이건 순지에게 들은 특급 기밀인데, 측근 모임이라는 비밀스러운 회합이 있다 하더군."

"측근 모임?"

이번에 물어본 사람은 양여섭이었다. 은밀한 대화라면 그 누구보다 귀가 솔깃한 사람이 아니던가.

한자리에 머리를 맞대고 앉은 세 사람의 대화가 시작되었다.

"순지 말로는 왕족들만의 비밀 회합이라더군. 구성원과 회합 내용은 극비인 데다 이 사실을 알고 있는 사람도 극소수에 불과하다네. 당연히 회합에 참여할 수 있는 사람도 주상 전하를 비롯한 몇몇에 불과하다더군."

"허어. 그런 자리가 있었군. 그리 은밀하고 비밀스러운 회합이라면 분명 중대한 논의가 이루어질 터."

"놀라운 건 그 자리에 우리 승휘마마께서 참석한 모양일세."

"그래? 그건 정말 놀라운 이야기로군. 그래서? 어떤 일이 있었다던가?"

"그 자리에서 어떤 대화가 오고 갔는지 아는 사람은 아무도 없네. 천하제일의 세작이라 자부하는 순지조차도 그건 모르더군."

"그 음침한 친구마저 모를 정도면 보안이 철두철미하다는 뜻인데. 과연 비밀 회합답군."

심운기의 말을 김담과 양여섭이 교대로 받았다.

"하여간 그 회합 이후로 승휘마마께선 특별한 권한을 얻게 된 모양일세. 비공식적으로 변복하고 돌아다닐 수 있는 권한이 바로 그것일세."

"내명부의 법도로는 불가한 일이지만, 대놓고 표 내지 않으면 눈감아주겠다는 의미로군. 허허, 대체 무슨 일이 있었는데, 그런 엄청난 권한을 얻게 되신 걸까?"

"모르긴 몰라도 무시무시한 대가가 있는 것이 틀림없을 걸세."

"주상 전하와 중전마마를 설득하는 일이 어디 쉽겠는가? 그러고 보면 우리 승휘마마의 협상 능력도 가히 일품이신 모양이야."

"말해 무얼 하는가. 세자 저하께서 승휘마마를 귀하게 여기시는 것도 나름의 이유가 있었던 걸세."

김담과 심운기 그리고 양여섭은 서로를 마주 보며 고개를 끄덕였다.

그때였다.

"무슨 재미난 일이라도 있습니까?"

어느새 다가온 해루가 세 사람 사이로 고개를 쏙 내밀었다.

"어이쿠, 놀라라."

"아, 아닙니다."

"오셨습니까?"

해루의 등장에 세 사람은 불편한 헛기침을 연발했다.

"대체 무슨 이야기를 그리 재미있게 하고 계신 겁니까? 저도 알면 안 되겠습니까?"

"그것이……."

"쓸데없는 이야기인지라, 승휘마마께서 굳이 아실 필요가……."

세 사람은 눈동자를 이리저리 굴리며 변명을 늘어놓았다.

척 봐도 수상한 기색이 역력했던 터라, 팔짱을 낀 해루의 눈매가 가늘게 여며졌다.

때마침 신루 안쪽에서 잔잔한 목소리가 들려왔다.

"왔느냐?"

"저하."

느릿느릿 걸어 나오는 향을 향해 해루는 단숨에 쪼르르 달려갔다.

"오늘도 그 모양이로구나. 그리 혼이 나고도."

"걱정 마십시오. 허락은 받아두었습니다."

"어마마마께서 용케 허락하셨구나. 대체 어찌한 것이냐?"

온화하고 자상한 성정을 지닌 중전이었지만 내명부의 법도에 있어서만큼은 엄격하기 이를 데 없었다. 그런 분께서 이상하게도 해루에게만은 번번이 약한 모습을 보이시니.

"그건…… 비밀입니다."

해루는 검지를 입술 위에 세우며 씩 웃었다.

그 모습이 한없이 사랑스러웠던 터라, 잠시 주위를 살피던 향은 해루의 손목을 이끌고 슬그머니 자신의 은밀한 처소로 향했다.

멀찍이 떨어져 앉은 채 둘의 대화에 귀를 기울이던 신루 학자들은 '비밀 회합', '막대한 대가', '협상의 대가' 따위의 말을 중얼거렸다.

어느새 비가 그쳤다.

봄기운으로 한층 온화해진 햇살이 신루의 마당으로 스며들었다.

신루에 웃음꽃이 피어 있을 그 시각.

궁 안에서 가장 화려하고 활기차야 할 빈궁전엔 때아닌 냉기가 흐르고 있었다. 숨 막히는 듯한 긴장감에 궁녀들은 연신 눈치를 살폈다.

좀 전에 수라상이 방으로 들어간 까닭이었다.

오늘은 무사히 넘어가려나.

조마조마한 침묵이 깊어질 무렵.

와장창창!

거친 파열음과 함께 처소의 문이 부서질 듯 열렸다.

곧이어 열린 문으로 노한 외침이 쏟아져 나왔다.

"고얀 것! 감히 네가 날 업신여겨?"

훤히 열린 방 안의 풍경은 처참했다. 저녁 수라상은 엎어져 바닥을 뒹굴고 있었고, 밥과 반찬이 방을 어지럽혔다.

그 가운데 소은이 서 있었다.

"이따위 것을 나더러 먹으라 가져왔단 말이냐?"

무에 그리 화가 난 것인지, 수라상을 들여온 궁녀를 사납게 노려보던 소은은 급기야 궁녀의 머리채를 거칠게 휘감았다.

"아악!"

억센 손길에 궁녀는 비명을 터트렸다.

"마마, 빈궁마마! 살려주시어요. 제발 살려주시어요."

소은에게 머리채를 붙잡힌 궁녀는 울며 애원했다.

그러나 소은은 그대로 그녀를 질질 끌고 방 밖으로 내던졌다.

"꺼져라. 당장 내 눈앞에서 사라져! 감히 내가 뉜 줄 알고 이런 엉터리 음식을 상에 올리느냐?"

사달의 원인은 저녁 수라상에 올라온 생선이었다.

평소보다 생선의 크기가 작다며 억지를 부리던 소은은 급기야 자신을 업신여긴다며 상을 뒤엎고 궁녀의 머리채마저 잡았던 것이다.

그러나 누구 하나 그녀를 말리는 사람이 없었다. 말린다 하여 그만둘 성정이 아니라는 것을 그간의 경험으로 잘 알고 있었던 것이다.

행패는 연일 이어지고 있었다.

오늘은 저 궁녀가 빈궁의 화풀이 대상이 되었지만, 내일이면 여기 서서 지켜보는 다른 누군가가 대신하리라.

궁녀들 사이에 세자빈에 대한 존경심은 사라진 지 오래였다. 소은을 바라보는 궁녀들의 눈엔 두려움과 경멸이 뒤섞여 있었다.

그사이 한바탕 드잡이질을 끝낸 소은은 들이붓듯 술을 마신 후 그대로 잠이 들어버렸다.

바닥에 뒤엉킨 음식과 깨진 그릇을 치우는 것은 궁녀들의 몫이었다. 청소하는 궁녀들의 얼굴에 지긋지긋한 기색이 떠올랐다.

그러다 급기야 한 상궁을 향해 볼멘소리를 냈다.

"한 상궁 마마님, 제발 어찌 좀 해보세요."

"이대로는 못 살겠습니다. 중전마마께 말씀 좀 드려보시어요."

"미치겠습니다. 심장이 조마조마하여 견딜 수가 없어요."

빈궁마마 성정 거칠고, 사나운 것일랑은 예전이나 지금이나 다를 것이 없었다.

달라진 것은 더는 웃전의 굄을 받지 못한다는 것.

권 승휘를 해코지하려다 들킨 이후로 빈궁의 위세는 예전과 달라졌다. 매일같이 빈궁전을 찾던 중전마마의 발길이 뚝 끊어졌다.

지하 감옥에서 무슨 일이 있었는지, 빈궁을 바라보는 왕과 왕비의 눈길이 차가워졌다는 소문이 입에서 입을 타고 전해졌다. 실총한 상전의 행패를 묵묵히 감당할 만큼의 충성심이 그들에겐 없었다.

"어허! 예가 어디라고 함부로 목소리를 높이는 것이야? 빈궁마마께서 침수 드신 것이 아니 보이느냐?"

"하지만……."

"시끄럽다."

한 상궁이 짐짓 엄한 표정을 지었다.

그러나 그녀의 속내도 전각의 다른 궁녀들과 매한가지였다.

툭하면 아랫것들 앞에서 손찌검을 당하는 바람에 자존심은 바닥으로 떨어진 지 오래였다. 멍이야 화장으로 가리면 그만이지만, 문제는 마음에 난 상처였다.

잠든 소은을 바라보는 한 상궁의 시선 역시 싸늘했다.

낮게 한숨을 쉬던 한 상궁이 가장 가까운 곳에 자리하고 있는 윤 나인을 향해 말했다.

"오늘 밤에는 네가 번을 서거라."

"네? 제가요?"

"그럼 어찌하겠느냐? 오늘 밤번을 설 성 나인이 저리된 것을."

빈궁에게 드잡이질을 당한 성 나인은 훌쩍이며 울음을 멈추지 못하고 있었다.

윤 나인은 서둘러 고개를 저었다.

"싫습니다. 전 못 합니다. 저리 심기 불편하여 잠이 드신 날은 어김없이 새벽에 일어나 아랫것들을 못살게 타박하시지 않습니까? 차라리 죽여주십시오."

"어허! 네가 정녕 혼이 나고 싶은 것이야?"

참다못한 한 상궁이 윤 나인에게 목소리를 높이다 이내 길게 한숨을 쉬었다.

이 어린것들을 다그쳐 무얼 하랴.

껄끄럽고 마음 내키지 않는 것은 그녀 역시 마찬가지였다.

한 상궁은 잠든 소은을 원망 섞인 눈으로 바라보았다.

"허면, 앞으로 이분을 뉘 있어 모신단 말이냐."

"……그 아이가 어떠한지요?"

"그 아이?"

한 상궁의 물음에 윤 나인이 조심스럽게 한 사람의 이름을 입에 올렸다.

❀

"물 좀 다오."

타는 듯한 갈증에 눈을 뜬 소은은 잔뜩 갈라진 목소리로 중얼거렸다. 그러다 이내 피식 마른 웃음을 흘리고 말았다. 지금 그녀의 곁에는 아무도 없다는 것을 기억해 낸 것이다.

아무도 없었다.

지하 감옥에서 왕과 왕비 그리고 왕세자의 싸늘한 눈빛을 받은 이후로 전각의 궁녀들마저도 슬금슬금 그녀를 피하고 있었다.

고얀 것들. 끈 떨어진 연이라 생각한 것이겠지.

세자 저하는 물론 이제는 왕과 왕비의 총애마저 잃었다 짐작하여 나를 이리 업신여기는 것이 틀림없었다.

이것이 다 해루 때문이었다.

그녀로 인해 모든 것을 잃었다.

해루만 없었다면…….

심화가 들끓었다.

그날 이후로, 하루에도 몇 번씩 심장에서 뜨거운 불덩이가 일었다.

내 기필코 웃전의 총애를 돌려놓으리라.

그리된다면 해루는 물론이고 자신을 업신여기는 궁녀들 역시 가만두지 않을 것이다.

"물! 물을 가져오너라!"

아드득, 이를 갈며 소은은 고함을 질렀다. 기다렸다는 듯 문이 열리고 분주한 몸짓이 그녀의 곁으로 다가왔다.

"물보다는 따뜻한 차가 좋사옵니다."

조곤조곤한 속삭임이 소은의 귓가를 파고들었다. 그 음성이 귀에 익었다. 소은은 고개를 돌려 목소리의 주인을 보았다.

"너는……."

"소쌍이옵니다."

소쌍이 공손하게 고개를 조아렸다.

"네가 왜 여기 있는 것이냐?"

"오늘부터 빈궁마마를 보필하라는 명을 받았나이다."

소쌍이 입술을 길게 늘이며 미소를 지었다. 그녀를 바라보는 소은의 미간이 일그러졌다.

"누가 너에게 그런 명령을 내렸단 말이냐?"

소쌍을 세답방으로 보낸 사람은 다름 아닌 소은이었다.

자신이 허락하지 않았거늘, 누가 그녀를 다시 이곳으로 불러들였단 말인가?

권위가 땅에 떨어지니 이젠 물어보지도 않고 저들 마음대로 일처리를 하고 있음이었다.

"우선 차부터 드십시오."

"요망한 것. 누가 널 불렀는지 대답하라 하지 않았더냐!"

뜨거운 차가 담긴 다기가 소쌍을 향해 날아갔다. 소쌍의 이마로 검붉은 핏줄기가 흘러내렸다. 금세 턱 아래로 핏방울이 툭툭 떨어졌다.

많이 아플 만도 하건만, 억울할 만도 하건만, 소매로 쓱쓱 이마의 피를 닦은 소쌍은 말간 미소를 입가에 새겨 넣으며 다시 찻잔을 들었다.

"식기 전에 드시어요."

소은은 거친 숨을 헐떡이며 한참이나 소쌍을 노려보았다.

그렇게 얼마나 지났을까?

차가 다 식은 후에야 소은은 못 이기는 척 받아먹었다. 곁을 지키고 있던 소쌍이 그녀의 입가를 조심스레 닦았다.

자리에 눕는 소은의 이부자리를 살피던 소쌍이 뒷걸음질로 방을 가로질렀다. 그녀가 문고리를 잡으려는 찰나.

"세답방은 꽤 춥겠더구나."

눈을 감고 누운 소은이 말했다.

막 방을 나서려던 소쌍이 고개를 돌렸다.

소은의 목소리가 이어졌다.

"처소를 다시 이곳으로 옮기도록 해라."

냉랭한 말을 끝으로 소은은 등이 보이도록 돌아누웠다. 그 모습을 물끄러미 바라보던 소쌍이 눈물을 흘리며 절을 올렸다.

소쌍이 전각을 나서자 침소 문 앞을 지키던 궁녀들은 안쓰러운 눈길로 그녀를 응시했다. 소은의 패악질은 고스란히 흉터가 되어 소쌍의 얼굴에 남아 있었다.

"괜찮으냐?"

한 상궁이 다가와 물었다.

"괜찮습니다."

"내의녀에게 연통을 넣어놨으니, 치료를 받도록 해라."

"아닙니다. 그보다……."

소쌍이 문득 말을 머뭇거렸다.

"왜? 무어 할 말이라도 있느냐?"

"사가에 다녀오면 아니 되겠습니까?"

"사가에……?"

한 상궁은 잠시 미간을 찡그렸다.

그러다 이내 고개를 끄덕인다.

그래, 어미가 보고 싶겠지. 그런 패악을 당했으니, 누군가에게 털어놓고 엉엉 울음이라도 울고 싶겠지.

"그래. 오늘은 집에 가서 자고 오너라."

"고맙습니다."

꾸벅 고개를 조아린 소쌍은 한 상궁의 시선을 등 뒤에 매단 채 빈궁전을 나섰다.

"가엾은 것."

쯧쯧, 혀 차는 소리가 들려왔다.

측은한 시선을 뒤로하며 소쌍은 궁을 나섰다.

어두운 밤길을 따라 얼마간 걷자 대로에 자리한 기와집이 눈에 들어왔다.

잠시 주위를 살피던 소쌍은 굳게 닫힌 솟을대문을 두드렸다.

험악한 인상의 하인이 삐죽 고개를 내밀었다.

소쌍은 머리에 쓰고 있던 쓰개치마를 내려 얼굴을 보였다. 그녀의 얼굴을 확인한 하인은 두말하지 않고 문을 열어주었다.

"고생이 많소."

하인에게 짧게 인사를 건넨 소쌍은 익숙한 걸음으로 후원을 향했다.

밤이 깊었건만, 후원의 작은 방에선 희미한 불빛이 새어 나오고 있었다. 수를 놓고 있는 고운 여인의 그림자가 동창에 어리비쳤다.

얼굴에 남아 있는 핏자국을 소맷자락으로 쓱쓱 문질러 닦은 소쌍이 목소리를 냈다.

"소쌍입니다."

동창 문이 살짝 열리며 여인이 고개를 내밀었다.

"어쩐 일이더냐?"

자신을 내려다보는 차가운 눈빛을 보며 소쌍이 대답했다.

"빈궁전으로 돌아갔습니다."

"잘되었구나."

고개를 끄덕인 여인이 동창 문을 활짝 열었다.

"들어오너라."

여인이 방문을 턱짓했다.

"네, 자화 아가씨."

소쌍은 자화를 향해 그 어느 때보다 환한 미소를 지었다.

소쌍은 서둘러 자화의 방 안으로 들어섰다.

곧이어 그녀는 궁 안에서 있었던 일들을 잔잔한 목소리로 전했다.

자화는 때로는 고개를 끄덕이고 또 때로는 담담한 미소를 지으며 소쌍의 이야기에 귀를 기울였다.

"의지할 곳 없는 빈궁은 어쩔 수 없이 제게 기댈 것입니다."

여리고 순하기만 하던 소쌍의 입에서 예상하지 못한 말이 흘러나왔다. 그녀의 입가엔 소은이 단 한 번도 보지 못한 섬뜩한 미소가 걸렸다.

"잘되었구나."

자화는 이렇게 될 줄 알았다는 듯, 담담한 표정을 지었다.

"헌데……."

"궁금한 것이라도 있느냐?"

"빈궁이 절 곁에 두리라는 걸 어찌 아셨습니까?"

"그게 궁금하였더냐?"

"네."

미래를 보지 않고서야 어찌 빈궁의 선택을 미리 알 수 있단 말인가.

신기하게도 자화는 빈궁이 소쌍을 선택할 줄 알고 있었다. 마치 미래를 본 사람처럼 확신했던 것이다.

"소은, 그 아이는 평범한 사람이다."

"네?"

소쌍의 얼굴 위로 의문이 떠올랐다.

그리 거칠고 표독스러운 빈궁이 평범하다?

빈궁전의 궁녀들이 이 말을 들으면 코웃음을 치리라.

"세자빈 간택에서 잠시 그 아이와 함께 지낸 적이 있었다. 그때 알 수 있었다. 그 아이는 그저 평범한 여인이라는 걸."

"평범한 사람이라서 절 선택했단 말씀이십니까?"

자화가 입가에 부드러운 미소를 그렸다.

"누군가를 좋아하면서도 질투하고 강샘 내는 게 평범한 여인이 아니더냐? 그래서 때론 실수도 하고, 후회도 하는 것이지."

자화는 다시 수를 놓으며 말을 이었다.

"빈궁은 순간의 질투와 욕심을 이기지 못하고 큰 실수를 저질렀다. 가문의 미래와 제 영달을 위해서 돌이킬 수 없는 일을 저지르고 말았지. 겉으로는 태연한 듯 행동하고 있지만, 마음 깊은 곳엔 그에 대한 죄책감이 무겁게 쌓여 있을 것이다."

"해루……. 권 승휘에게 미안해하고 있단 말씀이십니까? 하지만 빈궁은 권 승휘를 죽이려 했습니다."

"제 잘못이 드러날까 두려웠던 것이야. 때로 사람은 겁에 질린 나머지 미련한 선택을 한단다. 빈궁이 바로 그런 경우지. 그녀는 지금 끝없는 후회와 자책에 빠져 있을 것이야. 과거의 잘못을 떠올리며 끊임없이 자책하고 있겠지. 그래서 빈궁은 널 선택한 거야. 해루에 대한 죄책감 때문에……."

자화는 수자를 잠시 내려놓고는 소쌍을 바라보며 말을 이었다.

"순진한 척 연기할 때의 넌 어쩐지 해루를 떠올리게 하거든."

소쌍이 피식 웃으며 대답했다.

"여인이 천진난만한 표정을 지으면 사내들이 잘해주더군요."

해루가 천성적으로 순진한 여인이라면, 소쌍은 눈치가 빠른 사람이었다.

소름 끼치도록 영악한 여인.

그것이 순진한 얼굴 이면에 감춰두었던 소쌍의 진짜 얼굴이었다.

"앞으로도 지금처럼 우직한 척 연기하거라. 그리하면 머잖아 빈궁을 우리 마음대로 할 수 있을 것이야."

"빈궁은 끈 떨어진 연과 같은 신세입니다. 뒷전으로 밀려난 그녀가 과연 쓸모가 있을까요?"

"그렇기에 더욱 쓸모가 있는 것이다. 권력을 잃은 사람만큼 독해지기 쉬운 사람도 없단다. 그녀는 독해질 것이야. 작은 충동에도 돌이킬 수 없는 잘못을 저지를 만큼……."

수를 놓는 자화의 얼굴 위로 섬뜩할 만큼 잔혹한 미소가 걸렸다.

"구석에 몰린 쥐는 무슨 짓이라도 하는 법이거든."

눈물로 칼을 삼킨 사내

강원도의 깊은 산길을 한 무리의 보부상이 오르고 있었다.

"아직도 멀었느냐?"

무리를 따라 걸음을 옮기던 중년 사내가 험한 산세를 살피며 물었다.

등짐을 멘 젊은 보부상이 중년 사내에게 머리를 조아렸다.

"곧 당도합니다, 단주 어르신."

그 말을 증명이라도 하는 듯 얼마 걷지 않아 너른 공터가 나타났다.

사냥꾼 복색의 선객(先客)들이 둥근 너럭바위 위에 자리를 잡고 있었다.

"왔는가?"

사냥꾼의 우두머리인 듯 보이는 자가 보부상들을 발견하고는 알은척을 했다. 보부상의 길 안내를 맡은 젊은 사내가 사냥꾼 우두머리에게 다가가 귓속말을 전했다.

우두머리의 눈썹 끝이 슬쩍 올라갔다.

"단주?"

그는 날카로운 시선으로 보부상을 쭉 훑었다. 그러다 한 사내에게 시선을 고정했다.

"그대가 단주란 말이오?"

우두머리의 시선을 받은 청수한 인상의 중년인이 고개를 끄덕이며 앞으로 나섰다.

"민안선이오."

"난 부족장 충샨이라 하오. 설마, 단주가 직접 걸음 할 줄은 몰랐소."

충샨이 호탕한 웃음을 터트렸다.

조선의 사냥꾼 복색을 하고 있지만, 충샨을 비롯한 사냥꾼들은 북방 야인의 족장과 그의 수하들이었다.

척박한 환경에서 태어나 사냥과 전쟁으로 갈고닦은 야인의 전사들. 그 때문인지 그들의 눈빛은 한 무리의 늑대를 보는 듯 강렬했다.

충샨의 인상은 야인 중에서도 압도적이었다.

우락부락한 근육에 날카로운 눈빛.

숲을 활보하는 한 마리의 대호가 사람의 형상을 한 듯 느껴졌다.

그러나 그와 마주하고 있는 민안선 역시 만만한 사내는 아니었다. 상대를 꿰뚫어 보는 듯한 서늘한 눈매가 충샨을 향했다.

사납고 차가운 눈길들이 탐색하듯 서로를 훑어보았다.

씨익, 충샨의 입가가 길게 늘여졌다.

"조선 상인 중에 유달리 배포가 큰 사람이 있어, 어지간한 호걸들도 그 앞에 서면 어깨를 펴기 어렵다 하더니, 과연 명불허전이로군."

충샨은 남달리 목소리가 컸다. 웃음을 터트릴 때마다 거대한 북을 치듯 산자락이 쩌렁쩌렁 울렸다.

민안선은 그의 웃음이 끝날 때까지 차분히 기다렸다가 비로소 입을 열었다.

"부족장이야말로 대단한 사람이라 들었소. 불과 십 년 만에 여러 곳으로 흩어진 야인들을 규합하여 큰 세력을 이루었으니, 그 용맹함은 능히 인중호걸이라 들었소."

"과찬이오. 그런데…… 물건은?"

충샨의 물음에 민안선은 시선을 등 뒤로 돌렸다.

보부상들이 지고 있던 짐들을 내려놓았다.

"약속한 금과 비단 그리고 삼(蔘)이오."

충샨은 수하들에게 고갯짓을 했다. 우르르 몰려간 야인들이 물건들을 확인했다.

"틀림없습니다."

수하의 보고를 받은 충샨은 앞섶에서 한 뭉치의 문서를 꺼냈다.

"세 부족의 부족장들에게 받은 혈서요. 그대들이 일을 도모하는 날, 조선의 북방은 우리 야인들에 의해 큰 혼란을 맞을 것이외다."

민안선은 문서들을 꼼꼼히 확인하고, 품 안에 갈무리하였다.

"약속한 군량미는 실수 없이 전해질 것이오."

"믿겠소. 그대들은 단 한 번도 약속을 어기지 않았으니까."

고개를 끄덕이던 충샨이 문득 궁금하다는 듯 민안선에게 물었다.

"그대들은 옛 왕국을 되찾고 싶다 말했지. 그날은 대체 언제란 말이오? 우리가 언제 일어나면 되는 것이오?"

민안선은 하늘을 올려다보며 대답했다.

"명국의 하늘이 바뀌고 있소. 곧 큰 환란의 세월이 올 것이오. 그날이 오면 우리 역시 오랜 염원을 이룰 수 있을 것이외다."

"오래 기다리지 않았으면 좋겠소. 우리 야인들은 늑대라오. 용맹한 늑대는 굶주림을 참지 않소."

"곧 때가 도래할 것이오."

민안선과 충샨은 그간 세웠던 계획에 대해 신중하게 대화를 나누었다.

세부적인 조율을 마쳤을 때였다.

"그런데 박 장군은 오지 않았소?"

충샨이 주위를 둘러보며 물었다.

본디 처음 그와 거래를 튼 사람은 민안선이 아니라 박두언이었다.

그런데 얼마 전부터 박두언의 모습이 보이지 않았다. 그리고 급기야 오늘은 두문회의 숨겨진 수장, 민안선이 모습을 드러냈다.

"그분은…… 먼 곳으로 갔소."

민안선이 고개를 저으며 탄식을 흘렸다.

그러고 보니 박두언이 세상을 떠난 지도 벌써 이 년이 되었다. 누구보다도 고려의 부활을 바라던 사람이었건만, 끝내 그는 그리운 옛 하늘을 다시 보지 못하고 눈을 감고 말았다.

"그렇소? 물어볼 말이 있었는데, 아쉽군."

충샨이 혀로 입술을 핥았다.

"무엇이 궁금했소?"

"예전에 화약 대신 그쪽에서 공급해 준 계집들."

순간, 민안선의 얼굴이 딱딱하게 굳었다.

"그분에게서 언질을 받기는 했소. 거래는 문제없이 잘 성사되었다 들었소만."

"그랬지. 약속한 계집들은 분명 우리 쪽에서 인수했소. 그런데……."

충샨의 눈빛이 붉게 번들거렸다.

"그때마다 이상한 일이 생기더군. 계집들을 데리고 국경을 넘던 내 수하들이 번번이 약탈을 당하고 돌아왔소."

"북방의 경호는 엄중하다 들었소. 특히, 인신은 큰 죄라 조선의 장수들이 눈에 불을 켜고 감시한다 하더이다. 약속은 여인들을 넘기는 것까지만이라고 들었소."

"거래 때마다 보낸 수하들은 국경 지대를 손바닥 들여다보듯 잘 아는 자들이지. 설마 그들이 병사들에게 잡혔겠소? 그랬다면 굳이 그대에게 이런 말을 꺼낼 필요도 없었겠지."

"……무슨 의미요?"

묻는 민안선을 향해 충샨이 상체를 기울였다.

"산적들에게 털렸소. 국경을 넘기 직전에 산적들의 습격을 받아 계집들을 모조리 빼앗겼지."

"북방이 어수선한 건 어제오늘의 일이 아니었소."

"그래도 감히 우리 영역에서 설치는 간 큰 놈들은 없었소이다. 그것도 한 번도 아니고, 그쪽에서 받은 계집들과 함께할 때 어김없이 그런 일이 벌어졌단 말이지. 이 일이 과연 우연이라 생각하오?"

민안선의 눈빛이 깊어졌다. 그는 충샨을 보며 물었다.

"하고 싶은 말이 무엇이오?"

"난 그쪽에서 계집들을 되찾아 간 게 아닐까 생각하고 있소."

민안선이 헛웃음을 흘렸다.

"야인들의 우두머리인 충샨은 거칠고 야성적인 인물이나, 호탕하고 사내다운 사람이라 들었소. 그런데 이제 보니 소문이 과장된 모양이구려."

"무슨 뜻이오?"

"우린 약속을 확실히 이행했소. 그 이후에 생긴 일은 우리와 아무 상관 없건만, 어찌 의심한단 말이오?"

"그대들의 소행이 아니란 말이오?"

"아니오."

충샨은 잠시 민안선을 노려보았다.

민안선 역시 물끄러미 그를 바라보았다.

일순간 분위기가 험악해졌다.

주위로 흩어졌던 야인들과 보부상들이 병풍처럼 제 주인의 등 뒤를 지키고 섰다. 급기야 무기에 손을 올리는 자도 생겨났다. 금방이라도 피바람이 불 듯 공기가 팽팽하게 차올랐다.

"하하하하."

돌연, 충샨이 웃음을 터트렸다.

"과연, 과연. 소문대로군. 아니, 소문보다 더 대단한 사람이군. 오늘 이국땅에도 나와 견줄 만큼 용맹한 자가 있다는 사실을 알게 되었소."

충샨은 민안선의 어깨를 힘껏 잡았다.

"오해해서 미안하오."

"상인은 신뢰를 잃으면 모든 걸 잃는 것이라 했소. 앞으로도 지금처럼 돈독한 관계가 유지되길 바라겠소."

충샨이 한쪽 입꼬리를 들어 올리며 말했다.

"난 받은 대로 돌려주는 사람이외다. 꿀을 주는 사람에겐 가죽을, 칼을 주는 사람에겐 피를. 그대가 날 배신하지 않는 한, 우리의 관계는 영원할 것이오."

말 속에 뼈가 있었다.

충샤의 은근한 협박에 민안선은 부드러운 미소로 응수했다.

"나 또한 그런 사람이외다."

❀

민안선과 보부상들은 왔던 길을 되돌아 내려갔다.

그 뒷모습을 지켜보던 야인족 하나가 충샤에게 다가와 물었다.

"과연 저들이 그 일과 관련이 없을까요?"

"그럴 리가."

충샤의 얼굴에 차가운 미소가 떠올랐다.

"계집들을 빼앗아 간 자들은 바로 저들이야."

"그런데 그냥 놓아주시는 겁니까? 지금이라도 쫓아가서 요절을 내야 하는 거 아닙니까?"

충샤는 고개를 저었다.

"민안선이라는 자, 쉽게 볼 사내가 아니다. 눈물로 칼을 삼켰다. 원한을 가슴에 품고 있다. 그런 자와 척을 짓는 건 좋지 않다."

"그럼, 이대로 두고만 보자는 말씀이십니까?"

"지금은 때가 아니란 의미다. 우리 야인은 원한을 잊지 않는다. 계집들을 빼앗긴 일은 언젠가 반드시 되갚는다. 당분간만이다, 저들의 말에 따라 움직이는 건."

충샤의 두 눈에 살기가 서렸다.

"저들과 손을 잡고 조선을 불바다로 만든 다음……. 저들에게 책임을 물을 것이다. 저들이 가진 모든 것을 빼앗고, 이 땅마저 차지할 것이다. 약속하지. 그리 오래 기다리지 않아도 될 거야."

"눈 올라나, 비가 올라나, 억수장마 질라나. 만수산 검은 구름이 막 모여든다. 백설이 잦아진 골에 구름이 머물레라. 그리운 매화는 어느 곳에 피었는고, 석양에 홀로 서서 갈 곳 몰라 하노라."

어린 동자승의 처연한 노랫가락이 어둠으로 뒤덮인 산사 방 안에 내려앉았다.

문밖에서 묵직한 저음이 들려왔다.

"스님."

동자승은 노래를 멈추고 방문을 열었다.

"처사님!"

문밖으로 쪼르르 달려 나간 동자승은 민안선의 품으로 파고들었다.

"잘 지내셨습니까?"

품속에서 준비해 온 작은 주머니를 꺼내 동자승에게 건네며 민안선이 물었다.

"저야 언제나 잘 지내지요."

주머니 안에는 달콤한 다식과 꿀을 발라 기름에 튀긴 유밀과가 들어 있었다. 산사에서는 좀처럼 맛보기 어려운 주전부리에 동자승은 넋을 빼앗겼다.

민안선은 넉넉한 미소로 동자승을 바라보았다.

"그분은 어디 계십니까?"

"스님은 불당에서 기도 중이십니다."

민안선은 쓸쓸한 눈길로 주인 없는 소박한 방을 둘러보았다. 속세의 모든 인연을 지워버리기라도 한 듯 방에는 아무것도 없었다.

얇은 이불과 베개. 고작 그것이 전부였다.

문득 민안선의 시선이 텅 빈 방 한구석에 머물렀다. 단출한 방안 풍경에서 이질감이 느껴졌다. 당연히 있어야 할 물건 하나가 보이지 않았다.

그는 바라지창 너머로 보이는 불당을 올려다보았다.

어디선가 불어온 바람이 불당의 풍경을 흔들었다. 은은한 풍경 소리 뒤로 여인의 염불 소리가 들려왔다.

한때는 자신의 아내였던 여인.

그러나 지금은 모든 것을 버리고 불의에 귀의한 비구니의 목소리였다.

"편안해 보이오."

민안선이 불당에 들어선 지 반 시진이 훌쩍 지나 있었다.

그 긴 시간 동안 비구니는 한 번도 뒤를 돌아보지 않았다. 마치 민안선의 존재가 느껴지지 않는 듯, 두 손을 모으고 부처에게 귀의하겠다는 염불만을 조용히 읊조렸다.

"……편안합니다."

비로소 비구니의 입이 열렸다.

간신히 적막을 깬 민안선은 불상(佛像)으로 시선을 던졌다.

"선방에 있던 당신 옷가지가 사라졌더군."

다른 것은 다 버려도 그 옷만은 버리지 못하던 사람이 아니던가.

이제는 그 미련마저 버린 것이려나?

한편으론 다행이다 싶으면서도, 다른 한편으론 비구니와 자신을 이어주던 실날같은 인연이 사라진 듯하여 아쉬운 마음도 들었다.

"내내 마음에 걸려 버리지 못하였는데, 때마침 좋은 인연을 만났지요. 하여, 그분께 드렸습니다."

"애지중지하던 것을 그리 선뜻 내준 것을 보니, 인연이 깊은 사람이었나 보오."

"……참으로 그 옷이 잘 어울리는 분이었지요."

"그렇구려."

민안선의 고개가 천천히 위아래로 끄덕여졌다.

적막이 돌아왔다.

한동안 말을 잇지 못하던 민안선이 쥐어짜듯 천천히 말을 뱉었다.

"다행이오. 모든 것을 털어낸 듯하니."

비구니는 고개를 저었다.

"모든 것을 털어내지는 못했습니다."

"아직 버리지 못한 것이 있단 말이오?"

지아비마저 잊은 당신이…….

속세의 마지막 인연이던 그 옷마저 털어버린 당신이 아직 무얼 잊지 못했단 말이오?

비구니의 대답이 들려왔다.

"그 아이."

"……!"

"아무리 염불을 읊어도 그 아이만은 잊을 수가 없습니다."

바람을 닮은 쓸쓸한 목소리에 민안선은 눈을 감았다.

그녀가 비구니가 되겠다 했을 때, 가슴 한가운데로 서늘한 칼날이 들이박히는 듯했다.

그럴 수 없다, 소리치고 싶었다.

그러나 슬픔에 잠식되어 버린 듯 아내는 텅 빈 얼굴을 하고 있었다. 헛헛한 바람이 부는 그녀의 눈을 보는 순간, 차마 앞을 가로막을 수 없었다.

그렇게라도 잊길 바랐다.

비구니가 되어서라도 슬픔을 지워버리길 바랐다.

그러나 사람의 인연은 잊을 수 있어도 부모와 자식 간의 천륜은 지울 수 없음인가. 모든 걸 놓아버렸건만, 그녀는 끝내 그 아이만은 놓지 못하였다.

민안선의 뇌리로 언제나 해맑게 웃던 여식의 얼굴이 떠올랐다 사라졌다.

"당분간 오지 못할 것 같소."

"……."

"큰일을 앞두고 보니, 문득 당신 얼굴이 보고 싶었소."

비구니는 대답 대신 염불을 읊었다.

이곳에 더 머물렀다간 마음이 번잡해질 것 같았다.

민안선은 서둘러 자리를 털고 일어섰다.

"그만 가보겠소."

마지막 인사말을 건네고 방을 나서자니, 비구니의 목소리가 귓가에 달라붙었다.

"그만 꺼버리면 아니 되겠습니까?"

"무얼 말이오?"

"당신 가슴속에 새겨진 그 사나운 불꽃 말입니다."

"말도 안 되는 소리."

민안선의 입가에 분노가 걸렸다.

"수많은 사람의 피와 눈물을 등에 매달고 이 자리까지 올라왔소. 헌데 내가 어찌 그들의 염원을 버릴 수 있단 말이오?"

"슬픔도 원한도……. 결국, 그 끝에 남는 건 공허뿐입니다. 모든 걸 내려놓으면 복수마저 허망하게 느껴질 것입니다."

"그 복수를 위해 나는 내 모든 걸 버렸소."

"네. 자식마저도…… 버리셨지요. 그것으로 충분하지 않습니까? 그것으로도 부족한 겁니까?"

문고리를 잡고 선 민안선이 비구니를, 자신의 아내였던 사람을 돌아보았다.

"당신 말대로 난 내 여식마저 버린 모진 사람이오. 오로지 복수를 위해. 그러니 더는 버리라 하지 마시오. 그마저 버리면 살아갈 수 없으니."

"태평한 세월입니다. 복수는 결국 피를 부릅니다. 업보를 되풀이하지 마셔요."

"그릇된 것을 바르게 세우는 일이오."

"나무아미타불."

"미안하오. 그대에게 못할 짓을 했구려. 그러나 나마저 잊는다면…… 먼저 떠나간 사람들이 얼마나 쓸쓸하겠소."

허망한 복수라고 해도 상관없었다. 더러는 반역이라 하는 자들도 있었다.

그러나 틀렸다.

진정한 반역자들은 지금의 조선을 만든 자들이 아닌가.

배반한 것은 그들이지 자신이 아니었다. 등에 먼저 칼을 꽂은 건 그들이다.

그러니 되돌려주어야지. 갚아주어야지.

억울하게 죽어간 무고한 사람들을 위해서도 원한을 잊을 수 없었다.

"다시 돌아오리다."

인사를 건넨 민안선은 산 아래를 향해 걸음을 옮겼다.

며칠 내린 비로 마당은 흥건하게 젖어 있었다.

그가 걸음을 옮길 때마다 깊은 족적이 마당에 새겨졌다. 마당에 새겨진 족적마다 탁한 물이 핏물처럼 고였다.

"어찌 이리 아니 드십니까?"

해루의 밥상을 살핀 김 상궁의 안색이 흐려졌다.

먹을 거라면 자다가도 벌떡 일어나시던 승휘마마가 아니시던가.

그런데 오늘은 밥을 반 공기나 남겼다.

어디 그뿐일까? 모처럼 올린 산적도 한 조각이나 남겼으니.

"어디 몸이 불편하신 것이옵니까?"

김 상궁의 걱정 섞인 물음에 해루는 고개를 저었다.

"아닐세. 계절이 바뀌어 입맛을 잃은 것뿐이네. 염려하지 말게."

"무에 잡숫고 싶으신 건 없습니까?"

김 상궁의 물음이 떨어지기 무섭게 해루가 눈을 반짝거렸다.

"있다네."

"무엇입니까?"

"청귤!"

"네?"

"홍 승휘가 말해 주었는데, 해마다 이맘때쯤이면 제주에서 진상되는 청귤이라는 과일이 있다지. 새콤달콤한 향이 천 리를 갈 정도로 맛난 과일이라더군. 향만 맡아도 절로 침이 고인다던데. 그 얘길 들어서인가. 자꾸만 청귤이 먹고 싶지 뭔가."

해루의 이야기를 듣던 김 상궁이 난감한 표정을 지었다.

"소인이 구하긴 어려울 것 같습니다만."

"걱정 마시게. 홍 승휘 말로는 며칠 전 진상품이 올라왔다고 하던데. 곧 전각마다 몇 알씩 돌아갈 거라고……."

김 상궁은 천진하게 말하는 해루를 물끄러미 응시했다.

"왜 그리 보는가?"

"청귤 말입니다. 드시기 어려울 겁니다."

"왜?"

"진상품을 싣고 오던 배가 풍랑을 맞았다 합니다. 하여, 이번에 제주에서 올라온 청귤은 네 알이 전부입니다."

"네 알?"

"종묘에 제(祭)를 올릴 때 세 알이 올라가고 남는 것이라야 고작 한 알인데."

"언감생심, 내 차례는 오지도 않겠군."

"네, 그렇지요."

뭐, 그렇게 단호하게 말하지 않아도 알아들을 텐데.

괜스레 서운한 마음에 해루는 입맛만 다셨다.

"달리 드시고 싶은 것이 있으십니까?"

"없다네. 그보다……."

해루가 의미심장한 눈길로 김 상궁을 응시했다.

"왜 그러십니까?"

"듣자 하니 요즘 세자 저하께서도 통 뭘 잡수지 못하고 계신다 하는군."

"신루로 행차하시겠습니까?"

해루가 고개를 저었다.

"굳이 그리 부산을 떨 필요 있겠는가? 혼자 조용히 다녀오겠네. 그러니……."

눈치 빠른 김 상궁은 저고리 앞섶을 잡쥐었다.

"안 됩니다."

"어허! 이젠 적응할 때도 되지 않았는가? 괜찮네. 어서 벗게."

해루는 저항하는 김 상궁을 설득하고 협박하기 시작했다.

그리고 얼마 후.

"아니 됩니다, 승휘마마."

김 상궁의 허망한 외침이 방 안을 가득 채웠다.

변복한 해루는 어느새 방을 나간 뒤였다.

김담과 심운기의 열띤 토론이 신루를 뜨겁게 달구었다.

"한 사람이 많은 수의 적을 상대하는 방법으론 활만 한 것이 없지."

김담의 말이 끝나기 무섭게 심운기는 설계도를 짚었다.

"아무리 활이 좋다 해도 사람이 쏠 수 있는 거리엔 한계가 있네. 위력도 약하고 말이야. 갑옷을 입은 사람에겐 위력이 반 이상 줄어버려."

"그래서 화포가 있지 않은가?"

"화포는 무겁지 않은가."

"그러니까 활을 크게 만들자는 걸세. 화포만큼 강한 위력을 지닌 화살을 쏠 수 있는 큰 활 말일세."

"그리 큰 활을 만들 것이면 아예 화포를 들고 가는 게 낫지."

"화포를 만드는 게 어디 쉬운 일인가? 화약은 어떻고?"

"무거워진 화살을 어떻게 옮기겠는가? 활이 커지면 그만큼 효율도 엉망이 될 걸세."

신루 학자들이 새로운 무기 도안을 두고 설왕설래할 때였다.

"수레를 쓰면 되지 않습니까?"

난데없는 목소리가 학자들의 설전 사이를 파고들었다.

"수레?"

"그렇군. 사람이 옮기기 무거운 무기라면, 차라리 수레에 싣고 옮기면 되겠군."

김담이 손뼉을 쳤다.

"아예 수레에 고정해 두고 쏜다면 무겁게 들 필요도 없지 않겠습니까?"

"그렇지. 그런 방도가 있었군."

훌륭한 생각이라며 고개를 끄덕이던 학자들은 동시에 목소리가 들려온 곳으로 고개를 돌렸다.

"누가 이렇게 신통방통한 생각을……. 어? 승휘마마."

지금껏 이야기를 나누던 상대가 신루의 학자가 아니라 해루였다는 사실을 깨달은 두 사람은 두 눈을 휘둥그렇게 떴다.

"여긴 어쩐 일이십니까?"

"볼일이 있어 왔습니다. 그런데……."

주위를 두리번거리던 해루가 물었다.

"저하께선 어디에 계십니까?"

김담이 신루 안쪽을 돌아보았다.

"벌써 며칠째 풀리지 않는 문제로 고민 중이십니다."

해루의 얼굴에 걱정이 떠올랐다.

"새로운 무기 만드는 일이 잘 안 되는가 봅니다."

"북방을 지키려면 꼭 필요한 일인데, 새로운 걸 만드는 일이 어디 쉽겠습니까? 안 그래도 쉬지 않고 일만 하셔서 걱정하던 참입니다. 들어가보세요."

해루는 가볍게 눈인사를 하고는 향의 처소로 향했다.

"저하."

문을 살그머니 열며 해루는 향을 불렀다.

방 안의 풍경은 예전과 달랐다.

책과 서찰이 한가득 쌓여 있던 탁자 위엔 갖가지 활과 작은 화포가 어지럽게 널려 있었다. 향은 수북하게 쌓인 무기들 사이에 우두커니 선 채 생각에 잠겨 있었다.

"저하, 무슨 생각을 그리 골똘히 하십니까?"

"왔느냐?"

마치 눈을 뜬 채 잠이 들었던 사람처럼 향의 눈동자에 생기가 돌아왔다.

"듣자 하니 어젯밤부터 아무것도 드시지 않으셨다고요?"

걱정 섞인 해루의 물음에 향은 고개를 저었다.

"배고프지 않구나."

"아무리 급한 일이어도 몸까지 축내가며 하시면 안 됩니다. 저하께선 앞으로 많은 일을 하셔야 할 분입니다. 그러니 고민을 하셔도 몸은 챙겨가며 하십시오."

해루가 향의 손을 잡았다.
“안 되겠습니다. 저와 함께 잠시 산책이라도 하십시오.”
“지금 말이냐?”
“네. 보여드릴 게 있습니다.”
해루는 향의 팔목을 잡아당겼다.
“좀처럼 일이 풀리지 않을 때는 잠시 모든 걸 내려놓고 머리를 쉬게 하는 것도 한 방법이라 들었습니다. 잠시만, 아주 잠시만 모든 생각을 내려놓으세요.”
해루는 향을 신루 화원으로 이끌었다.
어둠이 내려앉은 꽃밭은 고즈넉했다.
목덜미에 와 닿는 서늘한 공기가 기분 좋게 느껴지는 밤.
“여기 잠시만 앉아 계십시오.”
화원 누각으로 향을 안내한 해루가 갑자기 어딘가로 사라졌다.
잠시 후, 되돌아온 그녀의 손엔 작은 등불이 들려 있었다.
“그건 어디에 쓰려는 것이냐?”
묻는 말에 답이라도 하는 듯 해루는 등불의 불꽃을 종이에 옮겨 붙였다. 그러고는 그 불을 바닥에 놓인 가늘고 긴 줄에 옮겨 붙였다.
불꽃은 빠른 속도로 줄을 타고 올라갔다.
이윽고.
퐁퐁퐁! 포퐁! 포포퐁!
하늘 위로 불꽃이 날아올랐다.
“이건…….”
향의 눈이 휘둥그레졌다.
“비연……. 아니, 순지 학사님이 준 폭죽입니다. 명국에서 가져온 것이라 하는데, 꽃불놀이라 하더군요. 저하께서 좋아하실 것 같아서 해보았는데…….”

순지의 말로는 하늘에 불꽃으로 만든 하얀 박꽃이 필 거라고 하였다. 그런데 박꽃은커녕 불꽃은 올라가다 힘을 잃고 바닥으로 떨어지고 있었다.

피지 못한 박꽃만큼이나 해루의 마음도 안타까웠다.

모처럼 저하의 마음을 풀어주려 하였는데.

“아무래도 불량품 같습니다.”

그때, 향이 그녀의 어깨를 양손으로 잡으며 빠른 어조로 물었다.

“어찌한 것이냐?”

“네? 무얼요?”

“분명 하나의 심지에 불을 붙였는데 날아오른 불꽃은 여럿이 아니더냐.”

“아, 그거 말입니까? 일일이 심지에 불붙이는 것이 귀찮아 심지를 하나로 꼬아버렸습니다.”

“하여, 불 하나에 꽃불이 여러 개가 날아올랐구나.”

무슨 이유에선지 향의 두 눈이 여느 때보다 밝아졌다.

아니, 해루의 꽃불을 본 순간 머릿속을 뒤덮고 있던 어둠이 말끔히 사라졌다.

“해루야.”

“네.”

“역시 넌 나의 북극성이다.”

말이 끝나기 무섭게 향은 해루를 뒤로한 채 급히 걸음을 옮겼다.

“저하, 무슨 말씀이십니까? 북극성이라뇨? 그보다 어디 가십니까? 아직 폭죽이 남아 있습니다. 마저 보셔야죠.”

그러나 이미 새로운 생각에 빠진 향은 그대로 화원 밖으로 자취를 감추었다.

무언가에 빠지면 자는 것도 먹는 것도 잊는 사내라는 건 누구보다 잘 알고 있었다. 그래도…….

"뭐라도 드셔야 하지 않습니까?"

꽃불놀이 보여드린 다음에 개떡 만들어드리고 싶었는데.

해루가 서운한 마음을 중얼거릴 때였다.

"아차, 잊고 있었구나."

향이 갔던 길을 되돌아왔다.

"저하?"

놀란 해루의 손에 향이 무언가를 쥐여주었다.

"이건……."

"누구 나눠 주지 말고 혼자 먹어라."

청귤이었다.

종묘에 올리는 세 알을 제외하곤 딱 하나 남은 청귤.

"귀한 것이다. 그러니 한 조각도 남기지 말고 먹어라. 이거 먹은 다음엔 밥도 예전처럼 먹어야 하느니라."

요즘 들어 해루의 식욕이 예전만 못하단 소릴 들었다.

이거라도 먹고 입맛을 되찾으면 좋으련만.

쓱쓱, 쓸어내리는 손길로 해루의 머리를 어루만진 향은 단단한 당부를 남긴 채 다시 신루로 달려갔다.

청귤과 향의 뒷모습을 번갈아 보며 해루는 입매를 길게 늘였다.

좋았다.

귀한 것을 먹게 되어 좋은 것이 아니라, 이리 신경 써주는 향의 마음이 좋았다.

"그나저나, 이 귀한 청귤을 어떻게 가져오셨을까?"

왕의 침전이 다소 부산스러웠다.

"정동아."

문갑이며 서랍을 뒤지던 왕께서 심각한 얼굴로 상선을 불렀다.

"여기 서찰과 함께 두었던 청귤, 못 보았느냐?"

"청귤이라 하셨사옵니까?"

상선 정동이 고개를 갸웃거렸다.

"그래. 우리 최측근 먹이려고 내가 챙겨두었거늘."

내일 아침, 최측근에게 보낼 안부 서찰과 함께 서탁 위에 고이 두고 잠시 나갔다 와 보니 감쪽같이 사라지고 없었다.

이것이 발이 달린 것도 아닌데, 대체 어디로 갔을까?

"정동아, 나 없는 동안 누가 다녀간 적이 있느냐?"

"없사옵……. 아, 그러고 보니 세자 저하가 잠시, 아주 잠시 안에 들긴 하였사옵니다만."

"세자가……?"

혹시 그 아이가 가져갔을까?

그러나 왕은 이내 고개를 저었다.

세자가 어디 식탐이 있던가.

"거참, 그것이 어디로 사라졌을꼬."

왕은 사라진 청귤을 찾아 다시 침소 안을 뒤지기 시작했다.

같은 시각.

강녕전에서 멀지 않은 신루의 화원에선 바닷바람을 품은 귤 향이 밤공기를 새콤하게 적시고 있었다.

역경의 학자들

구름이 한층 낮아졌다. 봄의 시작을 알리는 듯 공기 중에 따스한 바람이 깃들었다.

이른 아침, 문안례를 마친 해루는 곧장 신루로 걸음을 옮겼다.

산책을 핑계 삼았지만, 정작 다른 이유가 있음을 그녀를 따르는 궁녀와 환관들은 진즉 눈치채고 있었다.

겨울과 봄이 교차하는 공간을 얼마나 걸었을까?

신루의 화원 앞에서 해루는 뜻하지 않은 반가운 이의 모습을 발견할 수 있었다.

"저분은……."

김담의 배다른 누이, 유희였다.

언젠가 김담의 집에서 만난 이후, 아주 가끔 얼굴을 마주하곤 하였다.

유희는 신루로 들어가는 붉은 중문 앞에서 어쩔 줄 몰라 하고 있었다.

어찌 저러고 있을까?

해루는 당황하는 유희의 시선을 좇아 눈길을 돌렸다. 이내 유희를 곤란하게 만든 대상이 눈에 들어왔다.

화원을 지키는 건장한 체구의 무인.

유난히 말이 없고 무뚝뚝한 사내는 예의 표정 없는 얼굴로 유희를 내려다보고 있었다.

"한 번만 들어가면 안 될까요? 잠시면 됩니다. 정말 잠시면 되는데……. 그래도 안 되겠습니까?"

유희는 보기 안타까울 만큼 처량한 표정으로 무인에게 부탁했다.

그러나 무뚝뚝한 사내는 조금의 동요도 보이지 않았다.

"허락 없이 이곳에 들어갈 수는 없소."

"오라버니만 뵙고 돌아가겠습니다. 오라버니께 전할 물건이 있어서 그럽니다."

작은 얼굴에 한껏 미소를 머금은 채 부탁을 해보았지만, 수문장은 눈썹 하나 꿈쩍하지 않았다.

"아니 되오."

유희의 표정이 울상이 되었다.

보다 못한 해루가 앞으로 나섰다.

"참으로 융통성이 없으십니다."

갑자기 끼어든 목소리에 유희와 수문장이 해루를 응시했다.

"스, 승휘마마."

유희의 얼굴에 반가운 기색이 떠올랐다.

그녀에게 눈빛으로 인사를 건넨 해루는 이번에는 수문장에게로 고개를 돌렸다.

"제가 누군지 아십니까?"

수문장이 정중하게 고개를 숙였다.

"승휘마마."

"다행히 절 알고 계신 모양이군요. 그럼, 어찌해야 하는지도 알고 계시겠지요?"

가슴을 활짝 펴고 시선은 도도하되 교만하지 않도록 아래로 내리며 엄히 말했다. 그간 김 상궁에게 교육받은 왕실 여인의 위엄이 빛을 발하는 순간이었다.

그것이 통한 걸까?

철벽같았던 수문장은 대답 대신 옆으로 한 걸음 비켜섰다.

"자, 들어가죠."

해루는 유희의 손을 잡고 보란 듯이 신루 안으로 들어갔다. 뒤통수로 수문장의 시선이 느껴졌다.

힐끗 고개를 돌리던 해루가 유희의 귓가에 속삭였다.

"오랜만입니다. 김 학사님을 만나러 오신 겁니까?"

"네, 승휘마마. 오라버니께서 며칠째 집으로 오시지 않아서요. 갈아입을 옷과 몇 가지 물건을 가져왔는데, 들어갈 방도가 없어 난처하던 참이었습니다."

"저도 예전에 저분에게 꽤 당했습니다. 신루에서 생활하고 있는 것을 뻔히 알면서도 화원에 드나들 때마다 허락을 받아 오라 하여 보통 난처한 게 아니었답니다. 하여간에 융통성이 없어요, 융통성이."

처음 신루에 왔을 때, 해루 역시 융통성 없는 수문장 때문에 화원 앞에서 몇 번이나 발걸음을 되돌려야 했다.

그때의 일을 떠올리며 해루는 투덜거렸다.

힐끗, 그녀를 곁눈질하던 유희가 입가에 작은 미소를 지었다.

"고지식한 면은 있지만, 나쁜 분은 아니랍니다."

내내 애를 먹고도 수문장을 역성드는 유희의 모습에 해루는 고개를 갸우뚱했다.

그러다 이내 유희의 눈동자에 깃든 정(情)을 발견한다.

"혹여, 아는 분입니까?"

유희는 옷소매를 만지며 고개를 끄덕였다.

"같은 동네에서 자랐으니까요. 어릴 적엔 몇 번 저분 등에 업히기도 한걸요."

"맙소사. 그런데도 들여보내주지 않은 겁니까? 누군지 모르는 것도 아니면서요?"

"원칙대로 하는 게 나쁜 건 아니죠. 물론, 가끔 답답할 때도 있지만요."

해루는 질렸다는 듯 두 손을 들었다.

"지금껏 우리 공갈 저하가 세상에서 가장 별난 분이라 생각했습니다. 그런데 이젠 생각이 바뀌었습니다. 저분이야말로 참으로 별난 분인 것 같습니다."

"네. 저도 가끔 그렇게 생각해요."

유희가 입을 가린 채 작게 웃음을 터트렸다.

물끄러미 지켜보던 해루의 얼굴에도 미소가 떠올랐다.

"그러고 보니 유희 아가씨를 참 오랜만에 뵙네요."

"궁에 들어오신 이후론 처음이지요?"

"네."

"많이 변하셨습니다."

유희의 말에 해루는 제 차림새를 살피며 머쓱하게 웃었다.

"어울리지 않지요?"

유희는 고개를 가로저었다.

"당치 않은 말씀 마십시오. 어울리십니다. 아니, 아름답습니다, 승휘마마."

조금의 거짓이 없는 진심.

배꽃이 수놓인 하얀 당의와 옅은 진달랫빛 스란치마를 입은 해루는 금방이라도 사라져버릴 듯 아련하면서도 섬세했다.

문득 유희의 뇌리로 해루를 처음 만났을 때가 떠올랐다.

순진한 눈망울과 천진한 웃음이 인상적이었던 여인.

그때만 해도 해루가 왕세자의 여인이 될 줄은 상상도 하지 못했더랬다. 아니, 해루가 왕실의 여인이 되었다는 소식을 들었을 때도 거짓말은 아닐까 의심했더랬다. 자유분방한 해루와 엄한 궁궐은 그만큼이나 어울리지 않았다.

하지만 오늘 만난 해루는 마치 처음부터 귀하게 태어난 사람 같았다. 해루가 미소 지을 때마다 주위를 에워싸고 있는 풍경들이 색을 잃는 듯했다.

유희의 속내를 아는지 모르는지.

"말만이라도 기쁩니다."

해루는 씩씩한 웃음을 얼굴 가득 떠올렸다. 예전에 보았던 바로 그 웃음이다. 좀 더 우아하고 아득한 기품을 품고 있었지만, 내면에 서린 건강함과 밝음은 여전했다.

두 여인은 한담을 나누며 전각 안으로 들어섰다.

이내 서책에 얼굴을 묻고 있는 김담이 보였다.

"오라버니."

유희는 쪼르르 김담의 곁으로 달려갔다.

"유희 왔느냐?"

연구에 몰두하던 김담이 예의 사람 좋은 미소로 유희를 반겼다.

"안방마님이 갖다 드리랬어요. 갈아입을 옷이어요. 그리고 아무리 바쁘시더라도 집엔 들어오시래요. 아이고, 옷은 또 이게 뭐여요? 식사는 거르지 않으시는 거여요? 이러다 골병들겠어요."

"허허, 녀석. 눈 맞추기 무섭게 잔소리구나."

"오라버니도 참."

곱게 눈을 흘기는 유희를 피해 시선을 돌리던 김담은 뒤늦게 해루를 발견했다.

"승희마마, 오셨습니까? 어찌 승휘마마가 되신 이후로 오히려 예전보다 더 자주 뵙는 것 같습니다."

"하하하, 그런가요?"

멋쩍게 웃던 해루가 주위를 두리번거렸다.

평소 같으면 학자들로 북적거려야 할 신루가 어쩐 일로 한산했다. 김담과 항상 함께 움직이던 심운기와 투덜거리기 좋아하는 양여섭의 모습도 보이지 않았다.

"다들 어디 가셨습니까?"

"세자 저하께서 잠시 생각할 게 있으시다며 심 학사와 양 학사를 대동하고 출궁하셨습니다."

"아! 그랬군요."

심운기와 양여섭을 대동하고 출궁했다는 말은 곧 궁궐 밖에 있는 초씨공방에 갔다는 뜻이리라.

궁 안엔 지켜보는 눈이 많은 탓에 은밀한 연구는 궁 밖, 초씨공방에서 진행되고 있었다.

요즘 그곳에선 새로운 무기 제작이 한창이었다.

아무래도 오늘은 궁으로 돌아오지 않으시겠구나.

"미리 귀띔이라도 해주시지."

해루는 아쉬움 가득한 얼굴로 중얼거렸다.

예전엔 어딜 가더라도 자신을 길잡이로 데려가셨건만, 요즘은 그런 일이 점점 줄어들고 있었다.

"하긴 매번 따라가기도 그렇지."

아무리 최최측근께서 뒤를 봐주고 있다지만, 그녀는 엄연히 왕실 내명부의 여인이었다. 궁궐의 엄격한 법도가 족쇄가 되어 해루의 발목을 잡았다.

아쉽지만 어쩔 수 없지.

그럼에도 가슴 한구석이 허전했다.

해루는 헛헛한 마음을 애써 달래며, 향의 손길이 묻어 있는 신루 안을 서성였다.

따사로운 햇살 때문일까.

소곤소곤 들려오는 오누이의 대화가 귀를 즐겁게 했다.

"그래서 언제쯤 집에 오실 거여요?"

"글쎄, 닷새는 더 이곳에 있어야 할 것 같구나."

"닷새요? 무슨 연구인데 열흘 넘게 가족마저 잊어가며 매달려야 한단 말입니까?"

"그것이……."

"표정을 보니 또 집현전 학자들이 꼬투리를 잡은 모양이군요."

"하하."

어색한 웃음을 흘리던 김담은 이내 답답한 한숨을 푹 내쉬었다.

유희의 말이 옳았다.

그가 집에 가지도 못한 채 일에 매진한 이유, 바로 집현전 학자들의 트집 때문이었다.

최근 그는 이순지와 함께 명국의 그늘에서 벗어난 독자적인 천문역법을 만드는 데 심혈을 기울이고 있었다. 그런데 그것이 집현전 학자들의 매서운 눈에 걸리고 말았다.

집현전 학자 중 일부는 명국을 하늘처럼 떠받들었다.

그런 사람들 눈에 감히 명국의 그늘에서 벗어나려는 신루 학자들의 노력이 좋게 보일 리 만무했다. 급기야 이런저런 트집을 잡아 일을 방해하거나, 쓸데없는 업무를 과중하게 내려 연구할 여유를 없게 만들곤 하였다.

평소엔 세자 저하께서 부당한 요구를 적당히 물리치곤 했지만, 이번처럼 자리를 비우실 땐 어김없이 과중한 잡무가 내려오곤 했다.

"오라버니, 힘내세요."

유희의 응원에 김담은 억지로 입가에 미소를 드리웠다.

"걱정 마라. 이깟 일 따위 순식간에 끝낼 터이니. 두고 보아라. 아무리 못살게 굴고 방해한다 해도 내 기필코 역법을 완성하고 말 것이야."

애써 호탕하게 웃는 김담을 보며 유희 역시 한숨을 포옥 쉬었다.

집현전의 방해가 있으나 없으나, 아무래도 김담이 집에 돌아오려면 한참의 시간이 더 필요할 모양이다.

그런데…….

문득 생각났다는 듯 유희는 주위를 두리번거렸다.

"승휘마마께서는 어디 계시지?"

❁

같은 시각.

텅 빈 마음을 안고 중문 밖을 나서던 해루는 문득 걸음을 멈추었다. 담벼락 구석에 쪼그리고 앉은 사내가 시야에 들어왔던 까닭이다.

"비연?"

그 사내는 비연, 아니 한때 비연이라는 이름을 가졌던 이순지였다.

쾌활하고 친구 좋아하고 술과 여인을 좋아하는 묘한 매력의 소유자. 그런 그가 무슨 이유에선지 담벼락 아래에 앉아 멍하니 하늘만 올려다보고 있었다.

무슨 일이시지? 좀처럼 볼 수 없었던 시무룩한 표정.

해루는 이순지에게 다가갔다.

"무얼 하고 계십니까?"

순지는 멀건 눈으로 한참 쳐다보고 나서야 해루를 알아보았다.

"……승휘마마시군요."

"무슨 일이라도 있습니까?"

"별일 없습니다."

"이 학사님께서 이리 넋 놓고 계시는 모습은 처음입니다."

"저도 사람인데, 언제나 호호탕탕 웃고만 지낼 수 있겠습니까. 참, 세자 저하를 찾아오신 거라면 볼일이 있어 궁밖에……."

"그 이야기는 이미 들었습니다."

"그래요. 알고 계셨군요."

순지는 고개를 끄덕이고는 다시 멍한 눈이 되었다. 그 표정이 전에 없이 심각했다.

지켜보는 해루의 안색에 걱정이 깃들었다.

"무슨 고민이라도 있습니까?"

"별일 아닙니다."

"별일 아닌 표정이 아닌데요?"

"그저 사소한 개인사입니다."

아무래도 쉽게 입을 열 생각이 없는 모양이다.

더는 그를 귀찮게 해서는 안 되겠다는 생각에 해루가 다시 걸음을 옮길 때였다.

"지난번에 드렸던 폭죽 말입니다."

여전히 하늘에 시선을 고정한 채 순지가 입을 열었다.

"잘 터졌겠지요? 화려하고 멋지게. 밤하늘을 아름답게 수놓았겠지요?"

해루가 순지의 앞으로 되돌아왔다.

"그렇지 않아도 폭죽 때문에 말씀드릴 것이 있었습니다."

"어떠셨습니까? 제 말대로 하늘에 하얀 박꽃이 펑 하고……."

"피지 않았습니다!"

"네?"

순지가 고개를 돌려 해루를 보았다. 눈을 끔뻑끔뻑하는 모습이 여전히 멍해 보였지만, 그래도 좀 전보다 눈빛은 살아난 듯했다.

"그럴 리가 없는데. 분명 펑 하고 어여쁜 박꽃이 피어나야 하는데."

"피융…… 하고 올라가다 푸식…… 하고 맥없이 꺼져버리고 말았습니다."

해루는 손까지 동원하며 당시의 상황을 고스란히 전했다.

"이런. 아무래도 습기를 먹었는가 봅니다. 화약이라는 놈은 물기를 먹으면 영 맥을 못 추는 법이라서요."

"다시 구할 수 있을까요?"

순지가 고개를 끄덕였다.

"명국에서 가져온 화약이 아직 남았습니다. 가만 보자. 아마 관상감에 있을 겁니다."

"관상감에요?"

"명국에서 돌아온 이후로 한동안 관상감에 머무르지 않았습니까? 관상감 서고 구석에 대충 구겨놓은 짐을 아직 다 가져오지 못했습니다. 그러고 보니 저도 참 게으른 사람이군요."

화약이 더 있다는 소리에 해루는 반색했다.

"그럼, 금방 구할 수 있겠군요."

"물론입니다. 내일이라도……. 아니, 생각난 김에 지금 당장 가시죠."

순지는 서둘러 자리를 털고 일어섰다.

그러다 해루의 뒤로 길게 이어진 궁녀들과 환관의 무리를 보았다. 뒤늦게야 그 긴 행렬을 발견한 그가 어색한 표정으로 말을 덧붙였다.

"승휘마마께서 지금 여유가 되신다면 말입니다."

"정말 아무 일도 없습니까?"

해루는 이순지와 함께 관상감으로 향했다. 간격을 두고 승휘궁의 궁인들이 꼬리처럼 두 사람을 따랐다.

부담스러운 듯 뒤를 돌아보던 순지가 고개를 저었다.

"정말로 별일 아닙니다. 그저 약간의 불미스러운 일로 호적에서 정리된 것뿐입니다."

"아, 호적에서 정리……. 네? 어디에서 정리되었다고요?"

순지의 말을 곱씹던 해루는 놀란 눈으로 그를 응시했다.

지금 장난하시는 거죠?

그러나 그런 해루의 마음을 비웃기라도 하듯 순지가 쐐기를 박았다.

"집안의 종손 자리에서 쫓겨나 숙부님의 아들이 되었습니다."

마치 남의 일 이야기하듯 담담한 순지의 대답에 해루의 입이 떡 벌어졌다.

호적이 정리되다니. 하루아침에 숙부의 아들이 되다니.

부모와 자식은 하늘이 맺어준 천륜이다. 천륜이 그렇게 칼로 자르듯 딱 정리될 수 있는 일이란 말인가?

"어쩌다 그리된 겁니까?"

해루의 물음에 순지의 표정이 그 어느 때보다 진지해졌다.

"진실을 말해서입니다."

"네?"

선뜻 이해되지 않았다.

진실을 말해 종손의 자리를 박탈당했다고?

설마, 남 앞에선 밝힐 수 없는 가족사를 떠벌린 것일까?

평소 어디로 튈지 모르는 순지의 엉뚱한 행동을 생각한다면 충분히 가능성 있는 이야기였다.

"바로 이것의 진실 말입니다."

이순지는 땅을 가리켰다.

더더욱 모를 말이다.

해루는 혼란을 넘어 현기증까지 느꼈다.

땅? 땅의 진실이라니.

풍수(風水)나 지관(地官)에 관한 일인가?

정작 이순지의 입에선 해루의 예상과는 전혀 다른 이야기가 흘러나왔다.

"그거 아십니까? 우리가 밟고 있는 땅은 사실 평평하지 않습니다."

"땅이 평평하지 않다고요?"

해루는 가만 땅을 내려다보았다. 그러고는 이내 고개를 끄덕였다.

"과연 울퉁불퉁하군요."

궁내의 길은 잘 정비되어 있지만, 그래도 튀어나온 돌이나 작은 웅덩이 정도는 얼마든지 발견할 수 있었다.

"그런 작은 단위의 이야기가 아닙니다. 이 땅 전체를 말하는 겁니다."

"땅 전체라면……. 천하를 말씀하시는 겁니까?"

"바로 그렇습니다. 우리가 사는 세상, 우리가 밟고 있는 이 대지는 언뜻 평평해 보이지만 실은 평평하지 않습니다. 둥글지요. 그뿐이 아닙니다. 우리가 사는 세상은 저 하늘의 태양을 중심으로 큰 원을 그리듯 돌고 있습니다."

신중한 눈으로 이순지의 말을 듣던 해루가 주먹을 들며 확인하듯 다시 물었다.

"그러니까 우리가 사는 이 세상이 제 주먹처럼 둥글단 말이지요?"

"그렇습니다."

진지하게 단정 짓는 순지를 보며 해루 역시 심각한 표정을 지었다.

"……어디 아프십니까?"

"아프지 않습니다."

"아프지도 않은데 왜 이상한 소리를 하십니까? 땅이 둥글면 사람들이 어떻게 발을 붙이고 살 수 있단 말입니까? 그런 말씀일랑 다른 사람들 앞에서 하지 마십시오. 다들 미쳤다고 할 겁니다."

미간을 찌푸린 채 종알종알 제 의견을 말하던 해루가 문득 생각난 듯 이순지에게 물었다.

"설마, 다른 사람들 앞에서도 말씀하신 겁니까?"

"당연하지요. 집현전 학사들과 주상 전하께서 계시는 자리에서 당당히 제 의견을 밝혔습니다."

"그럼 호적에서 정리된 이유가……."

이순지가 참담한 얼굴로 고개를 끄덕였다.

"전 사실을 말했을 뿐입니다."

"갑시다."

잠시 생각하던 해루는 순지의 손목을 덥석 잡았다.

"어딜 가자는 말씀이십니까?"

"이 학사님의 집으로 가야지요. 가서 호적을 정리하신 옛 부친 앞에 무릎 꿇고 말씀드리세요. 제가 잠시 정신이 어떻게 된 모양입니다. 그렇지 않고서야 땅이 둥글다니요, 하하하. 아마도 날이 풀리니 제 정신도 짚신 풀리듯 풀려버린 모양입니다. 잘못했습니다. 다시는 헛소리 안 하겠습니다……. 이렇게 말씀드리십시오."

이순지는 완강한 얼굴로 고개를 저었다.

"그럴 수 없습니다. 전 틀리지 않았으니까요."

"어허! 괜한 고집 부리지 말라니까요. 사람이 살다 보면 간혹 이상한 생각을 할 수도 있는 겁니다. 잠을 잘 못 자거나, 전날 술을 과하게 마셨거나, 그도 아니면 실연을 당하거나, 이레 정도 볼일을 못 보거나, 혹여 코에서 뜻하지 않은 대물을 파내면 멀쩡한 사람도 이상해지는 법이지요."

"전 이상해지지 않았다니까요. 그런데 코에서 대물을 파내면 왜 이상해지는 겁니까?"

"자랑하고 싶어지지 않습니까?"

"……."

"하여간 가시죠. 가서 잘못했다 말씀드리세요. 지금은 자신의 잘못을 깨닫지 못하겠지요. 하지만 나중이 되면 생각이 바뀔 겁니다. 그러니 지금은 일단 사과부터 하러 가시죠."

"싫습니다."

"하셔야 합니다."

"못 합니다. 어찌 학자가 진실이 아닌 것을 입에 담는단 말입니까?"

"어허! 고집 좀 그만 부리세요."

해루에게 억지로 끌려가며 순지는 비장한 표정으로 소리쳤다.

"천하는 공처럼 둥글다! 언젠가 세상 사람 모두가 알게 될 날이 올 것이다!"

"그 입 다무십시오."

세계 최초로 지동설을 주장한 천재의 업적이 해루에 의해 파묻힐 위기의 순간이었다.

암운(暗雲)

관상감에서 그리 멀지 않은 곳.

천하의 모양을 두고 해루와 이순지의 실랑이가 한창이었다.

"천하는 둥급니다."

"헛소립니다."

"그래도 둥급니다."

"거참, 고집도 대단하십니다. 그 고집 때문에 아버지를 아버지라 부르지 못하고, 어머니를 어머니라 부르지 못할 지경이 되었는데도 그런 말씀을 하시는 겁니까?"

"모름지기 사내대장부라면 목에 칼이 들어와도 바른말을 해야 하는 법입니다."

"그러니까 틀린 말이라니까요."

"둥근 걸 둥글다고 하였는데, 어찌 틀렸다 말씀하십니까?"

해루가 답답하다는 듯 가슴을 두드렸다.

"지금 중요한 건 그게 아니지 않습니까? 호적이 정리되었습니다. 부모와 자식 간의 연이 끊어졌단 말입니다. 용서를 구하십시오. 애초에 땅이 둥글다느니 반듯한 세모라느니 하는 이상한 이야기 때문에 천륜을 끊는다는 게 말이나 되는 소리입니까?"

"반듯한 세모라는 말은 안 했습니다."

"아무튼, 이상한 소리 그만하시는 겁니다. 알겠지요?"

거듭 확인한 해루는 비로소 본래의 목적지를 향해 걸음을 재촉했다.

여전히 순지의 얼굴에는 불만이 가득했다.

그러나 그는 더는 소리 높여 자신의 주장을 말하지 않았다. 남을 설득하기 위해선 그것을 증명할 무언가가 필요하다는 사실을 해루를 통해 깨달았다.

'내 기필코 증명하고 말리라.'

순지는 속으로 다짐 또 다짐했다.

그렇게 한 사람은 천륜을 끊은 동무를 걱정하고, 다른 사람은 동무를 설득할 방법에 골몰하며 나란히 걸음을 옮겼다.

머리 위로 늘어진 나무엔 봄기운이 물씬했다. 그러나 그늘진 곳엔 여전히 겨울의 흔적이 둥글게 고여 있었다.

"이렇게 걸으니 옛 생각이 나는군요."

순지가 불현듯 입가에 미소를 머금었다.

"그러게요."

해루도 고개를 끄덕였다.

몇 달 전만 해도 두 사람은 이 길을 나란히 걷곤 했다. 막 관상감에 발을 들인 생도이자 동무로 이 길을 쉴 새 없이 오갔건만.

그 일이 어제 같은데, 그사이에 정말 많은 변화가 있었다.

"그때의 승휘마마님은 정말 대단하셨습니다. 아니, 파란만장하였다고나 할까요?"

"제가 그랬던가요?"

고개를 끄덕이며 순지는 말을 이었다.

"아무렴요. 승휘마마님께서 가시는 곳마다 사건과 사고가 끊이질 않았지요. 그 바람에 저도 간 졸인 적이 여러 번이었습니다."

해루는 말간 미소를 지었다.

그러고 보니 그랬다. 어색한 콧수염을 붙이고 관상감에 들어온 이후로 참으로 많은 일을 경험했다.

그중엔 낯선 자들에게 습격을 당하는 위험천만한 일도 있었다. 그때, 마침 순지가 나타나 구해주지 않았다면 그녀는 꼼짝없이 죽고 말았으리라.

"제가 고맙다는 말씀 드렸던가요?"

"했지요. 충분하게 하셨습니다."

"그래도 다시 하고 싶습니다. 정말 고맙습니다. 제가 이리 살아 숨 쉬고 있는 건 이 학사님 덕분입니다."

"하하. 그게 어디 저만의 덕이겠습니까? 사람이 살다 보면 알게 모르게 서로를 구해주는 법이지요."

동의한다는 듯 해루는 고개를 끄덕였다.

순지의 말처럼 사람은 살아가는 동안 원하건 원치 않건 많은 관계를 맺게 된다. 어떤 관계는 남을 해치기도 하지만, 또 어떤 관계는 의도치 않게 남을 돕게 될 때도 있으리라.

"그거 아십니까?"

순지가 문득 말했다.

걸음을 멈춘 해루는 그를 돌아보았다.

"전 한동안 인생을 방탕하게 살았습니다."

"굳이 말하지 않으셔도 압니다. 처음 만났을 때도 그랬으니까요."

"승휘마마를 처음 만났을 때는 그나마 많이 정신 차린 시절이었습니다."

"그럼, 과거엔 더하셨단 말입니까?"

순지는 크게 고개를 끄덕였다.

"어릴 적부터 제법 똑똑하다는 소릴 들었습니다. 집안 어른들의 관심을 독차지하였고, 나중엔 그런 관심과 지지가 당연하다 느껴졌습니다. 그러던 어느 날, 갑자기 고난이 찾아왔습니다."

"머리가 나빠지기라도 하였습니까?"

"아닙니다."

"그럼?"

"여인에게 빠지고 말았지요."

순지의 말에 해루는 소리 없이 웃었다.

"왜 웃으십니까?"

"이 학사님답다는 생각이 들어서요."

"그렇지요. 술 좋아하고 여인을 좋아하고. 물론, 저답지요. 그래도 당시엔 꽤 심각했습니다. 누군가를 그리 극진히 연모해 본 적은 정말 처음이었지요. 온종일 그녀 생각으로 정신을 차릴 수가 없을 지경이었지요. 그런데 그렇게 간절히 사랑한 여인이 갑자기 멀리 안동으로 시집을 가버렸습니다."

"저런. 갈 때까지 몰랐습니까?"

"공부를 위해 잠시 산에 올라갔을 때의 일이었습니다. 미리 알았다면 어떻게든 막으려 했겠지요."

"상심이 크셨겠습니다."

"한동안 아무 일도 하기 싫었지요. 특히, 공부는 더더욱 싫었습니다. 공부 때문에 사랑하는 여인을 빼앗겼으니, 싫은 정도가 아니라 원망스러웠습니다."

"그 마음 이해합니다. 어떻게 극복하셨습니까?"

"우연히 세자 저하를 만났습니다."

"저하께서 상처받은 마음을 보듬어주신 모양이군요."

해루의 말에 순지는 고개를 저었다.

"아닙니다. 보듬어주기는커녕 오히려 마음껏 놀리셨지요. 똑똑하다 소문이 자자해서 시험해 보았는데, 고작 이 정도밖에 안 되는 깜냥이라며 한껏 뭉개버리셨습니다."

"하하하. 세자 저하다우시군요."

"지금이야 이렇게 웃으면서 말하지만, 그땐 속에서 욱하고 치밀어 오르는데……. 무슨 수를 써서라도 꼭 저하의 마음에 들고 말겠다는 오기가 생겼습니다."

"그래도 다행입니다. 덕분에 아픔을 딛고 일어서셨으니 말입니다."

순지는 다시 고개를 저었다.

"전부는 아닙니다. 절반만 치유되었을 뿐입니다."

"그럼, 아직 절반이 남은 모양이군요."

"그랬지요. 하지만 이젠 모두 치유되었습니다. 의욕으로 넘치고 있습니다. 바로 승휘마마 덕분입니다."

"제 덕분이라고요?"

잠시 생각하던 해루는 순지가 갑작스레 자신의 과거사를 꺼낸 이유를 짐작할 수 있었다.

"이제 보니 지구가 둥글다느니, 각졌다느니 하는 주장을 굽히지 않으실 생각이시군요."

"굽히지 않는 정도가 아닙니다. 승휘마마께서 승복하실 수밖에 없는 명확한 증좌를 찾아내고야 말겠습니다."

해루는 고개를 절레절레 저었다.

"참으로 못 말리십니다."

"하하하."

순지의 유쾌한 웃음이 초록의 공기를 뒤흔들었다.

집안의 무시와 집현전 학자들의 멸시에 찬 눈빛에 주눅 들었던 마음은 어느새 봄눈 녹듯 사라지고 없었다.

"그런데 예전에 사모하였다는 그 여인 말입니다. 그분은 이 학사님을 좋아하였습니까?"

"아쉽게도 아니었습니다."

"그럼, 외사랑이었단 말이군요."

"네."

해루는 위로하는 눈길로 순지를 돌아보았다.

"좋은 인연이 다시 찾아올 겁니다."

"글쎄요."

순지의 입가에 흐린 미소가 떠올랐다. 문득 깊은 눈빛으로 해루를 바라보며 그가 말을 이었다.

"……아무래도 전 정말 좋아하는 여인과는 결코 이루어질 수 없는 운명인가 봅니다."

이런저런 이야기를 하며 함께 걷던 해루와 순지는 어느덧 관상

감에 이르렀다.

옛 생각에 잠긴 두 사람이 관상감 안으로 발을 들이려 할 때였다.

"무슨 일을 이런 식으로 처리하나? 그 간단한 일도 제대로 처리하지 못하는가? 무능해도 어떻게 이렇게 무능할 수 있어!"

관상감 안에서 쩌렁쩌렁한 외침이 들려왔다.

순지가 어색하게 웃으며 해루를 보았다.

"이곳은 여전하군요."

"그러게요."

"예전엔 저런 호통 소리가 들리면 으레 염소수염을 코밑에 붙인 승휘마마께서 어깨를 축 늘어뜨리고 밖으로……."

순지의 말이 채 끝나기 전.

그의 말을 듣기라도 한 것처럼 한 사람이 관상감 밖으로 터덜터덜 걸어 나왔다. 어두운 안색으로 어깨를 축 늘어뜨린 채였다.

"허허. 거, 묘하게 기시감 들게 하는 사람일세."

관상감 밖으로 나온 사내는 무에 안 풀리는 일이라도 있는지 연신 한숨을 푹푹 내쉬었다.

그 모습에 해루는 고개를 설레설레 저었다.

"오늘은 가는 곳마다 가슴 답답해하는 분들만 만나게 되는 것 같습니다."

"그런가요. 그런데 저 사람, 낯이 익지 않습니까?"

이순지의 말처럼 사내가 낯설지 않았다. 아니, 해루가 무척 잘 아는 사람이었다.

"유 훈도님?"

"스, 승휘마마!"

해루를 본 유익보가 급히 허리를 숙였다.

예전엔 유익보가 혼을 냈고, 어깨를 축 늘어뜨린 채 어두운 안색을 했던 사람은 해루였다.

그러나 이제는 입장이 뒤바뀌었다. 당당한 모습의 해루와 달리 유익보는 과거 해루가 당했던 수모를 누군가에게 고스란히 당하고 있었다.

“잘 지내셨습니까?”

해루는 관상감 안쪽과 유익보를 번갈아 보며 안부를 물었다.

“잘 지냈습니다. 전 정말 잘 지내고 있습니다.”

말과 달리 유익보는 그리 편안해 보이지 않았다. 예전의 그는 오만하고 이기적인 사람이었다. 들끓는 욕심과 야망이 두 눈에 그득했더랬다.

그런데 지금은 달랐다. 의기소침하고 행색도 초라하기 이를 데 없었다. 해루가 관상감을 떠난 이후로 그의 처지가 어찌 변했는지 굳이 물어보지 않아도 짐작할 수 있었다.

“최 교수님께선 잘 계신지요?”

“물론, 잘 계십니다. 오늘은 일이 있어 출타하셨지만, 아마 저녁 무렵엔 돌아오실 겁니다.”

“그렇군요.”

해루는 고개를 끄덕였다.

한때는 그녀를 괴롭히던 못된 상관. 하지만 돌이켜보면 모두 지나간 옛일이었다.

더구나 그는 크게 다친 상황에서도 몸을 아끼지 않고 정 판수의 소식을 전해주지 않았던가. 해묵은 감정 따윈 오래전에 지워버렸다.

“밖에서 들으니 좋지 않은 일이 있었던 모양입니다. 무슨 일입니까?”

질문을 던지고 보니 오늘 이 말을 벌써 여러 번 했다는 기억이 났다.

다행히 유익보는 이순지보다 입이 가벼웠다.

“흔하게 있는 일입니다. 높으신 분이 여쭙기에 오늘 틀림없이 먹구름이 몰려온다고 답해 드렸는데, 보다시피 맑은 하늘이라……. 예측이 틀려 벌을 받고 있었습니다.”

“날씨를 예측하는 일이 어디 그리 쉽습니까. 간혹 틀리기도 하는 법이지요.”

“아닙니다. 제 재주가 미천하기 때문입니다. 손바닥만 한 능력으로 하늘의 뜻을 읽으려 하니, 제대로 될 리 없지요.”

말을 마친 유익보는 속으로 쓰게 웃었다. 생각해 보니 날씨를 예견하는 데 한 번도 틀리지 않았던 사람이 있었다.

바로 눈앞에 있는 해루였다.

이렇게 대단한 사람을 그땐 알아보지 못했다. 오히려 그 능력을 강샘하여 괴롭힐 생각만 하였다.

뛰어난 사람을 곁에 두고도 포용하지 못하였으니, 이런 천대를 받는 것도 당연한 일이리라.

유익보는 고개를 들어 해루를 올려다보았다.

“승휘마마.”

“네.”

“예전의 일은 진심으로 뉘우치고 있습니다. 송구합니다. 많이 늦었지만, 지금이라도 용서를 구하고 싶습니다.”

유익보는 바닥에 무릎을 꿇고 머리를 조아렸다.

해루가 얼른 그의 어깨를 잡았다.

"이러지 마십시오."

"마마께서 그분과 관계있는 분이라는 사실을 미리 알았다면……. 아니, 그게 아니더라도 승휘마마에 대한 제 행동은 크게 잘못되었습니다. 부디 벌을 내려주십시오."

유익보의 목소리엔 진심이 묻어 있었다.

"지난 일은 모두 잊었습니다. 그러니 더는 미안해할 것도, 용서를 구할 것도 없습니다."

해루는 차분히 말한 후 관상감 안으로 들어갔다.

겉으로는 담담하게 행동했으나, 사실 그녀는 유익보의 느닷없는 사과에 당황했다. 하여, 도망치듯 관상감 안으로 몸을 피한 것이었다.

해루가 사라졌음에도 유익보는 조아린 머리를 들지 않았다.

이순지가 그 곁을 지나며 불퉁한 목소리로 말했다.

"보아하니 유 훈도께서도 이젠 출세하긴 그른 모양이군요."

"그럴 겁니다. 아니, 그렇겠지요."

유익보가 허리를 펴며 미소를 지었다. 그 얼굴을 가만 바라보던 이순지가 몇 마디를 더 했다.

"출셋길은 막혀버린 모양이지만, 표정만은 예전보다 좋아지셨습니다."

"그럴 리가요. 매일 구박받는 천덕꾸러기 신세인걸요."

말과는 달리 유익보의 얼굴에 후련한 표정이 떠올랐다. 언제나 가슴 한구석을 무겁게 만들던 무언가가 흔적도 없이 사라진 느낌이었다.

모를 일이다.

간절히 소망하던 부와 명예, 모두를 잃게 되었건만, 어찌 이리 마음 편한 것인지. 아마도 스승인 최 교수의 넉넉한 마음이 전염이라도 된 모양이다.

"그런데 왜 오늘 비가 온다 한 겁니까?"

관상감 안으로 발을 디디던 순지가 문득 하늘을 올려다보며 물었다. 비를 예측한 이유가 갑자기 궁금해졌다. 그도 그럴 것이, 며칠 동안 하늘이 시릴 정도로 맑았다. 게다가 건조한 바람마저 사방에서 불어오니, 한동안 비는 내리지 않으리라.

어린아이라도 알 만한 일을 미래를 예지한다는 명과학의 훈도가 짐작하지 못하였다니, 이해가 되지 않았다.

"그것이……."

유 훈도가 뒷머리를 긁적거렸다.

"하늘의 기운을 살피다 궁궐 위로 검은 먹장구름이 드리운 듯한 느낌을 받았습니다. 틀림없이 비가 내릴 계시다 생각하고 그리 말씀 올린 것인데, 아무래도 내가 헛것을 본 모양입니다."

"궁궐 위로 먹구름이 드리웠단 말입니까?"

이순지가 고개를 들어 하늘을 보았다.

청명한 하늘 위로 붓으로 그린 듯 새털구름 몇 조각이 흩뿌려져 있었다. 어디에도 먹구름의 흔적은 발견할 수 없었다.

해루는 작은 보퉁이를 품에 안고 관상감을 나섰다. 얼굴에 하얀 웃음이 가득했다.

"그리 좋으십니까?"

순지가 그녀를 돌아보며 물었다.

“네. 좋습니다. 폭죽이 하늘을 오르는 것만 보고도 좋아하신 저하십니다. 하늘 위에 하얀 박꽃이 피면 얼마나 좋아하시겠습니까.”

향을 생각하는 해루의 마음이 참으로 갸륵했다.

물끄러미 바라보는 순지의 얼굴에 부러움과 동시에 묘한 감정이 피어올랐다. 그러다 문득 생각났다는 듯 물었다.

“그런데 승휘마마.”

“네.”

“몸은 괜찮으십니까?”

“몸요?”

“네. 듣자 하니 도통 식사를 못 하신다고……. 신 것만 찾으시고…….”

“아, 그거요. 이제는 괜찮습니다. 며칠 그러더니 괜찮아졌습니다.”

“……그렇군요.”

“왜 그러십니까?”

“아니, 저는 혹시나…….”

“혹시나?”

“아, 아무것도 아닙니다.”

“그럼 저는 이만 가보겠습니다.”

해루는 종종걸음을 쳤다.

그 뒷모습을 보며 순지는 낮게 혼잣말을 중얼거렸다.

“……아닌가?”

❀

노을이 땅을 붉게 물들이는 시각.

명례궁의 별당으로 한 사내가 은밀한 걸음을 옮겼다. 익숙하게 자화의 거처를 찾은 사내는 왼쪽 뺨에 큰 점이 있어 점박이라 불렸다.

"그분께서 연통을 보내왔습니다."

자화는 점박이가 올린 서찰을 꺼내 읽었다. 이내 그녀의 표정이 돌처럼 차고 딱딱하게 굳었다.

"아씨, 무에 안 좋은 소식입니까?"

"별일 아니다. 혼자 있고 싶구나. 달리 용무가 없다면 그만 돌아가거라."

점박이는 큰절을 올리고는 처소 밖으로 사라졌다.

인기척이 사라지자 자화는 다시 서찰을 펼쳤다. 그녀의 눈에 푸른 이채가 이끼처럼 피어났다. 별일 아니라고 한 말은 거짓이었다.

서찰의 내용은 자화가 오래도록 염원하고 기다렸던 것이다.

자화는 창가에 놓인 작은 화분으로 시선을 돌렸다.

봄 향기에 성급해진 것일까?

화분엔 때이른 꽃 한 송이가 소박하게 피어 있었다.

"장하게도 긴 겨울을 이겨냈구나."

자화는 손끝으로 여린 꽃잎을 어루만졌다.

"너도 할 일이 많은 게냐? 하여, 오랜 기다림을 참지 못하고 이리 성급하게 꽃을 피웠느냐? 곱다. 참으로 곱구나."

"내 눈에는 그대가 훨씬 곱구려."

그녀의 혼잣말에 대답하는 목소리가 있었다.

별당 문이 열리며 호방한 인상의 사내가 성큼 안으로 들어섰다. 막 사냥을 끝내고 온 듯 비릿한 향내를 전신에 갑옷처럼 두른 사내, 진양이었다.

진양을 향해 자화는 눈매를 초승달 모양으로 그렸다.
“오셨습니까?”
“적적하지 않았소?”
“집을 비우신 지 고작 반나절밖에 지나지 않았는걸요.”
“그랬던가? 그 반나절이 내게는 천 년 같았소.”
자화는 대답 대신 고운 미소를 지었다.
“헌데, 그건 무엇이오?”
진양은 자화의 손에 들린 서찰을 넘겨다보며 물었다.
“별거 아니어요.”
자화는 서찰을 아무렇게나 접어 서탁 아래로 치워버렸다.
“사냥은 즐거우셨나요?”
“털이 고운 여우를 잡았소. 자화, 그대에게 잘 어울릴 게요.”
“그런 건 필요 없어요.”
물끄러미 자화를 내려다보던 진양이 그녀의 뺨을 조심스럽게 어루만졌다.
“내가 왜 그대를 마음에 두었는지 아오?”
“모르겠습니다.”
“내게 아무것도 바라지 않아서지.”
“……”
“내게 관심을 보이는 사람들은 한결같이 내게 무언가를 바랐지. 그런데 그대는 아무것도 바라지 않았어.”
진양의 말을 자화는 또박또박한 어조로 반박했다.
“아닙니다.”
“무슨 말이오?”
“저 역시 대군대감께 바라는 것이 있습니다.”

"그대가 내게 바라는 것이 있어? 그게 무엇이오?"

다른 이가 무얼 원한다 하였으면 눈살을 찌푸렸으리라.

그러나 자화가 원한다면 그것이 무엇이든 들어줄 마음이 있었다.

진양은 궁금하다는 눈길로 자화의 대답을 기다렸다.

닫혀 있던 자화의 입술이 열렸다.

"제가 바라는 것은……."

"……."

"대군대감입니다."

"뭐라?"

"대감을 온전히 제게 주십시오."

"이런, 하하하하."

진양은 갑자기 박장대소를 터트렸다.

그러나 금세 웃음기를 거둔 그가 자화와 시선을 마주했다.

"아무것도 원하는 것이 없는 줄 알았더니, 이제 보니 가장 큰 것을 바라고 있었군."

"싫으십니까?"

"까짓, 못 줄 것이 무언가. 가져가오. 아니, 이미 내 마음은 그대의 것이니 더는 가져갈 것도 없겠군."

무엇이 그리 우스운지 진양이 다시 한껏 목청을 돋우며 웃음을 터트렸다.

그를 따라 자화의 얼굴에도 미소가 떠올랐다.

그러나 그녀의 눈……. 언제나 미소를 짓는 입과는 달리 단 한 번도 웃지 않는 그녀의 눈은 서탁 아래를 향해 있었다.

옷자락이 펄럭일 때마다 이는 바람결에 서찰은 품고 있는 속내를 내비쳤다.

—새로운 하늘이 열릴 것이니, 준비하라.

서찰을 바라보는 자화의 망막에 차가운 분노와 영특한 살기가 일렁거렸다.

향의 세 가지 미래

이른 아침부터 대전으로 분주한 걸음들이 이어졌다.

왕의 명으로 입궐한 대신들의 얼굴에는 먹장구름이 가득했다.

단상에 앉아 신하들을 굽어보는 왕의 표정 역시 굳어 있긴 매한가지였다.

"세자는 아직이더냐?"

말이 끝나기 무섭게 열려 있는 대전 문으로 향이 모습을 보였다.

"소자가 늦었사옵니다."

"아니다."

왕은 곧 단상 가장 가까운 곳에 앉아 있는 영의정에게로 시선을 돌렸다.

"말해 보라. 야인들이 다시 북방을 침략하였다는 것이 사실이더냐?"

"사흘 전 밤, 야인의 기병 사백여 명이 여연(閭延) 일대에 침입하여 우리 백성과 물건을 약탈하여 갔다 하옵니다."

"북방의 경계가 어찌 이리 불안하단 말이냐. 국경을 지키는 장수와 병사들은 어찌하고?"

"야인들의 움직임이 바람처럼 신출귀몰한 데다 동과 서를 오가며 약탈을……."

왕이 손을 들어 영의정의 말을 가로막았다.

"야인들이 말 타기를 제 발로 걷는 것보다 능란하게 한다는 것은 이미 알고 있는 일. 그대는 북방의 상황만 전하라."

"야인들의 약탈은 새벽녘 느닷없이 시작되어 미리 방비할 수 없었던 듯하옵니다. 다행히 강계 절제사 박초가 군사들을 이끌고 백성과 약탈당한 물건을 되찾아 왔다고 하옵니다."

"가상한지고. 피해는 어떠하냐?"

"이번 일로 부상한 병사와 목숨을 잃은 백성의 수가 기십 명에 달한다고 하옵니다. 또한, 야인들의 금수와 같은 잔학무도함이 알려지며 몇몇 고을에선 집을 떠나 피난 행렬에 오른 이들마저 생겼다 하옵니다."

묵묵히 듣던 왕의 눈에 분노의 불길이 일었다.

"야인들이 수시로 국경을 넘어 약탈하니, 백성들이 어찌 마음 편히 살 수 있겠는가? 그들의 만행을 더는 두고 볼 수가 없구나. 당장 군사를 보내 야인들을 토벌토록 하라."

그때 눈치를 살피며 좌의정이 앞으로 나섰다.

"하오나 전하, 야인들이 몸을 숨기고 있는 곳은 조선의 땅이 아니라 명국의 땅이온지라 자칫 명국과의 분쟁으로 이어지지 않을까 염려되옵나이다."

좌의정의 말에 왕은 더는 참지 못하고 고함을 내질렀다.

"하여, 내 땅을 쳐들어와 내 백성을 핍박하는 자들을 계속 두고 보아야 한다는 것인가!"

"전하, 큰일을 먼저 생각하시옵소서. 북방의 야인들은 작은 문제이고, 명국과의 관계는 큰일이옵니다. 그러니 명국의……."

쾅!

왕이 주먹을 내리쳤다.

"백성들이 약탈당하고 심지어 사는 곳을 떠나야 하는 참담한 지경에 처했다. 이것이 어찌 가벼운 일인가? 명국과의 관계가 그리 걱정이라면 사신을 불러 해결하면 될 일."

왕은 영의정에게로 시선을 돌렸다.

"황 대감."

"네, 전하."

"지금 당장 태평관으로 사람을 보내 조선에 머무는 사신들을 궁으로 부르시오. 그들에게 저간의 일을 설명하여 우리 군사들이 국경을 넘는 데 문제없도록 하시오."

"전하, 태평관의 사신에게 사정을 전해도 그 소식이 명국의 황실에 당도하기까지 적지 않은 시간이 걸립니다. 하오니 이 문제는……."

"영의정!"

왕의 눈매가 매처럼 매서웠다.

영의정 황희는 움찔 어깨를 떨었다.

저런 눈빛과 저런 표정을 하고 있을 때, 왕의 명을 거역하는 것은 목숨을 내놓는 것과 마찬가지였다. 비록 사는 것이 그리 편치는 않았지만, 그래도 아직은 저승보다는 이승을 뒹구는 것이 더 좋았다.

"신 영의정, 신명을 다해 전하의 명을 받잡겠나이다."

비로소 만족한 표정을 한 왕은 부복한 신하들을 하나하나 응시했다.

"우부대언에게 군사 일천 명을 내줄 것이니 지금 당장 북방으로 달려가 야인들에게 조선의 무서움을 알게 하라. 감히 내 나라와 내 백성을 건드리면 어찌 되는지 본보기를 단단히 보여야 할 것이다."

"명 받잡나이다."

우부대언 김종서를 바라보는 왕의 눈에 형형한 빛이 이글거렸다.

오랜 시간 북방의 일을 의논하던 대신들이 대전을 떠났다.

한바탕 거친 폭우가 휩쓸고 지나간 듯 대전에 무거운 침묵이 내려앉았다.

묵묵히 자리를 지키고 있던 향이 아비의 곁으로 다가섰다.

"괜찮으시옵니까?"

"괜찮지 않다."

"전하."

"내 백성들이 죽고 다쳤는데, 내가 어찌 괜찮겠느냐?"

왕의 음성이 가늘게 떨렸다.

언제나 여유로움과 느긋함을 잃지 않던 왕이었다. 하지만 백성의 고통 앞에서 왕은 맥없이 무너졌다. 지키지 못한 안타까움과 미리 방비하지 못한 괴로움이 왕의 심장을 갉아먹었다.

그 마음 알기에 향은 말없이 아비의 곁을 지켰다.

그 아픔을 알기에 차마 자신이 알게 된 사실을 왕에게 전하지 못했다.

"전하, 걱정 마시옵소서. 이번 일도 무탈하게 해결될 것이옵니다."

"그래, 그래야지. 그러길 바란다."

왕의 한숨이 깊어졌다.

대전을 나선 향은 곧장 신루로 향했다.

그는 품에 갈무리해 두었던 장계를 서탁 위에 펼쳤다. 차마 왕께 올리지 못한 장계는 북방에서 올라온 것이었다.

야인들의 움직임과 약탈당한 지역, 그리고 약탈의 시간이 비교적 자세하게 기록된 문건.

장계 옆에 지도를 펼친 향은 장계에 기록된 내용을 시간 순서대로 표기하기 시작했다.

각자 연구에 전념하던 신루 학자들이 그의 주위로 모여들었다.

표기를 마친 향이 학자들을 둘러보며 물었다.

"어찌 생각하는가?"

기다렸다는 듯 김담이 답했다.

"약탈 장소가 동서로 넓게 움직인 것으로 보아 적의 기동력이 매우 뛰어남을 짐작할 수 있습니다. 말[馬]. 그것도 상당히 뛰어난 전마(戰馬)가 동원된 듯싶습니다."

심운기의 의견이 덧붙여졌다.

"여섯 곳을 습격하는 데 고작 닷새가 소요되었습니다. 그것도 물자와 인구가 풍부한 지역만을 가려 약탈하였습니다. 이는 사전에 각 지역에 대한 조사가 있었다는 뜻입니다. 이는 또한 닥치는 대로 움직이던 과거의 방식과는 전혀 다른 행보이기도 하옵니다."

통통한 볼을 긁적이던 양여섭이 지도를 손가락으로 가리켰다.

"이곳과 이곳에서 우리 관군과 두 번의 충돌이 있었사옵니다. 수는 조선이 월등함에도 야인들의 피해가 극히 적사옵니다. 장계로 올라온 보고는, 공은 크게 언급하고 과는 줄이기 마련입니다."

잠시 숨을 고르던 양여섭이 다시 말을 이었다.

"어쩌면 야인들의 피해는 장계에 적힌 것보다 훨씬 적거나 없을 수도 있사옵니다. 반대로 말하면 야인들을 이끄는 자가 상당한 기량을 가졌음을 짐작할 수 있습니다."

팔짱을 낀 채 생각에 잠겼던 향이 고개를 끄덕였다.

"모두의 의견이 옳다. 나 또한 그리 생각한다."

그가 마지막으로 이순지에게로 시선을 던졌다. 이순지는 턱을 긁으며 마지못해 입을 열었다.

"굳이 제 의견까지 물으신다면……."

이순지가 손가락을 하나씩 펼쳤다.

"모든 이야기를 하나로 모아보면 첫째, 야인들을 이끄는 자가 보통이 넘는 작자이며, 둘째, 남의 나라의 알짜배기만을 골라서 약탈한 것으로 보아 어떤 빌어먹을 놈이 야인들에게 이 나라의 정보를 알려주었다고 할 수 있겠습니다."

"옳다."

향은 진지한 얼굴로 학자들을 둘러보았다.

"이번 약탈에서 무엇보다 우려되는 부분은 야인에 동조하는 자, 또는 무리가 있다는 점이다."

"누굴까요? 누가 그런 멍청한 짓을 하는 걸까요? 아무리 시국이 어수선해도 그렇지, 이 나라가 망하길 바라는 게 아니고서야 이런 미친 짓을 할 이유가……."

혼잣말로 투덜거리던 양여섭이 말을 멈추었다.

양여섭이 작은 눈을 흡떴다.

말하던 도중 문득 뇌리를 스치는 생각.

"설마……."

이순지가 한층 심각해진 표정으로 입을 열었다.

"내가 알기로 이 나라가 망하길 노골적으로 원하는 무리는 오직 하나밖에 없다네."

김담이 낮게 뇌까렸다.

"두문회."

옛 고려의 망령들.

그들이 또다시 모습을 드러냈다.

분위기가 한층 무거워졌다.

비록 실체는 확인하지 못했지만, 학자들은 이번 약탈에 두문회가 밀접한 관련을 맺고 있다는 느낌을 지울 수 없었다.

심운기가 고개를 갸웃하며 조심스레 말을 꺼냈다.

"두문회가 의심스럽긴 하지만, 다소 이상한 구석도 있습니다. 지금까지 두문회의 행보를 보면, 조선을 적대하되 양민의 피해는 극히 저어하는 모습이었습니다. 헌데, 이번 야인의 약탈은 그렇지 않으니……."

양여섭이 혀를 차며 심운기의 말을 잘랐다.

"어허, 자넨 그자들이 얼마나 독종인지 잊었는가? 어린 여인들을 납치하여 야인과의 화약 거래에 사용했던 일을 벌써 잊었느냔 말일세."

"확실히 그런 일이 있긴 했지. 하지만 나중에 따로 조사해 보니,

실종된 여인들의 대부분이 무사히 집으로 돌아왔네. 증언에 따르면 낯선 자들에게 납치되어 야인들의 손에 넘어갔으나, 국경을 넘기 전 다시 조선인으로 보이는 사람들에게 구출되었다 하더군."

"그게 무슨 소린가? 자넨 설마 두문회가 그들을 다시 구해주었다 생각하는 건가? 왜? 어째서? 그리 공들여 다시 구해줄 거면 굳이 납치할 이유가 없질 않은가."

양여섭의 지적에 심운기는 말문이 막혔다.

"아니, 그런 뜻이 아니라 납치된 여인 대부분이 정체를 알 수 없는 무리에 의해 다시 구출되었으니, 그런 일을 할 수 있는 곳이 두문회밖에 더 있나 싶어서 그런 걸세."

"나쁜 놈은 그냥 나쁜 놈이야. 나쁜 놈이 착한 척 굴어봤자 더 나쁜 일을 하기 위한 음모일 뿐이야."

"그 말도 틀린 것은 아니네만, 조직이라는 곳에 한 사람만 있는 것은 아니고 또 여러 사람이 모이다 보면 자연 다양한 생각이 존재하기 마련이니……."

향은 손을 들어 어수선한 상황을 정리했다.

"이번 일에 두문회가 연관되어 있는지는 분명치 않다. 허나, 야인들의 움직임이 종전과 다르다는 점만은 분명하다."

학자들은 고개를 끄덕였다.

그때, 지도를 물끄러미 응시하던 이순지가 입을 열었다.

"이들의 움직임. 아무리 생각해도 이상합니다."

"무엇이 그리 이상한가?"

이순지가 야인들의 약탈이 시작된 지점을 손끝으로 짚었다.

"서쪽에서부터 시작된 약탈이 동북방으로 길게 이어졌습니다. 겉보기엔 이동하며 약탈한 것 같지만, 정작 이동 경로엔 군더더기가 없습니다. 그럼에도 군데군데 일부러 시간을 지체한 흔적이 있지 않습니까? 이 모습은 마치…… 누군가를 기다린 것 같습니다."

"기다려? 누굴 기다리는 것이냐?"

향의 미간이 한데로 모였다.

순지의 설명이 이어졌다.

"기다린다는 표현은 정확하지 않은 것 같습니다. 뭐랄까? 그렇지. 유인, 유인한다는 표현이 옳을 듯합니다. 그리고 여러 정황을 되짚어 생각할 때, 야인들이 유인하고 싶어 하는 건 아무래도 조선의 군대라고 봐야겠지요."

이순지의 말에 양여섭이 인상을 찡그리며 반박했다.

"약탈 흔적이 동서로 길게 늘어진 게 무에 그리 이상하다는 겐가? 놈들이 감히 이 나라를 넘보는 게 아니라면 당연히 내륙 깊숙이 침투할 생각까지는 없을 테고. 그러자면 자연히 국경을 따라 동서로 이동하며 약탈할 수밖에 없을 것 아닌가?"

"만약에 말일세."

이순지는 혀로 마른 입술을 적셨다.

"만약, 야인들이 감히 품어서는 안 될 욕심을 가지고 있다면 어떻겠나?"

"설마, 놈들이 이 나라 조선을 노리고 있기라도 한단 말인가? 말도 안 되는 소리."

"소문으로는 최근 야인 중에 범 같은 기질을 가진 자가 나타나 뿔뿔이 흩어진 야인들을 한데 규합하고 있다 하더군. 그 움직임이 심상치 않아 명국에서도 촉각을 잔뜩 곤두세우고 있다 하네."

"으음."

학자들 사이에서 작고 큰 탄식이 터져 나왔다.

한참의 시간이 흐른 후, 김담이 입을 뗐다.

"만약 이번 약탈이 식량을 구하기 위한 단순한 움직임이 아니라면……."

이순지가 그의 말을 재빨리 받았다.

"유인책! 야인들은 빠르고 날랜 말을 탄 기병들일세. 그에 반해 우리 조선의 관군은 대부분 보병. 만약, 적의 유인에 말려 북방 깊숙이 진군한다면……."

향이 모두의 생각을 대변하며 말했다.

"적은 빠른 기동력을 이용하여 크게 우회, 전력의 공백이 생긴 북쪽 아래 지역을 마음대로 삼킬 수 있게 된다. 그야말로 울타리 속으로 뛰어든 승냥이 같은 격."

숨 막힐 듯한 정적이 내려앉았다. 지도를 내려다보는 모두의 표정이 딱딱하게 굳었다.

이번에도 정적을 깬 사람은 김담이었다.

"어찌하실 생각이십니까?"

향은 대답 대신 질문을 던졌다.

"연구 중인 신무기는 어찌 되었나?"

"가실 생각이시군요."

"야인들의 움직임이 범상치 않다. 자칫하면 북쪽뿐 아니라 전 국토가 야인들의 말발굽에 고통받게 될지 모르는 일이다."

"위험한 일입니다. 차라리 파발을 보내는 것이 어떻겠습니까?"

향은 고개를 저었다.

"소식을 전하면 나는 안전할지 모르나, 대신 시시각각 변하는 전황에 발 빠르게 대처할 수 없다. 어쩌면 우리의 우려와 달리 야인들은 단순히 북방 쪽만 약탈할 생각일지도 모를 일. 중도에 진군을 멈추고 고민하는 시간에도 백성들의 피해는 눈덩이처럼 커질 것이다. 그러니 내가 가겠다. 직접 우부대언과 만나 계획을 짜볼 생각이다."

왕세자의 고집에 김담은 한숨을 쉬었다.

향은 이미 결단을 내렸다. 그리고 왕세자께선 한번 내린 결단은 좀처럼 무르는 법이 없었다.

"신무기의 설계와 시험은 상당히 진행되었사오나, 실전에 사용되기엔 아직 미진한 부분이 많습니다."

"아쉽군."

향은 자리에서 일어났다.

"지금 당장 사용할 수 있는 무기와 장비를 챙겨라. 준비가 끝나는 대로 나는 북방으로 떠난다."

마침내 명이 떨어졌다.

신루의 학자들이 일사불란하게 움직이기 시작했다.

그리고 한 시진 후.

필요한 물품을 서둘러 챙긴 향은 곧장 궁을 나갔다.

우부대언 김종서가 야인 토벌을 위해 출군한 지 하루 뒤의 일이었다.

"하여간 우리 세자 저하, 일 처리 하나만큼은 번개 같으시다니까."

양여섭이 이마에 맺힌 식은땀을 닦으며 투덜거렸다.

세자가 떠나는 데 필요한 물품을 급히 준비하느라 진땀을 한 바가지나 뽑았다.

"추진력 하나만큼은 조선……. 아니, 세상천지를 다 뒤져도 우리 저하를 따를 이가 없을 게야."

양여섭의 말에 동조하듯 심운기가 고개를 끄덕거렸다.

두 사람과 조금 떨어진 곳에 선 김담은 먼 허공을 응시했다.

"늦지 않아야 할 텐데."

"하루 차이니, 날씨만 나쁘지 않다면 금방 우부대언과 합류할 수 있을 걸세."

심운기가 불안해하는 김담을 다독였다.

"그렇지."

"헌데 말이야. 우리 저하, 급하긴 급하셨던 모양일세."

"무슨 말인가?"

"평소 같으면 아무리 급해도 권 승휘마마는 꼭 만나고 가셨을 텐데 말이야. 이번은 마음이 급하셔서 그러신가, 떠난다는 소식조차 전하질 못하셨으니."

"그건 하나만 알고 둘은 모르는 소리일세."

두 사람 사이로 양여섭이 파고들었다. 그는 심운기를 향해 검지를 세워 흔들었다.

"하나만 알다니?"

"만약, 저하께서 북방으로 떠나시는 걸 우리 승휘마마께서 아시게 되면 어떤 일이 벌어질 것 같은가?"

학자들의 표정이 웃는 것도 우는 것도 아닌 기묘한 표정이 되었다.

"분명 길잡이를 하신다며 따라나서겠지."

"그렇지! 저하께서 그 사실을 알고 일부러 말씀을 안 하신 걸세. 그곳이 어디라고 승휘마마를 길잡이로 세울 것인가. 결국, 알아봐야 걱정밖에 더 하겠는가?"

"듣고 보니 그렇군."

"그러고 보면 우리 저하께서는 참으로 현명하신 분이 아닌가."

"두말하면 입만 아프지. 하하하."

학자들이 향과 해루를 떠올리며 유쾌하게 웃을 때였다.

벌컥!

굳게 닫힌 신루의 문이 활짝 열렸다. 동시에 아름다운 당의 차림의 여인이 뛰어들 듯 안으로 들어왔다.

"저하! 저하!"

다급한 음성으로 목이 터져라 저하를 찾는 사람, 바로 해루였다.

모두의 시선이 해루에게로 집중되었다. 급히 달려왔는지 그녀는 흐트러진 모습이었다.

행여 저하께서 떠나셨다는 소식을 들은 것일까?

당황한 이순지가 해루에게 물었다.

"승휘마마, 무슨 일이십니까?"

"저하, 저하께선 어디 계십니까?"

향을 찾는 해루의 눈동자가 쉼 없이 흔들렸다. 낯빛은 전에 없이 창백했다.

그녀는 두려움과 공포로 얼룩진 시선으로 황급히 신루를 뒤졌다. 그러나 아무리 찾아봐도 향의 모습은 보이지 않았다.

"저하를 찾아야 합니다. 아니, 지금 저하를 꼭 만나야 합니다."

"그것이……."

순지가 난감한 표정으로 뺨을 긁적거렸다.

"왜 그러십니까? 저하께선 어디 계십니까? 어디 계시는데 이리 불러도 아니 보이시는 겁니까?"

"실은 저하께선 잠시 잠행을 떠나셨습니다."

"잠행요?"

"큰 볼일은 아니고……."

이순지가 적당한 핑계를 늘어놓으려는 찰나.

해루의 입에서 비명 같은 한마디가 흘러나왔다.

"북방!"

"네?"

"설마, 북방으로 가신 건 아니겠지요?"

이번엔 이순지가 놀랄 차례였다.

"그걸 어찌 아셨습니까? 설마, 세자 저하께서 따로 승휘마마께 연락이라도 넣으셨습니까?"

답은 들려오지 않았다.

향이 북방으로 떠났다는 대답을 듣는 순간, 해루는 미친 듯 신루 밖으로 달려 나갔다.

"안 됩니다, 저하. 그곳에 가셔서는 안 됩니다. 그곳은……."

궁의 지엄한 법도도, 왕실 여인의 체통도 머릿속에서 사라진 지 오래였다.

그녀의 뇌리를 가득 채운 건 오직 하나, 향이었다.

해루의 눈가에 눈물이 가득 맺혔다. 보이지 않은 손길이 숨통을 옥죄는 듯했다. 턱턱 숨이 막히고 가슴이 갑갑했다.

아무것도 보이지 않았다. 아무것도 들리지 않았다.

저하, 저하, 저하.

돌부리에 발이 걸려 바닥을 뒹굴었다. 바닥에 쓸린 손바닥에 검붉은 핏물이 배어났다.

그러나 아프지 않았다.

마치 아무것도 느껴지지 않는 허깨비처럼 해루는 다시 일어나

궁 밖으로 내달렸다.

그러다 이내 붙잡는 손길에 묶이고 말았다.

“마마, 승휘마마.”

순지가 그녀의 앞을 막아섰다.

“왜 이러십니까? 대체 무엇 때문에 이러십니까?”

“북방은 위험합니다. 저하께서 위험하단 말입니다.”

“괜찮습니다. 그러니 너무 심려하지…….”

“보았습니다.”

“네?”

“제가 보았습니다. 불길 속에서 피 흘리며 괴로워하는 저하의 모습을…… 보았단 말입니다.”

해루는 무너지듯 바닥에 주저앉았다.

또다시 펼쳐진 피안의 세계.

언젠가 동구비보에서 보았던 향의 미래가 일다경 전, 다시 그녀의 눈앞에 나타났다.

해루가 명국에서 다시 조선으로 돌아온 이유.

향에게 일어날 불길한 세 가지 미래 중 마지막 한 가지.

화염 속에서 피 흘리는 향의 최후가 그녀의 심장을 잠식했다.

운명에 맞선 동행

함경도 초입의 거대한 저택.

무성한 소나무 숲으로 둘러싸인 저택 안으로 청수한 인상의 중년 사내가 들어섰다.

"모두 모였느냐?"

대문 안으로 들어서기 무섭게 민안선이 물었다.

이내 그의 앞으로 최 마름이 바싹 다가섰다.

"모두 기다리고 있습니다."

민안선은 고개를 끄덕이며 걸음을 옮겼다.

최 마름이 그림자처럼 따라붙었다.

"조정의 움직임은 어떠하냐?"

"우부대언 김종서가 북방으로 움직였습니다."

"그 밖엔?"

최 마름이 고개를 들고 대답을 덧붙였다.

"세자가 움직인 듯합니다."

경직되었던 민안선의 표정이 부드럽게 풀어졌다. 계획보다 일이 잘 풀리고 있었다.

"잡어라도 낚으면 그걸 미끼로 큰 걸 낚으려 하였더니, 처음부터 대어가 꼬이는구나."

"세자가 아둔한 모양입니다. 제 발로 함정으로 걸어 들어가는 걸 보면 말입니다."

최 마름의 말에 민안선은 보이지 않게 조소를 떠올렸다.

"총명함이 지나쳐 함정에 빠진 것이다. 내 예상보다 훨씬……. 그러니 이리 빨리 움직인 것이지."

"이해가 되질 않습니다. 총명하여 되레 함정에 빠졌다 말씀하시는 겁니까?"

"아무렴. 장계로 올라오는 보고만으로 야인들의 움직임이 평소와 다르다는 걸 눈치채지 않았느냐? 또한, 그들의 움직임이 무얼 의미하는지도 순식간에 파악하였다. 그러니 직접 행차한 것이지. 전장을 눈으로 직접 보고 판단하려는 것일 테니까."

최 마름은 새삼스러운 눈으로 단주를 보았다.

민안선은 누굴 칭찬하는 데 인색했다. 더구나 그 대상이 적이라면 더더욱……. 아마도 왕세자가 그만큼 뛰어난 인재라는 의미일 터.

"무슨 일이 있어도 세자를 사로잡아야 한다. 우리의 계획은 그제야 비로소 시작될 것이니."

"철저히 준비하겠습니다."

"세자는 기존에 우리가 상대한 책상물림들과는 다른 자다. 그는 전쟁이 무엇인지 알고 있지. 또한, 병기를 잘 다루고 병법에도 해박

하니, 각별히 조심하여야 한다."

"명심하겠습니다."

"세자가 움직였다면 도성의 일도 쉽게 풀리겠구나."

"자화 아가씨께 연통을 넣었습니다. 곧 다음 일을 진행하실 겁니다."

최 마름의 보고를 듣던 민안선이 손을 들어 그의 말을 끊었다.

"자화, 그 아이에겐 따로 사람을 붙여라."

"네?"

"그 아이, 제 아비와는 근본부터 다른 사람이다."

"다르다 하심은……?"

"박 장군은 바위 같은 사내였다. 세월이 흘러도 좀처럼 변하지 않는 사람. 우직하여 비바람이 몰아쳐도 변하지 않을 굳은 신념의 소유자였다. 박 장군이 바위라면 자화, 그 아이는 불이라 할 수 있겠지."

"그렇지만 자화 아가씨는 우리의 목적을 위해 자신을 희생하지 않았습니까? 결코, 쉽지 않은 결정이었습니다. 상제(喪制)들은 자화 아가씨를 박 장군님 못지않은 영웅이라 칭송하고 있습니다."

민안선은 고개를 천천히 가로저었다.

"그 아이는 영특하다. 그것도 지나치게 말이야. 불은 쓰기에 따라 큰 도움이 되는 것도 사실. 허나, 잊지 말아야 한다. 불의 목적은 세상을 불사르는 것에 있음을."

"……."

"내 노파심일지 모르나 방비해서 나쁠 것은 없겠지."

"명대로 하겠습니다."

고분고분 고개를 조아리는 최 마름을 무심히 흘려 보며 민안선은 너른 걸음을 옮겼다.

일사천리(一瀉千里).

모든 것이 계획했던 대로 흘러가고 있었다.

미래를 본다는 건 축복이 아니라 저주였다.

안개와 함께 밀려드는 피안의 세계.

앞날을 보는 것은 꿈을 꾸는 것과 유사했다.

꿈도 좋은 일보다 악몽이 더 생생하듯, 피안의 세계가 보여주는 앞날 또한 끔찍하고 비참한 미래를 보여주는 경우가 많았다.

때문에 미래를 보는 건 해루에게 있어 큰 슬픔이었고, 고통이었다.

해루는 넋 나간 눈으로 멍하니 동창을 바라보았다.

"안 됩니다. 저하, 북방으로 가시면 안 됩니다."

혼잣말을 중얼거리는 해루의 턱 아래로 눈물이 방울방울 떨어져 내렸다.

북방에는 위험이 도사리고 있었다. 그곳은 향의 죽음과 이어지는 끔찍한 장소였다.

이 년 전.

명국에서 깨어난 해루는 아무것도 기억할 수 없었다. 마치 누군가 지워버린 듯 그녀의 과거는 새카만 어둠 속에 묻혀버렸다. 신루도, 세자빈 간택도, 믿었던 동무의 배신도 모두 잊었다.

심지어 향의 이름과 얼굴마저도 잊어버린 그 시절.

그녀는 매일 밤 악몽을 꾸었다.

화염에 휩싸인 밤, 한 사내가 피 흘리며 쓰러지는 꿈.

쓰러지는 와중에도 그녀를 향해 사내는 미소 짓고 있었다. 그 미소가 가슴이 시릴 정도로 서럽고 안타까웠다.

하여, 울었다.

엉엉 통곡하며 꿈에서 깨어나곤 하였다.

그렇게 매일 밤, 해루는 한 사람의 꿈을 꾸었다.

그 사내가 향이라는 것을……. 기억을 잃었음에도 사무치게 그리워한 정인이라는 사실을 깨달은 건 그로부터 한참의 시간이 흐른 후였다.

어둠을 깨치고 기억이 깨어났다. 모든 진실이 선명해졌다. 그동안 가슴을 먹먹하게 만들었던 그리움의 정체가 드러났다. 그렇게도 꿈자리를 사납게 만든 악몽이 무얼 의미하는지도 알게 되었다.

하여, 돌아왔다.

모든 부귀와 영화를 떨쳐내고 심지어 죽음마저 무릅쓰고 다시 조선으로 돌아올 수밖에 없었다.

향, 이 나라의 왕세자이자 해루의 오직 하나뿐인 정인.

그를 살리기 위해서…….

해루가 본 향의 어두운 미래는 모두 세 가지였다.

첫째는 사냥터에서 길 잃은 향이 비탈길에 미끄러지며 중병을 얻게 되는 미래였고, 둘째는 흙비로 인해 백성의 신임과 권위를 잃어버리는 미래였다.

다행히 해루의 노력으로 향의 암울한 두 가지 미래를 걷어낼 수 있었다.

이제 마지막 하나만이 남았다. 해루가 가장 두려워한 마지막 미래만 바꾸면 되는 것이다.

처음 동구비보에서 향을 만났을 때부터 보았던 미래.

피 흘리며 죽음을 기다리던 그 슬픈 순간만 막으면 된다.

하지만 잠시 방심한 틈에 향은 북방으로 향하고 말았다.

그가 떠났다는 이야기를 들었을 때, 해루는 하늘이 무너지는 것만 같았다. 신루에서 어찌 처소로 돌아왔는지 기억나지 않았다.

머릿속에 떠오른 것은 오직 하나.

세자 저하를 구하는 것.

그의 운명을 바꾸는 것뿐이다.

더는 지체할 수 없었다.

정신을 차린 해루는 급히 길 떠날 준비를 재촉했다.

"무얼 하십니까?"

침소 곁방에서 짐을 꾸리자니 등 뒤로 김 상궁이 다가왔다.

김 상궁을 물끄러미 응시하던 해루는 입술을 감쳐물었다.

"잠시 다녀올 곳이 있어요."

그동안 김 상궁이 귀에 딱지가 앉도록 교육한 왕실의 법도를 무시한 말투였다.

그러나 심각한 상황을 감지한 것일까?

김 상궁은 잔소리 대신 불안한 표정을 지었다.

"어딜 가신단 말입니까?"

"세자 저하께 갈 겁니다."

"……마마."

김 상궁의 눈두덩에 작은 경련이 일었다.

승휘마마의 저 눈빛과 표정.

이건 잠시 옷을 바꿔 입고 전각 밖으로 나가는 것과는 차원이 다른 일이 틀림없었다.

김 상궁은 양팔을 활짝 펼쳐 해루의 앞을 막았다.

"못 가십니다."

"가야만 합니다."

여느 때라면 배시시 웃음 지었을 해루의 얼굴에 웃음기라곤 전혀 보이지 않았다.

"위험한 일이시군요."

김 상궁은 본능적으로 직감했다.

해루가 위험한 일에 뛰어들려 한다는 것을…….

어쩌면 다시 돌아오지 못할 길을 떠나려 한다는 것을…….

이대로 보낼 수는 없습니다, 절대!

김 상궁은 고집스럽게 눈빛을 세우고 해루와 대치했다. 그러나 해루의 의지를 꺾을 수는 없었다.

결국, 승복한 것은 김 상궁이었다. 오래도록 번민하던 김 상궁은 한숨을 푹 내쉬었다.

"정말 제가 승휘마마 때문에 명에 못 살겠습니다."

팔을 내리는 김 상궁을 향해 해루는 해사한 미소를 지었다.

"고맙습니다."

가볍게 고개를 숙이는 해루에게 김 상궁은 입고 있던 상궁복을 벗어 건넸다.

여러 번 있었던 일이라, 옷을 바꿔 입는 두 사람의 행동은 지극히 자연스러웠다.

마지막으로 저고리 고름을 정리하던 해루가 불현듯 김 상궁을 돌아보았다.

"고생스럽겠지만, 오늘은 한 가지 일을 더 해야 할 것 같아요."

"한 가지 일을 더 한다니요?"

해루는 김 상궁의 곁으로 다가갔다. 그녀의 손에는 어느 샌가

긴 비단 끈이 쥐여 있었다.

"팔을 뒤로 내미세요."

"이건 무엇입니까?"

해루는 영문을 몰라 어리둥절해하는 김 상궁의 두 팔을 결박했다. 그것으로도 모자라 그녀의 입에 재갈마저 물렸다.

"읍읍!"

답답한 신음을 흘리는 김 상궁에게 해루가 낮게 속삭였다.

"지금 가면 언제 돌아올지 몰라요. 이대로라면 김 상궁은 틀림없이 큰 문초를 받게 될 겁니다. 물어보는 사람들에게 제가 강제로 김 상궁을 묶었다고 하세요. 그러면 고생은 할지언정 큰 탈은 없을 겁니다."

해루는 포박한 김 상궁을 곁방에 남겨둔 채 침소 밖으로 나섰다.

문 앞에서 번을 서던 궁녀가 놀란 눈으로 그녀를 올려다보았다.

"마마……."

"쉿!"

해루는 입술 위에 검지를 세웠다.

모른 척해 다오.

소리 없는 마음이 전해졌다.

잠시 머뭇거리며 주위를 살피던 궁녀는 곧 속눈썹을 아래로 내리깔았다.

우리 마마께서 저리하실 땐 무슨 연유가 있으실 터.

어느 샌가 해루에 대한 깊은 신뢰가 궁녀의 마음에 뿌리내려 있었다.

'고맙구나.'

작은 눈짓으로 고마움을 표한 해루는 소맷자락에서 서찰을 꺼내 궁녀에게 건넸다.

"날이 밝으면 이 서찰을 대전의 상선께 전해주겠느냐?"

"상선 어르신께 말입니까?"

"최측근이 최최측근께 보내는 거라 하면 상선께서 알아서 해주실 거야."

왕이 아닌 최최측근에게 보내는 서찰.

그 속에는 세자의 최측근이 최최측근에게 전하는 진심이 담겨 있었다.

는개비가 내렸다.

느긋하게 옷깃을 적시는 비를 맞으며 해루는 후원의 숲길을 걸었다.

늦은 밤, 궁문을 나서려면 필요한 절차가 많았다.

법도와 절차에 따라 궁을 나서기엔 시간도 그리고 마음의 여유도 없었다. 남의 눈에 띄지 않게 궁 밖으로 나갈 방도가 필요했다. 다행히 세자빈 간택 때 사용하던 비밀 통로가 떠올랐다.

해루는 앵두나무가 무성한 숲으로 걸음을 옮겼다.

얼마나 걸었을까?

숲 저편, 궁 밖으로 나가는 작은 나무문이 보였다.

재게 움직이던 해루의 발걸음이 느려졌다.

불현듯 삼간택을 위해 궁 밖으로 나가던 밤이 떠올랐다.

그때도 지금처럼 는개비가 내렸더랬다. 빗물에 어깨가 촉촉하게 젖을 무렵, 그녀 앞에 향이 나타났다.

어찌 이곳에 오셨을까?

궁금해하는 해루에게 향이 말했다.

그녀가 세자빈 간택에 나가야 하는 이유.

어찌하여 해루가 세자빈이 되어야 하는지, 그 참된 연유를 알려주었다.

아취니(我取你).

너는 나의 것.

해루가 향의 여인이었던 까닭이다.

다른 누구도 아닌 해루만이 그의 정인이 될 수 있었기에 그는 그녀에게 세자빈이 되라 하였다. 온전히 자신의 여인이 되어달라 하였다.

뇌리에 화석처럼 새겨진 그날의 입맞춤을 아직도 잊을 수 없었다.

여름 햇살처럼 날카롭고, 또한 눈부셨던 아름다운 순간.

그 먹먹한 기억에 해루는 잠시 숨을 깊게 들이마셨다. 코끝으로 알싸한 기운이 들어찼다. 눈을 돌리면 그때처럼 향이 저 아름드리 나무 뒤에서 모습을 보일 것만 같았다.

하지만…….

해루는 질끈 눈을 감았다.

그분을 지켜야 한다. 어떻게든 지켜낼 것이다.

나의 정인, 내가 연모하는 그분을 무슨 수를 써서라도 지켜내리라.

설사, 그것이 천명을 어기는 일이 될지라도…….

해루는 결의를 다지며 문을 열었다.

"이제 나오십니까?"

나무문 밖으로 나서는 순간, 어둠 속에서 불쑥 목소리가 튀어나왔다.

해루는 시선을 돌렸다. 놀라 동그랗게 벌어진 그녀의 눈동자에 낯익은 미소가 들어왔다.

"생각보다 늦어서 오늘은 아니 오시는 줄 알았습니다."

친근한 웃음을 건네는 사내.

사내를 향해 해루가 놀란 음성으로 물었다.

"비연……. 아니, 이 학사님. 여기서 뭐 하십니까?"

비연은 꽤 오랜 시간, 해루를 기다린 듯했다. 비로 눅눅해진 땅바닥엔 그의 족적이 가득했다.

"이 학사님, 대체 무슨 일입니까? 설마……."

놀란 가슴을 간신히 진정한 해루가 순지에게 물었다.

"절 기다리고 계셨던 겁니까?"

"당연히 승휘마마를 기다리고 있었습니다."

"제가 궁 밖으로 나갈 줄은 어찌 아신 겁니까? 이곳은 또 어찌 알고……."

"숨 좀 고르십시오. 질문하다 숨넘어가시겠습니다."

순지가 해루를 물끄러미 응시했다.

"세자 저하께서 북방으로 향했다는 말을 승휘마마께 전하였을 때, 그때 알게 되었습니다. 승휘마마의 눈빛은 무슨 일이 있어도 반드시 세자 저하를 찾아가겠다는 의지를 불태우고 있었으니까요.

그리고 다음 질문이 뭐였지요? 아, 여기로 나오실 줄은 어찌 알았느냐 하시었지요?"

순지는 천천히 걸음을 옮기며 말을 이었다.

"북방으로 가시겠다는 마마의 뜻을 웃전에서 허락해 주실 리 없고. 그렇다면 분명 은밀히 궁 밖으로 걸음 하실 터. 아마도 비밀 통로를 이용하실 것 같았습니다."

"이 비밀 통로는 오로지 왕족만이 알고 있는 곳이라 하였습니다. 헌데, 어찌……."

순지가 빙그레 웃었다.

"제가 원래 틈틈이 세작 노릇도 하지 않았습니까? 세작이나 되는 사람이 비밀 통로쯤은 파악하고 있어야지요."

"……."

"실은 예전에 세자 저하께서 알려주셨습니다. 이따금 함께 몰래 잠행을 나가곤 했거든요. 지금이야 무혁이라는 시커먼 녀석이 저하와 함께하지만, 그 전엔 저와 함께 나가셨답니다."

"그렇게 된 일이로군요."

고개를 끄덕이던 해루가 다시 질문을 이었다.

"헌데, 이곳엔 무슨 일로……? 혹여, 절 말리려 하시는 것이라면 괜한 수고 하지 마십시오. 저는 가야 합니다. 어떻게든 가고야 말 겁니다."

"승휘마마의 고집이라면 신루의 학자들 중 모르는 사람이 없을 정돕니다. 말린다고 들을 성정도 아니시지요. 그러니 어찌하겠습니까? 귀찮지만 동행해 드리겠습니다."

큰 선심 쓴다는 듯 순지가 말했다.

"동행요?"

"이 경우엔 수행이라 표현하는 게 더 적합할 듯하군요. 곁에서 불편하지 않도록 지켜드리겠다, 이 말입니다."

해루의 입가에 미소가 떠올랐다.

이제야 알 수 있었다. 순지가 이곳에서 기다린 연유.

혼자 북방으로 향하는 해루가 걱정되었던 것이다.

"위험한 길입니다."

해루의 말에 순지가 태평한 얼굴로 어깨를 으쓱했다.

"제 성격이 좀 유별난 구석이 있어, 편한 길도 부러 힘들게 가고, 쉬운 절차도 복잡하게 만들곤 합니다."

"자칫하면 죽을 수도 있습니다."

"참으로 짜릿하겠군요. 그렇지 않아도 태평하게 세월을 보내던 터라 심심했는데. 하하, 점점 더 마음에 듭니다."

해루는 고개를 좌우로 흔들었다. 정말 못 말릴 사람이다.

"만약 제가 끝까지 허락하지 않으면 어찌하시겠습니까?"

"별수 있나요? 몰래 따라가는 수밖에……."

순지의 천연덕스러운 대답에 해루는 한숨을 길게 내쉬었다.

그리고 결심한 듯 말했다.

"그럼, 잘 부탁하겠습니다."

"이제야 절 인정해 주시는군요."

순지가 빙그레 웃었다.

"누가 몰래 등 뒤에서 따라오는 건 정말 질색이거든요."

"뭡니까? 저와 동행하는 게 반가운 게 아니라 누가 따라오는 게 싫어 허락하신 겁니까?"

"물론 반갑습니다. 그리고…… 고맙습니다."

해루가 고개를 숙였다.

갑작스러운 인사에 당황한 순지는 재빨리 한쪽 무릎을 꿇었다.

"승휘마마, 함부로 고개를 숙이시면 안 됩니다."

"이건 승휘마마로서가 아니라 해루로서, 그리고 한때 당신의 벗이었던 사람으로서 건네는 감사의 인사입니다."

"그런가요?"

주위를 둘러본 순지는 천천히 몸을 일으켰다. 그리고 흐뭇하게 웃었다.

"그런 의미라면 기꺼이 받아들이겠습니다."

궁을 빠져나가기 무섭게 해루와 순지는 어두운 골목으로 몸을 숨겼다. 두 사람은 머리를 맞대고 앞으로의 일을 논의했다.

"북방까지 걸어서 가는 건 무리입니다. 더구나 먼저 간 세자 저하를 따라잡으려면 당연히 말을 타고 가야 합니다."

순지의 말에 해루가 고개를 끄덕였다.

"아무렴요. 그럼, 말부터 구해야겠군요. 그런데 어디서 말을 구하지요?"

"말이라는 동물은 엄격하게 나라에서 관리하고 있는지라 필요한 절차와 승인을 받으려면 하루는 족히 걸릴 겁니다."

"그건 안 되겠습니다."

해루는 고개를 저었다.

내일 아침, 날이 밝으면 해루가 궁을 빠져나간 것을 모두가 알게 되리라. 그리되면 말을 구하려는 시도 역시 실패할 것이 틀림없었다.

"다른 방법은 없습니까?"

순지가 뒷머리를 벅벅 긁었다.

"아는 사람에게 부탁하는 수도 있습니다만, 쉽지 않을 겁니다. 설사, 말을 구한다 하더라도 이미 시각이 늦어 도성 문이 닫혔으니 파루를 칠 때까지는 기다려야 합니다."

"시간이 없습니다. 우린 지금 당장 세자 저하의 뒤를 쫓아야 합니다."

해루는 초조하게 아랫입술을 깨물었다.

"하지만 방도가 없습니다. 마음대로 말을 내줄 수 있고, 늦은 시각에도 도성문을 자유롭게 활보할 수 있는 엄청난 권력을 가진 자를 알고 있다면 모르겠지만. 허나, 왕족을 제외하고 그런 사람이 있을 리가……."

"알고 있습니다!"

"네?"

"그런 사람을 알고 있습니다!"

해루의 얼굴에 다시 희망의 빛이 떠올랐다.

"그래서 나를 찾아왔다는 것이냐?"

화월루, 위창의 처소에서 어이없는 웃음이 흘러나왔다.

밤도깨비처럼 느닷없이 나타난 해루를 보며 위창은 느긋한 미소를 입가에 떠올렸다.

"부탁할 사람이 태군밖엔 없었습니다."

해루는 간절함이 가득한 얼굴로 말을 이었다.

"태군, 말을 좀 빌려주십시오."

물끄러미 해루를 바라보던 위창이 돌연 고개를 외로 틀었다.

"싫다."

"네?"

흔쾌히 허락할 줄 알았건만, 뜻밖의 거절에 해루는 당황하고 말았다.

축 어깨를 늘어뜨린 해루의 귓가에 위창의 목소리가 다시 들려왔다.

"태군에게 부탁한다면 싫다. 그러나……."

"……."

"오라비에게 부탁한다면 내 한번 생각해 보마."

해루는 고개를 반짝 치켜들었다.

"오라버니, 이 못난 누이에게 말 두 필만 빌려주십시오."

양손을 가슴께에 모은 채 부탁하는 해루의 모습이 위창의 눈 속에 아프게 맺혔다.

녀석, 조금도 주저하지 않는구나.

그렇게 그 사람이 소중하더냐?

날 오라비라 부르면서 마음 어딘가 아픈 구석도 없느냐?

잠시 그녀를 바라보던 위창은 자리에서 일어섰다.

"나와서 기다려라. 곧 준비하마."

밖으로 사라진 위창을 따라 해루와 순지는 서둘러 화월루 마당으로 나섰다.

잠시 후.

오색 등롱이 길게 늘어선 마당으로 잘 손질된 말들이 모습을 드러냈다. 그런데…….

해루는 고개를 갸웃거렸다.

"오라버니, 말이 세 필입니다."

말과 함께 다시 모습을 드러낸 위창에게 해루가 물었다.

"길 떠나는 사람이 셋이니, 말도 세 마리가 필요하지 않겠느냐?"

"네? 누가 또 길을 떠납니까?"

위창은 대답 대신 말안장에 뛰어올랐다.

"오라버니도 가십니까?"

해루가 눈을 동그랗게 떴다.

"당연하지. 그럼 다 큰 누이가 속이 시커먼 젊은 사내와 함께 먼 길을 떠나겠다는데 고분고분 보낼 오라비가 세상천지에 어디에 있다더냐."

"속이 시커멓다뇨? 농이 과하십니다."

순지가 허허 웃음을 지으며 끼어들었다.

손을 들어 그를 막은 위창이 해루의 곁으로 바싹 다가섰다.

"세상 사내는 누구도 믿으면 안 된다. 알겠느냐?"

해루를 바라보는 위창의 눈에 쓸쓸한 바람이 불었다.

문득 명국에서의 해루가 떠올랐다. 정신을 잃은 와중에도 향을 찾던 그녀의 모습이 그의 뇌리를 가득 채웠다.

마치 열병에 걸린 사람처럼 해루는 잠에서 깨어나면 알 수 없는 말을 중얼거리곤 하였다. 그것이 향의 위험을 예지하는 것이라는 건 조선에 와서야 알게 되었다.

한 사람을 위한 마음이 이토록 지극할 수 있다니, 놀랍고 부러웠다.

또한, 농도 짙은 투기도 일었다.

그러나 받아들일 수밖에…….

아니, 받아들여야만 했다.

그래야 해루를 볼 수 있으니까.

이렇게라도 마음을 접어야 해루의 곁에 머물 수 있으니까.

서둘러 제 마음속의 바람을 잠재운 위창은 해루를 향해 손을 내밀었다.

"서둘러라, 누이. 자칫하면 지아비를 놓치는 수가 있어."

영영…….

목구멍을 타고 뜨거운 기운이 올라왔다. 그것을 애써 삼키며 위창은 미소 지었다.

노숙의 달인

달빛이 땅 위로 길게 내려앉았다.

밤이 깊었다. 통행을 금지하는 인정이 한참이나 지났다. 낮의 소요와 번잡함은 밤의 뒤안길로 자취를 감추었다.

멀리서 산새 우는 소리가 들려왔다. 그러나 서글픈 울음도 농염한 밤의 고요를 깨우기엔 역부족이었다. 추적추적 내린 비로 우물이 깊어지듯, 안개처럼 차분하게 쌓인 밤은 이내 심연처럼 깊어졌다.

그렇게 얼마나 시간이 흘렀을까?

갑작스러운 말발굽 소리가 침묵과 어둠으로 뒤엉킨 도성을 뒤흔들었다.

두두두두!

빠른 속도로 거리를 가로지른 말발굽 소리는 시전 거리를 지나 돈의문으로 이어졌다.

"뭐, 뭐야?"

졸음으로 무겁게 내려앉는 눈꺼풀을 연신 비비던 늙은 병사는 한쪽 옆에 내려놓은 창을 급히 집어 들었다.

때마침 순찰하던 순라꾼들이 맹렬하게 달려오는 말발굽에 놀란 듯 돈의문 앞을 가로막았다.

발소리만 들리던 말들이 마침내 어둠을 가르며 형체를 드러냈다.

"서시오!"

창을 바투 잡은 병사가 달려오는 말을 세웠다.

히이이잉. 요란한 말 울음소리가 성문을 막고 있는 병사 앞으로 다가왔다.

이윽고 말에 탄 사내가 병사를 향해 소리쳤다.

"문을 열어라!"

창을 곧추세운 늙은 병사의 눈이 반뜩였다.

어림없는 소리.

"인정이 지났소. 파루를 칠 때까지 아무도 도성 밖으로 나갈 수 없소."

그 누구도 파루가 치기 전에는 돈의문 밖으로 나갈 수 없다는 강력한 의미를 담아 또박또박 말했다. 그러나 말을 탄 사내는 창칼의 위협에도 위엄을 잃지 않았다.

오히려 호기로운 표정으로 소매에서 옥으로 만든 신분패를 꺼내 보였다.

"그게 뭔지는 모르지만 절대로 이곳을 통과할 수는……!"

미간을 찡그린 채 신분패를 들여다보던 병사의 눈이 휘둥그레졌다.

"태, 태군!"

신분패는 명국의 태군을 상징하는 것이었다.
병사는 서둘러 곁에 있는 순라꾼에게 낮게 속삭였다.
"빈객이다."
그의 말이 입에서 입으로 빠르게 전해졌다.
잠시 후.
파루가 치기 전까진 절대 열리지 않을 것 같았던 돈의문이 끼이익, 몸통을 뒤틀며 활짝 열렸다.
무심하게 그 모습을 지켜보던 태군은 발을 굴려 말을 재촉했다.
성문 밖으로 사라지는 그의 뒤로 두 마리의 말이 따라붙었다. 그러나 아무도 그들의 신분을 묻지 않았다. 태군을 수행한다는 이유만으로도 자격은 충분했다.
세 사람이 돈의문 밖으로 나서자 이내 문은 굳게 닫혔다.
잠시 소란스러웠던 도성에 고요가 다시 찾아왔다.

❀

"참으로 놀랍군요."
방금 빠져나온 성문을 돌아보며 순지는 혀를 내둘렀다.
태군을 따라 말을 달릴 때까지도 그는 반신반의했다. 제아무리 태군이라 하더라도 통행이 금지된 시각에 성문을 나서는 일이 그리 쉬울 리 없다 생각했다. 선택된 몇 명을 제외하고는 늦은 밤, 도성을 빠져나가기란 결코 쉬운 일이 아니었던 까닭이다.
그런데 오직 태군의 신분패 하나로 저 무거운 문이 쉽게 열렸다.
태군은 조선 안에 존재하는 작은 명국이기에 그에겐 치외법권이 적용된다는 말을 들은 적이 있었다.

그러나 실제로 눈으로 보고, 몸으로 겪으니 놀라움은 몇 배나 더 크게 다가왔다.

순지는 연신 감탄사를 흘리며 위창을 바라보았다.

그러나 정작 위창은 자신을 향한 순지의 눈길 따위엔 티끌만큼의 관심도 없었다.

화월루를 떠난 직후부터 줄곧 그의 눈은 해루만을 향해 있었다.

말을 달리는 내내 해루의 입술은 조가비처럼 굳게 닫혀 열릴 줄 몰랐다. 별빛을 가득 담은 그녀의 눈동자는 그저 먼 곳을 응시할 뿐이었다.

아마도 어둠 저 너머에 있는 향의 자취를 찾는 것이겠지.

걱정과 근심, 성마른 초조함에 해루의 입술은 하얗게 말라 있었다.

위창은 느슨했던 고삐를 당겨 잡았다.

"서두르자, 북방까지는 먼 길이다."

그의 백마가 긴 울음을 흘리며 어둠을 치고 달려 나갔다. 등 뒤로 해루의 말발굽이 바싹 따라붙었다.

달이 기울고 태양이 떠올랐다.

높고 낮은 구릉이 빠른 속도로 밀려갔다.

굽이치는 길목마다 바람이 숨어 있었다. 북방이 가까워질수록 연한 잎을 틔우던 나무들이 자취를 감추었다.

시린 바람에 잔뜩 웅크린 숲이 나타났다. 응달엔 겨우내 내린 눈이 아직 녹지 않고 남아 있었다. 더운 콧김을 내뿜으며 질주하던 말들도 언제부터인가 걸음을 조심했다.

머리칼을 휘젓는 바람은 북으로 가면 갈수록 더더욱 차가워졌다. 아직 생명이 움트지 않은 들판이 나타나고 사라지길 반복했다.

그렇게 이틀.

맹산령 끝자락에 다다르자 황량한 낮이 물러가고 다시 어둠이 찾아왔다.

"좀 쉬었다 가자."

도성을 떠나 한숨도 쉬지 않고 북방으로 달려왔다. 이틀을 꼬박 말을 달렸지만, 향을 만날 수는 없었다. 마음이 다급해진 해루는 더욱 말을 재촉했다.

더는 두고 볼 수 없었던 위창은 해루의 말고삐를 잡았다.

이대로 쉬지 않고 달리다간 향을 만나기 전에 먼저 쓰러지리라.

"말을 쉬게 해야 한다."

"괜찮습니다. 어제처럼 바꾸면……."

위창은 고개를 저었다.

"이곳에서 하루 반나절 거리엔 말을 바꿀 만한 곳이 없다. 이대로 가다간 반 시진도 못 되어 말이 지쳐 쓰러질 것이다."

그리고 너도…….

고작 이틀 사이 해루의 얼굴은 반쪽이 되었다.

두 사람을 지켜보던 순지가 위창을 거들었다.

"승휘마마, 저도 좀 쉬어야겠습니다. 너무 오래 말을 탔더니 엉덩이에 종기가 날 지경입니다."

엄살을 떨며 그도 말에서 내렸다.

어쩔 수 없다는 듯 해루가 고개를 끄덕였다.

"알겠습니다. 그럼 오늘 밤엔 여기서 쉬고, 내일 날 밝으면 떠나도록 해요."

해루는 타고 있는 말의 갈기를 어루만졌다.

"네가 힘들었겠구나. 정말 고맙다."

가볍게 위로한 뒤 해루는 말에서 내리려 하였다.

그러자 기다리고 있었다는 듯 좌우 양쪽에서 위창과 순지가 다가왔다. 각기 말에서 내릴 해루를 부축할 준비를 하고 있었다.

"마음 놓고 뛰어내리십시오."

"내 손을 잡아라."

해루를 향해 손을 내밀던 두 사내가 서로를 바라보았다.

위창의 미간이 한데로 모였다. 순지의 눈엔 불편한 미소가 깃들었다.

비키시지요.

비켜라.

해루를 두고 소리 없는 대치가 이어졌다.

그렇게 두 사내가 치열한 눈싸움을 벌이는 사이, 해루는 저 혼자 훌쩍 말에서 뛰어내렸다. 애초에 부축 같은 건 필요 없는 듯 가볍고 날랜 몸짓이었다.

그 민첩한 몸놀림에, 잔뜩 모양새를 잡던 두 사내는 그 자리에 돌처럼 굳어버렸다. 그녀를 부축하려 내민 손이 한없이 어색해지고 말았다.

"뭐 하십니까?"

타닥타박, 숲의 공터를 향해 건던 해루가 두 사람을 돌아보았다.

자신이 타고 온 말 곁에 엉거주춤 서 있는 위창과 순지가 이상하다는 듯 그녀는 고개를 갸웃했다.

"흠흠."

어색한 헛기침을 흘리며 순지는 먼 허공을 돌아보았다.

위창 역시 언제 그랬냐는 듯 난감한 모양새를 갈무리하고는 딴청을 피웠다.

"추운 지방이라 노숙이 쉽지는 않을 것이야."

어느새 해루의 곁으로 다가온 위창이 다시 아는 체를 했다. 혹시나 싶어 담비 털을 덧댄 이불을 챙겨 온 그는 낙엽을 모아 자리를 만들고 이불을 그 위에 펼쳤다.

"다른 곳이라면 이것만으로도 충분할 터. 그러나 이곳에선 어림없으니. 기다려라. 곧 불을 지필 것……."

말을 하는 위창의 등 뒤에서 이상한 소리가 들려왔다.

탁! 탁! 탁!

화섭자 부딪치는 소리.

고개를 돌리니 어느새 마른 나뭇가지를 끌어모은 해루가 불을 붙이고 있었다.

해루의 곁으로 다가서며 위창이 물었다.

"이런 건 언제 배운 것이야?"

"배우고 말고 할 것이 무어가 있겠습니까? 어릴 적부터 하늘을 지붕 삼고 땅을 구들장 삼아 살아온걸요. 노숙이라면 질릴 만큼 많이 했으니, 이 정도는 아무것도 아닙니다."

어찌 들으면 아플 법한 이야기를 해루는 해사한 얼굴로 잘도 말했다.

위창은 못마땅한 듯 미간을 찡그렸다.

"그게 무에 자랑이라고."

기어이 불퉁하게 한 소리 내뱉으며 그는 접선을 펼쳐 불이 잘 붙도록 부채질을 했다.

그사이 해루는 분주하게 숲을 오가며 땔감을 더 준비하고, 말에게 물을 먹였다.

그 능숙한 모습에 위창은 물론 순지 역시 벌린 입을 다물지 못했다.

그러다 정 안 되겠는지 순지가 몸을 일으켰다.

"그럼 전 먹을 것 좀 구해 오겠습니다."

"먹을 거요?"

"네. 이틀 동안 주먹밥만 먹었더니, 속이 헛헛합니다."

말이 끝나기 무섭게 순지는 숲 안쪽으로 사라졌다.

"이 학사님!"

순지를 말리려 해루가 불렀지만, 그의 모습은 어느새 보이지 않았다. 어찌나 몸이 빠른지.

"필요 없는데."

낮게 중얼거리던 해루는 챙겨 온 짐을 뒤적거렸다. 이윽고 그녀는 제법 묵직한 보퉁이를 꺼냈다.

저게 무얼까?

궁금한 듯 눈을 반짝이는 위창에게 해루는 말린 고기와 약과를 내밀었다.

"이건 또 언제 챙겼느냐?"

"먼 길 떠나는데 이 정도 준비는 해야죠."

"……."

"드십시오."

해루에게서 약과를 건네받은 위창은 순지가 사라진 숲을 응시했다. 해루를 보살피기 위해 떠나온 길인데, 어쩐지 보살핌을 받는 기분이다.

난생처음 겪는 어색한 경험에 위창은 어떤 표정을 지어야 할지 난감했다.

"여기 고기도 있어요. 말린 고기라도 이렇게 구워 먹으면 더 맛있습니다."

"……."

"따뜻한 물도 좀 드시고요."

"……."

노숙하는 데 그 누구보다 능숙하다 생각했건만, 뛰는 놈 위에 나는 놈 있다고.

노숙에 능숙한 위창 위엔 노숙의 달인 해루가 있었다.

해루가 건네는 고기와 찻잎을 넣어 끓인 물을 받아 마시고 있자니 영문을 알 수 없는 패배감마저 들었다.

그러다 문득 그의 입가에 미소가 피어올랐다.

그래도 나는 저자보다는 낫군.

위창의 시선이 어둔 숲을 향했다.

바싹 마른 덤불 사이로 순지가 모습을 드러냈다.

"이 산엔 짐승의 씨가 말랐나 봅니……."

칼바람에 두 뺨이 잔뜩 얼어버린 순지가 말끝을 흐렸다. 무에 홀린 사람처럼 모닥불 근처로 다가온 그가 해루를 돌아보았다.

"이게 뭡니까?"

"말린 고기를 굽는 중입니다."

"우리…… 먹을 게 있었습니까? 그런데 왜 이틀을 내리 주먹밥만 먹었대요?"

순지의 얼굴 위로 억울함이 한가득 떠올랐다.

❀

타닥, 타닥.

모닥불 위로 노란 불티가 튀어 올랐다.

"얼마나 가셨을까요?"

마른 나뭇가지로 불을 뒤적이며 해루가 중얼거렸다.

힐끗, 밤하늘을 올려다보던 순지가 바닥에 무언가를 쓰기 시작했다.

"저하께선 하루 반나절 정도 앞서 출발하셨지요. 급한 용무가 있으니, 우리처럼 잠을 아끼며 달리셨을 터. 아무리 서두른다 하여도 중도에 만날 확률은 적습니다."

"결국, 북방에 도착하고 나서야 만날 수 있을 거란 말이로군요."

"북방에 도착해도 정작 세자 저하를 찾기 어려울 수 있습니다. 편의상 북방이라 말하긴 하지만, 무척 넓은 지역이니까요. 야인들이 약탈한 지역만 골라 들른다 해도 족히 며칠은 소요될 것입니다."

넓디넓은 북방에서 세자 저하와 만나기란 도성에서 김 서방 찾는 일과 마찬가지였다.

그때, 위창이 고개를 저었다.

"그렇다고 마냥 어려운 일도 아니지."

낙심하던 해루가 눈을 빛냈다.

"무슨 방도가 있습니까?"

"세자께서는 앞서 출발한 우부대언을 따라가셨다 하지 않았더냐? 우부대언은 야인들을 몰아내기 위해 군대를 이끌고 갔고, 세자께선 필시 소란이 인 곳으로 향하실 것이다. 그러니 우린 소문을 쫓으면 된다."

"소문이라 했습니까?"

"그래. 군대는 소란을 일으킨 야인을 쫓고, 세자께서는 그 야인을 쫓으니, 우리 역시 어디서 소란이 일고 있는지 소문을 쫓으면 된다는 이야기다."

그제야 안심한 듯 해루는 고개를 끄덕거렸다.

"아하, 이제야 이해되었습니다."

"그러니 너무 걱정 말고 한숨 자거라."

"아닙니다. 하나도 안 졸립니다. 태군께서……. 아니, 오라버니께선 좀 주무세요."

고집을 부리며 해루는 다시 불을 뒤적거렸다.

그러나 얼마 가지 못했다. 불을 뒤적이는 그녀의 손길이 잦아들었다.

무슨 일인가 싶어 위창이 해루를 살피니 무릎 위에 턱을 괴고 있던 그녀의 머리가 한쪽으로 삐뚜름하니 기울어졌다.

위창의 입가에 웃음이 매달렸다.

그의 시선을 느낀 것일까?

졸던 해루가 다시 고개를 반짝 들고 무거운 눈꺼풀을 치켜떴다. 그러나 애써 노력함에도 졸음을 쫓지는 못하는 듯했다.

스르륵, 눈꺼풀이 다시 아래로 내려앉았다. 무릎 위에 얌전히 놓여 있던 해루의 고개가 바람에 일렁이듯 좌우로 흔들렸다.

위창이 슬그머니 손을 가져갔다. 기댈 곳을 찾은 듯 해루는 위창의 손바닥에 머리를 기대고는 어린 고양이처럼 볼을 비볐다.

"녀석……."

이럴 거면서 고집은.

위창은 바닥에 깔린 담요 위에 해루를 눕혔다. 좀 전까지 졸지 않으려 안간힘을 쓰던 해루는 어느새 고르게 숨을 내쉬며 깊은 잠에 빠져 있었다.

"그새 잠이 드셨군요."

옷가지로 해루의 몸을 덮어주며 순지가 말했다. 그는 말없이 고개를 끄덕이는 위창을 돌아보았다.

"믿어지십니까?"

"무어가?"

위창이 무심하게 되물었다.

"미래를 볼 수 있다니……. 그게 어디 말이 되는 소리랍니까?"

순지 역시 향과 마찬가지였다. 아니, 신루의 학자들 대부분이 그와 마찬가지일 것이다. 증명되지 않는 것은 믿지 않았다. 직접 눈으로 보지 못한 것은 인정할 수 없었다.

세상 모든 일에는 인과(因果)가 있다.

원인과 결과, 그것이 세상을 설명하는 당연한 이치다.

하지만 예지의 능력을 어찌 인과로 설명할 수 있단 말인가.

"말도 안 되는 소리."

고개를 설레설레 흔드는 그의 귓가에 위창의 음성이 파고들었다.

"허면, 그대는 어찌하여 여기까지 온 것인가?"

위창의 물음에 순지는 잠시 생각에 잠겼다.

그래, 나는 어쩌자고 여기까지 따라온 것일까?

논리대로라면 어떻게든 해루를 궁 밖으로 나오지 못하게 붙잡고 있어야 했다. 위험이 도사리고 있는 북방으론 데려올 생각을 해선 안 되는 일이었다.

그럼에도 여기에 온 것은…….

"믿고 싶은가 봅니다."

"뭐라?"

순지가 위창을 향해 빙긋 미소 지었다.

"미래를 본다는 말은 믿지 않습니다. 그러나 승휘마마의 말씀만은 믿기지 않아도 믿고 싶습니다."

잔잔하게 답한 순지가 뒷머리를 긁적였다.

"이상하게 들리겠군요."

"아니, 이상하지 않다."

예상 밖의 대답에 놀란 표정을 지은 순지가 이번엔 질문을 던졌다.

"출발했을 때부터 궁금하였습니다. 태군께서는 여기 왜 오신 겁니까?"

"……."

잠시 침묵하던 위창이 입을 열었다.

"오라비니까."

"오라비라."

순지는 해루를 보는 위창의 눈동자를 가만히 응시했다. 그리고 고개를 좌우로 저었다.

"단지 오라비라서 동행하였다니, 지금까지 들은 말 중 가장 믿을 수 없는 얘기군요."

위창의 날 선 눈빛이 곧장 순지를 향했다.

"무엇을 믿을 수 없다는 뜻인가?"

순지의 미소가 짙어졌다.

"편한 대로 생각하십시오."

위창과 순지, 두 사내 사이에 팽팽한 눈빛이 오고 갔다.

먼저 눈빛을 푼 것은 순지였다.

"승휘마마께서 주무시니, 태군께서도 눈 좀 붙이시지요."

"나는 되었다."

"마냥 주무시라는 것이 아닙니다. 주무시는 동안 제가 번을 서겠습니다. 두 시진 후엔 깨울 겁니다."

"……."

"이렇게라도 서로 돌아가며 번을 서야 우리 승휘마마께서 마음 편히 주무실 수 있을 것 같아 그럽니다."

순지의 설득에 위창은 고개를 끄덕거렸다.

"그렇군. 그럼 부탁하지."

위창은 멀지 않은 곳에 자리한 나뭇등걸에 몸을 기댔다.

타닥타닥!

불이 타는 소리가 귓가를 두드렸다. 그 소리에 섞여 고르게 내쉬는 해루의 숨결이 자장가처럼 들려왔다.

이런 노숙이라면…… 나쁘지 않군.

눈을 감은 위창의 입가에 흐릿하게 미소가 피어올랐다.

도성을 떠난 지 사흘 되던 날.

자작나무로 둘러싸인 자작구비라는 동네에서 해루는 향의 소식을 들을 수 있었다.

동구비보에서 알던 곱분이란 여인을 우연히 만난 덕택이었다. 곱분은 일평생의 은인인 듯 해루를 반겼다. 그녀는 해루 덕에 곱사등이에게 시집갈 뻔했던 운명을 모면할 수 있었다.

"그렇지 않아도 너 어디서 사는지, 어찌 사는지 항시 궁금했어."

"그랬습니까?"

"응. 그런데 저 두 분은 뭐야? 어쩌다……."

위창과 순지를 돌아보던 곱분이 갑자기 목소리를 한껏 낮췄다.

"저런 분들과 어쩌다 함께 다니는 거야? 혹시 너 팔린 거야? 우리 아버지께 말씀드려서 도와달라고 할까? 너라면 우리 아버지, 열 일 제쳐놓고 달려오실 거야."

"그런 거 아닙니다."

"그래?"

힐끗, 위창을 돌아본 곱분은 불안한 표정을 지우지 못했다.

척 봐도 범상한 사람들이 아닌데. 우리 해루가 저런 사람과 어울릴 일이 무어가 있겠는가.

필시 사고만 치고 다니는 정 판수가 해루를 헐값에 팔아넘긴 게 틀림없다.

"무슨 일이든 말만 해. 내 뭐든 힘닿는 일은 다 도울 테니까."

"고맙습니다."

"그나저나 그 사기꾼 판수 아저씨는?"

곱분이 정 판수의 안부를 물었다.

"……잘 지내세요."

해루의 입가에 쓸쓸한 미소가 피어올랐다.

그녀는 하늘을 올려다보았다.

거기서 잘 지내시죠?

괜스레 눈가가 눅눅해졌다.

서둘러 물기를 지워 낸 해루가 곱분에게 시선을 돌렸다.

"그런데 이 근처에 야인들 습격을 받은 곳이 있습니까?"

"야인들? 그러고 보니 여기서 십 리쯤 떨어진 마을이 쑥대밭이 되었다는 소문이 자자했어. 그 소문을 듣고 젊은 무사들이 달려갔고."

"젊은 무사들이라고 하셨어요?"

"응."

"언제요? 그 사람들, 언제 거기로 갔어요?"

"한 반나절쯤 전이지."

"반나절!"

"그래. 그런데 왜? 설마 거기 가려는 건 아니지?"

"가야 합니다."

"야인들은 짐승처럼 포악하고 잔인하다더라. 무슨 이유인지는 몰라도 가지 마. 가면 안 돼."

"그래도 가야 해요."

"왜? 대체 무슨 일인데 그래?"

"꼭 만나야 할 사람이 있거든요."

해루의 목소리엔 단호함이 가득했다.

더는 말릴 수 없다는 것을 직감한 듯 곱분이 해루의 손을 잡았다.

"알았어. 네가 그리 말하면 더는 말리지 않을게. 하지만 약속해 줘. 무슨 일이 있어도 무사히 돌아올 거라고. 그리고 언제든 도움이 필요하면 찾아와. 너한테 보여주고 싶은 사람도 있어. 그러니 절대 다치면 안 돼."

"네. 절대 안 다치겠습니다. 그리고 고맙습니다."

곱분을 향해 꾸벅 고개를 숙인 해루는 서둘러 자신을 기다리는 위창과 순지에게로 돌아왔다.

"반나절 전에 출발했답니다."

해루는 서둘러 말에 올라탔다.

"다행히 제가 이쪽 지리에 밝습니다. 계곡을 관통하는 지름길로 가면 반나절은 절약할 수 있을 겁니다."

해루는 서둘러 말을 달렸다.

마을 밖으로 나간 세 사람은 좁고 비탈진 길을 바람처럼 달렸다. 때로는 길이라 불릴 수도 없는 곳을 달리기도 하였다.

위험천만한 질주가 이어지자 보다 못한 위창이 해루에게 말했다.

"천천히 가거라. 그러다 다치겠구나."

"괜찮습니다."

"이리 달리다 넘어지면 단순히 다치는 정도로 끝나지 않을 거다."

"위험한 건 압니다. 그래도 서둘러야 합니다. 반나절 거리입니다. 질러가면 다음 마을에서 만날 수 있을 것입니다."

해루는 고집을 꺾지 않았다.

바로 그때였다. 말없이 곁으로 달려온 순지가 돌연 해루의 말고삐를 낚아챘다.

"왜 이러십니까?"

해루의 목소리가 절로 높아졌다.

"숲에…… 누가 있습니다."

말을 멈춘 해루가 숲을 둘러보았다.

얼마 지나지 않아 계곡 저편에서 한 무리의 사내들이 모습을 보였다.

"관군인가?"

해루는 눈매를 가늘게 여몄다. 칼을 차고 활을 두른 모양새가 완전무장한 관군들과 흡사했다.

"저들은 관군이 아닙니다."

순지의 말에 해루는 다시 물었다.

"관군이 아니라고요? 그럼, 대체 뭐 하는 사람들입니까?"

관군이 아닌 사람들이 저리 철저하게 무장을 하다니. 결코, 평범한 일이 아니었다.

대답은 순지가 아닌 위창에게서 들려왔다.

"도적들이다."

해루와 순지의 고개가 동시에 돌아갔다.

"도적이라 했습니까?"

쐐기를 박듯 위창이 다시 한 번 힘주어 말했다.

"그래, 도적이다. 결코, 평범하지 않은 도적."

미치겠구나

"무기를 버리고 무릎 꿇어라!"

도적 두목의 쩌렁쩌렁한 목소리가 산을 뒤흔들었다. 그의 수하들이 좌우로 갈라져 해루와 그녀의 일행을 둘러쌌다.

꿈틀.

위창의 굵은 눈썹이 수직으로 곤두섰다. 팽팽한 긴장감이 부풀어 올랐다. 그의 손은 어느새 허리에 매고 있는 검으로 향했다.

"잠시만."

그때, 사태를 지켜보던 순지가 조용히 위창을 제지했다.

"제가 해결하겠습니다."

위창에게 눈빛을 보낸 그는 앞으로 나아갔다.

"안녕하십니까?"

어느새 순지의 입가엔 친근한 미소마저 달려 있었다.

"우린 명국으로 공부하러 가는 유생들입니다."

"유생?"

세 사람을 둘러보던 도적 두목이 씩, 마른 웃음을 지었다.

"그리 유복해 보이지 않는데?"

"입성이 좀 남루하지요? 다 사연이 있습니다."

순지는 구구절절한 사연을 늘어놓았다.

"저와 제 친구는 서로 이웃에 살며 형제처럼 지낸 사이인데, 그만 며칠 전에 술을 먹고 사고를 치고 말았지요. 부모님께서 정신 좀 차리라며 저흴 명국으로 보내신 겁니다."

"그럼 저자는 뭐냐?"

도적 두목이 위창을 손가락질했다.

"아! 이 사람은 저흴 수행하는 아랫사람입니다. 하여간 그렇게 명국으로 향하게 되었는데, 제 버릇 남 못 준다고 여행 나선 지 사흘 만에 가진 돈을 모두 탕진하고 말았습니다. 하하하."

그의 말을 듣던 위창의 표정이 험악하게 일그러졌다.

"누가 너희의 아랫사람이란 말이냐?"

위창의 항의에 순지는 입가에 지은 미소를 풀지 않은 채 작게 속삭였다.

"상황이 여의치 않으니 대충 넘어가주십시오."

"저런 놈들을 상대로 무슨 말이 그리 많아? 척 봐도 도적놈들 같은데."

"그렇다고 싸우실 겁니까?"

"싸워야지."

"승산은 있습니까? 승휘마마께서 함께 있단 사실을 잊지 마십시오."

위창은 매서운 눈으로 앞을 가로막고 있는 도적들을 하나하나 살폈다. 하나같이 눈빛이 날카롭고 굶주린 늑대 같은 분위기가 물씬 풍기는 자들이었다.

그렇다는 건……. 단순한 도적들이 아니라는 뜻.

말안장에 앉은 자세, 잘 정비된 무기, 일사불란한 움직임까지.

제대로 훈련된 무인.

그것도 전장에서 뼈가 굵은 백전의 무인들이었다. 그런 자들이 무려 수십 명이나 되었다.

위창의 실력이 제아무리 대단하다 해도 이런 자들의 포위를 뚫는 건 힘든 일이었다. 더구나 해루를 지키면서 무사히 빠져나간다는 것은 불가능했다.

위창의 기세가 누그러졌다.

그럴 줄 알았다는 듯 순지는 자신만만한 미소를 보였다.

"이런 일은 제가 전문가입니다. 그러니 믿고 맡겨주십시오."

그는 다시 앞으로 나가 도적들을 향해 큰 소리로 말했다. 입가엔 언제나처럼 친근한 미소가 걸려 있었다.

"앞서 설명한 대로 우린 명국으로 가는 유생들입니다. 헌데, 여러 호걸분들은 무슨 연유로 저흴 가로막으신 건지요?"

"호걸?"

순지의 넉살에 도적 두목이 씩 웃었다. 그 미소가 전염되듯 다른 도적들에게로 번졌다.

순지가 위창을 돌아보았다.

"보십시오. 제가 뭐라 했습니까? 일이 술술 잘 풀릴 거라 했지요?"

❀

"일이 술술 잘 풀린다더니? 이게 잘 풀린 것이냐?"

순지에게 묻는 위창의 목소리에 가시가 돋아 있었다. 그의 손발은 불편한 자세로 묶여 있었다.

"이상하다. 이럴 리 없는데. 분명 좋아하는 눈치였는데."

역시 팔다리가 묶인 순지가 영문을 모르겠다는 듯 고개를 갸웃했다.

분명 마지막 순간에 도적들은 웃었더랬다.

분위기도 한결 좋아졌었다.

그렇게 질 나쁜 농담 몇 마디 주고받다 적당한 시기에 몇 푼 찔러주기만 하면 끝나는 일이었다. 그게 명국과 조선을 수없이 오가며 터득한 순지의 생존 비법이었다.

그런데 미처 돈을 꺼내기도 전에 느닷없이 달려든 도적들에게 꽁꽁 묶이는 신세가 되고 말았다.

"고맙구나. 이런 경험을 하게 해줘서."

위창은 성난 짐승처럼 으르렁거렸다. 겸연쩍은 듯 눈동자를 또르륵 굴린 순지가 그의 시선을 피했다.

그때였다.

"이 학사님의 행동이 영 쓸모없었던 건 아닙니다."

마찬가지로 손발이 묶인 해루가 두 사람 곁으로 굴러 왔다.

"이렇게 묶인 채 놈들의 소굴로 끌려왔는데도 말이냐?"

"대신 험한 일은 안 겪었잖습니까. 저들은 우리가 제법 사는 집의 도련님들이라고 착각하여 구태여 손을 대지 않고 사로잡은 겁니다."

"제법 사는 집 도련님?"

순지가 둘의 대화에 끼어들었다.

"일 저지르고 명국으로 도망치듯 유학하는 유생들이라면 당연히 권세 있는 대감 댁 금지옥엽들이 아니겠습니까?"

위창이 물었다.

"그럼, 놈들이 우릴 사로잡은 건……."

"몸값이라도 뜯어낼 생각에서였겠지요."

"그래서 무사할 수 있었다는 말이로구나."

해루가 고개를 끄덕였다.

위창은 순지를 돌아보았다.

"다 계산한 일이었습니다."

순지가 자신감 넘치는 목소리로 대꾸했다.

위창은 그를 무시하기로 마음먹었다.

해루의 말이 이어졌다.

"그런데 우릴 잡은 이 도적들, 아무래도 평범한 도적들이 아닌 것 같습니다."

순지도 동의하듯 고개를 끄덕였다.

"확실히 평범한 도적들과는 달랐습니다. 이들의 움직임은 도적이라기보다는 잘 훈련된 병사들 같았습니다. 대체 어떤 자들인지 모르겠습니다."

기다렸다는 듯 위창이 대답했다.

"야인들이다."

"네?"

"야인들이라고요?"

해루와 순지가 놀란 표정으로 동시에 물었다.

위창의 설명이 이어졌다.

"조선인으로 위장하고 있지만, 사람 특유의 기질과 분위기는 감출 수 없는 법. 놈들에게선 삭막한 바람이 느껴졌다."

순지가 믿을 수 없다는 듯 고개를 저었다.

"그럴 리가. 야인이라면 이곳에서 한참 더 북쪽에 있어야 하지 않습니까? 지금쯤 우부대언이 이끄는 군대에 쫓겨 열심히 달아나는 중일 텐데."

"그건 나도 모르는 일이다. 어찌 되었건 이들의 정체가 평범한 도적들이 아닌 이상, 몸값으로 몇 푼 던져주고 얌전히 풀려날 거란 기대는 버려야 할 것이야."

"애초에 얌전히 잡혀 있을 생각도 없었습니다. 잠시만 기다리십시오. 이깟 밧줄쯤은 금세 풀어버릴 수 있습니다."

순지가 자신만만하게 말했다.

자칭 조선 최고의 세작이 아니던가.

세작이 되기 전, 여러 가지 특별한 훈련을 받은 그였다. 특별 훈련 중엔 포박을 푸는 것도 포함되어 있었다.

그러니 이런 밧줄 푸는 일쯤은 그야말로 식은 죽 먹기였다. 밧줄을 제법 튼튼하게 묶어놓았지만, 마음만 먹으면…….

"어라?"

한참 끙끙거리던 순지의 얼굴에 당황한 표정이 떠올랐다.

"이게 왜 안 풀리지?"

그때였다.

"도와드릴까요?"

말만 그리하는 게 아니라 순지의 팔을 묶은 밧줄을 누군가 풀기 시작했다.

깜짝 놀란 순지는 서둘러 고개를 들었다.

"스, 승휘마마!"

"잠시만 계십시오. 곧 풀어드리겠습니다."

"밧줄을 어찌 푸셨습니까?"

해루가 담담하게 웃으며 대답했다.

"정 판수 아저씨와 함께 조선 팔도를 떠돌며 갖은 일을 다 당했지요. 밧줄에 묶인 적도 여러 번이었습니다."

해루는 금세 순지의 팔과 다리를 묶은 밧줄을 모두 풀었다.

그런데 어찌 된 연유에선지 순지는 일어나지 않았다.

"왜 그러십니까? 어디 아프십니까?"

순지는 무릎 사이에 고개를 파묻은 채 기어들어가는 목소리로 대답했다.

"말 걸지 마십시오. 창피해서 쥐구멍에라도 숨고 싶은 심정이니까요."

해루는 순지에 이어 위창에게도 구원의 손길을 뻗었다.

자유를 되찾은 세 사람은 우선 주변부터 살폈다. 다행히 묶여 있던 천막 한구석에서 무기와 짐을 찾을 수 있었다.

물건을 챙긴 세 사람은 주위의 인기척을 살피며 조심조심 밖으로 걸음을 옮겼다. 그들이 갇혀 있던 곳은 짐승의 털가죽으로 만든 천막이었다.

밖으로 나와 보니 주위에 그런 형태의 천막이 수십 개나 더 있었다.

이상한 것은 천막이 그렇게 많음에도 불구하고 그 흔한 모닥불 하나 보이지 않는다는 점이다.

마치 버려진 마을 같은 분위기.

앞서 걷던 위창이 불현듯 손가락을 입술 앞에 세웠다. 그러고는 천막을 가리키고 손바닥을 아래로 해 보였다. 천막 안에 사람들이 있다는 의미였다.

해루와 순지는 고개를 끄덕였다.

위창이 조심조심 앞서 걷고, 나머지 두 사람이 그 뒤를 따랐다.

주위는 어두운 숲이었다.

아직 추운 계절이라, 그 흔한 풀벌레 소리조차도 없었다. 다행히 제법 거친 바람 소리 덕에 도망치는 발소리를 들키지 않을 수 있었다.

까치발을 한 채 살금살금 천막들 사이를 걷는 해루의 뇌리에 의문이 떠올랐다.

이 천막들은 다 뭐지?

불을 밝히지 않은 이유는 또 무엇일까?

위창은 천막 안에 사람들이 있다 하였다.

천막의 크기는 그들이 잡혀 있는 곳보다 조금 큰 규모.

천막 하나당 열 사람 정도는 충분히 누울 수 있을 정도였다.

정확하진 않았지만, 이곳에 있는 천막의 수는 대충 둘러봐도 스무 개는 넘었다.

맙소사!

그럼, 인적도 없는 이 산속에 이백 명도 넘는 사람들이 숨어 있다는 의미가 아니던가.

게다가 이들은 평범한 도적도 아니었다.

위창의 말에 의하면 야인이라 했다.

우부대언 김종서가 향한 북방에서 한참 떨어진 이곳에 야인 수백 명이 숨어 있다니. 아니, 어쩌면 수백이 아니라 수천 명에 이를지도 모른다.

이 사실이 의미하는 것은 무엇일까?

이들은 무슨 이유로 불조차 밝히지 않은 채, 이곳에서 숨어 지내고 있단 말인가?

꼬리에 꼬리를 문 의문이 눈덩이처럼 커질 무렵이었다.

앞서 걷던 위창이 갑자기 걸음을 멈췄다. 그리고 뒤를 돌아보며 다시 손가락을 입술 위에 세웠다. 앞의 천막을 가리키고 손바닥을 아래로 몇 번 내려 보였다.

해루는 상체를 더욱 숙였다. 그렇게 낮은 자세로 위창이 가리킨 천막을 향해 걸어갔다. 그 천막은 다른 천막들보다 한 배 반은 더 크고 높았다.

천막 아래에서 은은하게 빛과 함께 사람들의 말소리가 흘러나오고 있었다.

해루는 천막에 귀를 대고 사람들의 대화를 엿들었다.

천막 안엔 여러 명의 사람이 대화를 나누고 있었는데, 그중 유난히 거만하게 느껴지는 목소리가 있었다. 바로 해루와 그녀의 일행을 잡아 온 무리를 이끌던 사내였다.

야생의 범처럼 거칠고 위험한 기운을 품은 사내.

그는 다른 사람들에게서 보고를 듣고 있었다.

"조선에서 보낸 군사들이 국경 지역에 거의 도착한 모양입니다."

"예상보다 빠르군. 진홍은?"

"지시한 대로 싸우는 척만 하면서 명국으로 피할 것이라 하였습니다."

"귀녀(鬼女)가 소식을 전해왔다. 조선은 명국의 양해를 받지 못했다. 군사를 이끌고 명국의 국경 부근에 몰려가면, 당연히 명국에서 예민하게 반응할 것이다. 두 나라의 관계를 적당히 이용하면 꽤 오랜 시간 조선의 군사들을 잡아둘 수 있을 것이다."

"그사이, 정작 조선은 우리의 손에 불타게 될 것이고 말입니다. 흐흐흐."

야인들의 대화를 몰래 엿듣던 해루의 등줄기로 오싹 소름이 돋았다.

이들은 처음부터 조선에서 군사를 보낼 것을 알고 있었다. 아니, 앞서 예측하고 이용할 계획까지 가지고 있었다.

그리고 이들의 진짜 목적은 바로 군사들이 빠져나간 조선의 중심을 치는 것.

이제야 여러 갈래로 찢어져 있던 그림의 조각들이 맞춰졌다.

적막한 산속에 숨어 지내는 수백 명의 야인.

그들은 단지 관군들을 피해 숨어 있는 게 아니었다. 뚜렷한 목적이 있었다.

바로 조선을 차지하는 것.

해루의 눈에 푸른 분노가 들어찼다. 애써 화를 내리누른 그녀는 다시 천막 안의 이야기에 귀를 기울였다.

"언제가 적당할까요?"

"오래 기다리지 않아도 된다. 귀녀가 때를 알려줄 것이야."

"두문회에서도 일의 진척을 물어보는 연락이 왔습니다. 더불어 민가를 습격한 이유도 따져 묻더군요."

"반역을 꿈꾸는 자들이 어찌 그리 배포가 작은지 모르겠군. 큰

일을 도모하려면 작은 희생은 불가피한 것이 아닌가?"

"작은 나라에서 나고 자란 자들입니다. 당연히 보는 시야도 좁지 않겠습니까?"

"옳다. 조선은 땅이 기름지고 삼면이 바다라, 물자 또한 풍부해. 허나, 풍족한 삶을 살다 보니 제 것에 만족하고 안주하는 나쁜 버릇이 있지. 그에 반해 우린 오랜 옛날부터 드넓은 대륙을 질타했다. 그 기상 또한 남다르다. 두문회의 항의는 무시하라. 머지않아 그들은 이용 가치가 없어질 테니까 말이야."

"귀녀는 어찌할 생각이십니까?"

"그녀 역시 두문회 출신이지만, 그 포부와 독기는 오히려 다른 사내들보다 크더군. 머리 회전이 빠른 데다 냉정하니 아직 쓸모가 많아. 그러니 당분간은 협조 관계를 유지한다. 물론, 그 또한 조선을 먹은 이후엔 달라지겠지만 말이다."

"명대로 따르겠습니다."

"나 충샨은 이 자리에서 약속한다. 이 땅을 보라. 황량한 우리의 대지와 달리 기름지다. 씨를 뿌리기만 하면 곡식은 저절로 자란다. 산과 들에 사냥할 짐승들이 널려 있다."

말하는 것만으로도 가슴이 부풀어 오르는 듯 충샨의 음성이 떨렸다.

잠시 숨을 고르던 그가 말을 이었다.

"바다는 또 어떠한가? 이 땅이 곧 우리의 것이 된다. 오래 기다리지 않아도 된다. 우리의 함성과 말발굽이 이 나라 조선의 심장부를 짓밟을 것이다. 왕의 피로 옥좌(玉座)를 붉게 물들이자! 이 나라 이 땅을 우리의 발아래 무릎 꿇릴 것이다!"

충샨의 말이 끝나자 일제히 발을 구르는 듯한 소음이 들려왔다.

"믿고 따르겠습니다."

✽

'말도 안 돼!'

해루의 머릿속이 하얗게 바래졌다. 너무 놀란 나머지 그녀는 마른침만 꼴깍꼴깍 삼켰다.

소름 끼칠 만큼 무서운 음모.

야인들은 텅 비어버린 도성을 노리고 있었다.

향을 구하기 위해 나선 여정에서 이처럼 어마어마한 음모를 알게 될 줄은 상상도 하지 못했다.

그때, 등 뒤에서 커다란 손이 불쑥 튀어나와 해루의 입을 막았다. 비명이 터져 나오려는 것을 가까스로 참은 해루가 뒤를 돌아보았다.

위창이었다.

그는 긴박한 표정으로 해루를 보며 고개를 저었다. 그리고 조용하지만 빠르게 천막 뒤로 걸음을 옮겼다.

그들이 어두운 곳으로 몸을 숨긴 그 순간, 천막의 한쪽이 활짝 열리며 야인 몇이 바람처럼 밖으로 뛰어나왔다.

만약, 위창을 따라 자리를 옮기지 않았다면 꼼짝없이 들키고 말았으리라.

어둠 속에서도 주위를 둘러보는 야인들의 눈빛이 먹이를 찾는 매의 그것처럼 푸르게 빛났다.

한참 주위를 살펴본 야인들은 아무도 없자 그제야 긴장을 풀었다.

"이상하군. 분명 무슨 소리가 들렸는데 말이야."

"짐승이라도 지나간 모양이다. 우리의 땅과 달리 이곳엔 곳곳에 짐승이 널려 있어."

"흥, 날이 밝으면 모조리 사냥해서 먹어주마."

"흐흐흐. 기대하마."

"그런데 저녁 무렵에 잡아 온 놈들 말이야."

"명국으로 유학 간다던 얼빠진 녀석들 말인가?"

"왜 굳이 죽이지 않고 잡아 온 거지?"

"충샨께서 말했다. 놈들은 도성에서 온 자들이라고. 우리의 계획을 결행하기 전에 그들을 통해 도성의 지리를 파악할 필요가 있다고."

"도성의 지리라면 귀녀가 이미 보내주지 않았나?"

"혹시 모르는 일이잖아? 두문회 놈들은 음흉한 구석이 있어. 조심해서 나쁠 건 없다."

"그렇군."

"잡아 온 놈들을 확인해 봐. 너무 조용하다."

"겁을 집어먹은 것이겠지. 사나운 짐승도 목줄을 해놓으면 얌전해지기 마련이다."

"그래도 가봐."

"알았다."

야인 한 명이 뚜벅뚜벅 걸음을 옮겼다.

숨어 지켜보던 해루의 마음이 급해졌다. 곧 자신들의 탈출 소식이 알려지게 될 것이다.

톡톡.

위창이 해루의 어깨를 두드렸다. 그가 숲 저편을 가리켰다.

도망가자.

해루는 고개를 끄덕였다.

위창을 따라 어둠 속을 걸었다.

천막이 늘어선 구역을 빠져나올 무렵, 등 뒤에서 갈라진 목소리가 들려왔다.

"놈들이 사라졌다! 잡아 온 놈들이 달아났다!"

그들의 탈출이 발각된 것이다.

"뛰어!"

위창이 외침과 동시에 몸을 날렸다. 해루도 허겁지겁 뒤를 따랐다.

두 사람은 어두운 숲을 정신없이 달렸다.

그렇게 한참을 달리던 해루는 뒤늦게 무언가 허전함을 깨달았다.

"순지 학사님이 보이지 않아요."

대체 언제 사라진 걸까?

분명, 천막을 빠져나올 때만 해도 함께 있던 순지가 감쪽같이 사라지고 없었다.

"지금은 그를 돌볼 때가 아니다. 곧 놈들이 추격해 올 거야."

위창은 뒤를 돌아보는 해루의 손을 잡고 더 빠른 속도로 달렸다.

"하지만……."

해루는 연신 뒤를 돌아보았다. 이대로 순지를 내버려두고 갈 수는 없었다.

세자 저하를 구하기 위해 목숨까지 건 사람이 아닌가.

어쩌지? 어찌한다?

방도를 궁리하는 그녀의 귓가로 위창의 목소리가 날아들었다.

"말발굽 소리다."

그의 말이 채 끝나기도 전에 등 뒤에서 말발굽 소리가 들려왔다. 전력을 기울여 달렸지만, 사람이 말보다 빨리 달릴 수는 없었다.

멀리서 들려오던 말발굽 소리는 어느새 바로 뒤까지 따라붙었다.
"아무래도 조용히 빠져나가긴 틀렸군."
위창은 도주를 포기하고 발을 멈췄다.
스릉.
그의 허리춤에서 검이 뽑혀 나왔다. 잘 벼린 검신 위로 섬뜩한 빛이 구슬처럼 흘러내렸다.
빠르게 달려오던 말들이 그 빛을 보고 급히 발을 멈췄다.
"워워. 그 칼 조심하십시오. 시퍼렇게 번뜩거리는 것이 자칫 잘못하다간 일행마저 베어버리겠습니다."
말 위에서 들려온 목소리가 어쩐지 귀에 익었다.
"이 학사님?"
"다행히 우리 승휘마마께선 어느 나라의 어느 분과는 달리 일행을 제대로 알아보시는군요."
해루는 이 와중에도 넉살을 떠는 순지를 향해 달려갔다.
"어디 갔었어요? 사라져서 걱정했잖아요."
"하하. 말을 찾으러 다녀왔습니다. 지키는 자들이 몇 있어 처리하고 오느라 늦었습니다."
해루와 위창이 야인들의 대화를 엿듣는 동안, 순지는 달아나기 위해 말을 찾아온 것이다.
"곧 놈들이 쫓아올 것입니다. 어서 타십시오."
해루와 위창은 순지가 내미는 말고삐를 잡고 말안장에 올라탔다.
"어디로 갑니까?"
순지가 물었다.
잠시 어둠을 에두르던 해루가 대답했다.
"북쪽으로. 서둘러 세자 저하를 만나야 합니다. 그분을 만나 꼭 전해야 할 이야기가 있습니다.”

❀

해루와 그녀의 일행은 밤새도록 말을 달렸다. 야인들의 추적은 실로 집요했다.

일행은 때로는 숲에 숨고, 또 때로는 강을 거슬러 올라가며 야인들의 추적을 따돌렸다. 피할 수 없을 땐 위창이 나서서 추적자들을 베어버렸다.

위창의 검술과 순지의 기지(奇智)는 도주하는 내내 빛을 발했다.

만약, 두 사람 중 한 명이라도 없었다면 꼼짝없이 야인들에게 잡히고 말았으리라.

그렇게 정신없이 말을 달리다 보니 어느새 푸르게 새벽이 밝아왔다.

“정말 지긋지긋한 놈들이군요.”

순지는 지친 표정으로 고개를 흔들었다. 그의 말처럼 야인들의 추적은 악착스럽게 느껴질 만큼 끈질겼다.

“그자들은 자신들의 계획이 밖으로 새 나갈 것을 걱정하는 겁니다.”

“그렇겠군요.”

순지는 고개를 끄덕였다.

도주하는 동안 해루는 천막 밖에서 엿들은 이야기를 그에게 전해주었다. 야인들이 한양을 노리고 있다는 이야기에 순지는 놀람과 분노를 동시에 표했다.

“조금만 더 버티면 된다. 산 아래로 내려가면 민가가 있다. 놈들도 거기까지는 따라오지 못할 것이야."

위창이 지친 일행을 다독였다.

"글쎄요. 저놈들이 과연 민가라고 사정을 봐줄지 모르겠습니다."

야인들의 포악함이라면 밤사이 겪은 일만으로도 충분히 알 수 있었다. 저들을 피하겠다고 민가로 숨어들었다가 오히려 피해를 키우는 건 아닌지 우려되었다.

"놈들이 정말 도성을 노린다면 소문을 두려워하고 경계할 터. 걱정할 필요 없을 것이다."

위창의 말에 해루와 순지는 고개를 끄덕였다.

"저곳만 벗어나면 곧 큰길이 나타납니다."

순지가 앞을 가리키며 말했다.

세 사람은 고삐를 흔들며 말을 재촉했다.

그렇게 일행이 갈림길로 막 들어섰을 때였다.

촤악!

머리 위에서 돌연 낙엽과 함께 그물이 떨어졌다.

급작스럽게 벌어진 돌발 사태.

무술 실력이 남다른 위창과 임기응변에 능한 순지도 속수무책이었다.

결국, 세 사람은 말과 한 덩어리가 되어 그물에 갇히는 신세가 되었다.

"다 와서 잡히다니."

순지는 억울한 표정으로 입술을 깨물었다. 그렇게 긴박하게 흘러가는 상황에서도 그는 해루를 보호하기 위해 안간힘을 썼다.

위창 또한 검으로 그물을 끊으려 노력하였다.

"이야압!"

"잡았다, 이놈들."

우렁찬 외침과 함께 길 양편에서 십여 명의 사람들이 쏟아져 나왔다.

그들은 창과 칼 그리고 활로 해루와 그녀의 일행을 겨누었다. 자칫 잘못하였다간 단박에 숨통이 끊길 것 같았다.

잔뜩 숨을 죽이고 있자니 경계하는 사람들 사이로 검은 무복 차림의 사내가 나타났다.

그물에 잡힌 해루 일행들을 내려다보며 사내가 추궁했다.

"두문회의 졸개들. 목숨이 아까우면 묻는 말에 바른대로 털어놓는 것이 좋을 것이다."

사내의 음성을 듣는 순간, 해루와 순지는 서로를 바라보았다.

"이 목소리는……. 설마, 두목님?"

"무혁?"

두 사람의 놀란 얼굴이 고스란히 검은 무복 사내에게로 옮겨졌다.

"설마, 해루……. 아니, 승휘마마?"

사람들 뒤편에서 한 사람이 튀어나왔다.

"무엇이? 방금 무어라 했느냐? 해루라 하였느냐?"

다른 사람들보다 머리 하나는 더 큰 사내.

푸른 새벽빛 사이로 시린 아름다움을 자아내는 사내를 보는 순간, 해루는 눈시울이 붉어졌다.

"세자 저하."

그립고 또 그리웠던 사람.

그녀의 눈가로 뜨거운 눈물이 흘러내렸다.

순간, 향이 두 눈을 부릅떴다.

"해루……. 너 정녕, 해루가 맞느냐?"

단숨에 달려 나간 향은 손수 그물을 들어 올렸다. 이내 그녀의 작은 몸이 그의 손아귀에 들어왔다.

해루의 양어깨를 감싸 쥔 채 향이 물었다.

"이게 어떻게 된 일이냐? 네가 어찌 여기 있는 것이야?"

한번 터진 눈물샘은 좀처럼 멈추지 않았다.

낮게 흐느끼며 해루는 겨우겨우 말을 이었다.

"……세자 저하."

"바보 같은 녀석."

여기가 어디라고 와?

여기가 어떤 곳이라고 네가 있어?

이런 험한 곳에 겁 없이 찾아온 해루에게 화가 났다. 화가 난 만큼 걱정도 되었다.

향은 해루를 제 품으로 힘껏 끌어당겼다.

"미치겠구나. 정말 미치겠어."

너 때문에 내가 미치겠다.

향은 품에 안긴 해루의 작은 머리를 조심조심 쓸어내렸다.

아직 찬 바람이 부는 북방.

서로를 간절히 염원하던 두 사람이 드디어 만났다.

달빛 시린 북방의 밤

한낮의 자작나무 숲은 고요했다.

향에게 안긴 해루는 소리 없이 울었다. 안도와 불안, 재회의 기쁨이 담긴 눈물이 쉼 없이 뺨을 타고 흘렀다.

"녀석, 못 본 사이에 울보가 되었구나."

향은 눈물로 얼룩진 해루의 눈가를 문질렀다. 그의 손끝으로 그녀의 눈물이 스며들었다.

부드러운 다독임에 울음은 점차 사그라지고 대신 수줍은 미소가 피어올랐다.

"괜찮으냐?"

다정한 물음에 해루는 젖은 눈을 들어 올렸다.

"저하야말로 괜찮으십니까? 어디 다치신 데는 없으시지요?"

향은 양팔을 활짝 펼쳐 자신의 건재함을 보였다.

"다행입니다."

늦지 않아 정말 다행입니다.

"해루야."

향이 그녀를 불렀다.

"말해 보아라. 어찌 이곳에 있는 것이냐? 어찌 이곳까지 온 것이냐?"

"말씀드리겠습니다, 모두. 하지만 그 전에 저하부터 말씀해 주십시오. 저하께선 어찌 이곳에 계신 겁니까?"

해루의 물음에 향의 눈빛이 깊어졌다.

그녀의 말처럼 계획대로라면 지금쯤 국경 지대에서 우부대언 김종서를 만나고 있어야 했다.

하지만…….

향은 계곡 아래를 내려다보며 지나온 길을 되짚었다.

이틀 전.

도성을 떠난 향은 평안도 초입에 다다랐다.

파발마가 전하는 전장의 소식을 따라 말을 달리던 그는 마침 발견한 국밥집에서 잠시 지친 몸을 쉬기로 하였다.

쉼 없이 달려온 터라, 말도 사람도 지칠 대로 지쳐 있었다.

국밥집은 몹시 허름하였다. 민가도 드문 곳이라 누추하긴 해도 국밥집이 있는 것이 고마울 지경이었다.

국밥집 안주인에게 물으니 간간이 명국을 오고 가는 상인들이 있어 입에 풀칠은 하고 산다 하였다. 근방에 밥 먹을 곳이라고는 이곳이 유일하다는 이야기도 들을 수 있었다.

평상에 향과 세자익위사들이 자리했다.

칼바람을 맞으며 달려왔던 터라, 따뜻한 국밥 냄새는 그 어느 때보다 달콤하였다.

다들 눈앞에 놓인 국밥을 보며 마른침을 삼켰다.

그저 세자 저하께서 수저 들기만을 기다리고 있으려니, 국밥집 안주인이 물 사발을 들고 향의 곁으로 다가섰다.

"어디, 먼 데서 오시나 봅니다요."

남루한 차림의 안주인은 하나같이 잘난 사내들이 마냥 신기한 듯 눈을 반짝거렸다.

"보아하니 이 국밥집은 만들어진 지 꽤 오래된 모양이오?"

치맛자락에 젖은 손을 훔치는 그녀를 향해 향이 물었다.

"그럼요. 이십 년은 족히 되었습지요."

"이십 년이나? 그럼 국밥집이 만들어질 때부터 이곳에 있었소?"

"말해 뭐한대요. 이곳에서 좋은 시절 다 보냈지요."

향은 안주인의 손을 보며 고개를 끄덕였다.

"그런데 그건 왜 물으신대요?"

"여기저기 손때 묻은 것이 이 지역 명물인 듯해서 물어봤소."

"아무렴요. 이 동네에서 우리 국밥집 모르는 사람은 아무도 없지요. 명국으로 가는 길에 밥 먹을 곳이라고는 여기가 유일하거든요."

"그렇군."

향을 잠시 지켜보던 안주인은 몸을 돌렸다.

"그럼 맛나게 드세요들."

여주인은 순박하게 웃으며 부엌으로 되돌아갔다.

그런 그녀의 뒷모습을 새삼스러운 눈으로 응시하던 향은 손에 든 수저를 내려놓았다.

따뜻한 국물이 간절했던 무사들은 어리둥절한 표정을 지었다.

"왜 그러십니까, 저하?"

무혁이 물었다.

"먹지 마라. 이곳에선 물 한 모금 마시지 마라."

향은 날카롭게 날을 세운 채 주위를 둘러보았다.

이십 년 넘게 국밥집을 운영하였다는 여주인의 손이 지나치게 고왔다. 또 하나, 그녀에게서 흐릿하게 풍기는 분내. 궁벽한 산골 마을에선 구하기 어려운 향신료가 섞인 분내였다. 여주인의 말과 행동은 거짓으로 점철되어 있었다.

향은 제 앞에 놓인 국밥을 바닥으로 떨어트렸다. 멀지 않은 곳에서 꼬리를 흔들던 늙은 개가 단숨에 달려와 허겁지겁 바닥에 떨어진 것을 주워 먹었다.

그리고 얼마 후.

늙은 개는 입에 거품을 물며 쓰러졌다.

"이건……."

무혁의 눈이 휘둥그레졌다.

"독이다."

향의 말이 떨어지기 무섭게 무혁은 국밥집 안주인이 들어간 부엌으로 쏜살같이 달려갔다.

잠시 후, 그가 무겁게 가라앉은 눈으로 돌아왔다.

"감쪽같이 사라지고 없습니다."

바로 그 순간.

"쳐라!"

난데없는 외침과 함께 국밥집 안채가 벌컥 열리며 검은 복면을 쓴 자들이 뛰어나왔다.

때를 같이하여 국밥집 밖에서도 일단의 사내들이 우르르 쏟아져 들어왔다.

"놈들을 해치워라."

"저하를 지켜라!"

향을 노린 자들과 그를 보호하려는 시위 간의 치열한 싸움이 펼쳐졌다.

적(敵)의 수는 많았으나, 세자익위사들 쪽의 실력이 월등했다.

무혁의 검술과 향의 수노기가 더해지자 복면인들은 속절없이 쓰러졌다.

"저하, 이걸 보십시오."

무혁이 쓰러진 자의 품에서 서찰을 발견했다. 서찰엔 알아볼 수 없는 기호들이 적혀 있었다.

"아무래도 암호로 쓰인 모양인데……."

그 아래, 하나의 직인이 찍혀 있었다. 향의 눈매가 가늘어졌다.

"두문회."

한동안 잠잠하던 망령들이 다시 일어났다.

일순, 향의 뇌리로 의문이 들어찼다.

궁에서도 세자가 잠행에 나선 걸 아는 이는 한 손에 꼽을 만큼 적었다.

그런데 이들이 어찌 이 사실을 알고 있단 말인가?

"궁으로 되돌아가야 합니다."

무혁의 조언에 향은 고개를 저었다.

"아니다. 이곳에 함정을 파놓았을 정도라면, 퇴로는 이미 막혔다고 봐야 한다."

"하오면……."

"우리는 이대로 국경으로 향한다. 우리가 살길은 오직 우부대언과 합류하는 길뿐이다."

그 후로 향은 두문회가 쳐놓은 포위망을 몇 번이나 뚫으며, 필사의 탈출을 감행했다.

두문회는 집요하였지만, 향의 움직임 역시 기민하였다.

그렇게 피 말리는 추격전이 이틀 넘게 이어지고 있었다.

❀

"쫓기는 와중에도 적의 계획을 파악할 요량으로 함정을 설치한 것인데, 설마 그 함정에 네가 걸려들 줄은 몰랐구나."

"다행입니다. 정말 다행입니다."

행여 놓칠세라 해루는 맞잡은 향의 손을 더욱 힘껏 움켜쥐었다.

"그러는 너는 어찌 된 것이냐? 여긴 어떻게 온 것이야?"

향의 물음에 해루는 선뜻 대답할 수 없었다.

"그것이……."

무어라 대답해야 하나?

불길한 미래를 보았다는 말을 쉽게 입에 올리기 싫었다.

변명이 궁색해진 해루가 머뭇거릴 때였다.

"저하를 보았다고 합니다."

해루의 어깨 너머에서 위창의 목소리가 들려왔다.

"나를 보았다?"

"저하께서 안 좋은 상황에 놓인 것을 보았다고 하더이다."

위창에게로 향했던 향의 시선이 해루에게 되돌아왔다.

"해루야."

"네, 저하."

"나의 미래를 보았느냐?"

근처를 서성이며 두 사람의 대화에 귀를 쫑긋 세우던 순지는 저도 모르게 숨을 들이켰다.

"뭡니까? 저하도 알고 계셨던 겁니까? 그럼 미래를 본다는 것이 영 터무니없는 말이 아니었단 말입니까?"

열에 들뜬 순지의 물음엔 아랑곳하지 않은 채 향은 해루에게 눈길을 고정했다.

"말해 보아라. 무엇을 보았느냐?"

"저하께…… 좋지 않은 일이 생겼습니다."

해루는 고개를 돌려 향의 눈을 외면한 채 조심스럽게 대답했다.

"좋지 않은 일? 어찌, 얼마나 좋지 않더냐?"

"많이……. 많이 좋지 않았습니다."

해루는 입술을 깨물었다. 행여 제 입에서 흘러나온 말이 불행의 씨가 될까 두려웠다.

"많이 좋지 않았다?"

잠시 생각하던 향이 나지막한 목소리로 말을 이었다.

"내가…… 죽었더냐?"

"……."

해루는 대답하는 대신 두 눈을 질끈 감았다.

향은 고개를 끄덕였다.

그리고 바르르 떨고 있는 해루를 품에 안았다. 오른손으로 해루의 뒷머리를 감싸고, 왼손으로 허리를 둘렀다. 그렇게 그는 그녀의 온몸에 자신을 새겨 넣듯 한껏 휘감았다.

"걱정 마라."

"저하."

"걱정하지 않아도 된다."

"하지만 저하……."

"전에도 내가 말하지 않았더냐. 난 내 눈으로 직접 본 것이 아니면 믿지 않는다. 하여, 운명 또한 믿지 않는다."

"……."

"만약, 정말 운명이 있어 내 갈 길이 정해져 있다 하여도……. 내 앞에 놓인 길이 사납고 험난하여 설사 그 끝에 죽음 외엔 그 어떤 것도 존재하지 않는다 하여도 난 두렵지 않다."

향은 불안하게 흔들리는 해루의 눈동자를 응시했다. 망막에 오롯이 맺힌 제 여인을 향해 그가 힘주어 말했다.

"내가 바꿀 것이다. 내가 나아갈 길을 가로막는 운명 같은 건 모두 치워버릴 것이야."

이리 소중한 네가 내 곁에 있는데, 내 어찌 운명 따위에게 굴복할 수 있겠느냐?

내 널 버리고 어찌 홀로 서럽고 사나운 길로 떠날 수 있겠느냐?

"그러니 해루야, 두려워 마라. 겁먹지 마."

"저하."

"이 녀석, 이제 보니 고작 이상한 꿈 때문에 날 찾아 이 험한 곳까지 왔다는 소리가 아니더냐? 그렇다고 여길 오면 어떻게 한단 말이냐? 예가 어디라고?"

질책하는 말과 달리 해루의 머리를 쓰다듬은 향의 손길은 다정하기만 했다.

"그리도 내가 못 미덥더냐?"

해루는 고개를 저었다.

"믿습니다."

"믿는다면서 예까지 쫓아온 것이냐?"

"믿습니다. 하지만 믿는다 하여도 마음이 편치 않았습니다. 불안하여 견딜 수 없었습니다."

"바보 같은 녀석."

향은 다시 한 번 해루를 품속 깊숙이 끌어안았다.

순간, 경직되어 있던 그의 몸이 포근하게 녹아내렸다. 도성을 떠난 직후부터 내내 온몸을 팽팽하게 조이던 긴장이 누그러졌다.

시린 바람 속에 서 있던 그에게 해루는 따뜻한 봄날이었다. 이 따스한 봄을 잃고 싶지 않았다.

"그런데 저하."

그의 품속에서 바스락거리며 해루가 물었다.

"이젠 어찌하실 겁니까?"

해루의 어깨에 턱을 괸 채 향은 길게 숨을 몰아쉬었다.

"우선은 예서 빠져나가야지."

어떻게든…….

"어찌 되었느냐?"

물어오는 민안선의 목소리에 날이 서 있었다.

임시로 설치한 막사 안으로 발을 디디던 수하는 고개를 깊게 숙였다.

"송구합니다. 이번에도 놓치고 말았습니다."

"흠."

지도를 살피던 민안선은 눈을 감았다. 그의 미간에 굵은 고랑이 새겨졌다.

"참으로 대단한 자구나. 만약을 대비하여 이중, 삼중으로 준비하였건만 번번이 빠져나가는구나."

분한 듯 주먹을 말아 쥐는 그에게 수하가 또 다른 보고를 올렸다.

"오늘 세자의 무리로 수상한 자들이 합류하였습니다."

"수상한 자들? 지원군이더냐?"

"지원군이라고 보기엔 그 인원이 몇 되지 않았습니다."

"그래?"

잠시 생각에 잠겼던 민안선은 자리에서 일어나 막사 밖으로 걸음을 옮겼다. 그의 뒤로 수하들이 긴 그림자처럼 따라붙었다.

"상황이 어찌 되었든 이번에는 틀림없이 세자를 잡아야 한다. 하늘이 준 다시없는 기회다."

"심려 마십시오. 이 산을 모두 포위하고 있습니다. 하늘을 나는 재주가 없는 한, 곧 잡힐 겁니다."

"그래, 그래야지. 헌데, 병력은 어떠하냐? 산을 포위하는 데 충분한 것이냐?"

"그것이……."

"부족하단 말이냐?"

"세자의 움직임이 워낙 신출귀몰하여 정확한 위치를 특정하기 어렵습니다. 이번 일에 동원한 인력이 적지 않으나, 워낙 광범위한 지역의 수색이 필요한지라……."

"어허……."

민안선은 작게 혀를 차며 자작나무 숲을 둘러보았다.

순탄하게 흐르는 듯 보이던 계획이 어느 순간부터 진창 속을 허우적거리는 느낌이었다.

이리 엉망이 된 게 세자 때문인지, 아니면 다른 이유 때문인지 알 길이 없어 답답하였다.

"도성에 있는 자화에게서는 아직 연통이 없느냐?"

계획대로였다면, 지금쯤 자화가 보낸 지원군과 합류했어야 한다.

그리되었다면 지금처럼 병력이 모자라 허우적거리는 일은 없었으리라.

"그것이……. 지원군을 보내겠다는 답신은 왔으나, 정작 사람은 오질 않고 있습니다."

"중간에 무슨 일이 생긴 것인가? 아니면……."

민안선의 눈빛이 깊어졌다. 근원을 알 수 없는 불길함이 그의 등줄기를 타고 올라왔다.

그의 미간이 저도 모르게 일그러질 때였다.

"단주님! 보십시오. 저기, 말 탄 자들이 오고 있습니다."

수하의 목소리에 민안선은 고개를 돌렸다.

드디어 도성에서 보낸 지원군이 당도한 것인가?

민안선의 눈동자에 반색하는 빛이 반짝 떠올랐다.

그러나 그것도 잠시.

그의 표정이 굳어졌다.

얼음장처럼 차가워진 민안선의 앞으로 사냥꾼 복색의 덩치 큰 사내가 다가왔다.

"하하하, 민 단주! 이거 여기서 또 보는구려."

산이 울리도록 호탕한 웃음을 터트리며 말에서 뛰어내린 사내는 야인들의 수장, 충산이었다.

❀

막사 안에 날 선 기운이 들어찼다.
민안선은 맞은편에 앉아 있는 충샨을 꿰뚫는 시선으로 응시했다.
"그대와 그대의 수하들, 지금 국경에서 조선의 군사들과 싸우고 있어야 하는 것 아니오?"
충샨은 따뜻하게 데운 술 한 병을 단숨에 들이켜며 태평하게 말했다.
"그곳엔 아이들을 적당히 남겨두고 왔으니 걱정할 필요 없소. 그깟 국경 수비대를 상대하는 데 용맹한 용사들이 수백 명이나 남아 있을 필요가 있겠소?"
"조정에서 보낸 군대가 국경으로 향했소. 자칫하였다간 일이 틀어질 수도 있단 말이외다."
질책하는 목소리가 충샨을 향했다.
"그 소식 또한 들었소. 헌데 말이야."
문득 술병을 내려놓은 충샨이 민안선을 향해 상체를 기울였다.
"가만 생각해 보니 우리의 약조에 문제가 있는 것 같더란 말이지."
"이제 와서 약조를 뒤엎겠단 말이오?"
민안선이 자리에서 벌떡 일어났다.
서슬 퍼런 그의 눈빛에도 충샨은 입가에 서린 웃음을 지우지 않았다.
"하하. 내내 냉정한 표정을 하고 있어, 마음마저 얼어붙은 사람인 줄 알았더니. 단주께서도 감정이 있었구려. 하하하."
"지금 농담이나 주고받을 상황이오?"
"농담이나 주고받을 상황이 아니면?"
히죽히죽 웃던 충샨이 돌연 단도를 꺼내 탁자에 꽂았다.
"피라도 봐야 할 상황이라 생각하시오?"
"해보겠단 말인가?"

탁자에 꽂힌 쇠붙이의 위협에도 민안선은 눈 하나 깜빡하지 않았다.

한참 동안 민안선을 노려보던 충샨이 다시 히죽 웃었다.

"단주, 지나치게 흥분한 것 같소. 우선 앉으시오."

"칼부터 거두는 게 어떻겠소?"

"이런. 이 친구가 언제 나왔는지 모르겠군. 미안하오. 내가 흥분하면 나도 모르게 손을 쓰는 못된 버릇이 있어서."

충샨이 혀로 입술을 핥으며 칼을 거뒀다.

민안선은 느물거리는 그를 노려보며 자리에 앉았다.

"단주, 상황이 바뀌었소."

민안선의 눈매가 일그러졌다.

"충샨, 그대의 군사들이 국경 지대의 민가를 습격했다 들었소."

"그건 어쩔 수 없었소이다. 원래 큰일을 하다 보면 작은 희생은 불가피한 법. 그런데 대체 언제까지 사람을 문초만 할 것이오?"

원하는 것이 있는 듯 충샨이 은근한 기색을 내비쳤다.

"무슨 말이오?"

"방금 말했듯, 상황이 바뀌었소."

"바뀐 건 아무것도 없소. 바뀐 것이 있다면 그대가 약조를 어긴 것뿐."

"그 이야기 말인데, 일전에 내가 단주와 약조를 하였었지. 그 후에 부족으로 돌아가 곰곰 생각해 보니, 뭔가 좀 찝찝한 구석이 있더란 말이오."

"……."

"우리가 병력을 모아 국경을 어지럽히고 조선의 군대를 유인하는 동안 단주는 왕족을 인질로 삼아 협상을 진행한다. 그 와중에 조선 팔도에서 봉기가 일어나 혼란에 혼란을 거듭하고……. 뭐, 그 후로도 무시무시한 계획들이 있는 것 같지만, 내가 아는 건 이 정도였지."

"그것이 우리의 계획이고 또 약조가 아니었소?"

"맞소. 그런데 가만 생각해 보니 싸우는 건 우리고, 피 흘리는 것도 우린데, 정작 큰 이득을 취하는 건 단주더란 말이오. 고생한 우리가 얻게 되는 건 기껏해야 약간의 식량과 재물뿐."

"이미 엄청난 양의 재화를 넘겼는데, 그것으로도 부족하단 말이오?"

"부족하오. 그것도 아주 많이."

"……!"

민안선은 소리 없이 이를 갈았다.

야인들은 맹수와 다를 바 없었다. 굶주린 맹수에겐 지난한 인내도, 묵직한 참을성도 없었다.

그들에겐 오직 끝없는 탐욕만 존재할 뿐.

눈앞의 충샤에게서 진득한 맹수의 향이 느껴졌다.

무얼 노리고 있는 것이냐?

무엇 때문에 약속을 깨고 조선의 깊은 곳까지 숨어들어 온 것인가?

자칫 잘못하였다간 위아래로 협공당해 자멸하게 될 것을 정녕 모른단 말인가?

상념에 빠져 있는 민안선의 뒷덜미로 문득 서늘한 느낌이 파고들었다.

충샤. 이자가 과연 단순히 피에 굶주린 맹수일까?

독기 가득한 두 눈에 담긴 것이 과연 아둔한 욕심뿐일까?

아니다.

충샨의 두 눈엔 간교한 꾀와 지략이 넘실거리고 있었다.

만약, 그의 돌발 행동이 사실은 계획된 것이었다면?

자화가 보내주기로 한 병력이 아직 도착하지 않은 이유와 관련 있다면?

머리털이 쭈뼛 곤두섰다.

그제야 그는 야인들을 너무 얕잡아 보았음을 깨달았다.

"원하는 게 무엇이오?"

민안선의 물음에 충샨은 의자에 몸을 깊숙이 묻었다.

"글쎄, 나도 내가 정확히 뭘 원하는 것인지 모르겠소. 그건 일이 끝난 후 차차 의논해 봅시다. 그보다 상황을 보아하니 병력이 모자란 듯한데, 어떻겠소? 원한다면 힘을 보태리다."

"……."

민안선으로서는 충샨의 제의가 달갑지 않았다.

늑대인 줄 알았던 충샨이 실은 음흉한 구렁이라는 사실을 깨닫게 되었다. 그가 내미는 제의를 받아들이는 건, 독이 든 술잔을 받는 것과 다를 바 없었다.

그러나 그의 도움이 절실한 것도 사실.

"좋소."

오랜 침묵 끝에 민안선이 대답했다.

"지금 우리 군사들이 이 산을 포위하고 있소. 그대의 병사들이 합류한다면 내게도 큰 도움이 될 게요."

"하하하, 역시!"

충샨의 입에서 웃음이 터져 나왔다.

호탕하게 웃은 그는 막사 밖으로 고개를 돌렸다.

"이곳에 세자가 있다지? 조선의 세자가 제아무리 대단하다 하여도 황야에서 나고 자란 우리 용사들에 비하면 힘없고 나약한 책상물림에 불과할 뿐. 그를 두문회가 아닌 우리가 잡는다면, 과연 어떤 일이 벌어질까?"

민안선과 함께 있을 때면 조선의 말을 쓰던 충샨이 야인의 언어로 중얼거렸다.

"지금 무어라 했소?"

민안선의 물음에 충샨은 곧 고개를 저었다.

"하하하, 사냥하기 좋은 날이라 하였소."

산을 뒤흔드는 듯한 웃음과 함께 충샨은 막사를 떠났다.

하여, 그는 보지 못했다. 등 뒤에 서 있던 민안선의 눈빛이 사나워지는 것을.

핏빛 노을이 숲을 붉게 물들였다. 밤을 준비하는 숲에 짙은 피바람이 불고 있었다.

향과 그의 일행을 둘러싼 민안선의 공격이 시작된 지 두 시진이 흘렀다.

"헉헉헉!"

등을 맞대고 선 향과 위창의 입에서 연신 거친 숨이 흘러나왔다.

몇 발짝 떨어진 곳에선 무혁이 쉼 없이 적들을 베고 있었다.

순지 역시 신출귀몰하게 움직이며 적들 사이를 오가고 있었다.

다들 사력을 다해 싸우고 있었지만, 시간이 지날수록 상황은 점점 악화되고 있었다. 적들은 끝없이 밀려왔다.

결국, 향과 그의 일행들은 계곡을 벗어나 버려진 마을까지 내몰렸다.

붉게 타들어가는 하늘 끝으로 검은 밤이 내려앉았다.

향은 수노기에 화살을 장전하며 주위를 돌아보았다.

이곳까지 오는 동안 적들을 수없이 죽였다. 쓰러트린 자가 못해도 백 명은 넘으리라. 하지만 아군 역시 적지 않은 피해를 입었다.

스무 명에 달하던 세자익위사 중 절반이 보이지 않았다. 무혁과 순지의 몸에도 크고 작은 상처가 생겼다.

향의 눈가에 암울한 빛이 스치고 지나갔다. 이대로 싸움이 계속되면 얼마 버티지 못하고 지쳐 쓰러질 것이다.

쨍그랑.

향의 발치에 묵직한 물건이 떨어졌다. 고개를 내려 바닥을 나뒹구는 칼에 시선을 고정했다.

“좋지 않은 소식이 있습니다.”

위창의 목소리가 향의 귓전을 파고들었다.

“무슨 일이오?”

이미 최악이 아니던가? 지금보다 더 나쁠 일이 또 무에 있을까?

유감스럽게도 지금보다 더 나쁜 상황이 존재했다.

“그 칼, 좀 전에 저와 싸운 상대의 것입니다. 어딘지 이상하지 않습니까?”

“조선의 물건이 아니군요.”

“바로 보셨습니다. 야인들의 무깁니다. 아무래도 적들이 야인들을 끌어들인 모양입니다.”

위창의 말에 향은 말없이 고개를 끄덕였다.

이젠 인정하지 않을 수 없었다. 그야말로 벼랑 끝까지 몰리고 말았다.

어찌해야 한다?

어찌해야 이 상황에서 벗어날 수 있단 말인가?

"저하."

생각에 빠져 있자니, 누군가의 떨리는 목소리가 들려왔다.

해루였다.

놀란 눈을 하던 그녀가 소매를 길게 찢어 향의 팔과 가슴을 묶었다.

"다치셨습니다."

"괜찮다. 아프지 않다."

"아프지 않은 게 문제가 아닙니다. 피를 이리 많이 흘리시고……."

해루의 눈에서 눈물이 뚝뚝 떨어졌다.

상처에서 흘러나온 피가 향의 옷을 붉게 적시고 있었다.

바보같이. 세자 저하를 지키기 위해 왔으면서도 전혀 도움이 안 되고 있잖아.

운명을 바꾸겠다고, 저하를 살리겠다고 그렇게 다짐했으면서도.

정작 위급한 상황이 벌어졌을 때, 그녀는 아무것도 하지 못했다. 아니, 오히려 짐만 되고 말았다.

"왜 그리 우느냐?"

"제가 너무 답답하고 한심해서요. 저하께서 이리 다치셨는데도, 도망치는 데 급급하여 이제야 알게 된 것이 너무도 죄송하여 그렇습니다."

"녀석."

향은 힘없이 웃었다.

버릇처럼 해루의 턱 아래로 떨어지는 눈물을 닦아주려 손을 내밀었다가 그는 다시 거둬들였다. 손에 검붉은 피가 잔뜩 묻어 있었다.

향은 해루의 응급조치가 끝나길 기다렸다가 지친 몸을 일으켰다.

해루가 서둘러 그를 부축했다.

"적들의 동태는?"

무혁이 다가와 상황을 보고했다.

"마을 밖에 진을 치고 있습니다."

"우리가 지쳤듯 저들도 지친 모양이구나. 하긴, 지칠 만하지. 아니 지치면 사람이 아니지. 아니, 저들은 사람이 아니던가."

반쯤 농이 섞인 향의 말에 아무도 웃지 않았다.

싸움은 잠시 소강상태였지만, 전황은 이미 한쪽으로 기울어져 있었다.

향과 그의 일행은 마을에 갇힌 꼴이 되고 말았다.

기나긴 추적은 끝났다. 곧 적의 대대적인 공세가 시작되리라.

달아날 구멍이 없는 이상, 이곳에서 최후를 맞게 되는 건 예정된 사실이었다.

사람들의 얼굴에 절망이 가득했다.

탄식하듯 길게 숨을 토한 향은 문득 제 곁에 선 해루에게 시선을 맞췄다.

울음을 참으며 그의 상처를 돌보는 그녀의 모습.

저 가엾은 녀석의 명(命)이 여기서 끝나는 것을 볼 수는 없었다.

그렇다면…….

향은 자신을 부축한 해루의 손을 밀어냈다.

"저하, 왜 그러십니까?"

해루가 놀란 표정을 지었다.

"이젠 그만 되었다."

"그게 무슨 말씀입니까?"

"이제 그만 되었으니, 너는 도성으로 돌아가거라."

"네?"

해루의 눈동자에 거친 물보라가 일었다.

제 몸에 닿아 있는 그녀의 손을 떨쳐내며 향은 한 발짝 뒤로 물러섰다.

"저하, 왜 이러십니까?"

덜컥 두려움이 해루를 엄습했다.

똑같았다.

피안의 세계 너머로 보았던 향의 미래.

그 미래와 똑같은 현실이 펼쳐지고 있었다.

안 돼! 안 됩니다.

해루는 미친 듯 고개를 저었다.

그 속내를 들여다보기라도 한 듯 향은 손을 들어 자신에게 다가서는 해루를 막아 세웠다.

"다가오지 마라."

"저하."

"괜찮다. 생각 없이 이러는 게 아니다. 그러니 걱정하지 마라. 언제나 그랬듯이 너는…… 나만 믿으면 된다. 그러니 그만 가거라."

향의 입가에 상황과 어울리지 않는 미소가 피어올랐다.

그러나 그의 눈.

해루를 담은 그의 눈동자에 습한 기운이 들어차는 것은 어쩔 도리가 없었다.

이내 나약한 마음을 털어낸 향은 천천히 몸을 돌렸다.

그는 무혁과 위창, 그리고 살아남은 세자익위사들을 향해 소리쳤다.

"모두 도성으로 돌아가거라."

"저하!"

놀란 음성이 여기저기서 튀어나왔다.

향은 손을 들어 주위를 진정시켰다.

"저들이 원하는 건 나다. 협상을 위한 인질이 필요할 게다. 때문에 저들은 나를 쉽게 죽일 수 없을 것이야."

무혁이 그의 발치에 부복했다.

"따를 수 없사옵니다. 제 목숨이 다하는 순간까지 저하 곁에 있을 것이옵니다."

"혁아."

"함께할 것이옵니다."

"내가 살아 있어야 저들에게 가치가 있을 터. 그러니 고초는 겪을지언정 내 목숨엔 큰 지장 없을 것이다. 그러니 혁아, 너는 여길 빠져나가는 일만 생각해라. 해루를……. 저 아이를 도성으로 데려가는 일만 생각하란 말이다."

"따를 수 없습니다."

"명이다!"

"하오나 저하……."

"여기서 모두 죽자는 것이냐? 저 아이를……. 해루를 다시 죽이겠다는 것이냐?"

향은 등 뒤에 서 있는 해루를 돌아보았다.

그럴 수는 없었다.

다시 해루를 잃는다면 견딜 수 없으리라.

차라리…… 내가 죽으리라.

향은 무혁을 지나쳐 앞으로 걸음을 옮겼다.

그때였다.

"못 가십니다."

갑작스러운 상황에 잠시 넋 놓고 서 있던 해루가 양팔을 벌려 향의 앞을 가로막았다.

"해루야."

"못 가십니다. 아니, 제가 아니 보낼 겁니다."

"이 방법밖에는 없다."

향의 말에도 해루는 고집스럽게 고개를 흔들었다.

그리고 말했다.

"방도가 있습니다."

"뭐?"

"제게 방도가 있습니다."

해루의 올곧은 시선이 향을 향했다.

맞선다.

맞설 것이다.

두 눈 부릅뜨고 운명과 맞서 싸울 것이다.

강한 의지가 해루를 뒤덮었다.

폐허가 된 마을로 침묵의 바람이 불어왔다.

잎새달 초사흘.

달빛 시린 북방의 밤.

운명을 바꾸기 위한 또 하나의 수레바퀴가 굴러가기 시작했다.

〈5권에 계속〉

해시의 신루 4

초판 1쇄 2016년 10월 20일
초판 5쇄 2022년 6월 30일

지은이 | 윤이수
펴낸이 | 송영석

주간 | 이혜진
기획편집 | 박신애 · 최미혜 · 최예은 · 조아혜
외서기획편집 | 정혜경 · 송하린 · 양한나
디자인 | 박윤정 · 유보람
마케팅 | 이종우 · 김유종 · 한승민
관리 | 송우석 · 전지연 · 채경민

펴낸곳 | (株)해냄출판사
등록번호 | 제10-229호
등록일자 | 1988년 5월 11일(설립일자 | 1983년 6월 24일)

04042 서울시 마포구 잔다리로 30 해냄빌딩 5 · 6층
대표전화 | 326-1600 **팩스** | 326-1624
홈페이지 | www.hainaim.com

ISBN 978-89-6574-569-3
ISBN 978-89-6574-565-5(세트)

파본은 본사나 구입하신 서점에서 교환하여 드립니다.